KB057575

객주

객주

客主 제3부 商盜

김주영 장편소설

7

문이당

개정판을 내면서

이 소설의 초판본이 출간된 것이 1981년 3월이었으니, 그 후 22년이란 수월찮은 세월이 흘러간 셈이다. 그토록 긴 세월 동안 이 소설에 무한한 애정을 가지고, 상업적 성취와 상관없이 절판시키지 않고 계속 발간해 준 창작과 비평사에 진심으로 감사드린다.

개정판에선 그동안 각 부의 말미에 따로 모아 두었던 낱말 풀이를 각 페이지 아래 각주로 옮겨서 읽기 손쉽게 만든 성과를 거두었다. 그리고 낯선 한자어나 낱말들을 요즈음의 언어 감각에 걸맞도록 풀어 쓴 대목도 없지 않다. 개정판 작업에 들어가면서 다시 한 번 이소설을 꼼꼼하게 점검하며 읽는 기회를 가졌다. 솔직한 심정을 그대로 토로한다면, 예순을 훌쩍 넘긴 지금의 나이에 이처럼 방대하고 어려운 소설을 쓰라는 부추김이나 주문이 있다면, 십중팔구 손사래 치며 먼발치로 달아나고 말았을 것이다. 그리고 이 소설을 쓴 40대 초반에 가졌던 남다른 근력과 열정, 그리고 인내심과 불고염치, 혹은 치열성이 이젠 남의 일처럼 부러움으로 남았다는 것을 깨달았다.

이 소설을 읽으려는 독자들에게 다시 한 번 일깨워 줄 것은, 또다시 살펴보아도 이 소설 안에 뚜렷하게 부각시킨 주인공이 따로 없다는 것이다. 그것은 아마도 역사의 행간에서 속절없이 배설되고 말았거나 혹은 잊혀져 버린 조선 시대 떠돌이 서민들의 행로를 추적한 소설이기 때문일 것이다. 그러나 그들을 침묵이나 죽음에서 다시 일으켜 세우고, 어엿한 성명을 붙여 주고, 역할을 부여한 작업으로서의 노력이 있었다는 것을 염두에 두었으면 한다. 이 소설에 진술되어 있는 문장이 지적이거나 논리적이기보다는 감정적이고 즉흥적이며 충동적인 것, 그리고 가창적(歌唱的) 서정성을 지니게 된 까닭도 그 시대 서민들의 밑바닥 삶을 다루었기 때문일 것이다. 밟고 또 밟아도 또다시 일어서는 것을 멈추지 않는 질경이 같은 인생들이 가지는 독특한 향기, 그리고 언제나 소매 끝에 바람 소리가 끊이지 않는 떠돌이 인생들이 가지는 몸부림과 서정을 진술하려는데 아홉 권이나 되는 소설로 묶게 되었다는 것은 과문의 탓으로 돌리고 싶다.

출판사를 옮겨 개정판을 내는 일에까지 따뜻하고 너그러운 조언과 배려를 아끼지 않은 창작과 비평사, 그리고 개정판 간행을 선뜻 받아들여 주고, 수개월 동안 어려운 작업을 감당해 준 문이당 여러분에게 다시 한 번 감사드린다.

2002년 12월

김 주 영

작가의 말

한 인생에 있어 가치 있는 연령대라고 할 수 있는 40대 초반의 근 5년 동안을 이 소설에 매달려 있었으면서도 피곤한 줄 몰랐던 것은 어린 시절 나를 매혹시켰던 저잣거리에 대한 강렬한 인상을 지워 버릴 수 없었던 것과 함께 작가적 호기심과 충동이 끊임없이 나를 충동했기 때문이었다.

이 소설의 전체적 흐름을 구성하고 있는 저잣거리. 그 저잣거리에서 나는 감수성 많은 소년 시절의 대부분을 보냈다. 내가 살던 시골의 읍내 마을에서는 5일마다 한 번씩 저자가 열렸다. 내가 살던 집의 울타리 밖이 장터였고 울타리 안쪽은 우리 집 마당이었다. 그러나 그 울타리는 어느새 극성스러운 장돌림들에 의해서 허물어지고 말았다. 그들은 우리 집 마당에서 유기전을 벌이기도 하였고 드팀전을 벌이는가 하면 어물전을 벌이기도 하였다. 어릴 때부터 나는 땀 냄새가 풀풀 배어 나는 그들의 치열한 삶의 모습을 보아 왔다. 때로는 엄지머리 한 노인네가 숫돌 지게를 우리 집 앞마당에 내려놓고 들메끈을 고치면서 넋두리를 늘어놓기도 하였다. 그러나 이튿날 새벽에 일어나 보면 그 북새판을 이루던 장꾼들은 모두 자취를 감추고 저잣거리엔 허섭스레기만 굴러가고 낟곡식을 쪼는 참새 떼들만 새까맣게 내려앉아 있었다. 그 적막감은 아직도 잊을 수가 없다. 명색 작가가 되면서 나는 그 강렬했던 인생들을 어떤 방식으로든지 배설하지 않으면 안 된다는 고백적인 강박감에 부대껴 왔다.

《객주》는 그런 강박감에 대한 하나의 해결이었다 할 수 있겠다.

이 소설이 쓰인 두 번째 이유는, 기왕에 썼던 이른바 역사 소설에 대한 나름대로의 불만이 있었기 때문이다. 우리의 역사 기술은 정치사 일변도에 또한 너무나 직설적이란 데 반성의 여지를 갖고 있고 역사 소설 역시 그런 기술 방식의 범주에서 과감히 탈피하지 못하고 있지 않나 하는 인상이 없지 않았다.

왕권의 계승이나 쟁탈, 혹은 그것에 따른 궁중 비화나 권문세가들의 권력 다툼이나 혹은 그들에 대한 인간사가 주류를 이루고 있었던 반면 백성들의 이야기는 뒤꼍에 비치는 햇살처럼 잠깐 비치고 말거나 야담(野談)으로 봉놋방 구석으로 밀려나 있었다. 백성들 쪽에서 바라보는 역사 인식에 대한 배타성이 우리 역사 기술에는 너무 강하게 작용하고 있지 않은가 생각되었다. 5년이란 기간 동안에 쓴 긴 소설 속에서 그리고 그 수많은 인물 중에서 단 한 사람의 영웅도 만들지 않았던 까닭은 나름대로의 시각 때문이기도 하였다.

세 번째는 오늘에 쓰이고 있는 소설들이 모두 그렇다는 것은 아니지만 때로는 우리말 서술의 화석화(化石化) 현상에 대한 염려도 이 소설에는 포함되어 있다. 이 소설에 기술되는 문장이 지적이거나 논리적이라기보다는 감정적이고 즉흥적이고 충동적인 어휘, 그리고 마모되거나 퇴화돼 버린 언어들을 굳이 골라 가창적 서정성을 꾀하려 했던 연유가 거기에 있고 사고적인 것보다 미각적인 어휘를 굳이 찾아 쓰게 된 것도 그 당시 사람들의 생활 감정에 보다 밀착되어서 서민 역사를 바라보고자 한 것에 연유한다.

상투적인 개념에서 따지고 든다면 이 소설에는 주인공이라 할 만한 사람이 없다. 이것은 한 사람의 영웅도 만들지 않았다는 말과 상통한다. 그러면서도 그 많은 등장인물들 모두에게 나름대로 고유한 삶의 모습을 색출해서 악센트를 주려고 노력했었다.

어쨌든 한 사람의 이름을 내걸고 쓰인 소설에 변명의 여지가 있을 수 없겠다. 그 준엄한 문학적 현실이 5년 동안이나 이 소설 하나에 매달려 온 나를 허탈과 감상적인 공복감으로 몰아넣고 있다.

이제 이 소설에 대해선 항변이든 변명이든 쓸 수 있는 말은 단 한 장의 원고지가 남아 있을 뿐이기 때문이다. 단 한 개의 어휘를 찾기 위해 밤을 꼬박 새운 적이 한두 번이 아니면서 내가 부수적으로 얻은 것은 하루에 한 갑 피우던 담배가 두 갑 반으로 불어났다는 것이다.

이제 아홉 권으로 이 소설을 마감함에 있어 많은 번역서들과 경제 관계 저술들의 도움이 없었던들 이 소설이 이루어질 수 없었음을 고백한다. 그리고 1981년 3월에서부터 오늘에 이르기까지 영업상의 출혈을 무릅쓰면서까지 웃는 얼굴로 묵묵하게 연속적으로 책을 꾸며 주었던 창작과 비평사 여러분들과 특히 이 소설이 한 권 한 권씩 발간될 때마다 낱말 고르기와 시대 고증에 폭넓은 조언을 해주신 정해렴(丁海濂) 선생께 다시 한 번 감사드린다.

1981년 3월
김 주 영

차 례 / 객주 제3부 상도(商盜)

제7권

개정판을 내면서 ───────────────── 5
작가의 말 ───────────────────── 7

포화(泡花) ────────────────── 13
군란(軍亂) ────────────────── 211

차 례 / 객주 제3부 상도(商盜)

제8권

군란(軍亂) ——————————————— 7

원로(遠路) ——————————————— 27

재봉(再逢) ——————————————— 130

제9권

재봉(再逢) ——————————————— 7

야화(野火) ——————————————— 27

동병상련(同病相憐) ———————————— 233

포화(泡花)

1

　천봉삼이 조 소사를 치납해 간 이후 해가 바뀌어 경진년(庚辰年) 2월 막바지에 이를 동안, 신석주는 이제 그 평생의 운이 다했다는 것을 깨닫게 되었다. 문중과 육의전 행수들이 영일 취회를 가졌고, 추노객을 풀어 조 소사와 천봉삼의 덜미를 잡아 능지를 내리자고 자못 살기등등하였었다. 그런 성화에도 신석주는 시종이 여일하게 냉담하였다. 밤이면 사창에 흐르는 달빛을 벗하고 낮이면 복기(復碁) 바둑으로 소일하며 탑골에서 칩거할 뿐이었다. 이제 그 수한(壽限)도 다해 가는 것이 아닌가 싶게 신색도 하루가 바쁘게 수척해 갔다. 월이가 식전참에 꿀물을 받쳐 들고 몸채 사랑으로 올라가면 와룡촛대에서 흘러내린 촛농이 방바닥에까지 흘러 있기가 보통이었다. 밤이 깊어 다시 효두(曉頭)에 이르기까지 불을 끄지 않고 손수 초를 갈아 댄 것이었다. 문중 사람들은 물론이요, 도중(都中)의 유사(有司)나 입전 행랑 가게의 서사까지도 만나려 들지 않았다. 그로 인한 원성이 종가의 시정배들 사이에 왜자하다는 것을 모를 리 없겠건만 색책

(塞責)으로라도 상종하기를 마다하였다. 도중의 집사가 찾아와서 신방돌을 밟고 두 식경이나 기다려 본 적도 있었으나 신석주는 그 이상의 투족(投足)을 허락하는 법이 없었다. 단 한 사람, 월이의 수발에 의탁한 출입을 묵인하고 있을 뿐 방에서라도 놋요강을 갖다 대는 일 외엔 오금을 펴려 하지 않았다. 곱돌탕관에 방문약을 달여 대령했으나 그 모두를 내치고 말았다. 월이가 하루 세 끼 더운 음식을 공궤하나 대궁을 먹으려 하다 보면 겨우 몇 톨의 밥이 상 위에 떨어져 있을 뿐이었다. 괴괴한 집안에 수삼 일을 격하여 오늘이 며칠이냐고 묻는 것이 한일월(閑日月)*의 맥을 짚어 가는 수단의 전부였으니 월이의 초민(焦悶)한 마음은 더욱 무거워 갔다. 신석주의 기력이 소진해 가듯 퇴창 아래로는 나날이 스산한 한기가 엄습해 오고 있었다.

새벽에 먹을 간 일이 있는 듯 묵향이 은근한 방으로 월이가 들어섰다. 꿀물 그릇을 보료 앞으로 갖다 놓고 요강을 집어 드는 월이에게 신석주는 퍽 오랜만에 날짜가 아닌 다른 말을 물었다.

「오늘은 바깥의 한기가 어떻더냐?」

문지방을 넘어서려다 주춤한 월이가,

「새벽참에 된서리가 많이 내린 것을 보니 해낮에는 오랜만에 따뜻할 것 같습니다.」

「벌써 해를 넘겼구나…….」

「……」

「아침에 가게 행랑에서 사람이 오거든 서사를 부르라 일러라.」

「해 뜰 참이라 행랑채엔 벌써 서사가 와서 대령하고 있습니다.」

「장지를 활짝 열어 두고 내려가서 사랑으로 들라 일러라. 그리고 너는 의복을 정한 것으로 갈아입고 기다리고 있거라.」

---

* 한일월 : 한가한 세월.

14

「쇤네 울 밖으로 나갈 일이 없습니다.」

「내가 밖에 나갈 일이 있어 널 방자 세우려고 그런다.」

월이의 연통을 받은 서사가 천만의외의 분부인지라 구르듯 뜰을 건너 허겁지겁 몸채로 올라서는 것이었다. 한 식경이나 되게 시각이 흐른 뒤에 모색이 청짓독같이 퍼렇게 질린 서사가 신방돌로 내려서는가 하였더니 먹놓은* 곳을 따라가듯이 옆도 돌아보지 않고 곧장 대문 밖으로 나섰다. 궐자의 거지가 수상쩍었다. 방 안에 혼자 남은 신석주는 해소 기침을 한참이나 길게 쏟아 놓을 뿐 다른 기척은 없었다.

중천에 떠오른 해가 등골에 와서 제법 따스하고 햇살이 마루에 와서 멎어 있을 때쯤 식전참에 황망히 뛰쳐나갔던 서사가 돌아왔다. 잠시 수군거리는 소리가 들리는가 하였더니 신석주가 오랜만에 의관을 정제하고 마루 끝으로 나서는 것이었다. 서사가 신방돌에 놓인 녹비혜를 당겨 주며 부축할 거동을 보이자, 신석주는 손을 흔들어 내쳤다. 대문 밖에 경마꾼이 노새를 잡고 기다리고 있었다. 안장마에 오른 신석주는 갈피를 잡지 못하고 서 있는 월이에게 따라오라는 눈짓을 하였다. 탑골을 나선 일행은 곧장 향교골을 벗어나 종가로 나왔다. 그러나 입전 행랑이 있는 오른편으로 꺾이지 않고 왼편의 벙거짓골 앞으로 꺾어 들었다. 벙거짓골 초입에는 시골 생장인 듯한 선비 차림의 사내들이 푼어치의 맷담배를 흥정하는 참에도 가근방이 시끄러울 정도였다. 파자교 어름의 좌포청 앞에 이르자 숙위(宿衛)*하는 포졸이나 옥정(獄丁)이며 옥바라지하는 사람들을 겨냥한 떡장수들이 즐비하게 앉아 있었다. 신석주가 서사에게 떡장수 한 사람을 부르라고 분부하였다. 떡장수가 모판을 끼고 달려오자 신석주

---

*먹놓다 : 먹이나 연필 등으로 금을 긋다.

*숙위 : 숙직하면서 지킴.

는 순수 한 사람 이틀 요기는 될 만한 떡을 사서 봇짐 속에 넣었다. 배우개 난전을 지나 흥인문 밖으로 벗어날 때까지 신석주는 단 한마디 말도 없었다. 흥인문 밖에 이르자 신석주는 자견(自牽)*으로 노새를 멈춘 다음 숭신방(崇信坊)의 들녘을 뚫어지게 바라보았다. 활 한 바탕 상거에 굿해 먹은 집들같이 쓸쓸한 10여 호의 두멧집이 띄엄띄엄 늘어서 있고 돌담에 기대선 감나무들이 삭풍에 떨고 있는데 드높은 가지 위에는 떠껑지로 만든 방패연 하나가 걸려 바람에 찢기고 있었다. 그때 신석주는 뒤에 쭈그리고 서 있는 월이를 불렀다. 그리고 안장마에 달아 두었던 단봇짐을 월이에게 내밀었다. 천만의외의 말이 신석주의 입에서 튀어나왔다.

「참으로 오랜만에 성 밖의 바람을 쐬게 되는구나. 이제 네 가고 싶은 곳으로 떠나거라. 이런 엄동 중에 너를 보내는 것은 내가 이 엄동을 넘기지 못할 것 같아서다.」

「나으리, 쇤네더러 어디로 가란 말씀입니까? 아씨가 어느 고을에 은신하고 있는지 쇤네 아직까지 모르고 있습니다.」

「너를 띄워 놓고 추노객을 풀어 뒤를 밟자는 것이 아니다. 내 진작에 그럴 의향이 있었다면 주변이 없어 못하였겠느냐. 계집을 적발하여 귀신 모를 죽음을 시킬 수도 있었다. 어느 곳에 가 있는지 행지를 짐작 못하는 바도 아니지만, 그동안 나도 심화를 끄느라고 간장도 많이 태웠다. 네가 집을 떠나지 않고 지금까지 나를 수발해 온 것이 네 상전이 무사히 도망할 수 있게 함이었다는 것도 나는 진작에 알고 있었다. 나같이 겁겁한 성미에 평생에 없던 구경 소조를 당하면서까지 그 계집을 수배하려 들지 않았던 것은 상전의 안위를 목숨을 내던져서라도 은휘하고자 했던 너 같은 천례의 심

지에 내가 탄복했기 때문이다. 늘그막에 호강첩*을 얻어 응석을
보아 가며 소일하자 하였지만 그것이 분수에 넘친 것이었다는 것
을 너 같은 천례의 깊은 심지에서 깨닫게 되었느니라. 세상에 너
같이 소명하고 야금받은 계집이 어찌하여 천례로 태어나서 이런
풍상을 겪고 있더란 말이냐.」

고패를 떨어뜨리고 서 있는 월이의 두 다리가 몽당치마 아래서 떨
리고 있었다.

「한말씀 올려야 할 게 있습니다.」

「겨울날의 해가 짧다는 것을 넌들 모르겠느냐.」

「차라리 쉰네에게 능지를 내리셔야 하지 않았습니까. 나으리의 말
씀을 듣고 보니 하직을 여쭙기 손쉬울 것 같지가 않아서입니다.」

「그럴 리 없다. 너 같은 천례들 건각으로야 호경골(虎脛骨)*로 보
신을 않아도 하루에 백 리는 걸을 수 있을 터, 그 단봇짐에 이틀 요
기할 떡을 쌌으니 허기질 만하면 꺼내 먹되 사람들이 없는 곳에서
풀도록 하여라.」

월이가 눈자위를 들어 송피(松皮) 벗겨진 노송들이 들어선 샛강
들녘을 바라보았다. 하필이면 삭풍이 불어닥치는 엄동에 내보낼 작
심을 한 것인지 알 수가 없었다. 정말 신석주의 수한이 엄동을 넘기
기 어려운 것인가. 그러나 이런 날에는 10리를 걷지 못해 북청 동태
꼴이 될 것만 같았다.

「쉰네가 뜨고 나면 나으리의 조석 수발이며 간병은 누가 하겠습니
까?」

「고년, 참으로 무엄도 하구나. 누가 너더러 그런 상심 하랬느냐?
아직은 장안 시전의 대행수인 내가 너같이 손끝이 맵짠 동자치 하

＊호강첩: 부유한 사람을 만나 호강스럽게 지내는 첩
＊호경골: 호랑이의 앞 정강이뼈.

나 주변 못할까 보아서 쓸데없는 주둥아리를 놀리느냐. 안채우지 말고 가라면 가거라.」

신석주가 언성을 높였으나, 듣는 월이에게는 심지의 괴로움을 보이지 않으려는 방패막이로 하는 역정 같았다.

「동교(東郊)의 바람이 차고 매섭기는 예나 지금이나 마찬가지로구나. 네가 진작 도망을 했더라면 내 당장 형조로 쫓아가서 추포를 해달라고 단단히 청질을 넣었을 거다. 하나 네가 달아난 상전의 안위를 위해 내 집에 남아 있었음에도 추벌 내릴 때를 두려워하지 않고 구태여 변해를 늘어놓지도 않았음이 종내는 내 손으로 너를 등밀어 보내게 된 것이다. 혹여 기찰하는 별장이나 진수군들이 너를 반비(叛婢)*나 도비(逃婢)로 잘못 알고 딱장을 받으려 하거든 자현(自現)*부터 말고 요깃거리가 든 단봇짐을 풀어 보아라. 너의 성명 단자를 명토 박아 쓰고 이 비녀를 주인이 속량(贖良)한다 적었으니 장교나 별장쯤 되면 뜯어보고 너를 더 이상 도비로 몰진 않을 것이다. 지체가 비슷한 사내들끼리라면 이조금에 이별배 한 잔쯤은 나누어야 할 자리다. 등빙*하여 샛길로 걷는다면 다락원 장수원을 거쳐 빈돌고개 넘어 포천 솔모루까지는 저녁 전에 대어 갈 만도 하다.」

「나으리께서 쇤네에게 속량까지 해주시니 더욱 발걸음을 떼어 놓을 수가 없게 되었습니다.」

그때서야 궐녀의 눈시울에 하얗게 눈물이 괴었다. 까마귀 한 떼가 샛강 위를 날아서 쫓기듯 감나무 가지 위로 내려앉았다. 신석주가 해소 기침을 내쏟다가 겨우 멈추기를 기다려,

---

*반비 : 상전을 배반한 계집종을 이르던 말.
*자현 : 자기 스스로 범죄 사실을 관아에 고백하던 일.
*등빙 : 얼음 위를 건너감.

「내가 너를 속량까지 해서 내보내는 것은 네 잡초 같은 끈질김에 더 이상 대척하고 있을 기력이 소진했기 때문이기도 하다. 상전과 노비의 지체로서 너의 수발을 받고는 있으되 너는 벌써 나를 이기고 있었느니라. 속량까지 해주었으면 그것이 천행일 터인데 너는 이 마당에 내게서 항복까지 받아 내고 말았구나. 한때는 너를 솔축(率蓄)으로 들일까도 하였다. 그러나 네 팔자가 기구하였고, 또한 네가 내 가문에 남아 있으면 오래잖아 내 집안을 뒤집어 놓을 것이매, 진작에 작정을 바꾸어 버렸느니라.」

신석주는 경마꾼에게 말머리를 돌리라고 분부하였다.

동교 밖에서 월이를 떠나보내고 회정하여 다시 종가로 들어선 신석주는 곧장 탑골집으로 돌아가는 것이 아니었다. 배우개 네거리를 나와서 종가 큰 거리로 들어서는가 하였더니, 좌포청 평시서 앞을 그대로 지나쳐 의금부 앞에까지 이르렀다. 의금부 앞에 이르니 마침 육조 아문(六曹衙門)에서 퇴출하는 재상 행차들이 여럿 바라보였다. 의금부 앞을 지나쳐서 오른편으로 꺾어지면 수진방(壽進坊)의 수진궁골이 되었다. 수진궁터를 지나 깊숙이 들어가면 제용감(濟用監)이 나타났다. 제용감 못미처서 노송이 빽빽하게 들어찬 한터가 나오는데, 그 한터 맞은편에 고래등 같은 민겸호의 저택이 있었다. 탑골집을 나서서 흥인문 밖에까지 나갔다가 수진궁골까지 회정해 오는 동안, 한겨울 짧은 해가 짓질리기 시작하여 소매와 귓밥을 스치는 바람은 벌써 차가워지기 시작하였다. 일색이 그즈음에 이르렀다면 예궐(詣闕)*하였던 민겸호 역시 퇴출한 지 오래되었을 것이다. 한터에서 노새에서 내려 솟을대문 행랑채에 이르니 낯익은 청지기가 나와 신석주를 반기었다.

---

* 예궐 : 대궐에 들어감.

「대행수 어른 아니십니까.」

「대감 계신가?」

청지기가 의관을 제대로 갖춘 신석주를 의아한 낯빛으로 훑어보았다. 원래 시전 상인들은 의복을 정제함에 있어 사대부의 흉내를 낼 수 없었다. 그러나 장안의 육의전 행수들에게만은 갓 쓰고 도포 입는 것을 묵인하였는데, 이는 자주 상종하는 행수들의 체모가 깎이게 될 것을 염려해서라기보다는 권신 자신들의 체통 때문인지도 몰랐다.

행랑채 헐숙청 툇돌 위에는 탕창(宕氅)짜리*들이 벗어 둔 녹비혜 두어 켤레가 나란히 놓였다. 청지기가 잠시 주저하는 빛이더니 신석주를 문간에 세워 둔 채로 한쪽 손이 제 발등에 닿도록 어깨를 처뜨리고 몸채로 달려갔다. 얼마 되지 않아서 듭시라는 분부가 내렸다고 연통하였다. 사랑채 누마루를 지나 방 안으로 들어서니 민겸호는 산동물림 장죽을 헐어 댓진을 후벼 내고 있었다. 민겸호의 사랑 치장은 대단했다. 사랑방 오른편 아자창 아래로는 문갑이 주르르 놓였고 그 끝에는 사방탁자가 놓였다. 문갑 위에는 필통과 난분(蘭盆)이 듬성듬성 놓이었고 아랫목에는 주단 보료가 깔리었다. 보료 위에는 장침(長枕)과 방침(方枕)이 좌우로 벌려 있고, 가운데 장지 아래로는 안석(案席)이 기대었다. 보료 앞 오른편에는 오동나무 연상(硯床)이 놓이었고 그 옆으로 가판(加板)이 놓이었다. 가판 위에 담뱃대꽂이며 타호(唾壺)와 담배합, 재떨이와 화로가 놓여 있었다. 민겸호가 보료 앞에 놓인 방석을 손으로 가리켰다. 여러 번 방자를 놓아서 만나 보기를 청하였으나 병탈하고 두문불출이던 신석주가 무슨 심기가 동하여 불쑥 찾아왔는지 그 정곡을 문득 헤아릴 수 없었다. 시선을

---

*탕창짜리 : 탕건을 쓰고 창의를 입은 사람을 홀하게 이르는 말.

치뜨고 신석주의 안색을 살피던 민겸호가 그렇다고 소대(疏待)*할
수만은 없었던지,

「격조했던 사이에 견양이 많이 틀리었구려. 퇴령(頹齡)*에는 첩약
도 가려 먹어야 하오. 행기할 적에도 휘항*에 털토시 같은 어한제
구를 단단히 갖추도록 하시오.」

얼른 듣기에는 병색의 신석주를 안위하는 말 같았으나 골자는 병
탈하고 독현(督現)*에도 응하지 않던 사람이 어한제구도 갖추지 않
고 문밖출입을 할 수 있느냐고 은근히 비아냥거리는 것이었다.

신석주가 비꼬는 투가 역력한 민겸호의 말을 되받아서,

「행보하지 못할 지경에까지 이르지는 않았습니다만, 그동안 울혈
로 자리보전을 하였습니다.」

「나도 오늘 입시(入侍)하여 폐현(陛見)을 청하였더니 주상께서는
마침 미감(微感)으로 미령(靡寧)하시어 승전색(承傳色)*이 어명
(御命)을 받들어 내어야 했소.」

「임금의 덕화 가운데 살고 있는 백성으로 상감께서 미령하시다니
걱정입니다.」

「원래가 그렇다오. 심란하시면 미감을 핑계하시고 공신들의 인견
(引見)*은 물론이요, 외직(外職)으로 뜨는 관원들의 숙배(肅拜)*조
차 받지 않으려 하신답니다. 신자(臣子)의 도리가 아닌 줄 번연히

---

* 소대 : 푸대접.
* 퇴령 : 고령(高齡).
* 휘항 : 추울 때 머리에 쓰던 모자의 하나.
* 독현 : 관아에 출두하여 현신(現身)하도록 독촉하던 일.
* 승전색 : 내시부에서 임금의 뜻을 전달하는 일을 맡아보던 벼슬.
* 인견 : 임금이 의식을 갖추고 영의정, 좌의정, 우의정 따위의 관리를 만나 보
  던 일.
* 숙배 : 백성들이 왕이나 왕족에게 하던 절.

들 알지만 물러나야지 딴 방도가 없질 않겠소. 게다가 원산포 개항으로 민심이 안연(晏然)치 못한 데다가 영남의 유생들은 걸핏하면 궐문 앞에 떼 지어 와서 복합(伏閤)*이니, 속 시원한 비답(批答)*을 내릴 수 없는 상감의 심기가 편하길 바라는 게 잘못이지요. 개항에 대한 상소를 하면 율에 처한다는 엄칙을 여러 번 내렸건만 한 치 앞 장래도 모르는 유생들은 모가지를 둘씩이나 달고 다니는지 패리(悖理)를 저지르기 서슴이 없소. 아직도 구름재 영감의 망령이 가시지 않아 경향의 책상물림들을 충동이질만 하고 있다 하오.」

「대단 황송하오나 시생이야 무명색한 시정아치로서 감히 정사에는 안맹이옵고 설혹 간지(懇志)*가 있다 할지라도 그것이 상감께까지 미치겠습니까. 다만 이번의 원산포 개항으로 시전(市廛)이란 명색뿐이게 되었으니 국역(國役)은 물론 앞으로는 방구석이 새까맣게 쥐똥이 깔리게 되었습니다. 그나마 장사치로서 명맥을 이어갈 수 있는 형편인 사람들은 서강과 삼개의 객주들뿐입니다. 해서와 삼남에서 오르는 세곡선과 어물들 때문이지요. 장안에서 명자깨나 있다는 육의전 상인들이 지금에 이르러서는 문밖의 중도아나 장물아비들에게 발목이 잡히어 물가의 시세를 그들의 농락에 맡기게 되었으니, 이제 득세한 자들은 외방의 난전꾼이 되었습니다. 일 년 중에 초하루에서 보름께까지만 장안에서 난전을 벌일 수 있도록 되어 있던 것이 빌미가 되어 오늘에 이르러서는 입전 행랑 가게 앞에 붙박이로 전을 벌이고 앉아 포목을 팔고 사게 되었습니다. 난장을 친다, 적발한다 하면, 되레 난전 치러 나온 사람

---

*복합 : 나라에 중요한 일이 있을 때에 조신(朝臣)이나 유생이 대궐 문 앞에 엎드려 상소하던 일.
*비답 : 임금이 상주문의 말미에 적는 가부의 대답.
*간지 : 간곡한 뜻.

을 드잡이하고 맞대고 호령합니다. 그래도 평시서(平市署)에서는 보는 둥 마는 둥입니다. 육의전에서 거둬지는 수세가 난전보다 적다 하여 당장 별하고(別下庫)를 채우기 위해 난전꾼들이 시골 관아의 되지못한 구실아치나 드센 체하는 아전들쯤 욕보이는 것을 묵인한다는 것은 어불성설이 아닙니까. 이로써 고개 하나를 사이한 두 고을의 곡가가 서로 엄청나게 다르고 개천 하나만 건너면 어물가가 또한 서로 다르게 되었습니다. 어떤 것이 시세이며 어떤 것이 상도(商道)인지조차 그 경계(經界)가 희미하게 되고 말았습니다. 왜화(倭貨)와 당화(唐貨)가 두메 아래까지 쏟아져 들어와서 엽전 몇 꿰미가 있어야 겨우 은자 몇 닢에 감당하게 되었으니 전재(錢財)*의 가치가 땅에 떨어져 나라의 재용이 모두 그들 난전꾼들 조롱 속에 들고 말았습니다. 이제 그들의 행패와 폐단을 막을 길도 없게 되었지 않습니까.」

신석주의 항변을 처음부터 못마땅하게 듣고 앉았던 민겸호는 눈살을 드러나게 찌푸리면서,

「개항이 되었다면 왜화가 내륙으로 쏟아져 들어온다는 것은 당연한 이치가 아니오? 명색 상인들이 그를 예측하지 못했다는 거요? 포구가 이양선들에게 열린다 할 적에는 상인들이 그 먼저 방책의 도리를 찾았어야 옳지 않소?」

「그렇지가 않습니다. 포구를 연다 하실 적에 언제 나라 안 상인들의 간소(諫疏)*를 들으시려 했던 적이 있었단 말입니까. 국기가 튼튼하게 된다는 것은 명찰을 가지고 식견이 투철한 신하들만이 있다 하여 되는 것이 아닙니다. 왜국이 포구를 열라고 으름장을 놓을 적에는 조정의 뜨르르한 대신들에게서 무엇을 얻고자 함이 아

♠진제 : 돈.
* 간소: 임금이나 웃어른에게 간하여 상소함.

니라 굶주리고 힐빗은 경향의 백성들을 노려서 하는 짓입니다. 육의전의 대행수란 위인이 나라의 상도가 이 지경에 이르렀어도 사저로 퇴출하신 대감과 사사로운 말로만 개탄할 뿐이니 어찌 힘을 얻어 그들과 다투어 상도를 지켜 나갈 수가 있더란 말입니까.」

「행수의 말은 상감을 능멸하려 함이 아니오?」

「이것이 어찌 상감께 욕을 돌리는 것이 됩니까? 장안의 권문세가라고 자처하는 관원치고 육의전과 삼개 객주에 변리를 놓고 있지 않은 사람이 도대체 몇이나 될까요. 변리를 쓰고 있는 상인이 재앙을 입어 본전을 놓아 버렸건, 혹은 운수의 과실로 물화를 몽땅 화적에게 적몰당했다 하더라도 체계(遞計)만은 변동 없이 대돈변으로 챙겨 가고 이식(利息)이 모자라면 하속들을 풀어 족징(族徵)까지도 서슴지 않고 있습니다. 상인이 패가망신하여 기탄(忌憚)하는 낌새만 보이면 그 원성이 여항에 퍼질 것이 두려워 나직(羅織)하여 뇌옥에 가두는 농락과 발호(跋扈)를 예사로 저지르지 않습니까.」

「듣자 하니 방자하구려. 그런 타박을 하고 있는 신 행수야말로 되땅에서 들어오는 아편과 비단을 밀매하여 설산을 하지 않았소. 그것을 은휘한 사람이 누구이며 오늘날 신 행수가 육의전 대행수의 자리에 오른 것은 또한 누구 덕분이오?」

「시생이 뒤늦게나마 그것이 잘못이었다는 것을 깨달았습니다. 시생이 뻔질나게 당화를 밀매하고, 포구의 사람들에게 아편을 풀어 숱한 인명을 해한 것은 대감을 비롯한 권신들에게 어거지로 떠맡은 대변을 갚아 내기가 너무나 힘겨웠기 때문입니다. 그런 암수(暗數)를 쓰지 않고는 변리 감당을 해내기 어려웠습니다. 시생의 잠매를 대감들께서 시종이 여일하게 은휘하고 때로는 수검(搜檢)을 막아 준 것은 시생에게 내준 체곗돈이 너무나 엄청났기 때문이지, 시생이 풍상 겪을 것을 애석하게 여기셨음은 아니었지 않습니까.」

「아까는 감히 상감을 능멸하더니, 그것이 한이 덜 차서 이제는 나를 기탄함이 아니오?」

민겸호의 두 손이 부르르 떨렸다. 신석주 하나쯤 사주뢰(私周牢)*를 내릴 배짱이 없는 바 아니로되, 신석주에게 준 대변돈이 실은 기만 민에 이르는지라 다만 손을 떨고 있을 뿐이었다. 엎어진 놈에게 절구질하기야 앉은 말 타기가 아닌가 하고 생각을 도사리는데, 신석주가 콩소매 속을 부스럭거리고 뒤지더니 봉서 하나를 꺼내 놓았다. 이 위인이 지금 무슨 도섭을 부리려 하는가 싶은데, 신석주가 가다듬은 목소리로 말하였다.

「여기 대감께서 시생에게 맡기시었던 구본변(具本邊)*을 일호의 낙변(落邊)이나 난봉(難捧)* 냄 없이 가져왔습니다. 지금에 이르러 시생에게 남아 있는 명색 재물이라고는 시생의 시신을 누일 수 있는 거처 한 칸이 있을 뿐입니다. 물론 시생에게도 후사에 남길 만한 재산이 없겠습니까만, 이 노쇠한 몸을 위해 수발하던 단비를 속량시키면서 그 손에 쥐어 보냈습니다.」

발치 앞으로 디미는 어음표를 내려다보고 있던 민겸호가,

「그렇다면 육의전 대행수 자리도 내놓고 와선(臥禪)이라도 하겠다는 거요?」

「이미 전방에 있는 서사를 도중으로 보내어 작파하겠다는 기별지를 띄웠으니 불원간 도중회(都中會)가 열려 대행수가 차정될 터이지요.」

「대전(大殿)에서 이 일을 듣자 하시면 연유를 물어 따로 윤지(綸

---

*사주뢰 : 개인 집에서 사사로이 주리를 틀던 형벌.

*구본변 : 본신과 이자를 합함.

*난봉 : 빚으로 준 돈이나 물건을 못 받게 되는 일.

旨)를 내리실 것이니, 그때까지 기다려 보는 섯이 백성 된 도리가
아니오? 현관(顯官)은 아니었다 하나 대행수 자리를 작파한다는
일이 한두 마디 수어 수작으로 귀정 지을 일만은 아니지 않소?」
「시생은 이미 노령에 들었습니다. 쇠진하여 슬기구멍도 막혔으니
행매 간에 수치나 될 뿐이지요. 상인으로서 배포도 잃었으니 상감
께서도 정상을 총찰하시고 계실 줄 압니다. 차제에 이르러 이 미
거한 것이 비궁(匪躬)*을 다하여 나라님을 받들지 못한 것 한이 될
뿐입니다.」
「경강의 임선(賃船)들은 어찌 처분하시었소?」
「급작스레 가산을 처분하자니 그 또한 지난이라 초례우물골〔禮井
洞〕 김보현 대감의 소유로 넘기고 말았습니다.」
「신 행수가 노령에 이르러 기동이 여의치 않다는 것은 핑계일 뿐이
오. 그만한 작정을 한 근저에는 기필 남다른 연유가 있을 것인즉,
그간의 교분으로 보아 휘할 것이 없으니 기탄없이 토설하시오.」
「시생의 근력이 쇠약한 것은 사실입니다. 다만 이런 작심을 진작
에 앞당긴 것은 시생의 거처에서 드난하던 동자치 계집에게 있다
고 할 수 있겠지요.」
장죽을 뼈끔거리던 민겸호가 아랫입술로 흘러내리는 침을 황급히
거두며,
「변지 해안에 이양선이 출몰하고부터 세상이 많이 변했군. 그 동
자치가 신 행수의 솔축이었소?」
「아닙니다. 제가 계집에 주렸기로 아랫도리에 두고 부리던 천례를
차마 솔축으로 데리겠습니까.」
「그것 역시 명색 사람이라고는 하나 상감께서 만류해도 안 될 일

---

*비궁 : 자기 몸을 돌보지 않고 임금이나 국가에 충성을 다함.

을 숙수간 부엌것이 대행수의 심지를 움직이게 하였다니, 이것이 어디 흔한 일이오?」

「천례들이란 본래부터 가진 것이 없으니 허욕이 있을 수 없고, 경사(經史)를 섭렵한 적이 없으니 기만과 술수에 능하지 못하고, 몸 가축에 힘쓴 일이 없어 마음에 허황된 것이 없으며, 남의 염량을 살필 줄 모르니 가진 심성대로 살아가는 것이지요. 일세를 경륜한다는 선비들보다는 사람을 가르칠 줄 안다는 것입니다. 지난달 아산현감 이승긍(李承肯)이 대동미 사백 섬을 실은 임선을 발묘(拔錨)시켜 놓고 색리(色吏)들과 통모하여 복패(覆敗)*된 양 가장하고 사백 섬을 몽땅 착복하여, 시생은 배 한 척만 공다지로 잃었습니다. 삼도 수군통제사(三道水軍統制使) 정낙용(鄭洛鏞)은 둔세(屯稅) 팔만 냥 중에 육만 냥을 미수(未收)하여 중책을 받았습니다만, 그것이 미수가 아니라 포흠(逋欠)한 것을 작납(繳納)*하지 않아서 일어난 사단인 것은 천하가 알고 있는 사실이 아닙니까. 어디 그뿐입니까. 그가 상로배를 제쳐 두고 몸소 유구인(琉球人)*들과도 거래가 있었다는 의심조차 받고 있지 않습니까. 이것이 글줄이나 읽고 양명을 꾀하자는 사람들의 행사일진대 일개 무명색한 천례의 계집이 받들어 모시던 상전의 안위를 위해서 목숨을 기꺼이 버리고자 하매 시생이 청맹과니가 아닐진대 심지가 움직일 수밖에 없겠지요.」

그제야 민겸호는 신석주의 마음을 돌려 앉힐 수 없다는 것을 깨달았다. 벼슬아치들의 탐학과 행패를 빗대어 상감을 은근히 능멸하려 함이요, 상것들의 행동거지를 비호하려는 것은 또한 선비들을 능멸

*복패 : 엎어지거나 깨어짐.
*작납 : 가서는 물건을 들여보냄.
*유구인 : 일본 류큐 제도 사람.

함이 아닌가. 민겸호는 금방 고꾸라질 듯하면서도 겨우 몸을 지탱하고 앉은 신석주를 한동안 바라보고만 있었다. 그 방자한 언행 하나를 빌미잡아 그를 원찬시킬 수도 있었다. 그러나 지금까지의 교분은 저버리고서라도 그동안 신석주의 손을 빌려 식산(殖産)한 가산이 불소하니 곱게 내보내는 것이 상책일 성싶었다.

2

이튿날 표신(標信)*이 내리는 길로 예궐하여 상감을 뵙고자 하였다. 고종은 전날 밤의 주연으로 인하여 아직 용안이 밝지 못하고 기동도 시원치 않았다. 전 같으면 별입시(別入侍)*는 물론이요 상참(常參)이고 조참(朝參)이고 간에 내칠 일이로되, 예조 판서 민겸호가 청대(請對)하고 편전(便殿)의 합문(閤門)에서 기다린다 하니 할 수 없이 인견(引見)키로 하였다.

「상감께서는 종가 육의전의 대행수인 신석주를 알고 계시는지요?」

종가의 신석주라면 궁가의 내탕전(內帑錢)*에 보탬을 주고 있는 백성인 터, 임금이 그를 모를 턱이 없었다.

「그 백성이 어찌 되었다는 것이오?」

「그가 육의전 대행수 자리를 사양하고 있습니다.」

임금이 한동안 탑전(榻前)에 부복(俯伏)한 민겸호를 내려다보고 있더니 혀를 끌끌 차면서,

「무슨 허물이며, 어떤 연유로 그런다 하오?」

「소신이 소상히는 알 수 없으나 이미 노령에 들어 명재경각(命在頃

---

*표신 : 궁중에 급변을 전하거나 궁궐 문을 드나들 때에 쓰던 문표(門標).
*별입시 : 신하가 사사로운 일로 임금을 뵈던 일.
*내탕전 : 임금이 개인적인 용도에 쓰던 돈.

刻)*이라 수구(瘦軀)를 이끌고 대행수의 직분을 거두어 나가기엔 지난이기 인과자책(引過自責)*이 아닌가 봅니다.」

「낭패구려. 궁가의 재용이 궁핍을 받고 있는 이때에 그런 백성이 있어 잡용을 지탱하렸더니……. 혹이나 그자가 위명(威名)을 노려 한과(開窠)한 구실이라도 한자리 은근히 바라고 있었는데, 그것을 모르고 있었던 것은 아니었소?」

「환로에 들 의향이 있었으면 옛날에 신에게 은근히 청촉을 하였으리라 믿습니다. 공관(空官)이 없더라도 중비(中批)로 변지(邊地) 수령 한자리쯤은 작과(作窠)인들 불사할 것이나 한 번도 의중을 털어놓은 적이 없었습니다.」

「그 백성을 완곡히 타일러 준좌(蹲坐)*시켜 심지를 고쳐먹도록 조처하는 게 어떻겠소?」

「시중의 상로배들이란 그렇지가 못합니다. 글줄이나 읽었단 선비들의 심사는 되레 시절 따라 조석지변이나 근본이 상된 것들은 축생에 버금가서 한번 작정한 터를 좀처럼 고쳐먹지 못하는 병통이 있습니다.」

「우매한 것이 백성이구려. 시절의 변색을 따라 사는 것이 인지상정이고, 상인이라면 또한 시절을 따라 섭생의 도리를 취하는 것이 상도이거늘, 그런 안맹한 위인이 어찌 상리로 패업(覇業)을 이루었단 말이오. 그 위인이 혹이나 붕당을 이루어 풍교(風敎)를 어지럽힐 조짐은 보이지 않소?」

「신이 살펴보건대 그럴 만한 위인이 되지 못합니다.」

「그자가 실성을 한 거로군. 과인(寡人)의 은덕을 깨닫지 못한 위인

---

* 명재경각 : 거의 죽게 되어 곧 숨이 끊어질 지경에 이름.
* 인과자책 : 자기의 잘못을 깨닫고 스스로 꾸짖음.
* 준좌 : 주저앉음.

이오. 내 그 위인을 어여삐 여겨 구애(拘碍)*를 파탈하고 무간하게 대접해 준 적도 없지 않았고 때로는 두둔해 주기도 했거늘, 오늘에 이르러 어찌 이토록 저버린단 말이오. 당장 궁가의 살림이 궁핍을 겪게 되니 그것이 걱정이오.」

「지난날과 달라서 육의전에서 지고 있는 국역이 미미할 뿐입니다. 외방의 난전 행고(行賈)들의 세력이 승하기 때문입니다. 상감께서 는 과히 심려 마십시오. 신석주 한 사람과의 인연이 끊어진다 하 여 상서롭지 못한 조짐으로 생각지는 않습니다. 근본이 잠채꾼이 긴 합니다만, 단천에 살고 있던 이용익이란 자가 있습니다. 그가 단천에서 한금을 캐어 주상께 헌상(獻上)한 것을 알고 계시지 않 습니까. 금은 모든 재화의 근본을 이루는 물건이라 포목이나 황동 전(黃銅錢)* 꿰미로는 그 가치를 따질 수가 없지 않습니까. 도승지 민영익이 그자에게 감역의 벼슬을 내려 단천으로 다시 내려 보냈 습니다. 불원간 다시 올라오면 궁가의 재용에 낭패가 되지 않을 것이니 양전(兩殿)* 마마께선 심려치 마십시오. 궁가의 재용에까 지 성려(聖慮)를 끼쳐 신하 된 도리가 아닙니다. 앞으로는 이런 불 찰이 없을 것인즉, 여러 신하들이 있는 자리에선 내색하지 마시기 바랍니다.」

「알겠소. 더 이상은 거론치 않을 것이니 처결하여 말썽이나 없도 록 하시오.」

윤허(允許)를 물을 것도 없이 탑전정탈(榻前定奪)*로 비답을 받들 어 나온 민겸호는 퇴출하여 기다렸다가 해거름에 민영익과 김보현

---

*구애 : 거리끼거나 얽매임.
*황동전 : 놋쇠로 만든 돈.
*양전 : 임금과 왕비를 아울러 이르는 말.
*탑전정탈 : 신하가 제기한 의견에 대하여 왕이 그 자리에서 결정함.

을 사저로 불렀다. 신석주가 대행수의 자리를 사양하였다는 소식을 들은 둘 중 어느 한 사람도 놀라는 기색이 없었다. 김보현은 전날 밤에 신석주를 만나 사실을 알고 있었고, 민영익은 신석주와는 안면도 익숙하지 못할뿐더러 육의전에서 지는 국역 따위엔 이미 관심이 없었기 때문이다.

민영익이 말하기를,

「그 위인이 방자하게도 주상을 비방하였다면 정배라도 시켜야 할 죄인이 아닙니까? 제가 싫어 그만둔 차제에 감히 주상을 비방하다니, 이게 있을 수 있는 일입니까?」

김보현도 역시 가만히 앉아 있을 수만 없어 분명한 체하고,

「그럴 수도 없는 노릇입니다. 경사의 현관들치고 그 위인에게 용을 얻어다 쓴다, 살림 두량을 떠맡긴다 했던 사람이 허다했던 판에 원찬이라도 시킨다면 육의전 행수들이며 공인바치들까지도 원성이 자자할 것이니 수의해서 조처할 일입니다.」

「그 위인이 이미 그것을 십분 짐작하고 주상을 비방한 것이오. 세상이 어찌 이 꼴이 되었소. 일개 명색 없는 장사치가 지엄한 대전을 비방한 것인데도 치도곤을 내리지 못하게 되었습니다. 장차 이런 일이 다시 있어선 안 될 것입니다. 그러나 그 위인을 독병(督倂)*하여 처교(處絞)*나 원찬을 못 시킬망정 남은 재산을 적몰하여 속공(屬公)을 시켜야 합니다. 어디 될 법한 일입니까.」

민겸호가 입술을 찡그리고 앉았다가,

「그 일도 지난이오. 그자의 말을 듣건대 제 앞으로 남은 재물을 어음으로 바꿔, 부리고 있던 노비에게 쥐여서 속량까지 시켜 내보냈다는 것이오.」

---

* 독병: 죄사하여 추문(推問)함.
* 처교: 죄인을 교수형에 처함.

「저런 오라를 지울 놈을 보았나. 반복(反覆)*하는 자의 말은 곧이
곧대로 들을 것이 못 됩니다. 그자가 경가파산(傾家破産)* 했다는
것은 이치에 맞는 말이 아니오. 오히려 도중(都中)의 국세를 착복
한 포맹(逋氓)*일시 분명합니다. 도비(逃婢)에게 추포령(追捕令)
을 내려 그 두길보기*가 생청을 떼지 못하도록 닦달해야지요. 근
자에 내보냈다면 계집의 행보이겠으니 근기 지경을 채 벗어나지
는 못했을 것입니다.」

소증이 오른 민영익이 땅땅 벼르고 나오자, 민겸호도 아차 이것만
은 실수였구나 하였다. 계집에게 추포령을 내리기로 작정하고 우변
포도대장(右邊捕盜大將) 김기석(金箕錫)에게 득달같이 통기하고 형
조 판서 홍우창(洪祐昌)에게도 기별지(奇別紙)를 띄우게 되었다.

민영익이 보낸 기별지를 받아 든 우변 대장 김기석은 화증이 꼭뒤
까지 치미는 것을 느꼈다. 포도청이 성 내외의 야순(夜巡)을 분장(分
掌)하고 도적을 잡아들이는 일이 본분이라고는 하지만, 사태가 아무
리 위급하게 됐기로서니 일개 미천한 반비(叛婢)를 잡아들이는 소소
한 일에 포도대장 앞으로 떡 벌어진 기별지를 띄우는 도도한 버르장
머리에 심화가 끓어올랐기 때문이다. 반차(班次)로 따지자면 도승지
가 정삼품이요 포도대장은 종이품으로서 꿇릴 것이 없었고, 연치로
보아도 그와 벗할 나이가 아니었다. 그러나 중궁전(中宮殿)의 각별한
총애를 받고 있는 민영익의 비위를 거스른다는 것은 화근을 자초하
는 일이니 득달같이 죽동궁으로 달려가긴 하였다. 다급해 보이는 사
태와 달리 민영익은 사랑채에 순편하게 앉아 복기를 하고 있었다. 포

* 반복 : 말이나 행동, 생각을 이랬다저랬다 하여 자주 고침.
* 경가파산 : 재산을 모두 털어 없애어 집안 형편이 결딴남.
* 포맹 : 공금을 사사로이 쓴 사람.
* 두길보기 : 두 가지 마음을 품고 제게 유리한 쪽으로 붙좇으려고 엿보는 일.

32

도대장과 도승지의 지체들이라고는 하나 상종이 잦지 않아서 인사수작 외에는 자리가 버성기는데, 민영익이 바둑판을 밀치고 나서,

「우선 도비의 용모파기부터 만들어 나루와 길목에 펴는 것이 좋지 않겠습니까. 어떤 일이 있더라도 달이 가기 전에 그 계집을 잡아 들여야 합니다.」

「도비가 어느 곳으로 노정을 잡았는지 그것만이라도 짐작해야 복닥이*들을 풀어도 포도수(逋逃藪)*를 점지하기 수월하지 않겠소? 무작정 근기 지경이라 한다면 그것 역시 발 달린 짐승이니 엄중한 추포령을 내린다 하더라도 이 달 안으로 잡아들이기는 수월치 않소.」

「도비를 잡자는 것이 아니라 육의전의 대행수란 놈을 잡자는 것이니 당장 다급하게 되었다는 것입니다. 그 도비는 간범(干犯)*일 뿐이오.」

「그렇다면 어설프게 변죽을 울릴 것도 없이 대행수란 위인을 당장 잡아들이지, 나를 부를 것까지는 없지 않습니까.」

대꾸하는 김기석의 어취에 쓸까스르는 기색이 완연한지라, 민영익이 비위 틀린 시선을 하고 김기석을 노려보긴 하였지만 금세 뒤를 죽이고,

「내가 그걸 왜 모르겠소. 그놈을 잡아들여 결옥할 범증을 귀정 짓자 하니, 도비 명색부터 잡아야 한다는 것은 벌써 눈치 챘어야 할 게 아닙니까?」

「사단의 내막이 무엇인지는 모르겠소만 대행수를 잡아들이는 일이라면 잠상질에 도매(盜賣)한 죄안(罪案)도 허다한데 범증이 궁

---

*복닥이 : 군졸을 말함.

*포도수 : 죄를 짓고 도망간 사람이 숨어 있는 곳.

*간범 : 남의 죄에 관련된 범죄.

색하여 그놈을 못 잡아들일까요.」

「나도 그런 것이야 알고 있소. 그것이 여의치 못하니 탈입니다. 그 도비만 잡아서 몇 마디 공동(恐動)을 주면 사단의 내막을 소상하게 아실 터이니 시각을 지체 말고 포교들을 푸십시오.」

포도청으로 되돌아온 김기석은 그러나 생판 내키지 않았다. 민영익에게 면박을 당한 것도 심사에 걸리적거리는 것이려니와 천례인 도비 하나를 잡아들이자는 일에 포도청이 발칵 뒤집혀야 한다는 것도 어불성설이요, 이른바 상감의 곁을 돌고 있는 권신(權臣)이란 위인들이 어지러울 대로 어지러워진 정사를 바로잡을 요량은 않고 시정의 장사치에게 사혐(私嫌)을 두고 포도청을 들볶는 일이 가소로울 뿐이었다. 이틀돌이로 기별이 오고, 안달하는 민영익과 민겸호의 성화에도 불구하고 김기석은 만경출사(萬頃出使)*로 기찰포교들을 풀었다고만 대답하고는 실상 차일피일하고 있었다. 민겸호가 그런 김기석의 태도를 알아챈 것은 3월 하순께였다. 이를 가만둘 수 없어 기회만 엿보고 있다가 4월 초사흗날 김기석이 궐순(闕巡)한 것을 죄책 잡아 아예 파직시켜 버렸다. 사태가 여기에 이르자 사단의 귀추를 관망할 작정으로 있던 경기도 관찰사 김보현은 지방 관아에다 엄칙을 내려 월이를 뒤쫓도록 조처하였다.

그러던 어느 날 김보현의 사저에 유필호가 찾아왔다. 그가 김보현을 뵙자고 하는 것은 모가지를 내걸지 않으면 어려운 일이었다. 그를 헐숙청에서 내친 지도 이미 오래전이었고 장안에 얼씬하는 날엔 별반거조를 보이겠다고 으름장까지 놓았던 터, 청지기가 와서 연통할 때 누구보다 놀란 사람은 김보현이었다. 속으로는 이런 담대하고 방자한 놈이 있는가 하였으나 행색이나 보자 하고 사랑으로 들게 두

---

* 만경출사 : 포교가 아무 때나 돌아다니면서 죄인을 잡던 일.

34

었다.

과연 놀라운 일이었다. 옛날처럼 외양이 번듯하기 변함없고 준수한 유필호가 거침새 없는 행보로 누마루로 올라서는 것이었다. 범절을 갖추어 인사 올린 뒤에,

「대감, 뵙지 못한 동안 댁내가 무탈하시었습니까?」

인사를 개어 올리는 유필호의 행동거지에 한 점의 불안이나 주저가 보이지 않아 김보현은 질렀다.

「내 자네를 집 안에 들이지 않기로 작정한 것이 오래전 일이었거늘 지난날의 연비에 기대어 꼴같잖은 견양을 쳐들고 다시 나를 찾기에 주저가 없다니?」

「그것을 미루어 짐작 못할만큼 시생이 아둔하겠습니까? 전사에 대감께서 어떤 연유로 인연을 끊으려 했던 것인지 알 수 없으나, 지금에 와서 지난 일을 쳐들어 정가*할 마음은 추호도 없습니다. 그런 일이란 대저 경사를 읽었다는 선비의 할 짓이 못 되기 때문입니다.」

목자를 부라리고 있던 김보현이 콧방귀를 뀌고 나서,

「그래? 자네는 내 집 헐숙청에서 기식하며 소일할 때의 신수 그대로이니 그동안 어디 가서 생화를 거두었던가? 그 상로배였다는 놈과 동사한 거로군.」

「선비의 지체로 상것들 틈에 끼여 조석을 주변하긴 하였습니다만, 일호도 체통을 더럽힌 적은 없습니다.」

「가소로운 일이다. 상것들 틈에서 생화를 거두었다면서 선비의 지체에 더럽힘이 없었다니, 그런 어폐가 어디 있단 말인가. 용이 개천에 빠졌어도 깔따구가 덤비지 않더란 얘긴가? 이 위인아, 감히

---

*정가: 지난 허물이나 흠을 쳐들어 흉봄.

뉘 앞에서 언사를 농하고 있는 건가?」

「선비란 그 살아 있어야 할 명분을 뚜렷하게 가지는 것과 그 있는 자리가 또한 욕되지 않아야 하겠지요. 미천한 것들과 반연을 트고 지낸다 할지라도 일신의 호강을 염두에 둔 적이 없었고 몽리를 노려 궁벽한 여항의 백성을 괴롭힌 적이 없었으니 어찌 흉중에 거리낌이 있다 하겠습니까. 이것이 대저 벼슬아치들과는 분별되는 경계라 할 수 있겠지요. 시절이 변하여 압제받던 모든 백성들이 그 인간됨을 스스로 깨치려 하고 있는 판에 선비라 하여 음풍농월할 수만은 없게 되었습니다.」

「선비의 도리를 따지자는 것이 불각시에 내 집에 투족한 연유의 전부인가?」

「소청이 있어 뵙고자 하였습니다.」

「같잖은 일이로다. 미천한 것들 틈에 끼여 그것들과 입을 맞추고 살아가는 위인이 오늘은 선화당(宣化堂)에 뛰어들어 소청이 있다 하면 수치롭고 줏대 없기로 이만한 일이 없거늘, 이것이 체통을 더럽히지 않은 사대부의 처신이라 할 수 있겠는가?」

김보현이 앞뒤 견주어 볼 것도 없이 막보기로 무안을 주었으나 끄떡 않고 앉아 있던 유필호의 입에서,

「지금 관아에서 포졸들을 풀어서 어떤 도비를 추포하려 하고 있는 듯합니다. 그 도비가 어떤 죄안을 저질렀는지는 모르겠으나 포졸들이 장시와 나룻목마다 삼엄한 기찰을 풀어 행고들에게 작경을 놓고 있습니다. 아녀자들과 여상(女商)들을 모개로 잡아 딱장을 받아내려 하니 행고들이 장시 출입을 두려워해 행매가 두절되고 있어 이런 낭패가 없습니다. 이를 선화당에서 십분 명찰하시고 기찰을 풀게 하시든지, 여의치 못하면 애매하게 봉욕하는 아녀자들이 없게 조처하심이 목민관이 취하실 도리가 아니겠습니까? 그 도

비는 어느 대갓집의 노비였습니까?」

「그 도비가 정범이 아니라 간범으로 잡자는 것이야. 그 계집은 장안 입전의 대행수인 신석주의 집에서 몸종 거행 하던 것으로 기만 민의 전재를 지니고 도망하였다네.」

「기만 민을 지니고 도망하였다면 침책(侵責)을 피해 가뭇없이 숨어 버렸지, 숙맥이 아니고서야 여항간에 얼씬인들 하겠습니까. 듣기로는 해서(海西)의 해주 지경에 수만 금을 가진 여상이 나타나서 포목을 도집한다는 풍문이 있긴 하였습니다만, 적실하지는 않습니다.」

유필호의 말이 떨어지기 바쁘게 그때까지 언사가 삐뚜름하던 김보현이 화들짝 놀라,

「그런 소문을 어디서 들었던가?」

「시생의 마방에 들었던 외방의 행고가 지나가는 말로 지껄이던 것을 언뜻 듣기는 하였습니다만, 벌써 수일 전의 일이라 시생도 그 행고의 견양이 기억에 없습니다.」

김보현이 고개를 끄덕이었다. 그 노비가 장안을 벗어난 지가 벌써 월여를 넘기고 있다면 해주 지경까지야 내려가기 어렵지 않았을 것이다. 게다가 추포령이 내려졌다는 것을 눈치라도 챘으면 의주 지경까지 장달음을 놓았을 법하지 않은가. 아녀자의 행보라 하여 근기 지경만을 뒤진다는 것은 현명한 일이 못 된다는 생각이 든 김보현은 되레 그런 행고가 있다면 득달같이 소식을 알려 달라는 당부를 내려 유필호를 곱게 내보내었다. 대문을 나선 유필호는 노량으로 걸어서 해가 나절가웃이나 기운 뒤에 광희문에 당도하였다. 광희문의 수문 군들이 함지박을 인 송기떡장수나 나물 바가지를 옆에 낀 아녀자들을 검색하고 있었다.

갓바치 석쇠의 집으로 들어서니 송파에서 따라온 또출(又出)이 궁

금증을 온 낮짝에 이거 바른 채 봉당에 쭈그리고 앉아 있었다. 유필호가 삽짝을 밀치고 들어서자 벌떡 일어나 쭈르르 마주 나오며 물었다.

「생원님, 어찌 되었습니까?」

유필호는 코대답도 않고 봉노로 가서 좌정부터 한 뒤에 꽁무니를 물고 따라 들어온 또출에게,

「권도를 쓴다고는 하였네만, 그렇다고 염려를 놓을 것은 못 될 성부르네.」

「대감이 생원님 말씀을 권도라고는 생각지 않을 것입니다.」

「해서 지경에 여상이 나타났다고 하니 화들짝 놀라는 눈치는 보이데만, 그것으로 근기 지경 기찰이 풀릴까?」

맞춤 갓신거리가 많이 들어와 눈코 뜰 사이 없이 바빠진 석쇠는 삼베등거리 하나만 걸치고 쭈그리고 앉은 채 마침 태사혜(太史鞋)* 밑창에 징을 박고 있다가 말참견을 하였다.

「생원님께서 김 대감 헐숙청에서 식객 노릇을 그만큼 하셨으니 옛날 인연을 보아서도 생원님 말씀 준신(準信)*할 터이지요.」

또출이 등 뒤에 있는 석쇠에게 반몸을 돌리고,

「자네 짓고 있는 갓신은 뉘 집 것인가?」

「낙동염라(洛洞閻羅)란 별호도 못 들었나? 어영대장(御營大將) 이경하(李景夏) 대감 댁에서 맞춘 것일세.」

「대감 소리 늘어지게 내뱉고 있네그려. 이경하는 대원위 대감의 오른팔이 아니었나?」

석쇠가 손으로 코를 팽 풀어서 장지 밖으로 홱 내던지고 문설주에다 손을 쓱 닦고 나더니,

---

*태사혜 : 남자의 마른신.
*준신 : 어떤 기준에 비추어 보고 믿음.

「나 같은 미천한 것이 대감 댁네들 갖신이나 지어 올리며 대감 소리나마 자주 입초에 올리게 되었다면 그만한 왕기도 없지 않은가.」

「네놈같이 투미한 솜씨에 갖신 짓는 재간이나마 달고 나온 것이 큰 다행이로구나, 젠장.」

「이놈아, 소간 다 보았거든 객담 말고 냉큼 일어서. 공연히 남의 콩팥에다 못박지 말고.」

웃고 일어선 것은 유필호였다. 세철리 샛강나루로 나와 기다린 지한 식경이나 되어서 뗏배를 얻어 탔다. 송파 마방에 당도하였을 땐 일색은 완전히 저물어 어두워졌다. 쇠죽 냄새가 구수하게 퍼지는 마방 앞을 가로질러 상방으로 들어간 유필호가 월이를 불러 앉히었다. 몽당치마 아래로 드러난 두 다리를 감추며 월이가 바람벽을 등지고 앉았다.

수삽한 태를 짓고 있는 월이를 한동안 바라보고만 있던 유필호가 무겁게 입을 열었다.

「기찰이 눅어질 조짐이니 요지간에 떠나도록 하여라. 내 요량 같아서는 너를 여기다 잡아 두고 싶으나 네가 그토록 성화를 먹이고 있으니, 이젠 만류할 재간이 없게 되었다.」

「쉰네도 조급증을 부리는 것이 생원님 심지를 흩뜨린다는 것을 알고 있습니다.」

「지금이라도 늦지는 않았다. 심지를 고쳐먹고 여기 송파에 그대로 붙박여 살아가는 게 어떠냐?」

「신 대주께서 조만간 세상을 뜨지 않는 이상 구포령(購捕令)*에 쫓긴 포졸들이 눈이 시뻘게서 쉰네를 추포하려 들지 않겠습니까. 쉰네가 이 마방에 길래 숨었다가 잡히는 날엔 그로 인해 봉욕하실

---

*구포령 : 상을 내걸고 범인을 잡는 명령.

동무님들이 어디 한둘이겠습니까. 모르긴 해도 이 마방에다 연못을 파버릴 것입니다. 그것을 염두에 두어 보셨는지요?」

「미천한 것이 소명하고 심지가 깊어 가상타만 네가 잡혀가면 네 목숨 하나 낙엽이 되게 가만두겠느냐. 무슨 술수를 해서라도 너를 구명할 것이 아니냐.」

「왜 자꾸만 생원님께선 쉰네를 잡아 두려 하시는지요?」

유필호가 얼른 대답을 못하고 주저하다가 공연히 등잔을 당겨 놓으면서,

「내가 너를 보고자 함이다.」

「생원님께서 이 천례를 상사(相思)하시어 정분을 두고 계시단 말씀입니까?」

「꼭 그렇다고는 할 수 없다만…….」

「외람되어 말구멍이 막힙니다. 생원님께서 어찌 쉰네와 해로하실 심지를 품을 수 있으시단 말씀입니까. 지체가 이토록 틀리는 판에 생원님께서 삼이웃에 구경을 당하시게 된다는 것을 왜 모르십니까.」

「너와 혼인하자는 것이 아니다. 그저 곁에 두고 보고자 함이다.」

「곁에 두고 보아서 소용될 것도 없는 천례일 뿐입니다. 그러나 하찮은 계집이긴 하나 쉰네도 갈 길이 있지 않겠습니까. 생원님의 눈요기가 되고자 하여 평생을 그르칠 수야 없지요.」

「하긴 너 가진 재물이 불소하니, 그것만 가져도 평생 호강을 누릴 수야 있지 않겠느냐.」

「쉰네가 그것을 염두에 두고 있지는 않습니다.」

「알아듣겠다. 어쨌든 또출이를 안동해서 보낼 터이니 기찰이 다소 눅어졌다 하더라도 범백사 행동거지를 조신해서 가도록 하여라.」

「남정네 한 사람과 작반하기가 두렵습니다.」

「신실한 사람이니 그런 걱정은 쓸데없다. 제 식솔을 거느린 사람이 어찌 아무 여자에게나 색념을 품겠느냐?」

유필호의 말에 힘담이 하나도 없었다. 그때 문득 유필호는 자신이 문벌 있는 가문에 태어난 것이 후회스러웠다. 차라리 미천한 것으로 처신해 왔다면 장차의 금슬이야 어찌 되었든 월이를 면대하여 속내를 털어놓음에 일점 쑥스러울 것이 없고 혼약에 또한 주저할 것도 없겠기 때문이었다. 지체가 판이하니 언감생심 있을 수 없는 일이라던 월이의 한마디가 가슴에 와 못이 박히는 듯하였다. 그가 아무리 간특하고 꾀주머니를 차고 있다 한들 월이의 마음을 정분만으로 돌려 앉힐 수는 없다는 것을 깨달았다.

그로부터 닷새가 지난 한 장도막 뒤에 월이는 송파의 마방을 하직하게 되었다. 4월 중순께라 아직은 강바람이 매섭지만 나룻가에 핀 버들개지에 물이 올랐으니 춘색은 완연하였다. 월이를 남장으로 변복시킬까, 아니면 아예 머리를 배코 쳐서 이승(尼僧)으로 변색을 할까, 아니면 양반집의 내행으로 꾸밀까 하는 의논들이 여러 번 오갔다. 그러나 이승으로 변색하자면 우선 예조에 알음이 없으니 도첩(度牒)*을 변동하는 일부터가 지난이요, 숫막이나 객주에 묵기도 어렵다는 것이었다. 양반집 내행으로 꾸미자면 행동거지에서 자칫하면 근본이 탄로 날 것이라 배젊은 떠꺼머리총각으로 변복하기로 작정이 되었다.

「중로에서 군뢰배들에게 작경을 당한다 하더라도 절대로 주저하는 빛을 보여선 안 되느니. 그것들이야 눈치 하나로 먹고 사는 부류가 아닌가.」

유필호가 처연한 기색으로 말하였다.

---

*도첩 : 새로 중이 된 사람에게 나라에서 내주던 신분 증명서.

「그동안 쉰네 때문에 무척이나 속을 썩이셨습니다.」

「그 쉰네란 말도 이젠 그만두거라.」

3

채비하여 발행한 것이 먼 산등성이로 희붐한 미명이 묻어 오는 새 벽녘이었다. 삼전나루 사공막에 나아가 기다리다가 뚝도로 건너가 는 첫배를 탔다. 도선객들은 거의 배우개 난전으로 나가는 시탄장수 들과 목마장(牧馬場)으로 가는 목자(牧者)들이었다. 과연 뚝도나루 에는 전에 없었던 복처(伏處)* 한 채가 바라보였다. 그러나 이른 새 벽참이었기 때문인지 기찰포교들이 검색을 펴고 있지는 않았다.

두 사람은 뚝도에 내리는 길로 옆도 돌아보지 않고 곧장 왕십리 영도교를 지나서 인창방(仁昌坊) 한중간을 가로질러 무넘잇골〔水踰 里〕로 내려갔다. 숨차게 길을 줄였더니 다락원에 당도하였어도 늦은 아침께가 되었다. 서울 장안이 바로 지척이건만 다락원까지만 나왔 어도 벌써 관동의 장사치들이 많이 보였다.

월이가 남장한 것이 그럴듯한가 아닌가도 알아볼 겸 저자 한편에 자리잡은 술국집으로 들어갔다. 쪼그라든 젖무덤에 까만 젖꼭지를 저고리 앞섶 사이로 늘어뜨린 주모가 한창 토장국을 끓이고 있었다. 두 사람이 긴 목로 한쪽을 차지하고 멀찌감치 좌정을 하자, 주모는 냉큼 달려와서 목로를 훔쳤다. 구레나룻이 더부룩하고 광대뼈가 불 거진 또출이 얼른 말을 건넸다.

「밥은 뼈 없게 지었소?」

주모가 그 말 날름 되받아서,

---

*복처 : 중요한 길목에 설치하여 순라군들이 밤에 지키도록 한 군대의 초소.

「목자는 험악하게 생기신 분이 진밥 굳은 밥 찾으실 게 무어요. 옆
　에 계신 분이라면 모를까. 그렇지 않수?」
하고 월이에게 찡긋하며 추파를 던졌다. 월이가 입가에 웃음을 흘렸
을 뿐 대꾸는 없었다. 토장국에다 강조밥을 꾹꾹 말아서 목로로 내
오며 주모는 다시 물었다.
「탁배기는 한 주발 안 드시려우?」
　월이 쪽으로 힐끗 눈길을 주던 또출이,
「어련하겠소. 우선 한 주발만 담아 내시는데 뒤축으로 꾹꾹 밟아
　내슈.」
　뒤축으로 꾹꾹 밟지는 못했지만 주발 가념으로 술이 철철 넘치도
록 안다미로 부은 술사발을 내온 주모가 월이에게 눈길을 주며 혼잣
말이지만 들으란 듯이,
「참 몰인정도 하시오. 작반하는 짝패도 눈뜬장님은 아닐 텐데 술
　을 혼자 자시는 분이 어디 있소? 이 목쟁이에서 술집을 내고 지
　키고 앉은 지가 여섯 해가 지났소만, 이런 경위 없는 행사는 처음
　보았다니까요.」
「모르거든 가만있으시오. 이 사람은 술이라면 접구도 못하는 사람
　이오.」
「오래 살면 시어미 죽는 날도 있다더니, 보부 다니는 사람이 술 못
　먹는단 얘긴 금시초문이구려.」
「까마귀라 하여 모두 오디에 환장을 할까. 아직 반주 마실 잡이가
　못 된다는 것쯤이야 주모도 알 만한데…….」
「내 마수걸이도 했고 하니 공술 한 주발 부어 올리다. 그럼 자시
　려오?」
　주모가 다시 월이에게 추파를 띄우는데 또출이 얼른 말을 가로채
었다.

「부어 올려 보았자 헛수고요. 못 마시는 사람에게 강짜 부려 권할 것 없이 술이라면 환장하는 내게다 공짜 술을 안기시오.」

「행색이 굴뚝 막았던 덕석같이 험악한 댁네보다 해끔한 남정네에게 한잔 술 권하자는데 왜 자꾸 혜살이시오? 저분은 입이 붙었답니까? 자꾸만 남의 말 가로막고 나오시는 켯속을 모르겠구먼.」

「궁금하우?」

「궁금하다마다요.」

「내막을 알고 보면 주모도 놀랄 것이오. 내 짝패가 낯짝 하나는 사내답지 못하여 해사하고 마음씨도 비단결이오만, 소싯적에 열병을 앓고 난 후로 그만 말구멍이 막혀 버렸다오. 게다가 지금은 항아리손님까지 앓고 있는 중이라 처지가 허허한 데다가 빚이 열닷 냥이라오.」

골자를 알고 화들짝 놀란 주모가 목로 가에 웅크리고 앉은 월이를 유심히 살피고 나서 토장국 솥에다 술구기를 깊숙이 집어넣어 휘젓더니 건지를 건져 내어 월이의 그릇에다 덧거리로 듬뿍 얹어 주면서 혀를 끌끌 찼다.

「아침나절에 복에 없이 웬 미장부인가 하였더니 그런 사연이 있었구려.」

동전 네 닢을 던지고 술국집을 나선 두 사람은 주모의 하직 인사도 받는 둥 마는 둥 장거리를 벗어났다. 장터목을 나서자 아문의 나장이들이 나와서 행객들을 검색하기도 했으나 모두가 건성들이어서 남장한 월이에게 수상쩍은 눈길을 보내는 법이 없었다. 그러나 두 사람은 그 술국집에서부터 쫓기게 되었다는 것을 미처 깨닫지 못했다. 그들이 장터목을 벗어난 뒤 검색하던 나장이들이 늦은 요기를 먹기 위해 마침 그 술국집에 들른 것이었다. 주모가 장터에서 오래 뒹군 처지라 이목이 넓어 나장이들까지도 단골로 드나들며 술추렴을 벌이던 곳이란 것을 다락원 행보가 잦지 않은 또출이 알 턱이 없었다. 나장이들이 들어서서 초장 바람에 난배를 주고받으며 주렸던 순대를 채우고 있는 중에 주둥이가 헤픈 주모가 두 사람의 얘기를 자랑 삼아 늘어놓은 것이 화근이 되었다. 처음엔 주모의 말전주를 귀넘어듣던 나장이 하나가 언뜻 짚이는 구석이 있었던 모양이었다. 듣자 하니 두 행객의 차림새가 도부 다니는 행고들이 적실함일진대 듣지도 말하지도 못하는 위인이 어찌 행고를 할 수 있겠느냐는 것이었다. 도부를 다니는 위인이라면 차라리 장님이 낫지 말 못하는 위인일 수는 없다는 노릇이었다.

「여보게들, 그 목자 험악하게 생겼다는 작자가 계집을 안동해 가던 길이 아니었을까?」

곁에 있던 나장이는 이 까다로운 위인이 무슨 깜냥으로 긁어 부스럼인가 싶어 심사 꼐진 어투로,

「계집을 안동해 가든 동여 가든 무슨 상관이여? 남장하고 다니는 여상들이 어디 한둘인가? 타관 객점에 여상을 겨냥해서 의지간을 낸 객점이 그리 흔치 않고 보면 사내들과 한방 거처하기 수월해서 남장으로 처신하는 법, 그런 것 가지고 까다롭게 굴 것 없네.」

「남장한 건 그렇다 치고, 왜 그 위인이 벙어리 행세를 하는가 그 말일세.」

「항아리손님을 앓고 있다지 않았던가? 그놈의 병이 들면 입이 열이라도 어디 뻥긋하기 쉽던가?」

「아니여, 그자들이 서울 장안에서 죄안을 저지르고 도망하는 자들이 분명하이.」

「그렇게 작정이 되었으면 어디 한번 추쇄를 해보게나.」

「분주 떨며 추쇄할 것도 없네, 지금쯤 저자 부근에서 기웃거리고 있을 것이니 잡아서 검색이나 해보세. 밑져야 본전이 아닌가?」

주모에게 차림새와 견양을 소상하게 묻고 난 뒤 세 나장이 저사 어름을 뒤지는 동안, 두 사람은 이미 다락원을 벗어난 지가 오래되었다.

그들이 요행히 다락원에서 벗어나긴 하였어도 수상쩍은 행객들이 다락원에 나타났다는 사실이 인근 관아로 득달같이 이문이 되어 잠시 누그러졌던 기찰이 부쩍 심해졌다.

두 사람이 송파를 떠나 첫날밤을 보내게 된 것이 만세교 물나들에서였다. 관아의 기찰이 두려워 대처의 객점이나 객주에 들지 않고 내왕이 드문 길목의 숫막을 택해 밤을 지낼 방도를 찾게 되었다.

두 사람이 만세교 물나들에 당도하였을 때에는 이미 일색이 저물어 너덧 칸 앞에 있는 사람의 얼굴을 분별하지 못할 정도로 캄캄하게 어두워 있었다. 또출은 유필호가 말했던 것처럼 어지간히 신실한 사람이었다. 하루 작반 중에 단 한 번도 월이에게 농을 걸어온 일도 없었고 다만 한 치라도 길을 줄이자는 일에만 전심전력했다.

물나들을 건너서는 월이가 옷매무시를 고칠 동안 너덧 칸 밖으로 멀찌감치 비켜나서 기다렸고, 혹간 다른 행객들을 만나 월이가 잡담이라도 나눌 처지가 되면 면박을 받든지 곡경을 치르든지 도맡아서 수작하고 나섰다.

만세교 물나들에서 숫막으로 들자 주등빛 아래 선 두 사람의 행객을 살피던 술아비가 군저녁은 내드릴 게 없다고 잘라 말하면서 하나뿐인 봉노를 가리켰다. 서너 칸이 됨 직한 봉노에는 벌써 선객 세 사람이 들어 있었다. 거기다가 다시 두 사람이 끼어들었으니 천생 편한 잠 자기는 글렀다 싶었던지 아주 좋지 않은 낯짝들을 하고 자리를 내주었다.

또출이 얼른 세 사람의 행색을 살피었다. 옷깃에서 짠내가 등천하는 것으로 보아 산골에 건어물을 풀어먹이는 도붓쟁이들이란 건 짐작하기 어렵지 않았다. 의외에도 셋 모두가 50줄에 든 상임(上任)들이라 우선 안심이 되었다. 어느 곳 어느 처소에서 서로 맞닥뜨린들 정중한 초인사부터 나누는 것이 도붓쟁이들의 풍속이라, 또출이 먼저 거주지 상달하고 송파 임방에서 왔다고 개어 올렸다.

또출을 상종하여 인사수작을 나누던 선객 중의 한 동무가 바람벽에 기대어 쭈그리고 앉은 월이를 턱짓으로 가리키며 짝패는 왜 말이 없느냐고 물었다. 또출이 얼른 말구멍이 막힌 데다 항아리손님까지 앓고 있는 처지라고 둘러대자 동무님 얼굴에 일순 야릇한 웃음이 흘렀다. 그러나 동무님은 금방 안색을 바꾸고 묻지도 않은 말을 했다.

「우리도 오늘 다락원에서 이곳으로 오르고 있던 참이었소.」

또출이 냉큼 너스레 떨기를,

「시생들도 마찬가지입니다만, 인연이 없어 지금에야 만나게 되었군요.」

그러나 천만의외의 말이 50줄의 동무님 입에서 불쑥 튀어나왔다.

「아우님은 저 짝패의 신상에 대해서 소상하게 얘기해 줄 수 있겠소?」

어취가 어디에 있든 간에 화들짝 놀랄 만도 하건만 배짱 드센 또출이 천연덕스럽게 대답했다.

「짝패의 팔자소관은 얘기해서 뭣 하겠습니까. 그러나 경마를 잡히거나 짐방으로서는 손색이 없는 사람이라 짝패로 주변한 지가 삼 년이 넘는답니다.」

또출의 변해를 끝까지 듣고 있긴 하였으나 건어물장수는,

「내 눈을 속이다니…… 저 사람은 분명 변복하고 나선 계집사람이 아니오?」

「아아니? 무얼 보고 억탁의 말씀으로 우리를 욕뵈려는 것입니까?」

약차하면 한 놈쯤 잡아 엎치고 들고튈 요량으로 어깨에다 힘을 바

드득 넣고 있는데 상대가 먼저 낌새를 알아챈 모양이었다.

「소동 피울 요량 말고 고정하시오. 우리가 아우님을 무단히 욕보일 작심은 아니니 안심하우. 다만, 저 계집사람의 본색이 무엇인지 소상하게만 얘기한다면 우리가 뒷배를 봐줄 수도 있다는 거요.」

그사이에 월이는 꼼짝 않고 앉아서 사내들의 얘기를 듣고 있었다. 장달음을 놓는 것이 득책인가, 아니면 근본을 밝히는 것이 상책인가를 주저한 지 오래되었지만, 도무지 주변이 나서지 않았다. 달도 없는 이 야밤에 장달음을 놓는다 해도 포망(捕亡)에서 벗어나기 힘들 것이고, 이들이 뒤쫓기로 한다면 하루 작반이던 또출과도 동서로 갈라져야 할 판이었다. 그때 월이가 앞으로 나아가 앉았다.

「쇤네의 본색은 계집이 옳습니다.」

또출의 이마엔 금방 진땀이 흐르는데, 월이는 차분하게 가라앉은 목소리로 말을 이었다.

「쇤네는 원래 서울 장안 육의전의 대행수였던 신 대주 집 종이었습니다. 그분의 여부인(如夫人)*이던 아씨마님의 사천(私賤)으로 조전비(祖傳婢)*였습지요. 그러다가 아씨마님께선 정분 두었던 보부상을 따라 자취를 감추고 말았지요. 아씨마님이 은신처를 찾아 안동하실 때까지 신 대주를 수발하고 있으면서 속량될 것을 노리고 있다가 천만다행으로 속량을 받긴 하였으나 조정의 대신들이 신 대주 어른을 결옥하기 위해 쇤네를 간범으로 잡아들이고자 하매 부득불 남장으로 잠행하고 있던 참입지요. 쇤네의 팔자 기박하여 여기까지 도망하여 온 것도 헛되어 또한 환천(還賤)하게 되었습니다. 한 계집의 초로 같은 목숨이 지금에 이르러서는 댁네들의 손에 달려 있는 것을 쇤네가 왜 모르겠습니까.」

---

*여부인 : 남의 첩을 높여 이르는 말.
*조전비 : 조상 때부터 내려오는 노비.

가만히 듣고 앉았던 건어물장수들이 고개를 끄덕이는데, 처음부터 본색 밝힐 것을 고집하던 50객이 주섬주섬 담배쌈지를 풀어 곰방대에다 막초를 꾹꾹 눌러 담으면서,

「우리가 오늘 해 늦어 이 물나들에 막 당도하였을 때 나룻목으로 시체 한 구가 떠내려 온 것을 구경하게 되었소이다.」

「……?」

「사공이 시체를 건져 내어 살펴본즉, 이팔이 갓 넘었을까 말까 한 편발 처자이긴 한데 남루한 입성으로 보아 어느 대갓집의 몸종이 틀림없었소이다.」

「그 노비가 신역에 시달리다 못해 자문을 택한 것이었군요.」

「그것이 아니었다오. 치마를 걷어올리고 보니 온 사추리의 허벅지 살이 몽둥이찜질을 당해서 살점이 떨어져 나간 데다 하초의 그 요처(要處)에다 팔뚝만 한 목정(木釘)을 박아 두었더이다. 아마 추상같은 사랑방 영감의 노리갯감이 되어 주야로 마음을 죄고 있던 중에 대방마님에게 들통 나서 명색 없이 죽음을 당해 그대로 강가에다 내다 버렸던 것이오. 그 몸종이 처참을 당하고 있는 동안 사랑방 영감이란 놈은 무얼 하고 있었겠소? 아마 공맹을 읊조리고 있었거나 시회(詩會)에라도 나갔었겠지. 이것이 오늘에 이르고 있는 상것들의 처지가 아니겠소? 그런 처참을 당한다 하더라도 어느 누가 감히 나아가서 그 옳고 그름을 가름할 수 있겠소. 시방 이 봉노에 앉아 있는 누구도 처자가 환천되기를 바라고 있는 사람은 없게 되었소. 장사치와 사공이나 옥졸이며 체부(遞夫)며 백정과 무당이며 중이 모두 칠천(七賤)이라 하여 이름 있는 천례들이 아니오? 알고 보면 우린 한통속이오. 절대로 관변에 발고치 않으리다.」

「쉰네가 남장 변복한 계집인 줄은 어떻게 아셨는지요?」

「오늘 다락원을 지나는 길에 목자가 험하게 생긴 도붓쟁이와 동행

하고 있는 벙어리를 추쇄하자고 기찰을 풀고 있는 나장이들 등쌀에 온 저자가 발칵 뒤집힌 일이 있었기 때문이오. 잠행하는 사람들이 그곳에서 큰 실수를 하였던 거지.」

또출이 적이 당황한 빛을 보이며 발명을 늘어놓았다.

「우리가 다락원에서 한 일이라곤 늦은 아침 요기하고 주모와 몇 마디 농을 주고받았을 뿐인데요.」

「주모라는 것들이 어디 상종이 한두 사람인가. 아우님에게 들었던 얘기로 말전주를 하다 보니 관아것들에게 책이 잡힌 것이야. 사단은 거기서부터이니 낭패가 생기지 않았나?」

「우리가 쫓기게 되었군요.」

「지금 당장 남장을 벗고 내일 길 나설 때에는 복색을 달리해서 나가는 것이 상책일세.」

「장차의 일이 난감하군요.」

「난감한 대로 겪어 나갈 수밖에 도리가 없지. 이 물나들 아랫녘에서 밀도선(密渡船)을 대주는 포작인(浦作人)*을 알고 있는 터, 밀도선 타는 길을 알려 줌세. 한 비녀(婢女)가 평생소원인 속량을 받았는데 또다시 환천되는 것을 바라보고만 있을 수는 없지. 단 한 사람의 노비인들 속량되어 햇빛을 보고 살아야 하지 않겠는가. 우리는 흙무지를 베개 하고 죽게 될 신세들이지만 전도가 구만리 같은 아낙네야 그럴 수 없지.」

또출과 월이는 멍석 위에 엎드려 콧등의 허물이 벗겨지도록 인사를 개어 올렸다.

이튿날 아침 그들은 만세교를 건너지 않고 하류 쪽 갈밭 속을 한 마장쯤 내려와서 밀도선을 얻어 탔다. 진도(津渡)*나 관문(關門)을 모도

* 포작인 : 포구에서 잡역에 종사하는 사람.
* 진도 : 나루.

(冒渡)*한 자는 장(杖) 80도에 처하고 월도(越渡)한 자는 장 90도에 처하며 요해지(要害地)를 무단 통과한 자는 장 1백에 도(徒)* 3년이었다. 밀도선을 타려는 사람들은 거개가 도망하는 반노들이며, 당화(唐貨)를 밀매하는 잠상꾼들도 있었고, 토호들의 도조곡(賭租穀)을 떼어먹거나 신역(身役)을 배겨 내다 못해 도주하는 유민이며 수자리 살다가 도망하는 군정(軍丁)들도 있었고, 빚을 지고 타처로 뛰는 지방 장사치도 있어, 자연 선가는 부르는 게 값이되 쫓기어 잠행하는 사람들에겐 불평의 여지가 있을 수 없었다. 월이는 여항의 촌계집처럼 복색을 꾸몄다. 이런 곡경을 치러야 한다는 것이 신역보다 오히려 서러웠고, 또한 몸에 지닌 어음표 때문에 쫓기게 되었다는 것이 억울하기 짝이 없었다. 그로 인하여 궐녀의 신상에 또한 앙화가 미치는 것이라면, 수만 민의 거액인들 속량된 지금의 사정에 비한다면 그까짓 것이야 한 잎의 낙엽에 불과했다.

지금까지야 외양만 인간이었지 사실상 상전의 가축이나 진배없지 않았던가. 방매(放賣)를 해도 무간이었고 때려죽여도 살인이 되지 않지 않았던가. 외입 중에도 통지기 외입이 으뜸이라는 말이 사대부 집안의 사내들 입에 공공연하게 떠돌고 있다는 것을 월이는 알고 있었다. 종년들이란 상전이 원하는 일에 감히 거역을 못하는 법, 누운 소 타기로 비유되어 반반한 비녀들은 이팔의 꽃다운 나이에 사대부들의 노리갯감이 되기 일쑤였다. 그뿐이 아니었다. 율은 상민이 노비로 떨어지는 것보다 노비가 상민으로 오르는 경우를 더욱 엄하게 다스리고 있었다. 노비가 양민의 여자를 처로 삼으면 장 80도에 처했지만 비녀를 양민으로 속여서 혼인한 양민에겐 장 90도에 처했다.

노비와 양민 사이에 시비가 벌어지면 설령 양민의 경위가 틀렸다

* 모도: 위조 증명으로 건넘.
* 도: 도형(徒刑). 1년에서 3년까지의 복역(服役).

할지라도 노비만 관아로 잡혀가서 갖은 악형을 당해야 했고, 노비가 상전에게 손찌검을 하면 상전의 처첩을 겁간했을 때와 같이 참수에 처했다. 추노(推奴)하는 자는 암행어사 못지않은 권세를 행사하였다. 노복으로 박힌 자는 그 상전을 대신하여 맞기까지 했던 것이 아닌가. 그런 노비의 자리에서 면천이 된 지금 월이의 심정에 신석주가 내린 몇만 민의 거액이 무슨 소용 있을까. 이것이 궐녀로선 평생을 두고 쌓아도 이루지 못할 거액임이 틀림없으나 당장 직전(直錢)으로 소용될 수 있는 것도 아니었다.

환납(還納)은 서울 삼개에 있는 곡물객주가 구발(扣撥)*하게 되어 있었다. 그 객주가 황동전(黃銅錢)으로 대여수(大與授)*를 한다면 나귀 바리로 열두어 필이 되었고, 포목이나 곡물로 구발한다면 서른의 장정이 또한 있어야 받아 낼 만한 거금이었다. 그만한 거금일진댄 어차피 월이 혼자 재간으로는 건사하지 못할 재물이었다. 이것은 결국 월이 혼자만을 위한 것이 아니란 것을 송파에 숨어 있으면서 깨달은 일이었다. 궐녀의 심지가 허황되지 않았고 분수 외의 것을 탐한 적이 없었으니 깨달음이 또한 빨랐다.

두 사람이 밀도선에서 내리는 길로 복처(伏處)를 피해 남대천(南大川)을 끼고 밤모루[栗隅]와 숯골[炭洞]을 지나 전곡(全谷) 길가 떡전에서 수수떡으로 중화 때운 다음, 연천 지경 기왓골[瓦草里]과 장거리를 지나고 철원 지경의 점 마을[店村]에 이르자, 봄날 짧은 해는 뉘엿뉘엿 지기 시작하여 옷소매 사이로 찬 기운이 스며들었다. 꼭두새벽에 발행하긴 하였으나 하루 걸음이 백 리를 넘긴 셈이었다. 길가에는 초군(樵軍)* 아이들의 초적(草笛)* 소리가 흐드러지고 계곡마

*구발 : 계산하여 내줌.
*대여수 : 결산.
*초군 : 나무꾼.

52

다 물소리가 고즈넉하여 풀숲에 앉기만 하면 금방 춘곤에 잦아들어 백 리를 걷는다는 일이 수월한 것이 아니었다. 중로에서 기찰에 물려 고초를 겪은 일은 없었다 할지라도 쫓기고 있다는 다급한 마음에 발길이 바빠질 수밖에 없었다. 철원 읍치가 30리에 격한 큰가맛골〔釜巨里〕에 당도하였을 때 또출이 묵어가자고 버티기 시작하였다.

「더 이상 행보를 놓았다간 내일이 지난일 것이니 여기서 묵어갑시다. 우리가 다급하다고 하여 걷는 데만 정신 팔린 게 아니었소?」

「내일 당장 사추리에 가래톳이 서고 발샅에 물집이 잡힌다 하여도 오늘은 한발 더 놓아야 합니다.」

「이제 여기까지 왔으니 평강이 노량으로 걸어도 하루 행보가 아니오?」

「평강이 하루 걸음이면 더 가서 쉰다 하면 반나절 행보를 더 당기는 셈이 아닙니까.」

「그렇게 부득부득 고집을 피우다가 산중 길에서 쓰러지면 어떡하려구 그러시오?」

「제가 타고난 것이 앙심과 근력뿐인데 허술하게 행려시가 될까요. 제가 쓰러지는 것을 보시려거든 죽는 날에나 보십시오.」

「길이란 그렇지 않소. 아무리 발새 익은 길이라도 근력만 믿을 건 아니오. 너무 조급하면 일을 그르치기 쉽고 또한 너무 바장이어도 마찬가지요. 뒤를 두고 걸어야 하오.」

「호식될 팔자라도 외촌골〔外村里〕까지는 가겠지요. 조금만 참으면 평강 당도를 반나절 당기지 않겠습니까?」

「반나절 행보를 앞당겨서 무슨 팔자 고칠 일이라도 있는 거요?」

「반나절을 앞당겨서 팔자 고칠 일이야 없지만 반나절 늦어서 팔자

---

*초적 : 풀잎피리.

를 그르칠 일이야 얼마든지 있지 않습니까. 어서 가십시다. 안면
짐작하는 사람이라도 만나면 임시해서 방책을 찾는다 해도 이미
늦게 됩니다.」

「그러다가 탈 생기면 내게다 매원은 마시오.」

「설마 제가 파임낼까요?*」

속으로는 왼새끼를 꼬았으나* 월이의 고집을 꺾을 장사가 없는지
라 따라나선 것인데, 종내는 심상치 않은 조짐이 보이기 시작하였다.
점 마을에서 해가 뉘엿뉘엿 져가는 것을 보고 30리 행보를 더 당기
자 하여 철원 읍치가 한 마장 상거인 외촌골까지 길을 줄인 것이 화
근을 불렀다. 외촌리는 평강과 연천 간의 길목이었다. 구태여 철원
읍치까지 들어갈 까닭이 없는 행객들은 외촌리 숯막거리에서 곧잘
묵어가곤 하였다. 두 사람 역시 외촌리에서 묵기로 하였다. 숯막거
리에 당도한 것이 초경(初更) 술시 말께였다. 어쩐 셈인지 숯막 봉노
마다 행객들로 가득 차서 도대체 들 만한 집이 없었다. 두 사람이 모
두 남자라면 비집고 들어갈 봉노가 있긴 하였으나 천생 월이 때문에
따로 봉노 하나를 구처하자니 그것이 여의치 않았다. 마침 헛간이
비어 있는 숯막이 있었다. 한겨울이 아니니 이슬이나 피했다가 새벽
국밥으로 속을 데우고 길을 뜨자는 심산에서 헛간을 달라고 졸라 댔
다. 객점의 술아비는 내키지 않았으나 내외간이라면 이목이 없는 헛
간이 더 소용될지도 모른다는 심산에서 부엌간에 연이어진 헛간에
서 자도록 허락하였다. 눅눅하고 냄새도 났으나 멍석을 깔고 앉으니
그런대로 견딜 만하였다. 군저녁을 시켜 먹고 서로 등지고 앉아서
밤을 지새우기로 하는데, 워낙 행역에 지친 사람들이라 누가 먼저랄
것도 없이 잠에 떨어진 모양이었다.

---

*파임내다 : 논의하여 결정된 일을, 뒤에 가서 딴소리하여 그르치게 하다.
*왼새끼를 꼬다 : 일이 꼬여 어떻게 될지 몰라 애를 태우다.

어떤 놈이 목덜미를 지근지근 밟고 있는 데 놀란 또출은 번쩍 눈을 떴다. 밤빛에 확연하게 잡혀 오지는 않았으나 기골이 껑충한 동저고리 바람의 두 장한이 허공으로 올려다보였다. 얼른 옆을 돌아다보았으나 월이는 보이지 않았다. 목덜미를 숨 끊어지게 꾹 밟고 있는 발목을 낚아채려는데 궐놈이 나지막하나마 분명하게 말하였다.

　「이놈, 지릅뜨고 쳐다보면 네 할애비를 닮았을까 봐 그러냐? 뭘 요량부터 한다면 네놈을 끌고 나갈 것도 없이 이 자리에서 요정을 내리라.」

　이것들의 본색이 무엇인가 그것부터 알아내야겠기에,

　「도대체 댁들은 뉘시오? 나는 땡전고리도 지닌 게 없소.」

　「잠자코 있으면 우리의 본색을 밝혀 주되 어설프게 굴었다간 어느 도깨비에 차인지도 모르게 돼질 것이니, 그리 알어.」

　「내 일행은 어디 갔소?」

　「그놈, 경황중에 인사치레는 제법일세그려. 그 계집 말이냐?」

　「내 안사람이오.」

　「안사람? 우리가 네놈의 본색을 진작부터 알고 있었거늘, 일이 이 지경에 이르렀다 하여 금방 안사람이라고 둘러대기냐? 어찌해서 그 계집이 네놈의 부엌데기란 말이냐?」

　「그 사람은 도대체 어찌 되었소?」

　「그놈, 계집 타령이 난당일세그려. 명은 붙여 두었으니 딴 수작 말고 어서 일어나.」

　「이 발목쟁이를 치워야 일어나든지 할 게 아니오.」

　그때까지 목덜미를 짓누르고 있던 자가 얼른 발을 치웠다. 또출이 일어나자마자 곁에 섰던 자가 재빨리 달려들어 오라를 지웠다. 헛간 밖으로 기어 나와 보니 새벽달이 떠서 숫막 마당은 휑뎅그렁하게 밝은데 몸채의 봉노들엔 모두 불이 꺼진 채였다. 숫막 어느 구석에서도 분탕질을 놓은 낌새가 없었다. 일른 떠오른 짐작이 이놈들이 관아의 나장이들만은 아니란 것이었다. 나장이들이 들이닥친 것이라면 숫막 봉노부터 쑥밭으로 저질러 놓았을 것이었다. 두 사람만 몰래 잡아낸 것이고 보면 화적이 아니면 불량배나 색상들이 틀림없다는 짐작이 들었다. 처처에 흔한 것이 산적 야도요, 저자마다 널린 것이 깍정이에 왈짜들이 아닌가. 그래도 미심쩍었던 또출이 뒤에서 등을 밀고 있는 놈에게 슬쩍 퉁기었다.

「내가 아무리 상된 사람이라 하나 그래도 하룻밤 찬 이슬을 피하게 헛간이라도 내준 주인장에게 한마디 하직 인사라도 나누고 가야 하지 않겠소?」

「수작이 멀쩡한 놈이군. 이놈아, 곧장 멱에 맞창이 날 처지인데 인사치레하여 저승길 노수 꾸어 달라겠다는 거냐?」

「내 사정이 그렇지 않소.」

「사정이구 활 쏘는 데구 주둥이 닥치고 썩 나서거라, 이놈. 저승길에 서툴기는 술애비도 마찬가지다.」

어쭙잖게도 궐놈들이 관아의 포졸이 아니란 확신이 들자 또출은 안심이 되었다. 숫막을 나서서 활 두어 바탕쯤을 걸어가자 저만치 작은 샛강이 바라보였다. 샛강을 왼편으로 끼고 한참 오르자 덩굴 숲이 바라보였다. 덩굴 숲 사이로 시꺼먼 전나무들이 듬성듬성 들어서 있는데 그 숲 속으로 들어서더니 전나무 등걸에다 또출을 맞잡아 엮었다.

「이놈, 임시처변으로 바른대로 대지 않고 외대었다간 큰일난다.」

「외대면 죽이겠소?」

「토끼를 다 잡고 나면 사냥개를 삶는 법, 바로 대나 외대거나 죽이는 건 일반이지만, 바른대로 대면 조금 오래 살 뿐이다.」

「까짓것, 기왕지사 죽을 바엔 바로 대고 외대고 할 것은 뭐가 있소? 입 닥치고 있을 테니 죽이고 싶으면 먹이나 자르시오.」

「이놈 보게, 제법 드센 체하네그려. 우리가 색상들을 살려 둘 성부른가? 네놈은 저 계집사람을 도대체 어디로 데려가는 길이었더냐? 원산포에 와 있는 왜선으로 끌고 가는 길이었더냐, 아니면 내륙으로 내려가는 길이었더냐?」

「원산포라니? 내가 왜 사고무친한 원산포로 간단 말이오? 게다가 나보고 색상이라니, 계집사람 달고 다니면 모두가 색상인 줄 아시오?」

「이놈, 생청을 내붙인다 하여 우리가 속을 것 같아 보이느냐? 어서 바른대로 대어라.」

또출이 가래침을 퉤 뱉으면서,

「난 그런 더러운 색상이 아니오.」

「색상이 아니라면 왜 이목이 없는 헛간에 숨어들어 잠자리를 잡았더냐?」

「여보시오, 왜 나를 구태여 색상으로 몰아붙이는 거요? 연유가 뭐요?」

또출은 사세 다급한 형편에도 율기하고 궐자를 노려보았다. 대거리를 주고받으면서 또출은 뒤로 돌려 맨 손을 비비적거려서 오라를 풀고 있었다. 살갗이 벗겨지고 살점이 떨어져 나가는 것 같았으나 그것을 염두에 둘 사정이 아니었다. 두 놈의 목자를 살피자니 목쟁이에 숨어서 행려나 터는 좀도적들이 분명한데 도대체 월이의 행방만은 묘연한 채로였다. 오라를 맨 것이 서툴렀던지, 아니면 또출의 손떠꾸의 힘이 드세었던지는 몰라도 수작을 받고채는 동안 오라가 풀리었다. 오라가 풀리었다 싶었을 때, 또출은 나뭇등걸에 등을 바싹 붙여 버틴 다음 바로 코앞에서 잘난 체하고 딱장을 받아 내려 하고 있는 궐놈의 앙가슴을 힘껏 걷어찼다. 부지중에 당한 궐자의 우람한 몸뚱이가 너덧 칸 뒤로 가서 허공잡이하고 벌렁 나사빠지면서 가시덤불에 엉덩방아를 찧었다. 그사이에 또출은 주먹으로 곁에서 거들고 있던 자의 허겁거처(虛怯去處)인 견골을 힘껏 내리쳤다. 놈이 두 손으로 견골을 싸잡고 저승사자를 몸 달게 불러 대고 있는 판에 또출은 재빨리 행전 속에 감추었던 장도를 꺼내 들었다. 그리고 발치에 고꾸라진 놈의 귓밥을 방자고기 자르듯이 할이(割耳)해 버렸다. 선지피가 궐자의 관자놀이 아래를 시뻘겋게 적시고 가시덤불에다 엉덩방아를 찧은 한 놈은 엉치뼈가 부러진 것인지 갓난 곰의 새끼처럼 설설 기고만 있었다. 순식간에 서로의 처지가 뒤바뀌고 말았다. 또출이 소리 질렀다.

「이놈, 나와 동행했던 안사람은 어디에다 처박아 두었느냐?」

「아쿠쿠, 내 귓밥이나 붙여 두슈. 내 귀가 요정 나네.」

「이놈, 순순히 토설치 않았다간 어디 네놈의 귀, 네놈들 눈깔을 아예 산적으로 꿰어 할인일목(瞎人一目)으로 만들 테다. 얼른 내 안사람의 행처를 대거라.」

「저의 동패가 처소로 끌고 갔습니다요. 벌써 삼십 리 행보는 앞서 있을 겁니다요.」

관자놀이를 타고 흘러내리는 피를 연방 혀로 핥으면서 눈자위를 굴리고 약차하면 장달음 놓을 조짐을 보이는 것이었다. 또출이 궐자의 상투를 또다시 싹둑 잘랐다.

「아쿠쿠, 여기서 나 죽네…….」

「죽고 싶지 않거든 둔소가 어딘지 그것부터 대거라.」

또출도 이미 그참에 이르러서는 제정신이 아니었다.

「여기서 좌향(坐向)을 댄다 하여 노형께서 바로 찾기나 하겠습니까요. 저의 처소로 가시겠다면 쇤네가 길라는 잡아 드리겠습니다만, 그곳으로 간다면 또한 노형의 모가지가 부지될 리 만무하니 이 사단을 어찌할깝쇼?」

「이놈, 칠월 더부살이 여편네 속곳 걱정이다. 나야 황천객이 되든
네놈 걱정은 아닐 테니 적굴 아니라 구천엔들 못 갈 성부르냐. 어
서 앞서거라.」

「저 짝패는 어떡하구요?」

「그놈은 식은 방귀를 뀌었으니 나중에 와서 흙이나 몇 점 덮어 주
거라.」

또출의 결기를 주저앉힐 만한 방책도 없었거니와 길래 말대꾸만
받고채다간 한쪽 귀도 마저 달아날 사태인지라 귈자는 피가 낭자한
한쪽 귓밥을 두 손으로 싸맨 채 얼른 선머리에 나섰다. 한촌(間村)을
지나고 샘통골(泉桶里) 지나서 궁예 도성지까지는 20리가 빠듯하고,
그곳에서 원 마을(院里)만 지나면 평강 시오 리 길이 사방이 훤한 개
활지였다.

무작정 적굴이라도 마다 않고 가려 했던 것은 월이 때문이었다.
귈녀를 놓치고 만다면 송파나 평강으로도 돌아갈 수가 없었다. 어떤
경난을 치르더라도 귈녀만은 찾아내야겠다는 심산이었다. 그러나
벌써 동이 터서 사방은 훤히 밝아 왔다. 귈자를 앞세우고 막 원골을
벗어나 전나무들이 듬성듬성한 개활지 초입으로 들어서려는 찰나,
길을 마주하고 두 장정이 엉덩이로 비파를 퉁기며 몸살 나게 달려오
는 모습이 멀리로 바라보였다. 또출은 귈자를 위협하여 얼른 길가의
바위 뒤로 몸을 숨겼다. 두 장정은 그들이 몸을 숨긴 곳에까지 와서
사방을 두리번거리더니 소리쳤다.

「여보게, 숨지 말고 이리 나오게. 우리가 헛다리를 짚었다네.」

다른 한 사람이 연이어서,

「우리 처소로 찾아오는 손님을 욕보인 것이야. 천 행수를 찾아오
던 송파 처소 사람이었다네.」

숨어서 듣자 하니 지껄이는 말본새가 심상치 않았다. 궐자들이 위계를 쓰는 것이 분명한데 숨어 있던 놈이 느닷없이 마주 소리쳤다.

「난 시방 부수(俘囚)*로 잡혀 있다네.」

그러자 쫓아온 작자들 중의 하나가 분명 또출에게 들으란 소리로,

「여보시오, 우리는 평강 처소의 동무들이오. 여기 송파 처소에 있던 강쇠님이 있으니 나와 보시오.」

패를 쓰자고 벌이는 수작이든 아니든 강쇠란 말에 또출은 모골이 송연해지도록 놀랐다. 잡은 놈을 방패 삼아 앞세우고 바윗등 위로 고개를 삐쭘히 내밀고 바라보자니 정말 낯선 놈 옆에 서 있는 위인이 강쇠가 분명했다. 또출이 평생에 꼭두새벽에 당한 일치고는 이런 변괴는 처음인지라 한참 동안은 도깨비에 홀린 것같이 강쇠를 우두망찰하고 바라볼 수밖에 없었다. 그사이에 잡혀 있던 놈은 행수님 하며 우는소리를 하고 기어 나가는 것이었다.

「아니, 자네 또출이가 아닌가?」

강쇠가 행수님 되기는 토비 출신인 작자들이나 또출에게나 마찬가지였다. 또출도 뛰쳐나가 옛날에는 하지 않던 짓으로 강쇠의 발치에 엎어지더니 팥죽 새알 같은 눈물을 강쇠의 발등에다 뚝뚝 떨구었다. 세상에 그런 반가움이야 대가리에 털 나고는 처음이었기 때문이다.

「이런 숫기 없는 사내를 보았나. 여기서 울면 어떡하나? 용하게 찾아왔네. 내막은 처소로 가서 조용히 듣기로 하고 가세. 월이는 벌써 처소에 가 있다네.」

「아니, 화적들이 행수님 동패란 말이오?」

「화적같이 되고 말았네만, 어서 가세.」

그때 상투 떨어지고 귓밥 찢어진 동무가 제정신이 들었던지 다시

---

* 부수 : 포로.

머리악을 쓰며 저승사자를 불러 대기 시작했다.

「자네, 처소의 동무 하나를 아주 작살내었는가?」

「죽지는 않았을 겁니다. 너 죽고 나 살자는 판이었는데 딴 방책이 있었겠수.」

「까딱했다간 골육들끼리 살변 낼 뻔하였네그려.」

4

처소에 득달했을 때는 아침동자 든 지 얼마 되지 않은 늦은 아침이었다. 안면 있는 동무님들이 한 다리로 쏟아져 나와 기다리고 있다가 또출을 장맞이하였다. 취의청으로 가서 아침밥을 들고 있자니 천봉삼이 들어왔다. 옛날보다 달라진 게 있다면 눈발이 더욱 빛나고 있는 것이었다.

「쉬었다가 송파로 회정할 때에는 나와 동행하여야겠소.」

인사수작하고 나서 좌정하자마자 천봉삼이 한 말이었는데, 수백리 길을 월이를 안동해 오느라 아주 혼찌검이 난 또출은 회정할 공론부터 먼저인 봉삼에게 슬며시 부아가 치밀었다. 아무리 인정머리 없는 사람이기로 이런 박정이 없다 싶었던 또출이 불뚱가지를 내가지고는,

「한 반년은 쉬어 가야겠소.」

했는데 대답이 또한 장군에 멍군이었다.

「반년 아니라 일 년을 쉬어 간들 누가 박대를 하겠소.」

「내가 이번 행보에 아주 수를 감했다오.」

「그만한 곤욕을 겪었다면 감수만 했겠소. 까딱 잘못했더면 살변 나지 않았겠소?」

「도대체가 평강 처소 동무님들이 왜 나를 색상으로 몰아붙였던 거

요?」

「요사이 원산포에는 왜상들이 하륙하여서 잠상꾼들을 놓아 겉으로는 수백 석의 곡식을 도적질하다시피 억매해 가는 일변, 색상들을 풀어서 궁핍을 겪고 있는 산골 세궁민의 처자들을 꼬드겨서 끌어가고 있답니다. 우린 목을 지키고 있다가 그놈들의 노인(路引)*을 뺏고 내쫓거나 약차하면 병신을 만들기도 합니다. 끌려가던 처자들은 아직 미장가인 처소의 동무들과 작배시켜 부부의 인연을 맺어 주고 있는 것입니다.」

「그래서 이 마방에 계집사람들이 이렇게 득실대는구면요. 그런데 송파에서 올라온 동무들보다 엄장들이 들썩한 낯선 작자들이 더 많이 뵈는 건 무슨 조화요?」

「역(役)에 시달리던 공장(工匠)들도 있고, 세렴에 쫓기던 농투성이들이며 토비 출신들도 없지 않지요. 그러나 지금에 이르러서는 원상으로서 손색없는 사람들이 되었소. 한 장도막에 백여 필의 마소가 들락거리는 마방에 그들이 없으면 시도(廝徒) 구하기가 어렵고 원산포로 오르는 노중에서 작경하는 패악꾼들을 막아 줄 장사들도 없답니다.」

봉삼이 인사치레만 하고 나가자, 남색짜리* 동자치가 들어와서 밥상을 내가기에 또출이 물었다.

「이곳에 와보니 방불함이 흡사 대촌(大村)이구려. 여기 있는 남정네들은 해낮에 무얼로 소일하오?」

동자치는 반쯤 몸을 비꼬아 내외를 하면서도 말소리는 야무지게,

「가역들 하거나, 외양들 치거나, 여물도 썰고, 인근 야산으로 풀을 베러 가기도 한답니다. 어떤 분들은 지물도가로 가서 품을 팔기도

---

*노인 : 병졸이나 장사치에게 내주던 여행 증명서.
*남색짜리 : 머리를 쪽 찌고 남빛 치마를 입은 스무 살 안팎의 시집간 새색시.

하고, 저자로 나가는 분들도 있답니다.」

「계집사람들은 뭘 하오?」

「쇠여물을 썰어다 주면 쇠죽을 끓여 대거나 그 상간에라도 참이
나면 길쌈들 하지요.」

「동무님들의 안해 된 사람들은 모두 몇이나 되오?」

「남정네들이 오십을 헤아리니 짐작해 보시면 알겠지요.」

「그렇다면 이 처소에 백 명에 가까운 사람들이 살고 있단 말이오?」

「모두들 저자로 나가 돌팔이*들 하기 때문에 처소에 상시로 남아
있는 입이야 얼마 되지 않는답니다.」

「소견 깊은 사람이면 짐작할 만하건만, 이 사람 뭐가 그렇게 궁금
한 게 많누?」

동자치가 할 대답을 뚝 자르며 토방으로 올라선 것은 강쇠였다.

퇴에 엉덩이를 걸친 강쇠가,

「하긴 식구가 자꾸만 불어나서 의지간이라도 마련하자니, 가역이
그칠 날이 없고 돌장(突匠)*들과 이장(泥匠)*들은 몸서리를 치는
판일세.」

「식구들만 대책 없이 자꾸 불리면 어떡할 작정들인가. 가근방엔
감나무도 흔치 않아, 입 벌리고 누워 있을 만한 곳도 마땅치가 않
던데요?」

「사람, 비아냥거리긴. 감나무 없는 게 되레 다행이지. 멍텅구리라
도 이 마방에만 오면 양류밥 열흘을 먹지 못해서 일을 않고는 배
겨 내질 못한다네.」

「아니, 은근히 나를 부려 먹자는 수작 아니오? 호사는 못 시킬망정

---

*돌팔이 : 떠돌아다니며 지식이나 기술, 물건 따위를 팔며 살아가는 사람.
*돌장 : 온돌 만드는 일을 맡아 하던 사람.
*이장 : 미장이.

노독도 풀기 전에 이런 악지를 부리려 하다니.」

「세상에 공다지가 어디 있는가. 중도에서 처변이라도 당했더라면 초종이라도 치러 주었겠지만 천행으로 살아나서 우리 처소의 밥을 축내었으니 외양이나 치러 가세. 나잇살이나 먹은 제갈동지*도 없으니 농수작해 줄 사람도 없네. 큰 봉노 혼자 도차지하고 앉아서 성불할 것인가?」

「예끼, 낯짝에다 물찌똥이나 내갈길 인사들. 먹은 것이 자위 돌기도 전에 손님 박대를 이렇게 시키는 법이 어디 있소?」

「자네와 같이 놀아 줄 형편이 못 되니 차라리 같이 일이나 하면서 서울 공론이나 한다면 누이 좋고 매부 좋은 것이 아닌가.」

「삼촌 삼촌 하면서 짐 지운다더니 날 가지구 공깃돌들 받는구면요.」

또출이 눈을 좋지 않게 뜨고 강쇠를 노려보긴 하였지만 방에서 일어서는 것이었다. 넓은 마당을 가로질러 왼편 가담을 끼고 마방 쪽으로 걸어가자니 외양간은 장옥(長屋)으로 지어졌고 외양간 옆으로 장옥과 소장수들이 와서 묵는 봉노가 연이어져 있었다. 아낙네들은 뒤편 옹기 가마가 있는 남새밭으로 나가고 있었고 벌써 쇠죽솥에 청솔가지를 꺾어 불을 지피는 축들도 있었다. 여편네들은 작배한 지가 일천한지라 젖먹이를 달고 있지는 않았으나 북산 같은 배를 안고 있는 축들도 많았다. 시골 생장들이란 원래가 남상지르게 마련인데 색상들의 손에 걸려들었던 처지들인지라 동탕하고 반반한 모색을 하고 있는 축들이 많았다.

마방은 칸마다 소 다섯 필씩을 맬 수 있게 되어 있었다. 벌써 여남은 명이 나와서 두엄을 치고 있었다. 다음 파수에 원산포로 몰고 갈

---

*제갈동지: 나잇살이나 먹고 교만하며 터수는 넉넉하되 지체는 좀 낮은 사람을 이르는 말.

차붓소나 길마 씌울 만한 찌러기들과 두어 파수 동안은 먹여서 살을 찌울 햇소와 부룩소를 먹이는 외양간을 따로 구분하였다. 차붓소나 농우소들 중에서도 성깔이 사나워서 사람들을 해치는 부사리와 세우(㸬牛)들을 매어서 길을 들이는 외양간도 따로 두었다. 살을 찌울 소들은 콩과 금방 베어 온 새순들을 먹이었다. 서울의 동대문 밖 동묘(東廟) 대로변 우시장이나 모랫말(沙村) 우시장에서 나는 소들보다는 골반이 넓적하고 어깨들이 우람한 농우소만도 마흔 필이 넘어보였다. 되새김질하고 있는 소들의 눈망울이 우락부락하여 핍근*하기가 주저되는데, 외양간으로 썩 들어선 강쇠가 소들의 핫어치*를 벗기고 밖으로 내몰고 난 다음 쇠스랑에다 두엄을 잔뜩 찍어서 마당 가운데로 내던졌다. 찌릿하고 구수한 두엄 냄새가 물씬하면서 더운 김이 솟아올랐다. 시도들이 두엄 치고 시궁 치는 사이에 소를 잘못 다루어 지난날에는 한 사람이 빈서초상*을 당하기도 하였다는 것이었다.

두엄 치기로 한차례 땀을 뺀 뒤에 외양간 밖으로 나와서 땀을 들이는 중에 또출이 불쑥 물었다.

「보아하니 속현(續絃)을 못한 것 같은데, 아직 가합한 배필을 만나지 못하였소?」

곱돌 곰방대에다 막불겅이를 꾹꾹 눌러 담고 있던 강쇠는 대답이 없었다.

「귓구멍을 귀양을 보냈소, 아니면 사람의 말이 말 같잖은 거요?」

「그깟 재취 장가는 들어서 무얼 하겠는가? 계집이란 알고 보면 요물이여. 내가 소싯적에 송파 저자 바닥에서 왈짜로 떨어진 것도

---

*핍근 : 매우 가까이 닥침.
*핫어치 · 만 등에 덮는 언치.
*빈서초상 : 집짐승에게 해를 입어 죽음.

계집 때문이었다는 것은 자네도 알지 않는가. 그런 계집을 또 얻어서 속을 썩이라는 건가?」

「거참, 사내치곤 별종일세그려. 장부란 처속을 거느려야 행세하고 대접받는 게 아니겠소. 계집이라 하여 모두가 음탕하여 남편 오쟁이만 지우는 것도 아니오. 조금에 심지 고쳐먹고 배필을 구하쇼. 홀아비로 늙어서야 어디 저승길인들 온전히 가겠소? 죽어서도 뜬 것 되어 남의 제사상이나 이리 기웃 저리 기웃 하다가 귀신 되어서까지 제삿밥 대궁으로 신세할 것인가.」

「이제 사십객이 되어 후사를 본다 한들 그놈 배냇물 마르기 전에 나는 뒈지고 말 것이니 차라리 엄지머리로 늙는 것이 옳고, 또한 청상과부 한 년 만들지 않겠으니 그런 다행이 어디 있겠나.」

「말머리에 꽤나 힘담이 없네그려. 늙은 성님이 먼저 죽을지 젊은 안해가 먼저 죽을지 어찌 알겠소. 염라국 도록(都錄)이라도 뒤져본 것처럼 아는 체하네.」

「돌팔이 신세에 안해 명색이 가당한가. 상것 신세로야 처속이란 허울뿐이지. 나는 소몰이로 밑천을 장만하면 약재(藥材)장사로 공명첩이라도 사서 양반 행세 연후에 재취를 보아야 하겠네.」

「꿀에 밤똥 싼다더니, 성님이 무슨 약재에 통달했다고 그러시오.」

「알다뿐인가. 혈(血)을 도우는 천궁(川芎)은 무주에서 난다네. 위장을 보하는 생강은 전주, 해열을 하는 강활(羌活)은 이천, 습진과 부종에 쓰는 택사(澤瀉)는 보은일세. 원기 돕고 한속 들이는 데 쓰는 황기는 무산(茂山), 보음(補陰)이나 청폐(淸肺)에 쓰는 맥문동(麥門冬)은 밀양, 구토에 쓰는 반하(半夏)는 수원, 유정(遺精)*에 쓰는 산수유(山茱萸)는 여주, 촌충을 없애는 데 쓰는 비자(榧子)는

---

* 유정 : 원기가 허약하여 잘 때 무의식중에 정액이 나옴.

장성 것을 친다네. 노점(癆漸)에 쓰는 구기자는 진도, 눈병과 황달에 쓰는 치자는 남해, 골증열(骨蒸熱)*이나 하혈, 낙태가 되려 할 때 쓰는 황금(黃芩)은 황동(黃東), 경도를 고르게 할 때나 오래된 체증에 쓰는 향부자(香附子)는 진위(振威), 몽설(夢泄)이나 대하(帶下)일 때 쓰는 산약(山藥)은 용인이나 공주 것이 좋다네. 경도가 불순일 때 쓰는 목단피(牧丹皮)는 동복(同福) 것이요, 토사나 어린아이 만경풍(慢驚風)에 쓰는 백출(白朮)은 영양 것이 좋다네. 이런 벽재들을 사다가 서울의 애오개나 만리고개 약주릅들에게 넘긴다면 당재(唐材) 밀매보다야 길미가 수월찮을 것인즉, 한밑천만 손에 쥐면 나도 평강을 떠야지.」

「오래 상종을 못했더니 심청 사나운 꼴 보겠네그려. 효험 있는 벽재들이 그런 고을에서 난다는 것은 어디서 얻어들은 풍월이오?」

「우리 처소 식구들 중에 민규호의 청지기라고 모칭(冒稱)하는 간활한 놈에게 수월찮은 가산을 발린 어리보기 무변(武弁) 하나가 있다네. 그 사람에게 배운 풍월일세.」

「민규호라면 중궁전에서 방매하는 벼슬 거간꾼으로 으뜸이던 용전 재상이 아니오? 민영익이 나타나서 권세가 나누어지자 분에 못 이겨 하루에 석고(石膏) 두 냥쭝을 먹고 죽었다는 정승이 아닌가요?」

「옳거니, 지금은 민겸호가 벼슬 거간을 하지만 민규호의 살아생전에는 민겸호도 꿈쩍을 못했지. 그 민규호의 청지기란 놈에게 호되게 발린 무변 하나가 우리 처소에 와서 서사 노릇으로 명색하고 있는데, 저녁에 술추렴이라도 벌어지면 그 위인을 볼 수 있을 것이네.」

「그 위인이 어떻게 당했던가요?」

---

*곡즙역 : 음기와 혁기가 부족하여 곡수가 메말라서 뼈속이 후끈후끈 달아오르고 몹시 쑤시는 증상.

강쇠의 이야기가 이러하였다. 무변은 원래 안변 고을 사람인데 안변에서 육진을 오가며 무예를 익히었다. 세전지물이 있어 가산도 넉넉하였다. 성품도 무변답게 활달하고 걸걸하였고 남에게 주기는 좋아하되 받는 것은 꺼려하며 사람이고 짐승이고 간에 한번 믿으면 의심치 아니하였다. 곤궁한 사람이 있으면 근지(靳持) 않고 선뜻 도와주되 결코 응보가 되돌아오기를 은근히 바라지도 않았다. 성품이 그러하니 가산이 지탱될 리가 만무였다.

그러나 무변의 풍신이 매우 당당하고 호걸풍이라 장차 현달할 것이라고 이웃이 부추기는 것이었다. 어느 날 안해와 장차의 일을 상의하였다. 이렇게 촌구석에 박혀 있으면 벼슬이 절로 굴러 들어올 리도 만무요, 가세도 어느덧 구차하게 되었으니 이러다간 영영 구렁에 빠질 것이다. 나머지 전답을 팔면 천 냥은 주변할 수 있을 것이니 그것을 가지고 서울로 가서 권문에 청탁을 넣어서 천행 구실 자리를 따면 가문이 일어설 것이요, 기색(枳塞)*에 떨어지면 죽기밖에 더하겠는가. 그의 안해 역시 대답이 없었다. 전답을 모두 팔고 나니 천냥 남짓하였다. 몇 푼을 남겨 가속들의 생계로 삼게 하고 서울 길을 떠났다.

서울 길이 처음이라 눈에 보이는 것이 모두 신기하고 기특한 것이었다. 마침 벽제(碧蹄)에 이르러 보행객주에서 하룻밤을 유숙하게 되었다. 대솔하인(帶率下人)*이 뜰에서 말먹이를 마련하고 있을 때, 마빡에 벙거지를 모양 있게 붙이고 입성을 산뜻하게 차려입은 한 위인이 마당 안으로 불쑥 들어서더니 하인에게 수작을 건네는데 어투가 제법 은근하였다. 하인이 반기며 어디서 오는 분이냐고 묻자, 위인이 서슴지 않고 자기가 민규호 대감 댁 청지기라고 대답하는 것이

*기색 : 어떠한 사정으로 벼슬길에 나가지 못함.
*대솔하인 : 높은 사람을 모시고 다니는 하인.

었다. 방에 앉았던 무변이 귀가 번쩍 띄어 서둘러 위인을 불러서 다시 캐물었더니 역시 민규호 대감 댁 청지기란 것이었다. 이에 무변은 뛸 듯이 반가워하며 서슴없이 본색을 털어놓았다. 자기가 지금 환로(宦路)에 들 것을 규사(窺伺)*하여 서울로 오르는 중에 있다고 말하고 겨냥해서 가는 집이 바로 민규호 대감 댁인데 자네가 그 집의 신실한 청지기라 하니 나를 위해 주선할 수 없겠느냐고 묻고, 지금 벽제관에는 무슨 일이냐고 또한 물었다.

  청지기의 대답이, 상전 댁의 노복 한 놈이 도망하여 평안도에 있다는 소식을 듣고 바야흐로 상전의 명을 받아 추노하러 금일 발행하였다는 것이었다. 이에 무변은 크게 실망하여 자네 같은 사람을 만나기란 하늘의 별 따기인데 내게 액운이 닥쳐 자네와 길이 어긋나게 되었다 하고 어떻게 주선할 길이 없겠느냐며 오만상을 찌푸리고 혹은 금방 울음을 쏟아 놓을 듯이 애처롭게 굴었다. 무변의 처지 딱한 몰골을 한동안 바라보고 있던 청지기가 사람 좋은 얼굴을 하고 크게 실망할 것이 못 된다고 달래었다. 다시 돌아가서 나으리 일을 주선하고 난 뒤 떠나도 낭패될 일이 아니라며 행중에 지니신 것이 얼마나 되느냐고 물었다. 이에 무변은 대희하여 천 냥을 가졌다고 실토하였다. 근근이 쓰겠다고 다소 실망한 낯빛을 한 청지기는 무변을 끌고 서울로 회정하여 다방골 기방 근처에다 처소를 잡아 주었다. 그리고 주인장을 불러 잘 대접해야 한다고 땅땅 벼르니 무변은 청지기의 오지랖이 넓은 것을 목도하고 더욱 신임하게 되었다. 청지기가 돌아갔으나 며칠이 되어도 소식이 없었다. 며칠 만에 돌아왔기에 무변은 반갑기도 하고 원망스럽기도 해, 여러 날 무슨 일로 못 왔더냐고 물었다. 청지기는 나으리를 주선하는 일이 창졸히 되겠습니까, 한

---

*규사 : 기회를 엿봄.

곳에 길을 뚫긴 하였는데 매우 긴요한 구실 자리라 마땅히 5백 금은 써야 하겠더라고 능청을 부리었다. 깜짝 놀란 무변은 자기가 가지고 있는 전대는 오직 관절(關節)*을 위해서 마련된 것으로 이제 쓰일 데가 생겼는데 무엇을 주저하며 무엇을 아끼겠는가 하고 진작 건네주지 못한 자신의 불찰을 스스로 타박하며 5백 냥을 셈하여 내주었다.

대솔하인이 미심쩍어서, 몸소 가보지도 않고 어찌 5백 금을 무난히 저 위인에게 넘기시느냐고 만류하였다. 무변은 눈자위를 굴려 하인을 꾸짖었다. 서울의 대갓집 청지기라면 그 지체로 보아 시골 길청의 도필리(刀筆吏)가 따르지 못하였다. 그가 민규호 대감 댁 청지기가 분명한 터에 그를 턱없이 의심하여 매언(罵言)*으로 면절(面折)하면 되레 심기만 건드리는 결과요, 장차 도량(度量)을 그르치게 할 망신살이 뻗칠 것인즉 진작에 훼방하지 말라고 하였다.

이튿날 청지기가 다시 들렀다. 대감께서 받으시고 매우 기뻐하시며 산정(散政)*에서 적당한 과궐(窠闕)이 나면 망단자(望單子)*에 수망(首望)*으로 올리거나 아예 단망(單望)으로 올려 달라고 하였더니 쾌히 승낙하였다는 것이다. 그러나 신뢰하는 분의 조언이 있으면 일은 더욱 튼튼하게 되는 법입니다, 아무 방의 아무 양반과는 평소에 교분이 두터우시고 그분의 말씀이라면 대감께서 거절을 못하시는 성미이시니 2백 금을 던지면 만사가 형통이 됩니다라고 하였다. 무변이 또한 그 말대로 2백 금을 던졌다.

---

*관절 : 중요한 자리에 있는 사람에게 뇌물을 주고 청탁하던 일.
*매언 : 욕설.
*산정 : 임시로 벼슬을 임명하거나 바꾸던 일.
*망단자 : 벼슬아치를 추천할 때 후보자 셋을 천거하던 1인 삼망(三望)의 내용을 기록한 종이.
*수망 : 벼슬아치를 임명하기 위하여 이조와 병조에서 올리는 세 사람의 후보자 가운데 한 사람.

청지기가 그 양반께서도 기꺼이 응낙하겠다고 연통한 다음, 다시 민 대감의 별실이 있다 하였다. 자색이 뛰어나 대감께서 매우 아끼시고 계시는 터에 득남까지 하였는데 썩 기특하게 생기었다는 것이었다. 그 아기의 돌이 가까웠는데 마침 이때를 틈타서 매우 호사스러운 물건을 갖다 바치면 주선은 더욱 튼튼할 것이라 하였다. 주선이 튼튼하게 될 것이라는데 무변이 주저할 까닭이 없었다. 다시 백금을 쉽사리 던지고 말았다. 청지기가 나가더니 금방 돌아와서 별실이 대희하여 금방 주선하겠노라고 대답하였다는 것이었다.

이제부터는 다만 앉아서 기다리기만 하면 되는 것이다, 그런데 임관되면 아무쪼록 관복이 말쑥해야 하는 법, 30, 40냥을 들여서 장만하여 면간교체(面看交遞)*할 주변이나 차려 두는 것이 옳다고 당부까지 하였다. 무변이 서둘러 복색을 말쑥하게 차리고 민규호를 찾아갔다. 이틀 동안이나 헐숙청에서 부대끼다가 겨우 민규호를 현신하고 지난 경력과 형편을 거짓말 반으로 꾸며 대고 하회를 기다렸더니 민규호는 겨우 턱만 두어 번 끄덕이고는 대후(待候)*한들 이렇다 할 말이 없었다. 무변은 권문의 대감들 행사란 으레 그러하겠거니 생각하였다. 그 후 다시 가보았으나 줄지어 문안드리려는 명류(名流)들 사이에서 현신할 대열에조차 끼이지 못하였고 뵌다 하여도 남달리 관대하게 대하는 기색도 없었다. 때로는 도정목(都政目)*을 간신히 빌려 볼 때도 있었으나 자신의 이름은 찾아볼 길이 없었다. 초조한 가운데서도 그 청지기가 설마 망모(妄冒)*로 자기를 욕보일 까닭이

---

*면간교체: 서로 마주 보는 자리에서 사무를 넘겨주고 넘겨받음.
*대후: 웃어른의 명령을 기다림.
*도정목: 이조·병조에서 매년 6월과 12월에 벼슬아치의 성적을 평가하여 면직·승진시키던 목록.
*망모: 거짓으로 남을 속임.

야 없겠지 싶어 수시로 다방골로 유인하여 푸줏간에서 금방 내온 양
지머리고기에 아롱사태만 골라서 대접하느라고 부비도 거의 바닥이
나가고 있었다. 이에 참담하게 된 무변이 청지기에게 눈알을 부라리
기 시작하였다. 그러나 그때마다 청지기도 마주 눈알을 굴리는 것이
었다. 6월 도정(都政)이 머지않았으매, 대동청(大同廳)에 매우 소득
이 좋은 자리 하나를 빼돌려 두었다는 대감의 말이 있었다고 하였
다. 아무 양반과 별실이 떠먹이듯 두루 여쭌 바 있어 대감께서도 쾌
히 승낙하였으니 이번에는 대만(待滿)*을 기다릴 것도 없이 다른 구
실아치를 면출(免黜)*시키고라도 실수 없이 차임(差任)될 것이라고
아뢰는 것이었다.

차제에 너무 서두르게 되면 녹용(錄用)되고 나서 논경(論警)*당하
기 십상이니 너무 촉급히 굴지 말라고까지 하였다. 무변은 반신반의
하였으나 이미 주머니는 6월이 오기 전에 찬바람이 불었다. 그 후에
는 사흘에 한 번씩이나마 나타나던 청지기가 코빼기도 보이지 않게
되었다. 일순이 지나도록 종내 무소식이니 구수(久囚)*의 신세나 진
배없는지라, 비로소 의심이 부쩍 들어서 주인을 불러 민겸호 대감의
청지기가 요사이 발걸음이 없으니 웬일이냐고 묻고 자네와는 친숙
한 사이니 나가 수배하여 불러올 수 없겠느냐고 청하였다.

그러나 주인장의 대답이 아주 엉뚱하였다. 청지기로 모칭하던 놈
과 주인장과는 처음부터 면분도 없는 사이였고 이렇다 할 상종도 없
었다는 것이었다. 민규호 대감 댁 청지기라는 것이야 나으리께서 더
잘 아시는 일이 아닙니까, 그 위인이 자칭 민 대감 댁 청지기라 하였

---

*대만 : 관리들이 임기가 차기를 기다리던 일.
*면출 : 벼슬을 갈아 그 지위를 떨어뜨림.
*논경 : 상급 벼슬아치가 하급 벼슬아치의 잘못을 경계(警戒)하던 일.
*구수 : 판결이 나지 않아 오랫동안 감옥에 갇혀 있는 살인범.

고 나으리께서도 민 대감 댁 청지기라 하시니 쇤네는 그만 그런 줄 알았을 따름이라고 대답하는 것이었다. 이에 놀란 무변이 혹시 그 위인의 집을 알고 있느냐고 물었다. 주인이 대답하기를, 모릅지요, 나으리께서 잘 아시는 처지에 아직 집도 모르십니까 하는 것이었다.

드디어 그 위인이 명특(螟螣)*한 자란 것을 안 무변은, 그 점 유의하지 못했구나 하고 난 뒤 그대로 주저앉아 자리보전하고 누웠다. 보름 만에 겨우 행보할 만하게 정신을 차리고 서울을 나서서 어디 자문이라도 할 장소를 찾아다녔으나 예부터 상전으로 모시었던 하인이 한사코 동정을 살피며 뒤따라 다녀 그 또한 뜻을 이루지 못하고 하인의 등에 업혀 안변 길로 오르다가 평강 처소에 들러 아주 주저앉고 말았다는 것이었다.

「분수를 차리지 못한 위인이 과실로 패가망신을 한 거로군. 시절이 그러하니 망신한 무변이나 위계를 꾸민 사기꾼이나 서로 기울 것이 없군. 그런데 천 행수는 인근의 백성들을 처소로 자꾸만 불러들여서 어쩌자는 셈이오?」

「난들 그 속내를 알 길이 없다네. 그러나 한 가지는 분명한 것이 있네. 장토를 잃은 유민이나 파락호 신세 된 책상물림들에게 저자의 물리를 익혀 생화를 거두게 하자는 것이지. 그렇지만 그것 역시 수월한 일이 아닐세. 식구가 자꾸만 불어나게 되니 이곳 관아에서는 우리들이 붕당을 하여 작폐나 저지르지 않을까 해서 은밀히 간자를 띄워 처소의 동정을 염탐해 가곤 한다네.」

「관속들이 섣불리 덧들이지는 못할 것이오. 천 행수가 연광이야 일천하되 산골 관장의 속셈쯤이야 보름달 쳐다보듯 환하게 뚫어 보고 있을 것이니까.」

---

*명특: 세상에 해를 끼치는 간악한 인간을 비유한 말.

「우리 처소의 동무들에게 병장기 하나씩만 들려 준다 하면 평강 고을 하나쯤은 애저녁에 쑥밭으로 만들 수 있을 것이네.」

「쉿, 어디라고 입정을 함부로 놀리는 거요. 누가 들으면 역모를 꾸민다 하지 않겠소?」

「자네야말로 큰일 저지를 사람 아닌가. 우리 처소의 세력인즉슨 그렇단 얘기지, 내가 역모를 하자 하였는가?」

하루해도 그럭저럭 저물어 갔다. 식구들 모두가 한가한 사람이 없었다. 옆사람을 다그치는 법도 없었고 허물하는 법도 없었다. 제각기 해야 할 일 외에 한눈을 팔 겨를이 없었기 때문이다. 처소의 끼니를 축내었으면 끼닛값을 해야 할 것은 당연한 이치였고 끼닛값을 하자니 손샅에 피가 맺혔다.

외양간 치는 것을 끝내고 취의청 툇마루에 늘어앉아 길목들을 털고 있으려니 양주 평구장에서 올라온 소몰이꾼 다섯이 당도하고 있었다. 송파 마방에서도 한두 번 상종들이 있던 동무들이었다. 패랭이엔 흙먼지가 켜로 내려앉았고 괴나리봇짐에 매달린 짚신들은 모두가 뒤축이 떨어져 나가 있었다. 흥정은 석식 뒤에 하기로 하고 우선 소를 외양간에 맨 뒤에 쇠여물을 푸짐하게 안기었다. 먼 길을 온 소들이란 여물 먹는 것이 신통하지 못한 법이었다. 이틀쯤은 털을 빗기고 외양간에 쉬게 돼야 식욕이 돌아오는 법이었다. 목청이 걸걸한 소몰이꾼들이 마당 한편에 있는 우물가로 가서 찬물을 뒤집어쓰듯 하였다. 사방이 희미하게 땅거미가 지기 시작하였다. 숙설간에서부터 강냉이밥 익는 냄새가 구수하게 퍼져 나오고 외양간에서 들려오는 워낭 소리가 한가로웠다. 낮 동안 사람들의 내왕으로 분주하던 장옥(長屋) 마당에는 군불 지피는 저녁연기가 물여울처럼 깔렸다. 비가 오려나 하고 누가 혼잣소리를 하였다. 연기가 땅으로 깔리는 것을 보고 하는 말이었다. 해낮에 햇무리 지는 걸 못 보았는가, 석식 후엔 비설거지들이나 하고 들어가지그래, 하고 또한 맞장구들 치는데, 시선들은 모두가 동자 짓는 숙설간 모퉁이로 가 있었다.

「또출이, 석식 후엔 우리 방으로 오게.」

너덧 사람 건너에 앉아 있던 곰배가 불쑥 내뱉었다.

「꿀단지라도 숨겨 둔 게 있나?」

「대접할 것이야 있겠나. 우리 안사람이 외양이야 취할 것이 없네만 언문책 읽는 초성 좋기로는 우리 처소에서는 으뜸일세. 와서《숙향전(淑香傳)》읽는 소리나 듣세.」

「그만두게. 저녁 먹은 것이 자위 돌면 술추렴이나 하겠네.」

「술 처먹다 죽은 귀신이 덮씌었나, 자넨 어째 눈만 떴다 하면 술타령인가.」

「사돈 남의 말 한다더니, 자네야말로 송파 시절에 광희문 밖 갖바치네 안방에 있는 술독에서 술 괴는 것까지 점치던 유명짜한 모주꾼이었지 않나.」

「쉿, 이 사람아, 목청을 낮추게. 우리 안사람은 내가 모주꾼이었다는 것을 생판 모르고 있다네.」

「춘년이 아전 서방을 하면 가자(字) 걸음을 걷고 육개장 아니면 밥을 안 먹는다는 얘긴 있지만, 늘그막에 젊은 안해 얻은 놈이 먹던 술 안 먹는다는 얘긴 난생처음일세. 자네 아주 그 솔잎상투를 꽉 잡혔군그래.」

「제 안해 초성 좋다는 것은 생판 거짓말이고, 저 사람 안해 들인 뒤로는 석식 후엔 품방아 찧느라고 도대체 코빼기를 내보이지 않은 지가 오래되었다네.」

강쇠가 그렇게 거들고 나오자, 곰배가 눈시울을 좋지 않게 뜨고,

「멀쩡한 사내 하나 또 병신 만들려고 자네 작정한 모양이구.」

석식을 기다리며 험담과 농지거리가 오가는 중에 사립 밖에서 웬

낯선 사내 하나가 집 안으로 모가지를 삐끗하니 디밀었다간 들어오지는 않고 주저하고 있었다. 얼굴에 살비듬이 허연 사내는 북상투 바람에 입성이 남루하고 등에 진 통지게에는 찌그러진 고리짝과 땟국이 흐르는 차렵이불과 삿자리와 다리 부러진 소반이 얹혀 있었다. 머리에 질요강을 이고 있는 계집사람은 젖무덤이 그대로 드러나 뵈는 동정 없는 저고리에 뒤축 없는 짚신을 끌고 있었다.

털 벗은 솔개미같이 어설프고 헐벗은 계집아이 둘을 앞세우고 있었는데, 아이들은 눈물 자국이 입귀에까지 내려와 있었다. 허연 버짐이 핀 정수리를 긁적거리면서 계집아이 하나는 뒤를 싸겠다고 징징대고 있었다. 장토를 잃고 떠다니는 유민이 한술의 끼니를 구걸하고자 기웃거리고 있음이 분명하였다. 마침 봉당에 앉아 미투리총을 매고 있던 동무님이 어쩐 일이냐고 물었다. 사내의 대꾸가 여기가 천 행수의 마방이냐는 것이었다.

동냥아치 주제치곤 묻는 말이 괴딴지라 이번에는 누굴 찾느냐고 고쳐 물었다.

「천 행수님을 찾아왔습지요.」

「어디서 왔소?」

「안변 고을에서 왔습지요.」

마침 천 행수가 보이지 않는지라 도중 일을 알음하는 김몽돌에게 궐자를 데려다 주었다. 궐자가 김몽돌을 천 행수로 지레짐작하고는,

「행수님 명자는 익히 들어 알고 있습지요. 안변 고을에서 이곳만을 겨냥하여 오는 동안 행역깨나 치렀습니다만, 막상 행수님 뵙고 나니 말구멍이 막힙니다.」

김몽돌이 짐짓 괴상히 여기는 모양을 보이며,

「어디서 무엇 하던 분이시오?」

「저는 명색 안변 고을 관아의 공방에서 고공살이하던 궁장(弓匠)

이었습지요. 원래는 선친의 솜씨를 이어받아서 궁시(弓矢) 만드는 일을 천직으로 삼았습니다. 공역을 들이는 틈틈이 대조(帶造)로 궁시를 만들어 직방(直放)하여 겨우 식솔들의 끼니를 이어 왔답니다. 그런데 신관 사또가 체차(遞差)*된 후로는 공역이 과중하고 엄중하여 관용(官用)의 궁전(弓箭)을 대는 데도 밤을 지새워야 할 판이었습지요. 더군다나 월여 전에는 젖먹이 하나를 참척(慘慽)*까지 본 터에 가세가 도망하지 않으면 곱다시 줄초상을 낼 형편이라 안해 명색이 몰래 모아 두었던 몇 푼의 사전(私錢)을 노수하여 표연히 길을 떠났습지요.」

「그런데 하필이면 우리 처소요?」

「사람들 간에 소문이 평강 고을 천씨 마방엘 찾아가서 놉으로 들면 우리 네 식솔 끼니만은 이을 길이 있다기에 활인을 빌자 하고 무작정 찾아왔답니다.」

「안변 고을에서는 왜 공장들에게 혹심한 고공살이를 시키는 거요?」

「신관 사또가 부장(夫匠)들이 공력 들여서 만든 물건들을 매장치기*로 장시에다 내다 판다는 얘기를 들었습니다. 수철장(水鐵匠)이며 지장(紙匠)이며 명색 공장으로 주변한다는 위인들은 죄다 향청 공방(工房)으로 불러들여 나수하다시피 하고 신역을 들이게 하고는 고청(雇倩)*은 말뿐이요, 만들어 낸 물화를 관아의 하속들을 시켜 장시에 내다 팔거나 흔구(痕咎) 없는 극품(極品)은 시색 좋은 상도 나으리들께 바치거나 서울 삼개에 있는 경주인(京主人)에게

*체차 : 관리의 임기가 차거나 부적당할 때 다른 사람으로 바꾸는 일을 이르던 말.
*참척 : 자손이 부모나 조부모보다 먼저 죽는 일.
*매장치기 : 장난까다 장은 버러 다니는 일.
*고청 : 고용.

나르고 있다는 소문입지요.」

「노형이 안변 고을 궁장이었다는 것을 우리가 어떻게 알겠소.」

「무슨 억탁의 말씀입니까? 그곳 사또인 길 아무개는 제게서 배운 궁술(弓術)이 보통이 아니랍니다. 도임하는 길로 추상같은 명을 받고 궁재를 다하여 숙각궁(熟角弓)* 한 벌을 장만하여 바쳤습지요. 살수건은 고사하고 노루발〔獐足〕까지 달려 있는 전동을 메고 사정(射亭)을 드나들며 한량들과 안면을 트고는 하삼지(下三指)로 줌통 쥐는 법이며 상삼지(上三指)로 시위 긋는 법이며 각지(角指)* 손 떼는 법도 배우고 비정비팔(非丁非八)*에 흉허복실(胸虛腹實)하는 법이며, 이렇다 하는 궁례(弓禮)까지도 얌전히 성재(成才)하게 된 연유가 모두 선수(善手)인 저로 인하여 비롯되었다는 것은 안변 고을이 다 알고 있는 사실입니다요. 속임 없이 말씀드린 것이니 만에 하나 어찌 알지는 마십시오.」

「그 길 아무개란 관장이 서정(庶政)도 베풀기 전에 권문의 밑닦기에만 급급한 걸 보면 내천(內遷)*만을 겨냥하고 있는 거로구려.」

「사또의 침탈이 여간 혹독한 것이 아니랍니다. 심지어는 도사(屠肆)*의 백정들에게도 양지육이며 알짬을 바치라 하고 도방(賭坊)에까지 코를 디밀어 구전을 뜯는다 합니다.」

김몽돌이 고개를 끄덕이고 앉았다가 능멸관장인 궁장의 귀청구를 밀막는 시늉을 하며,

---

*숙각궁 : 아주 잘 만든 각궁.

*각지 : 활을 쏠 때에 시위를 잡아당기기 위하여 엄지손가락의 아랫마디에 끼는 뿔로 만든 기구.

*비정비팔 : 활을 쏠 때 발을 벌리는 자세.

*내천 : 관찰사나 수령 따위의 외직에서 중앙 관직인 내직으로 옮아오던 일.

*도사 : 왕실, 귀족, 군문에 고기를 공급하던 가게.

「이쯤에서 그만둡시다. 우리 처소에서도 궁장이 소용될 것인즉 내가 행수님께 좋도록 청을 넣어서 눌러 있게 조처를 할 터이니 우선 저 낮거미 같은 아이들부터 방으로 들게 하시오.」

취의청으로 오른 궁장의 식솔들은 마당을 오가는 저녁상들을 멀거니 바라보고 앉았다가 자기들에게 두루거리 밥상을 날라다 주자 수저를 들 것도 없이 허겁지겁 맨손으로 밥을 퍼넣기 시작하는데 가히 구경거리가 될 만한 것이 못 되었다.

밤에는 취의청에서 술추렴이 벌어지고 마방 뒤 장옥 봉노에서는 천봉삼과 평구장에서 올라온 소몰이꾼들 사이에 흥정이 벌어졌다. 평구장에서 몰고 온 소들은 모두가 열다섯 필이었다. 농우소 될 만한 것이 일곱 필이었고 암소가 다섯에 부룩송아지가 셋이었다.

「외양간에 매인 소들을 모두 구경하였는데 암소 중에는 한 필이 둘암소*였다오.」

천봉삼의 말에 소몰이꾼 다섯 모두가 화들짝 놀라며 눈을 크게 떴다. 그러나 천봉삼은 아무렇지도 않게,

「눈썰미가 어두워서야 어찌 쇠살쭈 노릇 한다고 명함을 내고 다니겠소.」

「사실 우리는 그런 것도 모르고 준가로 흥정했던 소입니다. 암소가 생산할 수 없다면 큰일이 아닙니까.」

「암소라 할 것도 없겠지요. 열다섯 필 중에 우황 든 소라도 있다면 한 필 값이 지헐하더라도 벌충이 되겠소만, 아무리 살펴보아도 우황 든 소는 없구려.」

「둘암소가 있다면 우리들 사흘 고생에 부비도 건지지 못하게 되었소이다.」

---

*둘암소 : 새끼를 낳지 못하는 소.

「너무 걱정들 마시오. 준가대로 금어치를 쳐드리지요. 가근방 토호들 중에서 두어 장도막에 한두 번씩은 제독(祭犢)*을 찾기도 한답니다. 임자가 나서는 길로 우리 또한 본전치기로 넘기면 될 것이니 이문이야 없다 한들 손해날 것도 없습니다.」

뒤를 시원스럽게 풀어 주는 천봉삼의 말에 평구장 소몰이꾼이 대희하여,

「그렇다면 성애술은 우리가 사야 하겠군요. 그리고 둘암소를 분별하는 안목이나 가르쳐 주십시오.」

「둘암소를 준가대로 사준답시고 성애술을 얻어 마시며 분별하는 안목을 가르쳐 드리면 시생은 본전놀이 아닙니까.」

모두가 껄껄 웃는 판에 김몽돌이 들어왔다.

「안변 고을에서 고공살이하던 궁장 하나가 처속들을 솔권하고 와서 처소에 놉으로라도 박아 달라고 지싯거리고 있습니다.」

천봉삼이 반몸을 뒤틀고 김몽돌을 돌아다보며,

「위인이 동무할 만합디까?」

「하나같이 불성모양*들이나 심지가 그릇되거나 배심 먹을 사람들 같지는 않아 보입니다. 게다가 먹성 좋은 계집아이 둘까지 끼고 있는데 차마 방색할 수가 없게 되었습니다.」

「그 위인이 안변 고을의 궁장이었다면 동무님의 귀가 번쩍 띄었겠구려.」

천봉삼의 어취가 어디에 있는지 얼른 알아챈 김몽돌은 대꾸를 않고 앉아 있기만 하였다.

「의지간이 마련될 때까지 취의청에다 우선 전접할 곳을 마련해 주도록 하지요.」

---

*제독: 제사에 쓰는 송아지.
*불성모양: 몹시 가난하여 살림이나 복색 따위가 말이 아님.

천봉삼이 고개를 끄덕여 입낙하면서 김몽돌의 안색을 주의 깊게 살피었다. 천봉삼은 그의 표정에서 문득 떠오르는 살기를 느꼈다.

5

안변 고을 궁장이 평강 처소로 찾아든 지 열흘 뒤에 김몽돌과 강쇠, 곰배, 또출은 평강을 나섰다. 또출과 김몽돌을 제외한다면 나머지 두 사람에겐 평강에서 안변까지는 눈감고도 갈 수 있을 만큼 발새 익은 길이었다. 쇠뿔도 단김에 빼라더라고 기왕 안변 관아의 속사정을 궁장으로부터 소상하게 염문한 터면 지체할 것 없이 길소개를 징치하자는 것이었다. 떠나기 전에 강쇠가 며칠을 더 두고 보자며 뒤로 미룰 것을 권하였으나 불뚱가지 있고 나서기 좋아하는 곰배가 사내에게 오쟁이를 지운 계집만은 그냥 둘 수 없다고 입에 거품을 물었다. 또출이 따라나선 것은 삼남으로 가는 세곡선 짐방으로 조발되었을 때 길소개를 상종하여 안면을 익히 알고 있는 데다가 옛날에 행수로 모시던 조성준이 길소개의 위계로 송만치를 죽인 정범으로 아직까지 관아의 수배를 받고 있다는 원혐이 내심에 도사리고 있었기 때문이다. 그렇지만 한 가지 내키지 않는 것이 있었다. 소경사가 그러하고 길소개가 천하에 없는 죄상을 두루 저지른 죄인이라 하나, 지금은 권신인 민겸호의 두호를 받고 있는 한 고을의 관장이란 지체 때문이었다. 길소개를 참살하면 인근 고을은 물론이요, 감영이 벌집 쑤셔 놓은 것 같을 것이었다.

길소개가 민겸호의 두호를 받고 있다는 것은 감영 근처에서도 파다하게 퍼진 소문임에 그가 살변을 당했을 땐 숱한 무고한 백성들이 초사를 받게 될 것이었다. 감결과 보장이 뻔질나게 오가고 종내는 추포령에 쫓기는 신세들이 될 것이었다. 그러나 살변을 낼 것인지

병신을 만들 것인지는 임시해서 작정하기로 하고 안변 관아를 겨냥하여 발행한 지 하루 반 만인 이튿날 해 질 녘에 안변 지경에 득달하였다. 그러나 네 사람은 붕당한 채 이목이 번다한 객주나 숫막에 들 수는 없었다.

오랜 궁리 끝에 색상들의 접주 노릇을 한다는 관아 뒤의 위인을 찾아가기로 작정하였다. 위인이 안변 관아의 속사정에 통달할 뿐 아니라 앵이*를 안긴다면 제 아비라도 팔아먹고 입 닥치고 있을 만한 위인이란 것은 평강 처소의 안해 되는 사람들이 이구동성으로 한 말이었다. 일행 중에 위인과 상종이 있었던 사람은 없었으나 다급한 때에 면분이 있고 없고를 따질 경황이 없었다. 한 식경이나 헤맨 끝에 겨우 위인의 집을 찾아냈다.

그러나 네 사람이 불쑥 나타나 하룻밤 유숙을 청하자, 궐자는 당장 방색이었다. 그것을 짐작하지 못한 바가 아니었다. 강쇠가 내근(內近)해서 비편하다면 멀찍이 떨어진 헛간이라도 내달라고 적선을 빌었다. 그러자 궐자는 버럭 결기를 돋우면서 병문으로 올라가면 넓은 봉노를 골라 잡아 들 것인데 하필이면 사삿집에 기어들어 속을 썩이느냐고 지릅뜨고 노려보았다. 궐자의 드센 체하는 거동을 처음부터 탐탁잖은 시선으로 바라보던 곰배가 끝내 참지 못하고,

「이 위인아, 객점도 아니고 숫막도 아닌 사삿집에서 색상들을 불러들여 접주 노릇은 왜 하는 것이며, 팔도의 처자들은 왜 재워 보냈느냐?」

곰배가 마주 눈을 부라렸으나 배짱 드세기로 가근방에서 유명짜한 궐자는 혀를 끌끌 차며 마뜩잖은 말로,

「이런 대명천지에 벼락 맞을 위인을 보았나. 내 간혹 왜상들에게

---

*앵이 : 돈.

82

봉노를 빌려 준 적이 있으되 그들은 엄연히 노인(路引)을 지닌 행려들이었고 유리걸식하는 계집들을 내 집에 재워 보낸다는 것은 활인이 아닌가. 아무리 인정이 메마른 항간의 풍속이란들 그것이 흠절이 된다 하면 네놈은 어느 고을 백성인가. 공갈을 친다 하여 내 당장 오갈이 들 것으로 짐작했다면 대단 잘못 본 것이네. 지금은 내 행색이 꼴에 취할 것이 없으나 이래 봬도 반평생을 관변에서 구실아치로 행세한 터라 고을 육방에 내 반연이 아니 박힌 데가 없다네. 더 이상 덧들였다간 창피한 꼴을 볼 터이니 아예 멀찌감치들 물러나게.」

당장 해라를 내붙이며 메기 잔등에 뱀장어 넘어가듯* 매끄러운 언변으로 면박에 오금을 박고 나오는데, 간담 작은 사람들은 등겁하고 쫓겨날 만하였다. 그러나 산전수전 다 겪은 갈까마귀가 우물 안 개구리에게 허술하게 발목이 잡힐 것인가. 강쇠가 목청을 낮춰서,

「자네가 우리에게 거침없이 해라를 내쏟으면서 너나들이로 상종하자는 것은 지체가 미천한 것들끼리니 오히려 무간해서 잘되었네. 트고 지내는 것이 항용 나쁜 것만은 아닐 테지. 그러나 자네가 미처 깨닫지 못한 한 가지가 있네. 여기 있는 이 사람의 안해가 자네 집 협방에서 이레 동안이나 갇혀서 모진 고초를 당했었다네.」

「그것이 어쨌다는 거냐?」

궐자는 결코 주눅 들어 하지 않았다.

「자네가 이곳 관속들과 통을 짜고 옥바라지하는 백성들을 문지르고 꼬드겨서 엄연히 고을 관장에게 돌려야 할 배자예채하며 헐장금(歇杖金)을 중도에서 가로채어 사사로이 취한 것을 보았고, 아전들이 왜상들과 곡물 거래를 튼 연후에 챙기는 별작전(別作錢)

*메기 등에 뱀장어 넘어가듯 : 슬그머니 얼버무려 넘어간은 비유적으로 이르는 말.

역시 고을 관장의 것이거늘 그것조차 몰래 중도에서 축내지 않았는가. 자네의 폐단이 어디 그것뿐이던가? 나라님이 엄금하는 색상들의 뒷배를 거두어 주고 더러운 용채를 받고는 관속들의 기찰을 따돌렸지 않나. 이곳 관아것들이야 서로 부동(符同)한 사이니까 정소를 올린다 하여도 눈감고 있을 터이지만, 감영으로 가서 네놈의 죄상을 낱낱이 고변해 버린다면 자네 뱃속이 지금처럼 편하고 언사가 도저할 수 있겠는가. 아무리 촌구석에 살고 있는 아둔한 놈의 눈치기로서니, 병문에 숱하게 널린 객점을 두고 자네 집까지 수소문해 와서 과객질을 하려 할 때에는 거기에 그만한 연유가 있다는 것을 진작 눈치 챘어야 하지 않는가. 그래도 우릴 홀하게 대접할 터인가?」

「아니, 그럼, 이 불흉년에 공짜 끼니를 빌리는 수작이 아닌가?」

「이놈아, 차라리 계집아이 불두덩에 붙은 누룽지를 떼어 먹지, 색상들의 뒷배를 봐주며 고린전을 챙기는 네놈의 집구석에 와서 공다지를 빌 만큼 하찮은 위인들로 보이느냐? 네놈이 감영 동헌 마당으로 끌려가서 육 척 육 촌의 대곤*으로 치도곤을 당해 살점이 뜯겨 나가기 싫거든 봉노부터 내놓아라. 네놈이 동취에는 사족을 못 쓴다는 것은 익히 들어 알고 있는 터, 연가는 섭섭지 않게 치를 터이니 봉노를 정하게 치우고 등메 덧깐 다음 군불이나 지펴라.」

안변 관아 하속들에게 기대어 고린전을 챙기는 뱃심을 가졌다 하되, 공갈 같기도 하고 부추기는 것 같기도 하고 달래는 것 같기도 하는 강쇠의 변설에는 분명 뼈대가 있는지라 귈자는 처음과는 달리 그만 오갈이 들고 말았다. 그참에 이르러서야 귈자는 더 이상 대꾸를 못하고 방앗고같이 껑충한 네 사람을 우두망찰로 쳐다보고만 있었다.

---

* 대곤 : 죄인의 볼기를 치던 곤장의 하나.

「어떠냐? 입맛이 당기느냐? 감영으로 끌려가서 연옥에 대가리를 처박고 짚신이나 삼고 있기보단 우리의 용채를 챙기는 것이 십분 다행한 일이 아니겠냐.」

말은 달래는 것 같았으나 뒤축을 구르는 강쇠의 재촉에 궐자는 더 이상 주저할 수 없게 되었다. 네 사람의 본색이 무어며 켯속을 알 길도 없었으나 상방 넓은 봉노를 치우고 맞아들였다.

「저녁은 찬이 없는데, 어찌할까요?」

「오늘 밤은 자네들 먹던 대로 차려 오게. 내일은 갯가가 가까우니 생선지짐이나 끓여 올리게.」

당초에는 궐자가 해라를 내붙이고 너나들이로 상종을 하였지만 말 몇 마디 오간 뒤로 궐자는 하오로 대접하게 되었고 강쇠 편에서는 해라로 상종하게 되었으나, 궐자는 처신이 잠깐 사이에 뒤바뀐 것조차 깨닫지 못하고 있었다. 엉덩이에 뿔 난 송아지가 있더라고 궐자는 꼴에 첩까지 데리고 있어서 계집 둘이 한꺼번에 정주간으로 나가 삭정이를 꺾어 불을 지피더니 향 두 대 피울 참도 못 되어 석식을 차려 올렸다.

저녁상을 물린 뒤에 그대로 잠이 든 네 사람은 이튿날도 문밖으로 발도 내미는 법이 없이 그대로 붙박이어 낮잠을 자거나 육담으로 소일하였다.

도대체 본색을 가늠할 길이 없는 위인들이 겨냥하는 바가 무엇인지 궁금해서 못 견디게 된 것은 주인장이었다. 변복하고 나선 감영의 토포 군사 같기도 하였고, 원산포 곡물객주에서 나온 차인붙이들 같기도 하였다. 염통이 근질거려서 견딜 수 없던 주인장이란 놈이 이틀째 되던 날 밤에는 동참 주상을 차려 들고 봉노로 기어들었다.

「제게다 방자 세울 일이라도 있으시면 근지 말고 말씀하십쇼. 근력 닿는 데까지 주선해 올립지요.」

팔베개하고 누워 있던 곰배가 벌떡 반몸을 일으키며 주인장을 잡아먹을 듯이,

「계집을 둘씩이나 거느리고 있는 놈이 또 무슨 근력이 남아 있다고 우리와 한동아리 되기를 자청하고 나서느냐. 네놈에겐 볼일 없으니 썩 나가거라.」

전날 밤 궐자에게 창피를 당한 분김이 사그라지지 않은 곰배의 거동이 칼이라도 뽑아 들 것 같은데, 강쇠가 손사래를 치고는,

「자네 우리와 부동을 하자 해도 마다하지 않겠는가?」

화들짝 놀라 엉덩이를 뒤로 뺄 줄 알았던 궐자가 동안이 뜨도록 강쇠를 쳐다보다간 입귀로 히쭉 웃음을 흘리며,

「제가 안변 관아 하속들과 아전들에게 빌붙어서 누추한 앵이를 챙기는 것은 노형들도 아시는 바가 아닙니까. 저도 명분이 선다면야 기왕 벌인 춤에 우물에다 똥이라도 누겠습니다. 마다할 까닭이 없지요.」

「그것이 우스갯소리만은 아니렷다?」

「제 처지가 어디라고 시방 흰소리를 늘어놓겠습니까?」

그때서야 김몽돌이 괴춤을 풀기 시작하였다. 바짓말기를 내리니 배에 차고 있던 전대가 보였다. 쉰 냥을 셈하여 궐자에게 던졌다.

「관아의 내막이나 가르쳐 주고 받는 용채로는 부족이 없을 것이니 거두게. 심에 차지 않으면 이 봉노에서 나가게.」

「물론 거두겠습니다. 제가 용채에 심이 차지 않는다고 내친다 하면 노형들이 저를 가만둘 성부르지가 않습니다.」

「눈치 빠르긴 도갓집 강아지군. 우린 자네가 고지식한 위인인 줄 알고 속으로는 무척 주저들 하였다네.」

궐자가 혓바닥째 넘어가는 것은 아닌가 싶게 꿀꺽 침을 삼키며 삿자리에 흩어진 사슬돈 쉰 냥을 거두어 괴춤에 찔러 넣었다.

「오늘 밤이 그믐칠야(漆夜)*이니 밤 깊기를 기다렸다가 관아의 담장을 넘어야 하겠네. 자네가 따로 할 일은 없고 우리가 찾고자 하는 곳을 지소만 해주게. 우리가 내놓은 용채를 거둔 이상 배심을 먹거나 주저하는 바가 있었다간 살변이 날 것이네. 보통 일이 아니란 것쯤은 지금 와서야 눈치 챘을 터, 거동에 일호의 어김이 있어선 안 되네.」

「무슨 일인지 제가 먼저 알면 안 되겠습니까? 설마 파옥을 한다거나 관고(官庫)를 털자는 것은 아니겠지요?」

「우리가 역모를 하자는 무리도 아니요, 그렇다고 시골 관아의 관고나 터는 하찮은 도막꾼*으로 보이는가? 자네와는 상관없는 일이니 수선 떨 것 없네.」

강쇠가 오금을 박는지라 주인장이란 놈은 더 이상 캐물을 길이 없었다. 그들은 밤이 칠야가 되어 홰를 달지 않으면 한 칸 앞의 사람도 분간할 수 없을 정도가 되어서야 봉노에서 일어났다.

다섯 사람이 한동아리가 되어 넘기 좋은 담장의 사헐처(事歇處)*라고는 공청(公廳)의 왼편에 있는 일각문을 나와서 옥사(獄舍)로 꺾어지는 담을 따라 부목(負木)이 높다랗게 쌓인 쪽이었다. 외삼문과 옥사 사이를 오가는 수직군이 있기는 하나 중거(中炬)를 밝혀 놓았고 담장 밖을 순라하는 수직군도 없지 않아 처음 작정했던 것보다는 일이 어렵게 된 것을 깨달았다. 그러나 감히 관아의 담장을 넘어들 위인이 있다는 것은 상상할 수도 없는 일이라 수직 서는 사령들은 모두가 건성이었다. 다섯 사람은 쉽게 담장을 넘을 수 있었다. 담장 높이와 나란히 쌓아 올린 부목더미 위로 올라가서 망을 보자 하니

---

*그믐칠야 : 음력 그믐께의 매우 어두운 밤.
*두막꾼 : 수매치기
*사헐처 : 일이 적거나 쉬운 곳.

드넓은 관징이 한눈에 내려다보였다. 오른편으로 동헌이 바라보이고 마당 건너 왼편으로는 상고(廂庫)가 벌여 있었다. 동헌 뜨락의 맞은편으로는 내당을 구분 짓는 화초담이 바라보이고 일각문이 달려 있었다. 일각문 안쪽에 내아가 고즈넉이 놓여 있고 앞으로는 줄행랑이 또한 벌여 있었다. 동헌 지대 위에 밝힌 홰가 까물거리고 있을 뿐 사방에 인기척이라곤 없었다.

벌벌 떨고 있던 주인장이란 놈이,

「그만 돌아들 가십시다. 저는 떨려서 불알에 손톱도 안 들어갑니다. 관고를 턴다는 일이 보통 분란이 아니지 않습니까. 곳간의 재물을 털어 가지 않았다 하더라도 일단 상인도(常人盜)*로 판명이 되면 자자(刺字)는 모면하게 되나 장 육십 도에 처하지 않습니까. 재물을 가져간 자는 주범·종범을 가리지 않고 장물을 합산하여 논죄하는 것이 율입니다. 우리 다섯 사람이 한데 싸잡혀 토옥에 떨어져 모진 형문을 당한다면 신실하게 옥바라지해 줄 사람도 없지들 않습니까.」

그것은 옳은 말이었다. 나라에 경사가 있을 땐 사유(赦宥)*를 베풀기도 하지만 상사소불원(常赦所不原)이라 하여 사유를 베푼다 하여도 이에 해당되지 못하는 죄가 있었다. 그에 의하면 십악(十惡), 살인, 관물 절취, 강도, 절도, 방화, 발총(發塚), 수장(受贓), 사위(詐僞), 범간(犯姦), 약인(略人),* 약매(略賣) 등과 같이 고의로 저지른 죄가 해당되는 것이었다. 주인장이란 놈이 벌벌 떨며 돌아가자고 보채는 중인데 곰배는 벌써 부목의 등걸을 밟고 관정으로 내려서고 있었다. 순라하는 수직군이 관아의 외삼문 쪽으로 나가기를 기다렸다가 그

---

* 상인도 : 일반인이 관인의 재물을 터는 행위.
* 사유 : 죄를 용서하여 줌.
* 약인 : 꾀거나 으르거나 하여 사람을 잡아감.

들은 다시 동헌 쪽의 안담장을 넘었다. 그리고 곧장 후원으로 돌아갔다. 후원에는 감나무가 듬성듬성하고 멀리로는 동헌과 내당을 구분 짓는 화초담이 희미하게 바라보였다. 동헌과 내당을 잇는 긴 회랑이 담장을 뚫고 있었으나 회랑의 문들은 모두 잠겨 있었다. 일단 내당으로 넘어 들어갔다가 들키는 날엔 곱다시 오라를 받을 수밖에 없었다. 뛰어넘어야 할 담장이 세 겹이나 되었기 때문이다. 마침 담장과 잇닿은 굴뚝이 있어 담장 위로 올라선 그들은 굴뚝 벽을 타고 쉽게 뜨락으로 내려설 수 있었다. 내당의 방마다에는 불이 꺼져 있었다. 사방에 괴괴한 정적이 감돌고 멀리 동헌의 용마루를 핥고 지나가는 바람 소리가 귀에 설었다.

곰배가 주인장의 괴춤을 잡아채며 귀엣말로 물었다.

「마님이 거처하는 방은 어느 쪽이냐?」

「맨 안쪽 방입지요.」

「젖먹이가 있느냐?」

「아니래도 사또께서 후사가 없으시어 적적해하신단 말씀을 자주 들었습지요.」

「사또의 외양이 걸출하고 보면 차고 있는 양물도 실하게 생겼을 터인데, 어찌 후사가 없더란 말이냐. 배태한 적도 없더란 말이냐?」

「사또의 방사(房事)하는 일까지야 제가 어찌 가늠할 수 있겠습니까. 하긴 대방마님의 자궁에 하자가 있다는 소문이 사정(使丁)*들 사이에 파다하게 퍼져 있긴 합지요만.」

「불쌍한 놈, 헛방아품만 팔아 주느라 밤마다 진땀깨나 빼겠구나.」

또출과 주인장은 만약을 위하여 내당 후원으로 숨고, 김몽돌과 강쇠와 곰배는 훌쩍 지대를 밟고 대청 위로 올라섰다. 안쪽으로 장지

─────────

*사정 : 관청이나 기관 같은 데서 잔심부름을 하던 남자 하인.

가 바라보이고 장지에 잇대어 탁자가 서 있고 그 옆으로 찬장이 놓여 있었다. 찬장 옆으로는 뒤주가 놓이고 뒤주 위로는 용충항아리와 백항아리가 가지런히 놓여 있었다.

강쇠는 장지를 손가락 하나만큼 열고 방 안의 동정에 귀를 기울였다. 그러나 워낙 어두워 방 안을 제대로 살필 수가 없었다. 세 사람이 차례로 방으로 들어설 제, 발에 이불깃이 차이었다. 그와 함께 세 사람은 얼른 더듬어 이불 네 귀를 발로 밟았다. 이불 안에서 꿈틀하더니 발버둥을 치기 시작하였다. 두 사람이 다리를 벌려 이불깃을 밟고 있는 사이에 김몽돌은 베개가 놓인 윗목으로 돌아가서 이불 속으로 얼른 손을 집어넣었다. 계집의 긴 머리채가 잡히었다. 그 순간 머리채로 입부터 틀어막았다. 그사이에 두 사람이 이불을 젖히고 계집의 손발을 묶었다. 머리채로 제물재갈을 물린 다음 김몽돌은 괴춤에 찼던 자루를 꺼냈다. 세 사람은 순식간에 계집을 자루 속으로 집어넣었다. 강쇠가 동인 계집을 들쳐 업고 대청으로 나서는 사이에 곰배와 김몽돌은 윗방과 건넌방의 동정을 살폈다. 건넌방에는 안잠자기 늙은이 하나가 잠에 떨어져 있을 뿐 다른 인기척이라곤 없었다. 감쪽같이 계집을 동였던 터라 잠귀 밝은 안잠자기도 깨지 않았다. 계집을 동인 다섯 사람은 다시 왔던 길을 되짚어 담장을 넘기 시작하였다. 그러나 동헌의 담장을 넘기 전에는 수직군들이 교번(交番)될 때를 기다리느라고 시간을 지체하여 처소로 돌아왔을 때에는 닭이 첫 홰를 치고 난 뒤였다.

6

길소개가 지난밤에 운천댁이 감쪽같이 자취를 감추었다는 것을 알게 된 것은 이튿날 아침 해가 뜬 뒤였다. 동헌의 사랑에서 그대로 잠이 들었던 길소개가 관복을 갈아입으려고 내당에 들렀다가 운천댁이 없어진 것을 알게 되었다. 안잠자기를 들볶았으나 궐녀 역시 눈이 휘둥그레져서 쳇머리만 흔들고 있을 뿐 행방을 알 수 없기는 길소개와 다를 바 없었다. 대청에 감발을 단단히 쥔 발자국이 낭자하니 업혀 가지 않았으면 끌려가서 살변을 당했으리란 짐작뿐이었다. 우왕좌왕하던 중에 길소개는 문갑 위에서 봉함이 된 낯선 서독(書牘)* 한 통을 발견하였다. 허겁지겁 뜯어보니 언문 아닌 진서로 된 편지였다. 그는 일찍이 문망(文望) 있는 집안에서 태어나지 못한 것을 또다시 한탄하며 계대 아래에서 고패를 떨어뜨리고 서 있는 수통인(首通引)에게 서사를 불러들이게 하였다.

작사청(作事廳)*에서 자고 있던 늙은 서사가 누런 눈곱을 눈자위에 매단 채 엎어질 듯 내당 뜨락으로 달려들었다. 아직은 이른 아침 사시(巳時) 전이라 작사청의 도서원(都書員)이며 이속들이 사진(仕進)*하지 않아서 동헌의 드넓은 뜨락이며 내당이 휑뎅그렁하였다. 대청 가로목에 무릎을 짓찧을 듯이 황망히 올라서는 서사에게 길소개는 손에 들고 있던 봉함 서찰을 내던졌다. 손등으로 눈곱을 쓸어내리는 일변, 하얗게 질려 있는 안전의 신색을 살피던 서사가 발치에 떨어진 서찰을 주워 횡보지 않으려고 바싹 대고 읽었다.

「이놈, 길소개 듣거라. 천지간에 하잘것이 없는 미물이라 할지라도 행로(行路) 중에 태어날 적에는 본래 그 이름과 거처할 자리를 하늘로부터 점지받게 된다. 노변의 민들레가 고산준령의 바위틈에서 피어나지 아니하고, 고산준령의 거목이 갯가의 모래더미에 뿌리를 내리지 아니하는 것은, 만물이 그 머무를 곳의 자리를 지킬

---

*서독: 편지.
*작사청: 길청. 이건들이 근무하던 장소.
*사진: 벼슬아치가 규정된 시간에 근무지로 출근함.

수 있을 때 비로소 이름을 지킬 수 있는 이치를 터득함이로다. 남방의 나무가 북방의 삭풍을 이기지 못하고, 삭풍 속에 자란 나무가 남방에 간들 열매를 얻지 못하고 이지러지는 것은 모두 이와 같은 순리를 좇으려 함이다. 이 같은 이치는 만물이 그 가진바 분수를 지킬 수 있을 때만 이름을 후세에 남길 수 있는 철리(哲理)와 통하는 것이다. 경사자집(經史子集)은커녕 천자문의 자획도 그을 줄 모르는 용렬한 위인이 환로에 서임(敍任)*되어 관작(官爵)을 칭하여 잔나비처럼 벼슬아치의 흉내 하고 있는 것이며, 본부(本夫)를 소박하고 그 본색을 숨긴 채 간부(姦夫)를 따라 벼슬아치의 정숙한 실인(室人)으로 자처한다는 것도 바위옷이 들녘에 핀 기화요초로 자처함과 다를 바가 무엇이냐. 하물며 명색 인간인 너는 운니(雲泥)*의 현격함을 깨닫지 못하고 미술과 사설(邪說)로 어차피 관작을 얻었으면 목민관으로서 명망을 쌓는 데 힘써야 했을 것이다. 그러나 삼일점고(三日點考)*를 끝내기 바쁘게 포흠을 일삼다 폄직(貶職)된 아전들만 골라서 복속시키고 도행장(導行帳)*을 조작하여 수십만 평의 복결(復結)*을 만들고 번질[反作]*과 백징(白徵)*을 꾀하고 있지 않느냐. 심지어는 탄장 전물(攤場錢物)*까지 챙겨 부첩(簿牒)*의 두께를 더하고 상고(廂庫)마다 자물통을 달지

---

* 서임 : 벼슬자리를 내림.
* 운니 : 차이가 매우 심함을 이르는 말.
* 삼일점고 : 수령이 부임한 뒤, 사흘 되는 날에 관속을 점고하던 일.
* 도행장 : 각 고을에 갖추어 둔 결세(結稅) 장부.
* 복결 : 세금을 매기지 않는 땅.
* 번질 : 아전들이 환곡을 사사로이 써버리고 그것을 메우기 위하여 농민에게서 강제로 금품을 거두어 분식(分食)하던 일.
* 백징 : 세금을 물어야 할 이유가 없는 사람에게 억지로 세금을 거두는 일.
* 탄장 전물 : 노름판의 판돈.
* 부첩 : 관아의 장부와 문서.

않았더냐. 또한 고을의 부민과 상고(商賈)들이며 공장(工匠)들을 조석으로 불러들여 공갈과 으름장으로 그들의 재물을 색차(索借)하고 되돌려 주지 않은 것만도 수만 민에 이르고 있다. 한발 더 나아가서는 사진여인(私塡與人)*으로 비첩(批帖)과 빙문(憑文)을 남발하여 장시와 길목에 무뢰배가 창궐하는 등 생사요민(生事擾民)*을 일삼고 있으니 강상(綱常)이 이보다 더 어지러울 데가 어디에 있었느냐. 너 같은 벼슬아치는 분명 삭출(削黜)하여 사판(仕版)에서 폄척(貶斥)함이 마땅하나 애석하게도 우리의 힘이 거기에 미치지 못하고 또한 권문(權門)의 두호를 받고 있으니 통탄할 일이다. 네놈을 은밀히 사후(伺候)* 사핵(査核)*하여 삭출하는 것이 정사의 바른길이란 것을 토색질에 눈이 어두운 네놈인들 미처 모를 리가 있겠느냐. 이 고을에 사재(私宰)*가 뻔질나고 도방(賭坊)이 번창한 것과 잠상들의 출입이 빈번한 것은 관장인 네놈이 혹정을 베풀고 있다는 반증일 뿐이다. 고을의 관장을 논핵하는 괘서(掛書)가 곳곳에 나붙되 너는 사령들과 복례(僕隷)*들을 풀어 쥐어뜯기에만 바쁠 뿐, 네 두정*의 흠질을 더듬어 고칠 줄 모르니 애석한 일이다. 이제 우리가 네 계집을 동여간다. 네 계집을 데려가는 것은, 첫째는 만물이 제 본래 있던 곳으로 가야 이지러지지 않고 이름을 지킬 수 있다는 천리를 따르게 함이요, 둘째는 이로 인하여 너의 흠절을 깨닫게 하고자 함이니, 앞으로 사령들을 풀어서 추포령을 내

─────────

*사진여인 : 백지 날인의 여행권 등을 불법으로 내줌.
*생사요민 : 공연한 일을 만들어 백성을 불안하게 함.
*사후 : 웃어른의 분부를 기다리는 일.
*사핵 : 실제 사정을 자세히 조사하여 밝힘.
*사재 : 밀도살.
+복례 : 종.
*두정 : 백성을 해롭게 하는 정치.

렸다가는 너 또한 옛적 있던 자리로 되돌려 보낼 것이니, 이 점 각별히 유념하기 바란다.」

서독에는 그렇게 끝을 맺고 있을 뿐 서압(署押)*의 흔적은 없었다. 길소개는 아연실색이었다. 그는 난감하여 체모를 생각지 않고 방 한가운데 주저앉았다. 그는 몇 번인가 서사에게 붕당들이 남기고 간 서찰의 내용이 정녕 그러하냐고 되물었다. 서사란 놈은 편지를 제 손으로 쓴 것처럼 오갈이 들어서 도통 몸 둘 곳을 몰라 하였다. 이런 변괴는 일찍이 없던 일이었다. 민간이 설령 고을의 관장에게 원성을 두고 있다 할지라도 감히 내당에 숨어들어 대방마님을 업어 간다는 일이 어디 될 법한가.

길소개는 향 한 대 피울 참이나 되게 망연자실로 앉아 있더니 실성기 있는 위인처럼 느닷없이 껄껄대고 웃기 시작하였다. 사단의 뒤끝이 매우 난감하게 되었구나 싶은데 길소개가,

「밤새 상직을 서던 사령놈들이 내당마님 업혀 간 사단을 알고 있느냐?」

「시생이 그것을 미처 알아보지 못하였습니다.」

「지금 당장 나가서 수통인이란 놈이 주둥이를 놀리지 못하도록 닦달하는 일변, 혹여 이 사실을 알고 있는 사령들이 있다면 그놈들도 발설하지 못하도록 엄포를 놓아야 한다. 만약 민간에 어젯밤의 사단이 소문으로 퍼지기만 한다면 그것은 네놈의 입에서 나온 말로 알고 네놈을 엄히 다스릴 터이니, 일호의 어김이 있어서도 안 된다.」

「분부대로 거행하겠습니다만, 그렇다면 적당의 무리들은 어떻게 하시려 합니까? 시각이 이같이 천추되었다면 지금쯤은 멀리 도망

---

*서압: 수결을 둠.

94

하였을 것입니다. 마님께서 당하실 고초를 짐작하니 시생의 골수가 마르는 듯합니다.」

「이놈아, 웬 잔소리가 그렇게 많으냐? 그깟 계집이야 처깔린 것인데 한두 년 업혀 간들 내게 해로울 것이 무어냐. 그것도 그러하거니와, 내가 몸 달아 하는 기척을 보이면 적당들에게 세력을 보태 주는 것이 되고 내가 아무렇지도 않게 생각하면 그놈들은 맥이 빠질 터, 적당들이 허를 보일 때까지 지켜보는 것이 득책이다. 이 서찰에 관한 내용도 지금 당장 네놈도 싸악 잊어버려라. 심중에 남겨 두었다간 네 목숨 지탱이 어려울 것이니까.」

「어디라고 시생이 감히 입정을 놀리겠습니까.」

서사를 내보낸 뒤 안잠자기에게서 관복을 받아 입은 길소개는 그날의 공사를 평일과 조금도 다름없이 치렀다. 사또의 분부가 지엄하다는 것을 익히 알고 있는 서사와 수통인이며 안잠자기는 그날 하루는 아예 입 벌리기가 호랑이 소굴에 든 것 같아 밥도 먹지 않고 지냈다. 그러면서도 틈이 있을 때마다 사또의 안색을 훔쳐보기에 바빴는데, 행동거지 어느 한 틈에도 간밤에 적당들에게 계집을 잃은 사람 같지 않았다.

아침 공사를 대강 마무리 지은 길소개는 중화 뒤에 사정(射亭)으로 나갔다. 배짱이 드센 사람이기로서니 사정에 나아가 궁례를 익히고 있을 만큼 뱃속이 편한 처지가 아닐 터인데도 길소개의 처신에는 조금의 이지러짐도 없었다. 그날 밤 길소개는 도서원과 도봉색(都捧色)*을 동헌 사랑으로 불러들였다.

「관고(官庫)에 있는 명하전(名下錢)*과 모작전(耗作錢)* 그리고 도

---

*도봉색 : 각 고을에서 조세를 받아들이는 일을 맡아보던 부서원.

*명하전 : 어떤 일을 하기 위하여 관련된 사람들에게 가가이 몫은 배당하여 거두는 돈.

결(都結)*이며 답인은(踏印銀)*을 모두 모으면 얼마나 되느냐?」

안전의 안색을 살피고 있던 도서원과 도봉색이 한 아름이나 안고 들어온 부첩과 교단*과 상책(上冊)*을 뒤적이고 환납기(還納記)를 오래 부감(付勘)*한 끝에 갓끈에 구슬땀을 주렁주렁 매단 도서원이 말하였다.

「대강 셈하였습니다만, 삼만 민에 가까울 듯합니다.」

길소개가 마땅찮은 시선을 눈꼬리에 꿰고는,

「쯧쯧, 삼만 민이라니? 셈술에 어두운 내가 얼추 셈하여도 오만 민은 수월하다 싶은데, 사개다리문서*에 밝다는 자네들이 딱 떨어지는 셈을 못한다니 그게 어디 말이나 될 법한 일인가?」

「말씀드리기 황송하오나, 그간 서울로 올라간 봉납(捧納)만 하더라도 이십만 민에 가까운 금어치가 아니었습니까.」

「안변이 아무리 척박한 고을이라 하나 나로 말하면 명색 고을 관장으로 어찌 삼만 민의 잔돈푼을 만지고 있으란 거냐. 자네들 나를 잔나비 새끼로 아는가?」

길소개의 관자놀이가 부르르 떨리고 앞에 놓인 재떨이가 곧장 날아올 것만 같은데, 도서원도 한 술 뜨면 두 술 뜰 줄 아는 위인이라,

「나으리, 삼만 민이라면 정시문과(庭試文科) 셋을 살 만한 거금이옵니다. 그동안 모서(謀書)한 도행장이 여럿이었고 화매군기(和賣

---

*모작전 : 환곡이나 세곡에 대한 이식미(利息米)를 돈으로 환산해 받은 것.

*도결 : 고을의 구실아치들이 공전(公錢)이나 군포를 사사로이 사용하고 그것을 채우기 위하여 결세를 정해진 금액 이상으로 물리던 일.

*답인은 : 허가증을 교부하고 수수료로 받은 은자(銀子).

*교단 : 영수증이나 송장(送狀) 따위.

*상책 : 입금장(入金狀).

*부감 : 맞대어 보며 심사함.

*사개다리문서 : 개성 상인들 사이에 쓰이던 복식 부기의 한 가지.

96

軍器)*까지 저질러 고을의 재정이 피폐되었다는 것은 사또께서도 알고 계시는 바가 아닙니까. 고을의 원성도 생판 몰라라 하시지는 못하실 터이지요. 게다가 지금은 사삿집에서 처소를 하고 있습니다만 감영에서 복답(覆踏)*하러 나오신 명사관(明査官)*을 구슬리자면 기천 냥의 관전(官錢)을 축내야 할 것인데, 사경(私徑)이 이에 이르시면 백성들이 가만있지 못할 터이니 그것을 어찌하려 하십니까?」

「내가 잠자코 있으니 일개 이원(吏員)붙이들인 자네들이 못할 말이 없구먼. 내가 자네들의 부과(附過)*를 한 손에 쥐고 있다는 것을 모르는가? 아전 모가지쯤이야 하루에 열을 날린대도 내 코엔 비린내가 나지 않는다네. 내가 얼추 셈하여도 관용을 사들이기 위해 발급한 선상(先上)*과 선척(先尺)*의 금어치는 셈치 않았다는 것을 모를 성싶은가? 내 또한 자네들이 도이(島夷)*들과 통모하여 민간의 무곡(貿穀)*들을 사들인 것을 모르고 있는 줄 아는가? 내가 펌척하기로 마음만 먹는다면 오늘 밤인들 자네들이 살아남을 성싶은가. 사충(私充)을 해서라도 오늘 밤 안으로 사만 민을 만들어 채워 놓도록 하게.」

닳고 닳은 아전붙이들이나 길소개가 소싯적에는 셈 빠르고 염량

---

*화매군기 : 전쟁 때 쓰는 무기와 도구를 군말 없이 사고팖.

*복답 : 하급 관청에서 재해전(災害田)이라고 보고한 것을 상급 관청에서 다시 답사함.

*명사관 : 감사가 특별히 보내는 임시 관원.

*부과 : 관리나 군병들이 공무상 과실을 했을 때에 이를 바로 처벌하지 아니하고 관원 명부에 기록하던 일.

*선상 : 물건값이나 빚의 일부를 먼저 받음.

*선척 : 돈을 받기 전에 먼저 건네던 영수증.

*도이 : 섬나라의 오랑캐.

*무곡 : 이익을 보려고 몰아서 사들인 곡식.

빠른 장돌림이었다는 사실을 알고 있을 턱이 없었다. 속수무책으로 서로 얼굴만 마주 쳐다보고 있던 도서원과 도봉색이 이번에는 면주인(面主人)*과 두급(斗級)*을 불러들이기에 이르렀다. 다시 두 식경이나 장책들을 뒤적이고 관고를 부감하며 분주를 떨더니 도서원이 와서 넙죽 엎드리며,

「나으리, 한 사만 민은 건질 듯합니다.」

「우리 고을 관고란 것은 엿가락인가? 하룻밤 사이에 늘었다 줄었다 하는가그래?」

「시생들이 워낙 과문(寡聞)했던 탓이오니 과히 꾸중 마십시오. 사만 민의 관고를 털고 나면 관고에는 거미밖에 남는 게 없습니다요.」

거미라도 전문(錢文)*이 된다 하면 좋겠다 싶었던 길소개는 밤중 안으로 관고를 털어 객주에 넘기고 서울 삼개에 있는 어물객주에서 바꿀 수 있는 어음표로 바꿔 오라고 일렀다. 밤새도록 관고를 들락거리다 보니 날이 환하게 새고 말았다.

4만 민의 거금을 챙겨 치행하여 안변 고을을 떠난 것은 운천댁이 보쌈을 당한 지 사흘째가 되는 날이었다. 길소개는 사령들 중에 힘깨나 쓰고 무예깨나 익혔다는 다섯 놈만을 조발하여 영솔하고 안변에서 발행한 지 또한 닷새 만에 서울의 동교 어름에 당도하였다. 때마침 해가 나절가웃이나 기운 터라 동교의 보행객주에서 일숙하고 이튿날 아침 일찍 민겸호의 집을 찾았다. 상종이 잦았던 청지기들이 뜻밖에 불쑥 나타난 안변 사또를 반갑게 맞이하여 사랑으로 안내하는데 그 분주하기가 이를 데 없었다. 민겸호의 집 헐숙청을 지키고

---

*면주인 : 주, 부, 군, 현과 면 사이를 오가면서 심부름하던 사람.
*두급 : 세곡의 계량을 맡아보는 이원(吏員).
*전문 : 돈.

있는 청지기들은 변방에서 현신 오는 수령들 지체쯤은 우습게 알아서 예대(禮待)가 허술하고 어떤 놈은 농까지 하려 들었다. 헐숙청에서 중문을 지나 사랑채 누마루 아래까지 모시던 중에도 빈객을 부추기고 쓰다듬어 행하(行下)를 받아 내는 버르장머리 없는 놈들도 수두룩하였다. 묵향이 그윽하게 퍼지고 있는 사랑으로 들어서니 드넓은 방 안쪽 장지 아래 앉아 있던 민겸호가 힐끗 곁눈질을 할 뿐 별반 달가워하는 기색이 아니었다. 인사수작 끝낸 길소개가,

「대감, 홀지에 현신하게 되었습니다. 뵙지 못한 동안 무양(無恙)하시었는지요.」

민겸호는 당장 대꾸가 없다가,

「그래, 맡은 고을은 안돈한가?」

「예, 태평들입지요. 간혹 백성들과 왜상들 사이에서 달갑잖은 분란이 있긴 합니다만, 온 고을이 편안합지요.」

「그런 분주한 고을을 두고 서울엔 왜 왔는가? 하물며 자넨 명색 관장이 아니던가?」

길소개가 그 말에는 대꾸를 않고 콩소매를 한참 부스럭거리더니 봉서 한 통을 꺼내어 민겸호의 발치 앞으로 밀어넣었다.

「시생이 워낙 미거하여 별하고(別下庫)에 보탬이 되지 못해 상심이었습니다. 당장은 이로써 대신하려 하오니 거두어 주십시오.」

그때서야 미적거리며 몸을 돌려 앉힌 민겸호가 담뱃대를 뽑아 들더니 대통으로 어음표가 들어 있는 봉서를 끌어당겨 보료 속으로 밀어넣었다. 재간은 용하다 싶은데 시선은 사뭇 사창 언저리로 가 있었다.

「이번 길에는 며칠이나 지체되는가? 염직리(廉直吏)*란 조심성 있

---

*염직리 : 청렴하고 매사에 조심성이 있는 관리.

게 고을을 지키고 있어야지 열문(熱門)*에 출입이 잦고 보면 눈총을 받게 마련 아닌가. 속현(屬縣)의 수령인 자네가 부사(府使)로부터 반문(盤問)*을 당하여 허물이라도 잡힌다면 자네야 그렇다 치고 자넬 보거(保擧)*한 내 체면의 손상됨이 크지 않겠는가. 매사에 주밀(周密)한 자네가 그것을 모르는 바는 아닐 테지?」

달래며 꾸짖듯 하는 민겸호의 핀잔을 고패를 처뜨린 채 듣고만 앉았을 뿐 길소개는 이렇다 할 핵변을 늘어놓지 않았다. 핀잔 서슬에 계면쩍어서 말구멍이 막혔겠거니 하며 길소개를 건너다보던 민겸호의 두 눈이 그때 갑자기 휘둥그레졌다. 길소개의 옥색 도포 자락 위로 무엇이 두덕거리며 떨어지고 있었는데 그것이 길소개의 눈에서 떨어지는 눈물이란 것을 깨달았다.

「아니, 자네 효두부터 이 무슨 정답지 못한 꼴을 보이는가. 그사이에 독질(篤疾)*이라도 얻었더란 말인가?」

괴상히 여기는 민겸호의 말이 떨어지기 바쁘게 길소개는 콩소매로 눈자위를 닦았다.

「나으리, 이 일을 어찌하면 좋습니까?」

「대중없이 분주만 떨지 말고 자초지종을 털어놓게나. 괴이한 일이로다. 내 평생 이런 경상(景狀)을 보기엔 처음이 아닌가.」

「나으리께서 처음 당하시는 일이다마다요. 시생도 오십 평생에 이런 백지애매(白地曖昧)*에 발목이 잡혀 본 적은 처음입니다. 시생의 선대가 극악하지 않아 굴총(掘塚)을 한 적이 없고 시생 또한 고

*열문 : 권세가 있어서 많은 사람이 드나드는 집.
*반문 : 자세히 캐어물음.
*보거 : 인재를 보증하여 천거하는 일.
*독질 : 매우 위독한 병.
*백지애매 : 까닭 없이 죄를 뒤집어쓰고 재앙을 당하여 억울함.

을에 이르러 민간의 원성을 산 적도 없으며 행지(行止)에 일호의 어그러짐도 없었사온데, 홀지에 이런 횡액을 당하고 보니 이것이 꿈인가 생시인가 하였습니다만, 오늘 아침 나으리를 알현하고 보니 꿈이 아닌 것이 확연하여 가슴이 찢어질 듯하답니다.」

「자네가 뜻밖의 변출(變出)*을 당했더란 말인가?」

「변출이라 한들 이것이 어디 심상하게 두고 볼 일이라 하겠습니까?」

「도대체가 무슨 변고인가를 알아야 내가 도울 수 있지 않겠는가.」

「나으리께서 지금까지 시생의 뒷배를 봐주시는 것만도 흔감이온데 또 무슨 반죽으로 도움을 청하겠습니까.」

「자네와 나 사이엔 연비가 있지 않은가. 근지 말고 얘길 하게.」

「그런 말씀 듣고 보니 시생은 더욱 몸 둘 곳이 없습니다만, 이미 상처한 위인이 무엇으로 도움을 얻어 가사를 돌이킬 수 있겠습니까.」

「상처를 하다니?」

「화적들이 시생의 내자를 업어 가는 것으로 그쳤겠습니까. 평생 고기맛을 못 본 놈들이 육덕이 흐벅지기로 따를 계집이 없는 시생의 내자를 가만히 앉혀 두고 끼니 공궤를 하지는 않겠지요. 이미 대절을 잃었을 터이니 그것이 죽은 것이나 진배없지 않겠습니까. 시생의 내자 또한 유범(柔範)*의 도리에 투철한 반가의 규수였기로 대절을 잃었다 하면 곧장 자문의 길을 택했겠지요.」

길소개가 다시 대성통곡을 늘어놓는데 그런 야단이 자주 있던 집이 아닌지라 집안이 모두 괴이하게 여겼다. 길가가 도포 자락으로 쉴 새 없이 눈물을 닦아 내고 있는데 그 경상이 차마 눈 뜨고 못 볼 정도로 측은하였다. 그대로 두었다간 제 내자를 따라 저승까지라도

---

*변출 : 괴상한 일이 뜻밖에 생김.

*유범 : 집안의 부녀자들에게 하는 훈시나 교훈.

쫓아갈 사람 같았다.

가슴을 에는 듯한 길소개의 통곡이 그칠 줄 모르고 이어지는 판에 무심한 민겸호의 심기인들 편할 리가 없었다. 수상(首相)으로 모시고 있는 이최응(李最應)이 참척(慘慽)을 당한 지도 얼마 되지 않아 민겸호는 이래저래 인생무상이었다. 공연히 가슴이 뭉클해지는 것이었다. 어쨌든 길소개를 주질러 앉히고부터 봐야겠다 싶었던 민겸호는,

「소상하게 얘길 하게나. 관동과 해서에 화적과 민란이 끊일 사이가 없어 조정에서도 이 폐단이 근절되기를 바라는 바이지만, 아무리 적세(賊勢)가 드세기로 감히 아중(衙中)에 뛰어들어 수령의 내권(內眷)을 강탈해 가다니, 이것이 다만 폐단거리로 끝날 사단이 아니지 않은가. 자넨 그때 기생 수청이라도 들이고 있었더란 말인가?」

「기생 수청이라니요, 공사에 지쳐 동헌 사랑에서 관복을 입은 채로 쓰러져 잠들었습지요.」

「아방(亞房)*에서 수작하던 사령것들은 쥐구멍이나 틀어막고 있었던가?」

「관아의 수직이 삼엄하기로는 인근 고을에 소문이 짜할 정도이나, 화적들이 마침 수직군들이 교번(交番)될 시각을 틈타서 교묘히 월장을 한 모양입니다.」

「적세가 이렇게 무례할진대 그놈들이 서울 장안의 대갓집에조차 뛰어들지 않는다고 누가 감히 좌단(左袒)할 수 있겠는가.」

이에 길소개가 구들장을 손바닥으로 두어 번 소리 나게 치고 나서 낙태한 고양이상을 하고 울부짖는 것이었다.

---

*아방 : 관아에서 사령이 있던 곳.

「어이구, 그렇게 말씀입니다. 시생과 같은 용렬한 변지 수령이 실인(室人)을 잃게 된 것이야 큰일이 아닙니다. 다만 이대로 두었다간 대가 댁 정부인들까지 도둑 떼의 보쌈감이 될 터이니, 이것이 어디 심상하게 두고 볼 일입니까?」

근래에 이르러 경외(京外)에 화적들의 행패가 극심하여, 혹은 공납(公納)이 지연되기 예사이고 행려들이 봇짐을 털리고 토호들이 가산을 적몰당하는 예가 허다하여 포군(砲軍)을 조발하여 토포(討捕)할 것을 8도(道)와 4도(都)에 엄칙을 내린 바 있거니와 이제 화적들이 아중에까지 뛰어들어 범방하고 관고를 털고자 한다면 조정의 체면은 똥칠한 것과 가히 다를 바가 없게 된 것이었다. 갯가 나루와 진(津)에 왜상들이 날뛰고 황당선들이 출몰하여 아니래도 탑전(榻前)이 날로 시끄러워 이젠 입궐하기조차 싫어졌다. 내환이 이토록 시끄럽고 항소극론(抗疏極論)*이 잇따라, 곧장 무슨 난리라도 일어날 것만 같았다.

처음엔 명색 한 고을의 수령이란 위인이 내자를 도둑맞았다 하여 대성통곡하는 것이 다소 모자라는 짓이란 생각도 들었다. 그러나 그 흉중을 깊이 있게 더듬어 보건대 분하고 애통함이 짐작되었다. 민겸호는 길소개를 다시 변지로 돌려보내고 싶지 않았다. 꿀물을 타오게 하여 울음 구멍부터 겨우 틀어막은 다음 민겸호가 말했다.

「자네가 고을을 맡아 있던 사일(仕日)이 얼마나 되던가?」

길소개가 하기 싫은 대답이란 듯 동안이 뜨게 뜸을 들이다가,

「아직 대만(待滿)이 차지 않았습지요.」

대만이란 관리가 임기 차기를 기다리는 일이니, 경관(京官)은 30개월이고 지방 수령은 6기(期)와 5고(考)를 기다려 임기가 차야만

---

*항소극론 : 상소문을 올리고, 있는 힘을 다하여 논함.

가자(加資)*와 천직(遷職)이 가능한 것을 말했다.

「상서로운 조짐이 드는 판에 내 어찌 자넬 다시 고을로 돌려보낼
수가 있겠는가. 실인을 잃었다는 일이 애통함에 있어 어버이가 참
척을 당한 것과 또한 다른 일이 아니겠나. 내가 자네를 편폐(偏
嬖)*하여 수령 자리에 앉힌 뒤 익직(溺職)*이 될까 하여 나대로는
마음을 조였다네. 그러나 염려하던 것과는 달리 직분을 잘 감당하
였고 하니 차제에 내천(內遷)되기를 바란다면 경사에 승천(陞薦)
할 길을 마련할 것이네. 이로써 벌충하기로 하세. 그 흉비들은 불
원간 토포군을 풀어 구포(購捕)토록 할 것이니, 너무 상심 말게.」

길소개는 내심으로 자신이 겨냥했던 바가 들어맞아서 뛸 듯이 기
뻤으나 겉으로는 별반 달갑잖다는 안색으로,

「시생을 경사로 돌려 앉히려 하시다니요? 어디 궐이라도 났습니
까?」

「내 이조(吏曹)에 넌지시 정망(定望)*하여 자네를 선혜청 낭청(郎
廳) 자리에 승천을 시킬 터이니, 그리 알게. 그 자리에 신고대(身故
代)* 할 자리가 나서 마침 마땅한 인재를 널리 구하던 중이었네. 선
혜청의 일이란 변지 고을 수령 자리와는 달리 사람의 염량을 빼앗
기기 좋은 자리이고 또한 곡창(穀倉)의 사숙(司稤)*이며 경주인들
의 발길이 잦은 곳이니 행여 몸가짐에 흐트러짐이 없도록 하게.」

「그러나 나으리, 제 내자 되는 사람은 어찌합니까?」

이에 민겸호는 버럭 결기를 긁어 올리면서,

---

*가자 : 관원들의 임기가 찼거나 근무 성적이 좋은 경우 품계를 올려 주던 일.
*편폐 : 편벽되게 특별히 사랑함.
*익직 : 맡은 직무를 감당하지 못함.
*정망 : 어떤 사람을 마음에 정하여 두고 벼슬에 추천함.
*신고대 : 전임자가 죽은 경우의 후임자.
*사숙 : 곡창의 일을 맡아 하는 관원.

「거 답답한 인사로군. 그러면 내게 자네 실인의 꽁무니 감당까지 해달란 말인가. 명색 배필이란 것이 어디 자네 실인뿐이던가. 콧구멍은 공연히 두 개를 마련한 건가. 이런 때 쓰라고 한 것이 아니겠나.」

소매로 연방 눈자위를 닦아 내리는 길소개를 문지르고 달래며 아침동자까지 먹여 보내느라고 민겸호는 땀을 빼는 것이었다. 아침동자를 드는 중에 민겸호는 문득 생각난 듯이,

「자네 소싯적에 육의전 대행수였던 신석주의 차인 노릇도 했겄다?」

무슨 심사가 뒤틀려서 옛날 일을 들추어 정가하려 드는가 싶어 길소개는 찔끔하여 말문이 막히는데,

「그 위인이 지난 사월로 대행수 자리를 내놓고는 집에 틀어박혀 꼼짝을 않고 있다네.」

「우환이 있었겠지요.」

「까닭이야 근력이 부친다 하였지만 집에 두고 부리던 종노 계집에게 전 가산을 쥐어서 외지로 떠나보낸 후 칩거하고 있는 중인데, 아래포청*의 포졸들을 풀고 일원의 수령들에게 신칙하여 그 종노를 잡아들이라 하였으나 아직 종적을 찾지 못하고 있는 판국일세. 자네는 옛적 신가와 상종이 있어 그 집의 내막에는 소상할 터인즉, 짚이는 구석이 없는가?」

「신석주가 그 많은 가산을 털어 명색 없는 종노에게 맡겼을 때에는 분명 딴 배포가 있게 마련입니다. 그 종노 계집을 시생이 알고는 있습니다. 그렇다면 심부름을 시킨 것에 불과하겠지요. 그 가산을 물려받을 위인이 따로 있을 만합니다.」

「그 위인이 누구란 말인가?」

---

*아래포청 : '좌포청'의 속칭.

「적실하게 알 수는 없으나, 며칠간만 수유(受由)를 주신다면 염문할 수 있을 것 같습니다.」

길소개는 이제 안변으로 내려갈 일이 없게 되었다. 극변 잔읍(極邊殘邑)의 극직(劇職)*을 벗어나서 선혜청의 양관(糧官) 중에서도 노른자위인 낭청에 앉게 된 것은 하늘이 도운 일이나 진배없었다.

짐작하건대, 겁도 없이 관정으로 뛰어들어 고을 수령의 실인을 동여 갈 수 있는 붕당들이라면 길소개도 능히 업다 욕보일 만한 용력을 가진 자들일 것이었다. 더욱이나 그것이 강경 고을에서 올라온 계집 본부의 짓이고 보면 고을 수령인들 무서워할 수가 있을까. 군교·사령 들이 삼엄하게 삼문을 지킨다 한들 계집을 빼앗긴 원험을 두고 해치려는 위인에겐 당할 수 없다는 것을 길소개가 짐작 못했을 리 만무였다. 안변 고을의 여수전(旅需錢)*이며 여재전(餘在錢)* 할 것 없이 관고를 몽땅 털어서 민겸호에게 납뢰하고 나니 제 수중에 조차 땡전 한 닢 뒹구는 게 없었지만, 낭청 자리에 앉으면 1년을 못 가서 벌충이 될 일이었다. 또한 옛적에 친분을 터놓은 색주가의 포도군관들이며 정원사령들의 힘을 빌린다 하면 만호 장안에서 운천 댁만 한 배필을 얻지 못할까. 후임 수령이 관고를 쇄권(刷卷)*한다 하면 연여(羨餘)*조차 바닥나매 그 또한 쇄포(刷逋)*하자면 고을의 백성들을 들볶아야 할 일이었다. 그러나 이제 그것은 알 바가 아니었다.

그때 벌써 길소개는 종가를 벗어나 숭례문 밖으로 나서고 있었다.

---

* 극직 : 몹시 바쁘고 힘든 직업상의 임무.
* 여수전 : 군자금.
* 여재전 : 예비비.
* 쇄권 : 금전 또는 물품 출납을 검사함.
* 연여 : 관청에서 쓰고 난 나머지 물건.
* 쇄포 : 써버린 관금(官金)을 보충하던 일.

만리고개의 매월이 집에 당도한 것이 아침참 먹기 좋을 때였다. 삽짝 안을 기웃거리자 하니 전에 보이지 않던 처자 하나가 마당 귀퉁이에서 절구질을 하고 있었다. 통자를 넣자 하니 처자가 단숨에 뛰어나왔다. 처자의 공손한 말대답은 빙판 위로 박 구르듯 거침이 없었으나, 매월이는 노들 풍류방 근처에 잎맞이 천신(薦新)굿에 나가고 없다는 것이었다. 잠시 낭패한 안색을 처자가 먼저 알아차리고 내외하실 것 없이 집 안으로 들어와서 기다려 달라는 것이었다. 이팔의 나이를 갓 넘겼을까 말까 한 처자의 발목을 어림해 보건대 한 줌은 됨 직한지라 그만해도 사내 감당이야 할 만하다고 생각하고 있는데, 느닷없이 삽짝 밖으로부터 조급히 들어서는 계집이 있었다. 마당으로 들어서자마자 장옷을 벗어 퇴로 던지면서 길소개를 노려보는 매월이의 눈길이 매서웠다.

「나으리께서는 어찌 주인도 없는 집에 들어와서 감히 음탕한 눈시울을 하고 계십니까?」

어느새 절구질하는 처자의 엉덩이께로 가 있는 길소개의 눈길을 알아챈 모양이었다. 무안을 당하여 헛기침을 내쏟는 길소개를 서둘러 방으로 모시는 매월이의 안색에 무슨 수색(愁色)이 스치고 지나갔다.

「쯧쯧, 어인 일이십니까? 나으리의 효상*을 보자 하니 재액과 발운이 함께하여 종잡을 수가 없습니다. 상배(喪配)를 하시었소, 아니면 승품(陞品)*을 하시게 되시었소?」

「신통하긴 예나 지금이나 다를 바가 없군. 내가 상처를 당하진 않았네만 오쟁이를 지고 말았으니 상처나 진배없지. 흉비들이 감히 아중으로 뛰어들어 내자를 업어 가긴 하였는데 그놈들이 남긴 서

─────────
*효상 · 여괘에서, 길흉은 나타내는 상.
*승품 : 직위가 종삼품 이상의 품계에 오름.

찰을 보자 하니 내 본색을 환히 알고 있었다네. 필시 강경에 있던 본부의 짓이라 허겁지겁 치행하여 서울로 올라오고 말았다네.」

냉수 한 그릇을 떠달래서 목을 축이고 난 매월이가,

「천행으로 목숨을 건지셨구려.」

「목숨을 건지다니?」

「만약 보쌈을 당한 실인의 행지를 수탐하겠답시고 찾아 나섰더라면 삼문을 나선 지 오 리 행보를 못 가서 살변을 당하실 뻔하였습니다. 그러나 지금에 이르러선 실인을 빼앗긴 것으로 전화위복이 되었지 않습니까. 그로 인하여 귀인을 만나 극공명(極功名)*하게 되었으니 꺾어진 풀에서 꽃이 핀 파격입니다.」

「그 소문은 도대체 어디서 듣고 와서 이 야단인가?」

「소문을 듣다니요? 노들 화류방에서 천신굿을 하는 중에 눈앞에 나으리의 모색이 자꾸만 떠올랐지요. 그런데 그 모색이 일변 울기도 하는가 하면 또한 웃기도 하여 괴이쩍게 여기었습지요. 더 이상 굿발도 받지 않고 하여 집으로 달려왔더니, 천만뜻밖에도 나으리께서 와 계시는군요.」

「그동안 어떻게 지내셨는가?」

매월이가 묻는 말에 얼른 대꾸 않고 한참이나 천장 갈비만 세고 앉았더니,

「저야 근간에 이르러서는 다만 조신(操身)하고 있을 따름이지요. 아직은 세상에 나아갈 때가 아닌지라 풍류방에 명하전(名下錢)이나 알뜰하게 바치고 아미타불과 법우 화상을 외면서 치성을 드리고 있지요.」

「세상에 나아갈 때가 아니라니, 그 무슨 괴이한 말인가?」

---

*극공명 : 지극히 높은 벼슬.

「나으리는 상관하지 마십시오. 관숙(管叔)*이나 채숙(蔡叔)과 같이 마땅히 죽여야 할 죄안이 있고, 무후(武后)와 같이 폐위시킬 만한 악이 있다 하더라도 지금의 나으리께 위해를 입힐 만한 인물이 세상에는 없습니다. 그러나 제가 만약 세상에 명함을 날리면 곧장 이지러지고 말 것이니 때를 기다리고 있을 뿐이지요.」

「자네가 시방 월(越)나라 사람의 야윈 것을 진(秦)나라 사람이 보듯 하는구먼. 내가 안변 고을 속현을 맡아서 끼니마다 닭갈비를 뜯고 장오(贓汚)*에 극류도장(剋留盜贓)*을 자행한들 켯속 빠른 아전배들이 감히 면절할 수가 없었는데, 자네가 설혹 장안에 이름난 만신이라 하지만 감히 나를 두고 정가하기 이토록 기탄이 없단 말인가?」

「그런 말씀 마십시오. 하찮은 풀이라도 잎 피고 꽃 지는 것이 서로 다르듯 우리 또한 내외를 달리하고 조석으로 취하는 것이 서로 다르지 않습니까. 나으리가 공명을 들날릴 시절이 있고 저 또한 대접을 받을 날이 따로 있다는 것은 세상의 이치가 아닙니까. 계집을 잃어 벼슬로 대신할 수 있는 시절이 있고 벼슬을 잃어도 현처를 취해야 할 시절이 또한 따로 있는 법입니다. 요사이 고을의 고목들에서 울음소리가 들리고 간혹 여울이 거꾸로 흐르는 변괴가 있다 하니, 이는 매우 상서롭지 못한 조짐입니다. 나으리께서 행지(行止)에 각별 유념하시기만 바랄 뿐입니다.」

「의미심장한 말이란 것은 나도 알겠네만, 나로선 짚이는 바가 없네.」

---

* 관숙: 중국 주나라 문왕의 셋째 아들로, 난을 일으켰으나 아우에게 살해됨.
* 장오: 관아의 재산을 가로채거나 백성의 재물을 바르지 않게 차지함.
* 극류도장: 벼슬아치가 미땅히 관아에 바쳐야 할 장물(贓物)의 일부를 빼돌리는 짓.

「그러실 테지요.」

하고 그대로 말끝을 흐려 버리던 매월이가 말머리를 돌려 물었다.

「그런데 무슨 일로 안변에서 올라오시는 길로 저를 찾아오시었습니까? 설마하니 실인을 잃은 스산한 심기를 달래고자 딴 계집을 보려고 오시지는 않았을 터이지요?」

「육담일랑 그만두시게.」

「바깥에서 절구질하고 있는 아이는 제가 신딸로 들일 것을 점지하고 공력 들여 기르는 아이니 행여 탐심을 품지는 말아 주십시오. 그러고 보니 신 대주의 소식이 궁금하여 오신 거로군요?」

짧은 한숨이 매월이의 입에서 가만히 떨어졌다. 궐녀의 벌어진 저고리 앞섶 사이로 비치는 젖무덤의 융기(隆起)가 오늘따라 유난히도 돋보였다. 매월이나 잔뜩 끌어안고 뒹굴어 버릴까 하고 있는데,

「오래 신 대주께 가보지 못하여 신색이나 살필까 하고 갔습니다만, 문간에 범강장달이 같은 노복이 지키고 서서 도무지 대문을 열어 주지 않았습니다. 수차례 긴히 뵈올 일이 있다고 청하였습니다만, 그놈이 도대체 빗장을 따주어야 말이지요. 그 집의 용마루를 바라보자 하니 이미 저승 야차가 찾아와서 걸치고 앉았고 집 안팎에 사기(邪氣)가 가득하여 신 대주의 수한이 오래 남지 않았다는 것을 깨달았지요. 그의 만금 재산을 중로에서 빼돌린 일이 지금 와서 후회도 됩니다.」

「여린 계집의 마음이라더니, 할 수 없군. 이제 그 위인이 저승으로 가버리면 속 편한 일이 아닌가. 상서롭지 못한 얘기는 그만두고 오늘 밤은 자네 처소에서 묵어갈까 하는데, 박절하게 굴지야 않겠지?」

「토끼를 잡았으니 개를 삶아야겠다는 말씀이시구려. 나으리의 속내를 모르는 바는 아니지만 불원천리하고 저의 집을 겨냥하고 오

110

신 분을 문전 박대야 할 수 없지요. 그간 주지육림(酒池肉林)으로 양기를 보하였을 터이니 양기가 명치끝에까지 차 올라 수습하기 지난이요, 또한 내자까지 잃게 되었으니 분김에라도 탐심이 발동할 터이지요.」

「자넨 말본새가 어찌 그렇게 상스러운가? 우리 사이가 아무리 파격이라 하나 말조차 상스럽고 보면 어디 가서 체통을 찾겠다는 것인가?」

「고슴도치가 살친구를 만났는데 무엇을 휘하고 사릴 것이 있겠습니까. 문밖으로 나서면 모두가 거짓인데 문살 안에서나마 본색대로 살아야 날벼락을 맞더라도 정통으로 맞지 않을 것 아닙니까. 동품을 하시자면 의관이라도 벗으시지요.」

「이 사람이? 지금 낮거리를 하자는 것인가?」

「해낮에 벼락 치는 것을 보았습니까. 하늘에 구름 모이기 전에 일을 치르자는 것입니다. 또한 밤이 되면 저는 치성을 드려야 하니까요.」

「내 아무리 천방지축으로 살아온 위인일세만, 이런 맹랑한 지경은 난생처음일세.」

말은 그렇게 하면서도 길소개는 우선 버선의 대님부터 풀기 시작하였다. 방사를 허락하고 있는 매월이의 심지를 길소개는 알 수 없었다. 도화살이 낀 모색이며 풍만한 육기를 가지고 있으되 매월이에겐 이렇다 할 기둥서방도 없었고, 그렇다고 색사에 능란한 박수를 꼬드겨 색념을 푼다는 소문도 없었다. 갓철대와 도포를 벗어서 횃대에 걸고 바짓말기를 풀고 돌아앉자 하니, 궐녀가 이불채를 내려 방에다 펴고 있었다. 바깥에서 절구질하고 있는 처자는 방 안에서 벌어지고 있는 질탕한 희학질을 알고나 있는지 혼잣소리가 꽤나 청승맞았다.

「열다섯에 얻은 서방 첫날밤에 급사하고, 열여섯에 얻은 서방 당
창병이 올라 죽고, 열일곱에 얻은 서방 용천병이 돌아 죽고, 열여
덟에 얻은 서방 벼락 맞아 식어 죽고, 열아홉에 얻은 서방 천하대
적 포청 신세, 갓 스물에 얻은 서방 비상 먹고 자진하니, 얼씨구 서
방에 퇴가 나고 송장 치기 신물난다…….」

7

보쌈을 당한 운천댁은 이틀간이나 곡기를 못한 채 고방에 갇혀 있
었다. 처음엔 도둑의 소굴이겠거니 생각하였으나 이틀이 지나도록
구메밥을 넣어 주지 않는 것이며 또한 고방 밖의 동정이 그렇게 조
용할 수가 없었으니 적굴로만 생각할 수도 없게 되었다. 하루 종일
바깥으로 귀를 기울여 보았으나 먼발치로만 아련히 사람들의 발소
리가 들릴 뿐 고방 어름으로는 명색 사람이라곤 얼씬거리지 않았다.
먼 데 개 짖는 소리며 닭이 홰치는 소리로 보아서 어느 민가의 고방
이라는 짐작은 가되 적절하게 알 수는 없었다.

도대체 무슨 연유로 자기를 업어다가 이런 고초를 안기고 있는지
알 길이 없는 사흘이 지났다. 창자는 주려 왔고 엉덩이에 깔고 있는
덕석 위로는 냉기가 차 올라서 온 삭신이 하루 종일 떨렸다. 그간
자기로 인하여 횡액을 겪었을 만한 인사들은 없었던가, 원혐을 살 만
한 패악을 저질렀던 일은 없었던가, 하고 짚어 보기 수십 번이었으나
확연히 떠오르는 게 없었기에 심기는 더욱 고달팠다.

나흘째가 지난 밤이었다. 고방의 판자벽 사이로 상현달이 솟아 고
방 안은 희미하게 밝았다. 그때 바깥에서 인기척이 들려왔다. 그대
로 지나치는가 하였더니 발소리는 바로 고방 앞에 와서 우뚝 멎었
다. 그러나 빗장은 따지 않은 채 그대로 서 있었다. 흰 옷자락이 판

112

자 틈새로 내다보이긴 하였으나 달빛을 등지고 서 있어서 모색을 뜯어볼 수 없었다. 운천댁은 있는 힘을 긁어모아 바깥 사람들에게 적선을 빌었다.

「댁네들이 바라는 것이 무어요? 바라는 대로 할 터이니 나를 내보내 주오.」

「……」

「사또의 성깔이 드세다는 것이야 댁네들도 알 테지요. 나중에 후회 말고 나를 풀어 주오.」

「……」

「바라는 것이 재물이라면 내가 할 수 있는 도리를 다하여 변통을 하든지, 아니면 사또께 서찰이라도 띄워 바라는 것을 가져오도록 주변할 터이니 지필묵이라도 가져오오. 만약 내가 낙명이라도 해 버린다면 나를 동여 온 보람이 없지 않소? 복에 없는 송장을 치려고 이런 짓을 했을 리는 만무하지 않소? 나를 동여 온 소경사를 말해야 내가 방책을 구할 것 아니오.」

운천댁이 소견을 다하여 분명한 체하고 발가리를 놓는데도 바깥에 서 있는 두 사람은 이렇다 할 대꾸가 없었다. 운천댁은 조급증이 나고 안달이 나서 엉덩이밀이로 판자문 앞에까지 기어갔다. 그때였다. 판자문에다 얼굴을 갖다 대려는 참에 틈새로 손 하나가 비집고 들어오더니 바닥에다 무엇을 떨구었다. 흘긋 바라보매 장도칼이었다. 운천댁도 그런 눈치는 빨라 문득 짚여 오는 바가 있었다. 그들이 왜 지금까지 대꾸를 않고 있었는지 짐작이 갔다. 바깥에 지키고 선 위인들이 자기를 동여 온 사람들이 아니라 자기를 구명하러 온 사람들인 것을 깨닫게 된 것이었다.

곧장 빗장을 따지 못하고 있는 것은 빗장 위에 자물통이 달려 있기 때문인 것 같았다. 궐녀는 바닥에 떨어진 장도를 입으로 물어 올렸다. 장도의 날 끝이 바깥으로 나오게 토방 문틈 사이에다 꽂을 수만 있다면 뒷결박이 된 오라를 끊을 수 있는 방도가 나설 것이었다. 오라부터 풀고 빗장을 딸 수 있는 방도를 주변할 일이었다. 입에 문 장도를 우선 치맛자락 위에 떨구어서 생김새부터 유심히 살펴보았다.

장도의 모양새를 가늠하기 위해서였다. 그러나 운천댁은 곧 소스라쳐 놀랐다. 달빛이긴 하지만 장도의 손잡이 장석이 시선에 들어온 순간, 운천댁은 뼈마디가 굳어 버린 듯 꼼짝 않고 있었다. 궐녀는 다시 달빛으로 가늠하여 장도를 내려다보았다. 궐녀의 신색이 하얗게 질리기 시작하였다. 그 장도는 눈에 익은 것이었다. 장도를 몸에 지니지 못한 지가 벌써 4년 가까이 되었지만, 눈에 익은 물건이란 것을 깨닫는 데는 그렇게 오래 걸리지 않았다. 궐녀가 김몽돌과 정혼하기 3년 전에 친정어머니로부터 물려받은 장도였다. 초례 치른 후에도 사뭇 몸에 지니고 있던 것이었으나 길소개와 야반도주를 할 때부터 잊어버린 물건이었다. 같은 무늬를 새긴 장석이 여럿일 수도 있겠으나 손잡이 끝에 달린 노리개만은 친정어머니가 매어 준 것이 아닌가. 궐녀는 후닥닥 시선을 들어 바깥에 버티고 선 두 사람을 쳐다보았다. 그러나 두 사내는 시종이 여일하게 장승처럼 한자리들을 지키고 서 있을 뿐, 궐녀가 화들짝 놀라는데도 동요를 보이지 않았다. 자기를 구명하러 온 사람들이란 조금 전의 생각을 비웃듯 그렇게 서 있었다.

궐녀는 그제야 문밖을 떠나지 않고 서 있는 두 사내의 연충을 헤아릴 수 있었다. 두 사람 중의 한 사내는 궐녀의 본부인지도 몰랐다. 십중팔구 그럴 것이었다. 그가 이곳에까지 행적을 밟아 오다니 놀랍고 참혹한 일이었다. 본부에게 모가지를 부지하게 해달라고 애걸해 보면 어떨까. 옛적부터 서로 정분이 없지 않았고 또한 사내치고는 가슴이 여리었으니 고방의 빗장을 따줄지도 모르지 않는가. 그러나 행지를 더듬어 여기까지 추쇄를 했고 또한 이 장도를 오늘에 이르기까지 간직하고 있던 사람에게 몇 마디 핵변으로 그 가슴에 맺힌 응어리를 풀고자 한다는 것은 오리 새끼가 호랑이 되기를 바라는 만큼이나 어리석은 바람이 아닌가. 이 고방으로 업혀 온 지 나흘이 흘렀다. 그동안 본부 되는 사내도 많이 견주어 보았을 것이었다. 그러다가 결정을 내린 것이 궐녀 스스로 자문의 길을 택하도록 터주는 일이라고 생각된 것이 아닐까.

돌이켜 보면 이미 길소개에게 훼절을 당했을 적에 자문의 길을 택했어야 옳았다. 본부가 병약하고 사내구실이 실하지 못한 것을 은근히 불평하였다가 음탕한 사내를 만나 한세상을 보자 하고 지금까지 수치스러운 목숨을 간직한 것만도 다행한 일이었다. 그러나 반가의 여자로 태어나 행실에 얽매이었다 하나, 계집도 욕정을 타고난 이상 이런 파격도 있을 수 있는 게 아닌가. 그러나 고개를 쳐들고 바라보면 꿈쩍 않고 서 있는 범강장달이 같은 두 사내에게 한 번 실수를 엄살떨며 빌어 본다 한들 무슨 소용이겠는가. 자진에 앞서 비루한 몇 마디 말만 귀양 보낼 뿐이 아니겠는가. 죽음에 임해서까지 누추한 몰골을 보일 것까지야 없는 일이 아닌가.

그때였다. 둘 중에 한 사내가 무엇을 재촉하듯 뒤축을 두어 번 굴렀다. 그것이 무엇을 재촉하고 있음인지 궐녀가 모를 리 없었다. 애걸하여 될 일이 아니란 것도 그로써 또한 확연해지고 말았다. 궐녀는 치맛자락 위로 떨어진 장도를 다시 입으로 물어 올렸다. 그리고 일어섰다. 궐녀는 눈을 감았다. 그때까지 판자문 밖에 서 있는 사내들은 미동도 하지 않았다. 문득 그들 중에서 한마디 만류가 있기를 바랐다.

비수를 입에 문 궐녀는 문득 전신을 떨었다. 판자벽 사이로 새어든 달빛이 맞은편 바람벽에서 흔들리고 있었다. 싸늘한 냉기가 궐녀의 가슴을 스치고 지나갔다. 궐녀는 발뒤축을 일으켜 한 번 껑충 뛴 다음 허공잡이를 하고 고꾸라졌다. 잠시 꿈쩍도 하지 않던 궐녀의 몸뚱이는 드센 삭풍에 우는 나무처럼 떨리었다. 그리고 오랫동안 침묵이 흘렀다. 판자문 바깥에 서서 지켜보던 두 사내가 그때야 발길을 돌렸다.

봉노로 돌아온 김몽돌과 곰배는 주인장을 불렀다. 곰배가 말하기를,

「이웃의 마소들이 깨기 전에 시신을 치워야겠네. 자문의 길을 택한 사람이지만 이목이 많고 보면 이로울 것이 없으니 장택(葬擇)할 것도 없이 잔풍하고 햇볕 잘 드는 묏자리 하나 잡아 주게. 산역은 우리끼리 작정하도록 하겠네.」

「묏자리야 동소임이나 상둣도가에서 주변할 일이지 저는 손방입니다. 더군다나 고을 사또의 내권 되는 사람의 초종에 거들었다가 탄로가 나게 되면 저는 살아날 가망이 없소. 다른 품앗이라면 제가 마다할 수 없겠소만, 이번 일에만은 간여하고 싶지 않소.」

「외양은 범강장달이 같은 위인이 엉덩이는 잘도 둘러대는구먼. 작정을 고쳐 해보게나.」

「말이 났으니 말입니다만, 나도 연치 사십 평생에 노형들같이 겁없고 배짱 드센 결찌들은 난생처음 보았소. 소경사야 어찌 되었든 산비둘기 같은 사또의 내당마님을 업어다가 말대꾸 한 번 주고받음이 없이 자문시킬 수 있는 재간이야 백 번 죽어 되살아난들 켯속을 알 수가 없겠소. 난 못하오. 모가지에 비수가 들어와도 난 못하겠소.」

궐자가 손사래를 치며 한사하는 데는 어쩔 도리가 없게 되었다. 곁에 잠자코 앉았던 강쇠가,

「자네가 이제야 정을 다신 거로군. 정 내키지 않거든 가래 하나하고 괭이며 무쇠지레가 있거든 내놓게. 우리끼리 산역을 치르도록

116

하겠네.」

「좀 기다려 보시지요. 온 고을에 기찰이 깔려 있을 터인데 송장을 떠메고 어디로 가겠단 말씀이오?」

「숙맥 같은 소리 집어치우고 상구(喪具)들이나 내놓게.」

궐자가 벌벌 떨고 나가더니 상구를 챙겨서 대령하였다. 김몽돌과 곰배가 고방의 빗장을 따고 들어가서 피가 낭자한 시신을 대강 염습해서 나락섬에다가 싸매었다. 벌써 새벽빛이 들기 시작하였다. 그들은 차제에 평강 길로 나서기로 작정을 해버렸다. 안변 고을을 하직하고 나서서 20리 행보를 채우지 못했는데 벌써 날이 희부옇게 밝아왔다. 마침 한길 가에서 양지발라 보이는 야산이 바라보였다. 누가 먼저랄 것도 없이 길을 버리고 산으로 올라갔다. 칠성판도 없는 시신을 묻는 동안 네 사람 중 어느 누구도 말이 없었다. 간부를 따라나선 계집의 뒤를 밟아 기어코 그 원혐을 풀기는 하였으되 김몽돌의 심기가 편할 리는 없었다. 서로 어깨를 바꾸어 20리 길을 시신을 메고 왔지만 김몽돌은 눈물을 찔끔거리고 있었다. 자기 단속이 부족했던 계집이라 한들 장가처였던 궐녀가 자문의 길을 택하도록 내버려두기까지 김몽돌은 많은 주저를 해야 했었다. 일점 혈육을 남기지 못한 궐녀의 처지가 지금에 이르러 그토록 서러워 보였던 것이다.

네 사람이 무사히 평강 처소로 돌아오긴 하였으나 안변 갔다 온 소경사에 대해선 한결같이 입들을 닥치고 말이 없었다. 처소에 소문이 왜자하게 퍼진다 하면 견모가 될 뿐 이로울 것이 없었기 때문이기도 하겠지만, 겨냥하고 갔던 길소개는 온전히 목숨을 붙여 놓고 운천댁만 자진시키고 돌아온 것이 그럴싸한 마무리라곤 볼 수 없었기 때문이다. 그러나 길소개를 넌지시 놓아두기로 하였던 것은 그들대로 셈평이 없지는 않아서였다. 운천댁을 인질로 하여 엄포를 놓고 고초를 겪게 한다면 겁겁한 성깔의 길소개가 비대발괄을 떨다 못해

스스로 덫에다 발을 집어넣도록 유인하자는 속셈이었다. 그것이 들려지리라곤 미처 예상할 수 없던 일이었다. 장군 하면 물찌똥이라도 쌀 줄 알았던 길소개가 멍군을 불러 버렸으니 견모가 된 것은 이편이었다. 결국은 곡경만 치르고 길소개의 뒷발에 턱을 채고 돌아선 셈이었다. 천봉삼은 네 사람이 처소로 들어서는 몰골만으로도 사세를 짐작했던지, 한 장도막이 지나도록 안변 다녀온 일은 묻지도 않았다.

그들이 안변에 다녀온 지 한 달이 지난 뒤였다. 집으로 들어온 천봉삼은 방 한가운데에 엎딘 채로 부지런히 발장구를 치고 있는 젖먹이를 안아 올려 어르면서 저녁상 들어오기를 기다렸다. 처소의 가시버시들이 봉노는 저마다 달리 쓰고 있었지만 조석 끼니는 숙설간에서 함께 짓기 때문에 명색 신접살림들이라 하나 새큼한 재미들은 없었다. 풍속이란 보잘것없는 음식들이라도 나누어 먹고 빌려 먹는 재미에서 생겨나는 법이고, 그런 데서 말썽도 나고 시빗거리가 생겨나야 살맛이 돋는 법이었다. 그러나 층하 없이 똑같은 끼니에 반찬들을 나누어 먹는 살림살이라 말썽은 나지 않아서 좋으나 싱겁기가 그지없었다. 아이를 허공으로 들어 올리고 한참 어르고 있자니 조 소사가 밥상을 들고 들어왔다. 아이를 넘겨주고 밥상을 당기면서 봉삼이 말하였다.

「한 장도막쯤은 처소를 비우기로 하고 서울 행보를 해야겠소.」

두벌잠을 자고 난 누에처럼 젖꼭지를 찾아 고개를 내젓는 아이에게 젖을 찾아 물리는 조 소사의 손등이 새까맣게 그을렸다. 그러나 옛날처럼 귀밑머리에 드리워져 있던 짙은 그늘은 말끔히 가시고 모색이 그처럼 밝을 수 없었다. 조 소사의 대꾸가 없자 천 행수가 다시,

「아지마씨를 추포하려다 여의치 못하니까, 이제는 각 도방이며 임소마다 통문까지 돌려 구포령(購捕令)까지 내렸다 하오. 중화참에 임소에서 통기가 왔기에 달려가 보았더니, 우리 처소에 아지마씨

118

가 허접(許接)한* 것을 알고 있는 접장이 은밀히 통문을 보여 줍디다. 내가 서울로 가서 어음표를 건네주고 아지마씨가 탕척(蕩滌)되도록 해야 하지 않겠소?」

「꼭히 이녁이 가야 할 일이 무엇입니까? 간찰 한 통만 쓰시고 처소의 신실한 동무님이 한 행보 하면 되지 않겠습니까?」

「기왕 서울 올라간 행보에 송파 마방의 늘품성도 돌아보고 유 생원도 만나 보아야 하지 않겠소?」

「어딜 가신다 하니 저는 까닭 없이 가슴이 철렁 내려앉습니다. 어음표를 들고 가셨다가 간범이라 하여 덜컥 잡아 가두기라도 한다면 큰일이 아닙니까. 처처에 도적들이 날뛰고 유민들이 떼 지어 다니는데 인심마저 흉흉하지 않습니까. 수상한 시절에 집 나간 사람을 태평으로 기다리고 있기가 두렵기 짝이 없다고들 합디다.」

「불길한 생각은 덮어 두구려. 내가 그렇게 호락호락한 위인이 아니질 않소. 포교들이 턱없이 나직하여 나를 간옥으로 떨어뜨릴 수도 없거니와 설사 토비들과 만난다 할지라도 평강 마방의 쇠살쭈인 나를 몰라볼 리 있겠소? 한 열흘 작정하고 다녀올 것이오.」

「월이에게 맡기어 여기까지 가져온 어음표를 또한 돌려주시겠다고 성화를 먹이시니 이녁의 셈속은 알다가도 모를 일입니다.」

핀잔을 주자고 하는 말이긴 하였으나 조 소사의 눈길이 천봉삼을 쳐다보고 있지는 않았다.

「첫째는 오장 육부가 멀쩡한 내가 가만히 앉아서 거금을 받을 수가 없기 때문이오. 두 번째는 그것으로 인하여 아지마씨가 나수당한 것이나 진배없게 되었으니 내가 그냥 두고 볼 일이 아니지 않소? 나도 오래 두고 견주어 보아서 작정한 일이니, 이젠 그만둡시

---

*허접하다 : 도피 중에 숨다.

다. 그것보다는 임자의 손마디 굵어진 것을 보자 하니 처소의 살림에 결이 맞아 들어가는가 보오. 임자에게 밭일 논일을 시키는 것이 가슴 아픈 일이긴 하지만 처소의 풍속대로 따라야 하지 않겠소?」

「행수의 내자 된답시고 꾀까다로움이나 부리고 앉았으면 남의 지청구가 되겠지요. 육신이 고되다 하나 심기가 편하니 그것이 곧 극락이 아니겠습니까. 그들로부터 미움을 사지 않으니 그 또한 복덕입니다. 이승에서 칠십 평생을 이웃의 빈축을 사지 않고 살아갈 수 있다는 것도 하늘의 점지가 없으면 어려운 일이겠지요. 이것이 모두 이녁을 만난 천행으로 얻어진 복덕입니다.」

「단란한 우리 세 식구 오랜만에 마주 앉아 정담이구려.」

「서울 가시거든 유 생원님께 청해 아이 이름이나 지어 오십시오.」

8

이튿날 천봉삼과 강쇠와 또출은 작반하여 평강을 떠났다. 평강을 떠난 지 사흘째 되던 날 저녁 거미가 내릴 무렵에 세 사람은 다락원 득추의 대장간에 득달하였다. 다락원이란 한 달 육장 없이 저자가 서는 곳이라 쇠전이며 시게전들을 둘러보았다. 원산포를 왜국에 열어 준 뒤로는 내륙의 소값이며 곡물 시세가 등다락같이 뛰고만 있었다. 물론 소값이 폭등하는 참에 마방을 낸 평강 처소에서는 그것으로 톡톡히 길미를 챙긴 셈이지만, 소값이며 곡물 시세가 자꾸만 뛰고 있는 데는 심상치 않은 낌새가 있었다. 벼슬아치며 구실아치들을 등에 업은 객주들과 도고들의 농간이랄 수도 있겠지만 더욱 낭패인 것은 그나마 장시에 나가도 물화를 구경하기 힘들게 되었다는 것이다. 시게전으로 가서 기웃거려 보았지만 전사에는 열댓이나 되는 말감고들이 쏟아져 나와 곡식 바리들을 싸고 북새판을 이루었지만 지금은 너덧의 말감고들이 나와 소금으로 바꿔 가려는 농투성이들의 됫박, 곡식 자루를 만지작거리고 있을 뿐이었다. 득추의 말을 듣자 하니 양주 관아에서 장감고(場監考)*들이 뻔질나게 나와서 곡식 시세를 탐문하여 간다 하나 별반 조처가 보이지 않고 일용 잡화들의 시세가 덩달아 치올라서 엽전의 시세가 똥값이 되었다는 것이었다. 왜상들을 낀 잠상꾼들이 내륙의 곡물을 고헐간에 마구잡이로 사들이는 까닭으로밖에 볼 수 없었다. 동래포의 왜관으로 해서 빠져나가는 섬곡식만 쳐도 한 달에 수십만 섬이 되거니와 원산포가 열림으로 해서 근기 이북의 섬곡식이 또한 원산포로 빠지게 되니 향시의 시게전이 피폐될 수밖에 없었다.

득추의 대장간에서 하룻밤을 유숙한 다음 이튿날 첫새벽에 발행하여 흥인문 밖 동교에 당도하였다. 사흘 작반이던 또출은 송파로 보내고 두 사람만 남았다. 파루 친 지는 오래되었지만 마침 해 뜰 참이 된지라 문밖 우산골각에서부터 장안으로 들어가는 사람들로 꽤나 붐비고 있었다. 양주 고을이나 뚝도에서 온 배우개 나무장수들이며, 인창방(仁昌坊)의 북제기며 방아다리께의 채종답(採種畓)*에 살고 있는 토란장수와 풋나물장수들이었다. 기찰을 펴고 있는 명색 수문군(守門軍)들이나, 함지박 또는 목판을 낀 송기떡장수들이나 눈자위에 총기가 사라지고 볼따구니들은 누렇게 뜬 채였다. 춘궁기를 겨우 넘긴 사람들이라 웃고 떠들 경황들이 없어 보였고 겨우 나누는 인사말에도 힘담들이 없었다.

성내로 들어선 두 사람은 곧장 종가(鐘街) 곧은길로 내려가서 경행방(慶幸坊) 탑골로 들어섰다. 신석주의 집은 그대로였다. 한동안 사위를 살핀 다음 대문을 두드렸다. 좀처럼 인기척을 내지 않더니

---

* 장감고 : 민가에서 장으로 다니면서 물건값의 높고 낮음을 일러딘 사람.
* 채종답 : 볍씨를 받기 위하여 특별히 마련하여 경작하는 논.

문 두드리는 극성을 건너 내기 진력이 날 즈음에야 신발 끄는 소리가 들려왔다. 맨상투에 수건 동인 위인 하나가 빗장을 따고 고개만 삐끔하니 내미는데 천봉삼은 당장 위인의 모색을 알아보았다. 삼남 뱃길 때 지로(指路)*로 행세하던 입전의 짐방이었다. 궐자 또한 두 사람을 알아보고는 고개부터 아래로 떨구었다. 천봉삼은 금방 신석주의 신상에 변이 생겼다는 것을 알았다. 그러나 짐짓 모른 체하고,

「대행수님을 뵙고자 하는데, 마침 안에 계시오?」

「한발 늦으셨군요.」

「한발 늦다니, 우린 길을 조이느라고 땀을 뺐소이다.」

「장례를 치른 지 벌써 보름이나 지났습니다.」

짐작했던 대답이긴 하였으나, 막상 듣고 보니 천봉삼도 놀랐다. 치부하던 방도가 옳지 못하였고 인명 또한 여럿을 요절냈던 사람이었기에 용납 못할 일이 한두 가지가 아니었으되, 자기와 조 소사에겐 베풀고자 했던 사람이기에 한 가닥 감회가 서늘하게 가슴을 적시는 것이었다. 한동안 말문이 막히었던 천봉삼이 나직이 물었다.

「내 마땅히 문상을 했어야 하는데, 그러지 못했던 것은 과문의 불찰이었소. 이제라도 문상을 하리다.」

「장례 치르고 삼우제(三虞祭) 지낸 뒤에 문중 사람들이 위패를 경주 고향으로 모시었으니 문상 받을 형편도 못 된답니다.」

「물어보기 민망하나 와병 중에 돌아가시었소, 아니면 무슨 변이라도 당하시었소?」

「방에서 죽치고 앉아 측간 출입도 마다하실 형편이었으니, 하세하신 뒤로 얼마가 지나서야 알게 되었습지요. 그러하니 돌아가실 때 정상이 어떠했는지 소상하게 알고 있는 사람이 없습니다만, 무슨

─────────────

*지로: 뱃길을 가리키는 사람.

122

「딴 변고만은 없었던가 봅디다.」

「가산이며 행랑의 물화들은 어떻게 되었소?」

「전방의 서사가 대강은 알고 있습지요.」

「이 집엔 동무님 혼자시오?」

「그저 지키고 있을 뿐입지요. 떠도는 소문으로는 대동청의 낭청으로 있는 길 아무개가 들어와 살 것이라고 합디다.」

「안변 고을의 사또로 있던 길소개 말씀이시오?」

「그렇지요. 그분이 근자에 경사로 승탁이 되어 시방 대동청의 낭청으로 명색하는데, 사람이 득세하기가 일 같지 않더군요.」

「그 사람이 설령 벼락 승차를 거듭하여 대동청 낭청의 자리에 올랐다 하나 전사에 신 행수와 연비가 있었던 터, 체면의 손상됨도 번연히 알고 있을 것인즉, 어찌 이 집을 적몰하여 들어와 살겠다고 하더란 말이오?」

「소상한 내막이야 우리가 어찌 알겠습니까만, 아마 가산 적몰은 권문의 사주를 받아 추시율(追施律)*로 다스린 듯합니다. 울려는 아이 뺨 치기로 어제는 그 위인이 아랫도리에 부리는 이속들까지 영솔해 와서는 게트림에 헛기침하면서 집 안팎을 샅샅이 체찰(體察)*하고 갔답니다. 그러곤 저더러 집 잘 지키라 하고 꾸짖듯 당부하고 돌아갔으니 불원간 솔권해서 들이닥칠 테지요.」

길소개가 신석주의 가택을 날탕으로 삼키려 한다는 것을 뻔히 뜨고 바라보는 입장이나 지금 천봉삼의 처지로선 용뺄 재간이 있을 수 없었다. 그의 행티가 이제 짐승의 그것과 비견될 만하다 하겠으나 소원(訴寃)*하여 설분할 방도가 있을 수 없었다. 길소개와 같은 장리

---

*추시율: 죽은 뒤에 역률을 시행하는 것.

*체찰: 몸소 자세히 관찰함.

*소원: 억울한 일을 당하여 관에 하소연함.

(贓吏)*가 홰를 치며 살이도 거칠 것이 없는 세상이 되어 버렸다는
것이 다만 한스러울 뿐이었다. 시전 행랑의 형편은 어떠한지 또한
묻고 싶었지만 사정이 이렇게 된 집안에 그 또한 물어보나마나겠기
에 손만 비비대고 서 있는 짐방을 하직하고 말았다. 두 사람은 종가
로 나왔다. 종가 뒤회랑을 밟아서 시구문에까지 당도했을 때에는 벌
써 해가 중천으로 떠오른 중화참이었다. 시구문 해자 밖에 살고 있는
갓바치 석쇠는 난데없이 들이닥친 두 사람을 보고 화들짝 놀랐다. 맨
발로 봉당으로 내려서면서 통기도 없이 어쩐 일이냐고 물었다.

「여기서 송파 처소의 유 생원과 만나기로 약조가 되어 있다네.」

「허, 집임자는 난데 어찌 행수님들 마음대로 내 집을 차지하겠다
니, 나는 허수아비가 아닙니까.」

「하면, 권문의 계집들 갓신이나 지어 주고 빌어먹는 네가 허수아
비지, 그게 어디 대장부라 할 만한가.」

석쇠가 대답을 못하고 뒤꼭지를 긁적거리는데 비듬이 눈발처럼
떨어졌다. 봉노에 널려 있는 갓신들을 대강 치우고 나가는가 하였더
니, 잠깐 사이에 술을 걸러서 목판에 얹어 들고 왔다. 천봉삼은 처음
부터 사양하고 강쇠와 석쇠가 마주 앉아 순배를 돌리기 시작한 지
해가 나절가웃이나 기울어서야 유필호가 당도하였다. 유필호 역시
숨 돌리기 바쁘게 어쩐 일이냐고 물었다. 또출의 인편에 대강은 들
어서 알고 있겠지만, 봉삼은 저간의 경위를 자초지종 털어놓고 신석
주가 죽은 뒤에 그 가산까지 잉집(仍執)*되고 말았다는 것까지 대강
이야기하였다. 팔짱을 끼고 앉아 가만히 듣고 있었으나 유필호는 이
렇다 할 대꾸가 없었다. 그러나 유필호의 모색에는 전에 없던 긴장
감이 감돌고 있었다. 해가 질 때까지 술 한 사발 받아 마시는 법이

* 장리 : 뇌물을 받거나 나라나 민간의 재산을 횡령한 벼슬아치를 이르던 말.
* 잉집 : 남에게 주어야 할 것을 주지 않고 차지함.

124

없이 팔깍지만 끼고 앉았던 유필호가,

「그렇다면 그 어음표는 어찌할 것인가?」

「당장 어찌할 방도가 서지 않습니다만, 사정이 여기에 이르렀다 하여 제가 거둘 수도 없는 형편입니다.」

이에 유필호가 그러냐고 몇 번이나 거듭 강다짐받듯 되묻더니 또다시 말이 없었다. 유필호의 거동이 전에 없이 괴딴지라 눈치를 알아챈 천봉삼이 석쇠에게 나가서 삽짝을 걸어 잠그라고 일렀다.

영문 모르는 석쇠가 나가서 삽짝을 잠그고 들어오자 유필호가,

「자네는 봉노에 들지 말고 봉당에 앉아 주위를 좀 살펴 주게.」

석쇠가 시무룩하여 고개만 주억거리고 나가자, 그제야 목판에 놓인 술사발로 목을 축인 유필호가 나직이 말했다.

「그 어음표를 아주 유용하게 쓸 곳이 있다네. 명분이 선다 하면 내놓겠나?」

「당장 무슨 말씀인지는 모르겠으나 명분이 선다 하면 내어 놓고말고요.」

「천 행수, 지금 별군직(別軍職)으로 있는 이재선(李載先) 나으리를 알고 있겠지?」

「상종이 있었을 턱이야 없습니다만, 이재선이라면 대원위 대감의 서장자(庶長子)가 아닙니까? 서자로 태어난 까닭으로 원도(遠到)*에 오르지 못하고 오늘날까지 민문(閔門)의 괄시를 받고 있다는 것이야 풍문으로 들어서 알고 있지요.」

「그 이재선 나으리가 왜세(倭勢)를 이 땅에서 몰아내고 민문을 조정에서 몰아낸 뒤에 대원위 대감을 다시 옹립하려는 거사 계획을 은밀하게 꾸미고 있다 하네. 천 행수로선 물론 금시초문일 테지만

---

*원도: 높은 벼슬에 오름.

지금 몇몇 뜻 있는 유생들은 이 사태를 알고 귀추를 관망하고 있
는 형편일세.」

「소입(所入)*으로 이 어음표를 쓰라는 것이군요.」

「우리의 조정이 시방 매우 살벌하게 되었다는 것이야 천 행수도
모를 리는 없겠지. 지난 이월에 안동 예안(禮安) 유생인 이만손
(李晩孫)의 소두(疏頭)*로 시작된 영남 만인소(萬人疏)*는 청나라
와 조선국과 왜국이 수호하여 미국(美國)에 의존하는 것이 상책
이라는 청나라 외교관 황준헌(黃遵憲)의 '사의조선책략(私擬朝鮮
策略)'을 공박하는 것이 아니었나? 이만손에 합세하여 소문(疏文)
을 썼던 강진규(姜晉奎)까지 의금부에 구금되는 난리를 겪다가
이만손은 전라도 강진의 신지도(薪智島)에, 강진규는 흥양현(興陽
縣) 녹도(鹿島)에 원찬을 시켰다네. 만인소는 황씨의 책략과 김홍
집(金弘集)만을 논핵하는 것으로 되어 있으나, 사실 소문의 초안
(草案)은 영상(領相) 이최응(李最應)을 비난하고 민씨 세도(勢道)
의 실정(失政)까지 근엄하게 꾸짖는 것이었다 하네. 이 사실을 먼
저 알게 된 민태호가 비밀리에 이만손과 친족들을 불러서 으름장
을 놓고 공갈을 하여 사교(邪敎)를 배척하고 김홍집만을 폄척하는
소문으로 변질이 되었다네. 이만손이 귀양 간 뒤에도 황재현(黃載
顯)·홍시중(洪時中) 같은 유생들이 또한 거소(擧疏)하였다가 황
재현이 진도부(珍島府) 금갑도(金甲島)로, 홍시중은 강진의 신지도
로 정배를 당하였다네. 그러나 이에 또한 굴하지 않고 경상도에서
는 김진순(金鎭淳), 경기도에서는 유기영(柳冀永), 충청도의 한홍
렬(韓洪烈) 같은 유생들의 상소가 잇따라서 지금은 조정이 크게

---

*소입 : 무슨 일로 소요되는 돈이나 재물.
*소두 : 연명(連名)하여 올린 상소문에서 맨 먼저 이름을 적은 사람.
*만인소 : 조선 시대에, 1만여 명의 선비들이 연명하여 올리던 상소.

놀라고 당황하기가 이를 데 없다네. 이재선의 거사는 이에 근거를 두고 있고 왜세를 몰아내자는 것이 우리의 뜻과 틀리지 아니하지 않은가?」

이들의 상소 중에서 홍시중이 올린 소문을 보면, 조선과 왜국과의 거래가 과거에 비견할 때 주객이 전도된 느낌이기에 왜국에 문호를 개방한 것은 대단한 실책이었다고 통박하고 있었다.

홍시중은 왜국과의 사절 교환은 10년에 한 번으로도 족하다고 주장하고 있었고, 그들과의 무역을 제한하여 왜국의 선척(船隻) 수를 두세 척으로 제한하고 교역일도 한 달에 두 번으로 하는 일변, 교역품은 왜국 생산물에 한하고 양품(洋品)의 수입을 엄금할 것을 주장하고 있었다. 그리고 양왜서(洋倭書)는 소각할 것을 주장하고 있었다. 무과 출신인 황재현도 나라가 외세에 짓눌려 태산 아래 계란과 같은데도 불구하고 나라 안에서는 팔도의 도백으로부터 360고을의 수령에 이르기까지 목민관의 도리를 다하지 못하고 가렴주구만을 일삼아 일국창생(一國蒼生)*이 수화(水火)*에 빠져 있으며, 수년 이래로 화적(火賊)과 군도(群盜)가 곳곳에 횡행하여 백주대로에서도 병장기를 들이대고 어인 탈금(禦人奪金)*하는가 하면, 심지어 세전(稅錢)과 군기(軍器)까지 강탈하고 그 수도 7백에서 8백이 넘는 때가 있어 나라의 정세와 백성의 살림이 이루 형언할 수 없을 정도로 피폐되고 말았다고 통박하였다.

이와 같은 전국 유생들의 소거에 견뎌 내다 못한 조정에서는 한편으로는 이들을 설득하고, 의금부의 나졸들을 시켜 성 밖으로 내쫓든가, 혹은 엄형 정배로 다스리다 못해 결국은 5월 보름 적에 이르러서

---

*일국창생 : 나라의 모든 사람들.
*수화 : 매우 곤란한 환경을 비유적으로 이르는 말.
*어인 탈금 : 사람을 가로막고 돈을 빼앗음.

는 척사윤음(斥邪綸音)*을 내려 유생들의 거소를 막고, 지금까지 두 호해 오던 김홍집을 파직시키기도 하였다. 그러나 조정에서는 왜국과 교호(交好)하고 황준헌의 '조선책략'을 받아들여 공리공론을 일삼는 유소(儒疏)의 폐단을 금하게 하여야 한다는 상소를 올린 전 사헌부 장령(掌令) 곽기락(郭基洛) 같은 사람을 병조 참의(參議)에 특제(特除)하기도 하였으니, 임금의 줏대가 어디에 있는지 가늠하기가 어려웠다.

척사윤음을 내린 것은 유생들의 거소를 막기 위한 미봉책에 불과하다는 것을 눈치 챈 유생들이 또한 굴하지 아니하고 복합(伏閤)과 상소(上疏)가 그칠 날이 없었다. 그들이 경기도 유생 신섭(申㰍), 강원도의 홍재학(洪在鶴), 충청도의 조계하(趙啓夏), 전라도의 고정주(高定柱) 등이었다. 그중에서도 가장 극렬했던 것은 홍재학의 상소였다. 그는 개화 정책의 잘못을 통박했을 뿐만 아니라 상감 이하 영상 이최응을 비롯하여 조정의 중신들까지 모조리 싸잡아서 정면으로 공격하고 있었다. 고종이 친정한 이래 접왜 통상(接倭通商)에 전념하여 왜양일체(倭洋一體)의 해독을 전연 돌보지 않아 사설(邪說)이 조정 안에까지 횡행하게 되었으니, 국왕은 성심 분발하여 위정척사(衛正斥邪)의 대의를 지켜 주화 매국(主和賣國)*의 신하들을 엄형에 처하고 그 부류를 조정에서 축출해야 한다고 주장하였다.

또한 정일품 아문(衙門)으로 신설된 통리기무아문(統理機務衙門)*을 파하여 오위제(五衛制)를 복설하라는 것이었다. 조정이 크게 노하여 홍재학을 포촉하여 소의문(西小門) 밖에 끌고 나가 능지처참을

*척사윤음: 가톨릭교를 배척하기 위하여 전국의 백성에게 내린 임금의 말씀.
*주화 매국: 전쟁을 피하고 화해하거나 평화롭게 지내자고 주장하여 나라를 팔아먹음.
*통리기무아문: 조선 시대에, 정치·군사에 관한 사무를 맡아보던 관아.

128

시키니 그 나이 아까운 34세였다. 영남 만인소를 발단으로 전국의 유생들이 위정척사의 상소를 끊임없이 올리게 되니 조정은 전에 없이 술렁대기 시작하였다. 흥선 대원군은 일찍이 위정척사를 단행하여 양이(攘夷)를 단행한 바 있으나, 전국 서원의 철폐로 인하여 유생들과는 앙숙이 된 바 있었다. 그러나 개항 후의 척사에 대해서만은 유생들과 맥을 같이하고 있었다. 이에 흥선 대원군은 다시 자기에게 섭정의 기회가 왔다고 생각하게 되었고, 이재선 역시 대원군이 물러난 뒤 민씨 세력에 불만이던 남인(南人)들과 은밀한 통모를 꾀하게 되었다.

그들이 승지(承旨) 안기영(安驥永)과 권정호(權鼎鎬)였다. 또한 영남 만인소를 올릴 때 한몫하였던 강달선(姜達善), 강화 사람 이철구(李哲九), 이서(吏胥) 출신인 이두영(李斗榮)과 이종학(李鍾學) 같은 사람들이었다. 이들이 가산을 팔고 전장을 팔아 거사에 소용될 소입(所入)을 마련하려 하였으나 여의치 않았다. 함부로 전장을 기탁하라고 드러내 놓고 말할 수도 없는 터, 그들대로는 일이 난감한 지경에 이르고 있었다. 유필호가 대강의 정세를 졸가리를 따져서 애기한 다음,

「게다가 지난 사월에는 왜국의 공사인 하나부사(花房義質)란 놈이 민겸호와 홍우창을 꼬드겨서 별기군(別技軍)을 만들었다네. 별군관(別軍官) 윤웅렬(尹雄烈)이란 자를 내세워 오영 군문에서 군졸 여든 명을 조발하여 무위영(武衛營) 소속으로 하였는데, 지금 돈의문(西大門) 밖에 있는 모화관을 행조처(行操處)로 정하고 조련(操練)을 시키고 있다네. 여든이 넘는 장정들을 더그레를 모두 벗기고 초록색으로 복색을 하고 왜국의 총으로 조련을 시키는 데 또한 왜국의 장교란 놈이 뛰어들어 잔나비처럼 뒹굴면서 뒤설레를 치는데 차마 눈 뜨고 못 볼 지경이라네. 명색 교련소 당상(堂上)이

라 하여 민영익(閔泳翊)이 앉고 부위대장(武衛大將)에는 이경하가 아닌가. 교련시키는 데 드는 소용은 민겸호가 맡고 있다네. 궁궐을 숙위(宿衛)하는 데 왜국의 장교 명색들까지 불러들이게 되었으니, 이것이 어디 심상하게 두고 볼 일인가. 민겸호는 나라의 재용을 까먹는 서적(鼠賊)이 아닌가. 한 나라의 중신이란 자가 왜국 공사의 손안에서 놀아나고 있으니 실로 개탄스러운 일이 아닌가. 대원위 대감이 양이(攘夷)를 하자는 것이 무턱대고 그러는 것이 아니었지 않나. 집안 단속부터 튼튼히 한 다음에 바깥을 살피자는 뜻이 아니었나. 이 허약한 나라가 당장 문을 열어 두면 이런 꼴이 된다는 걸 대원위 대감은 벌써 알고 있었다는 것일세. 이대로 나가다간 저들 왜국에 혼찌검을 당하고 말 것이니 두고 보게나. 그 어음표가 어차피 자네에게 소용될 것이 아니라면 차라리 이재선 나으리께 돌리는 것이 옳지 않겠는가?」

「저는 일개 장돌림의 지체일 뿐입니다. 그러나 정사의 옳고 그릇됨을 모를 리도 없고 또한 궁도에 빠진 백성의 몰골이 어떠하다는 것을 모르는 것은 아니지요. 그러나 일찍이 상종도 없었던 이재선 나으리께 전냥을 선뜻 넘긴다는 것도 내키지 않습니다.」

「천 행수의 말에도 일리가 없는 것은 아닐세. 이재선의 거사가 성공을 거둔다 할지라도 팔도의 방방곡곡에 박힌 보부상들에게 당장 은덕이 돌아갈 것도 아닐세. 그러나 왜물과 양물을 장시에서 몰아내고 그들이 우리들의 장시 풍속을 어지럽히지 않고 우리의 곡식이 그들 손으로 넘어가지 않아서 백성들이 배를 곯지 않게 된다 하면 그것이 바로 대장부가 바랄 대의를 건짐이 아니겠는가. 또한 신석주가 살아 있다 하면 생각을 달리할지는 모르겠으나, 그러나 이 전냥은 그가 살아 있을 때 자네에게 넘긴 것이니 그 소용도 역시 자네에게 일임한 것이 아니겠는가.」

천봉삼은 오랫동안 등잔을 바라보고 앉아 있었다. 옆에 앉아 있는 강쇠 역시 처음부터 말이 없었다. 심지를 아무리 고쳐 해본다 한들, 이 전문(錢文)에 기대려다 한낱 무골충이나 뱃심 없는 장사치로 동료들 사이에 구경 소조가 되는 것도 내키지 않거니와 자신이 그것을 용납할 수가 없었다. 장부의 재물이란 애당초 근엄하고 세간의 눈총에도 거리낌이 없어야 하지 않겠는가. 겉절이한 열무김치로 순대를 채우는 입장이라 한들 일용 범백이 모두 그러하면 떳떳한 장부가 아니겠는가. 하찮은 동참주나 성애술을 나눈다 할지라도 자기 쌈지에서 꺼낸 푼전으로 계배(計杯)하고 마셔야 맛이지 않던가. 자신의 손때와 땀이 배지 않았으니 당초부터 애성이 가지 않던 재물이었다. 이 재물을 챙긴다 하면 세 식구 한평생은 만승천자(萬乘天子)*가 부러울 것 없는 환락을 누리리라. 그러나 평강과 송파 처소에 있는 동무님들이 평생을 도모하기엔 작은 액수였다.

오랫동안 고개를 숙이고 앉아 있던 천봉삼의 입에서 한마디가 떨어졌다.

「생원님의 말씀에 따르도록 하지요. 그러나 시생이 임금의 지친(至親)이신 이재선 나으리를 승안(承顔)*할 마음은 없습니다. 원재주(元財主)가 누구인지도 밝힐 것 없고 시생의 수중에서 나온 전문이란 것도 구태여 밝히실 것 없을 듯합니다. 다만 한 가지 심지에 걸리는 것은 이 전문을 민문의 척신들에게 갖다 바친다면 나직(羅織)을 당한 아지마씨가 탕척(蕩滌)을 바라볼 길이 있으나 이재선의 수중으로 들어간다 하면 또한 바랄 것이 없게 되었습니다.」

「거사가 성취된다 하면 추포령에서 벗어날 길이 있지 않겠는가. 또한 지금 조정이 이토록 시끄러운 판에 포청의 장졸들이 공력 들

---

*만승천자 : 천자나 황제를 높여 이르는 말.
*승안 : 웃어른을 뵘.

여 추포하려 들겠는가? 궐녀가 탈공(脫空)*할 수 있도록 조처할 일은 나도 심중에 간직하고 있는 일일세.」

「시생이 오늘에 이르기까지 명색 없는 장돌림으로 주변하면서 상리와 이문만을 좇았던 터로 날바람 잡힌 놈처럼 길미를 겨냥할 수 없는 일에 거금을 내어 놓기는 처음이군요.」

「나같이 영리하지 못한 어리보기 유생과 동사한 것이 불찰이었다고만 여기고 있게나.」

「이 어음표는 삼개에 있는 곡물객주에서 직전으로 바꾸게 된 것입니다. 은자로 바꾸시든지 상목으로 바꾸시든지 말씀하시면 시생이 그것까지 주선해 드리지요.」

「자네가 근지 않고 그렇게 쉽사리 입낙을 할 줄은 미처 몰랐네.」

「생원님이나 조심하시지요. 이것이 극존(極尊)*에게 심려를 드리는 일이 아니겠습니까.」

「내가 그들과 은밀히 내통하고 있다고는 하나 드러나게 분주를 떨 일만은 아니란 것은 알고 있네. 내 거취에 대해서는 염려들 놓으시게. 단김에 쇠뿔 뽑더라고 작정한 김에 이 밤으로 삼개로 나아가는 게 어떻겠나? 두뭇개(豆毛浦)에 뱃길 잘 아는 사공 한 놈을 알고 있으니 삼개에서 작경만 되지 않는다면 동트기 전에 돌아올 수 있을 것이야.」

급히 서둘러 좋을 것이야 싸움터에서 달아나는 것과 벼룩 잡는 것이라 하지만, 한번 작정해 버린 일이라면 고달을 빼고 앉아 있을 까닭이 없었다. 강쇠와 한동아리가 된 세 사람은 누가 먼저랄 것도 없이 봉노에서 일어섰다. 별빛이 세철리의 샛강에 무리 지어 흐드러지고 있었다. 샛강변을 따라서 한 식경이 되어 두뭇개 나룻목으로 나

---

*탈공 : 뜬소문이나 억울한 죄명에서 벗어남.
*극존 : 임금의 높임말.

갔다.

유 생원이 반 마장이나 떨어진 사공막으로 사공을 찾아 나선 사이에 봉삼과 강쇠는 갈밭 사이의 모래톱에 앉아 기다리기로 하였다. 멀리 압구정의 불빛이 강심 건너로 가물거리고 있었다. 초여름이라 하나 옷깃을 스치는 강바람이 왠지 써늘하게 느껴졌다. 모래톱으로 강물이 와서 철썩거렸다. 항상 건너다녔던 나룻목이었고 한강의 물결이었건만 오늘 밤은 문득 한강의 물줄기가 길고 멀어 보였다. 하늘엔 아직 달이 뜨지 않았지만 별밭이 전에 없이 흐드러져 강심은 잔칫집과 같았다. 갈대밭 위로 바람이 불어왔다. 한차례의 바람이 지날 때마다 갈대가 눕고 바람이 멀리 강심 쪽으로 달아나면 누웠던 갈대들은 다시 우수수 머리를 치켜 일어서곤 하였다. 두 사람은 말이 없었다. 그리고 똑같이 일어섰다. 갈밭 사이에서 과피선 한 척이 미끄러지고 있는 것이 보였기 때문이다. 가만히 모래톱으로 와 닿는 과피선으로 두 사람은 올랐다. 유필호는 벌써 이물간 위로 올라 있었다. 강쇠가 사공의 나루질을 거들었다. 기왕이면 해 뜨기 전에 석쇠의 집에까지 당도하고 싶었다. 중로에서 다른 사단이 일어나지 않는 이상 내왕 70리 뱃길도 어렵지는 않을 것이었다. 과피선은 버들과 갈대가 혼전한 강안을 따라 저어 내려갔다. 한강진, 보광골(普光里), 서빙고를 지나고 동작진에 이르러서는 북한강을 따라 내려온 시선과 뗏배들이 나루에 즐비하여 나루질하기가 여의치 않았다. 불과 이태 전만 하더라도 동작진도 흥청거리던 나루였다. 삼개와 서강에 배를 잇대지 못한 주상들이 동작진에 배를 들이대고 난전들을 벌이기도 하였었다. 과천에서 오르는 시게 바리와 시탄 바리들이 밤 긴 줄 모르고 들이닥쳐 온 나룻목에 대낮처럼 홰가 밝혀지기도 했었다. 그러나 뗏배와 시선들이 촘촘하게 잇대어 있을 뿐 흥청거리는 맛이란 없었다. 뗏배들 사이를 비집고 나선 과피선은 흑석골을 지나서 살같이 삼개나루로 나아갔다.

삼개의 곡물객주인 염 대주를 찾는 일은 수월하였다. 삼개에서도 이름 있는 객주인 데다 옛날엔 배동익(裵東益)의 수하에서 차인 행수로 주변하던 사람이었다. 배동익과 비견될 만한 부호로는 이덕유(李德裕)가 있었다. 그러나 이덕유는 사치하여 집치레와 입치레에 능히 백전(百錢)*을 소비할뿐더러 권문에 붙어 상리를 취하려는 부류이되, 배동익은 인정전을 바쳐 벼슬을 사려는 상인은 아니었다. 신석주가 배동익의 수하 격인 염 대주의 객주에다 어음표를 환전하도록 조처했던 것은 죽을 임시에 배동익의 사람됨을 믿었고 또 그의 입이 헤프지 않다는 것을 알고 있음이었다. 삼개나루 한편에서 과피선에서 내려 동막골〔東幕里〕 쪽으로 반 마장을 오르지 못해서 염 대주의 객주가 나타났다. 문은 모두 닫혀 있었으나 가게 문밖에 장명등 하나가 깜박거리고 있었다. 한참 문을 두드리자니 곧장 고꾸라질 것 같은 늙은 하님이 문을 따고 내다보았다. 염 대주를 찾아왔다고 하자 두말 않고 가겟방으로 안내하였다. 인사말만 건넨 다음 천봉삼이 어음표를 꺼내 보였다. 등잔불에 어음표를 비춰 보던 염 대주는 미닫이를 열고 하인을 불렀다. 뭐라고 귀엣말로 한창 수어 수작을 하더니 미닫이를 닫고 천봉삼을 뚫어지게 바라보며,

「내가 직전으로 마련하고 기다리고 있은 지가 오래되었소이다. 이제야 오시다니, 무슨 변고라도 있었더랬소?」

염 대주의 속셈을 얼른 알아챌 수 없었던 천봉삼이 얼른 대꾸를 못하고 있자, 염 대주가 먼저 흉회를 털어 보였다.

「이 어음표로 발단하여 추심을 당하고 있다는 것은 대강 짐작하고 있는 터요. 그러나 이번의 계봉(計捧)으로 유명을 달리한 신 행수

---
*백전 : 많은 돈.

와의 거래도 기불린* 셈이 되어 천만다행이오. 그러나 떳떳한 돈이라 하나 권신들이 은밀히 이 돈의 행방을 쫓고 있으니 행동거지에 각별 유념하시는 게 좋겠소. 신 행수가 수결했거나 조(彫)*한 어음표를 보는 대로 보부청이나 임소에 통기하라는 통문이 돌아나간 지가 오래되었으나, 달면 삼키고 쓰면 뱉는 벼슬아치들의 식성대로 무작정 따라갈 수만은 없는 처지가 아니겠소? 야밤에 찾아오시기를 잘하시었소. 혹시 이번의 거래가 저들에게 탄로 나서 내가 포도청으로 끌려가 초사를 받는 중에 절박한 지경에 이르면 또한 발설해 버릴지도 몰라 댁네들의 성명 단자는 처음부터 묻지 않았던 것이오.」

「저희들의 처지를 알아주시고 계책(戒責)을 내리시니 고맙군요.」

「지금 나가시면 좋지 않을 것입니다. 꼭두새벽에 나루로 나가는 곡식섬으로 가장하여 우리 차인들이 날라다 줄 것이니, 그때까지 잡담으로 시각을 지체시키고 있읍시다.」

「시생이 장안에 살지 못해서 그렇습니다만, 요사이 삼개 객주의 시절이 어떠한지요?」

「햇곡머리에는 한 달에도 수십만 섬의 곡식이 임선을 타고 오르던 나루가 이제는 적지처럼 되었소이다.」

「그 연유가 어디에 있습니까?」

「지난해도 풍년이랄 수는 없었지요. 그런 데다가 삼남 곡창의 공작미(公作米)들이 알짜만 뽑혀 동래포로 해서 왜국으로 건너간다 합니다. 고을의 관아에서는 구실아치들이 잠상의 끄나풀들과 통모하여 관고의 곡식조차 몰래 빼내어 팔아먹고 있다 합니다. 고폐

---

*기불리다 : 채무자와 채권자가 같은 종류의 채무와 채권을 일방적 의사 표시로 같은 액수만큼 수멸함을 말함.
*조 : 수결 대신으로 쓰는 조(彫) 자를 새긴 큰 나무도장.

(痼弊)*가 그뿐이겠소. 혹간 과섭(過攝)*이 된 임선편으로 오르는 곡식이 있다 할지라도 모두가 조군료(漕軍料)와 영문의 교졸들과 벼슬아치들의 녹미(祿米) 같은 공곡(公穀) 메우기도 바쁘게 되었으니, 민간으로 흘러갈 곡식이 남아돌 리가 만무지요.」

「중궁전에서 세자가 병약한 것을 치성드린다 하여 금강산 일만 이천 매 봉마다 일천 냥에 나락 한 섬, 백목 한 필씩을 바쳤다는 소문이 여항에 파다한데, 그것이 외자로 난 소문이 아닌지요?」

「중궁전 금강산 행차에는 조빙궤(造氷櫃)*까지 조발된다는 말은 들었소만, 나 역시 뒤따라가 보지 못했으니 알다가도 모를 일이지요. 하지만 아니 땐 굴뚝에 연기 나는 것 보았소? 소문이야 그뿐이 아니랍니다. 궁궐에다 무당이며 점쟁이며 맹인·잡배 들을 불러들여 날마다 굿이며 불공이며 치성을 드린답시고 바라 소리가 그칠 사이가 없다 하더군요. 일개 창우(倡優)*인 김몽룡(金夢龍)은 허벅지 한 번 끄떡 팔 한 번 끄떡하는 데 삼천 금을 내리고, 점쟁이인 이유헌(李裕憲)의 점 한 번에 주단 백 필에 일만 금을 내렸다는 소문이 짜하게 퍼져 있소이다. 아니래도 나라를 열었다 하여 막중한 용도(用度)하며 여수전(旅需錢)이 고갈되어 가는 판에 곤전(坤殿)에선 사도시(司䆃寺)*의 재용은 물론 용도를 물 쓰듯 하신다니 한강물을 퍼다 올린다 한들 언제 한이 차도록 기다리겠소. 나 같은 망민의 입에서 나오느니 한숨인 것을 곤전께서 모를 리가 없을 터인데……」

---

*고폐 : 뿌리가 깊어 고치기 어려운 폐단.
*과섭 : 백성들의 선박을 거두어 나랏일에 쓰던 일.
*조빙궤 : 얼음을 넣어 식료품을 냉장하던 궤.
*창우 : 줄타기나 판소리, 가면극 따위를 하던 사람을 일컫는 말.
*사도시 : 쌀, 간장, 겨자 따위를 궁중에 조달하는 일을 맡아보던 관아.

염 대주와 천봉삼이 겨끔내기로 받고채는 탄식과 분개를 듣고만 있던 유필호가 그때 말참례를 하였다.

「별하고(別下庫)는 말할 것도 없지만 호조나 선혜청 같은 전곡(錢穀) 아문의 창고가 어디 국고이던가. 민간에서는 민고(閔庫)라고 까지 부르게 되었다네. 김문(金門)의 세력은 대원위 대감이 꺾었다지만 민문의 세력을 꺾을 자는 없게 되었네. 중궁전에서는 세자 책봉 때도 비밀리에 왜국과 교섭하고 이유원(李裕元)을 앞세워 수월찮은 사하(私下)를 이홍장(李鴻章)에게 바쳤다 않은가. 그것이 얼마나 되는지 알고 있는 사람은 거래한 셋뿐이라네. 육조 아문을 제외하고는 각 관아에서 선반(宣飯)을 혁파한 지도 오래되어 구실을 떼인 상배색(床排色)*들이 수두룩하다네. 이처럼 되었으니 극존의 성려(聖慮)인들 오죽하시겠는가. 궁도에 빠진 향곡의 백성들은 부정지속을 팔아 목숨 부지를 하다 못해 이젠 전고처첩(典雇妻妾)*을 예사로 저지르게 되었으니, 이 원성을 조정이 어찌 감당할 수 있겠는가.」

「세자가 병혁(病革)에 들었습니까?」

「여항과 장거리에 파다하게 퍼진 소문대로라면 하초가 망극한 형상이어서 장차 가례 후에도 생산을 못한다 하나, 그것을 또한 누가 알겠는가.」

염 대주가 혀를 끌끌 차면서,

「그러한 조정의 폐단이 모두 상고들에게 미쳤소이다. 그간 흥청거리며 구문깨나 챙기던 객주와 여각들도 전착박소(前錯薄小)*라도

---

* 상배색 : 임금의 수라상 차리는 일을 맡아 하던 구실아치.
* 전고처첩 : 아내 또는 첩을 전당 잡히거나 삯을 받고 빌려 줌.
* 전착박소 : 동전을 깎아 내어 동전 모양을 작게 하고 깎아 낸 것을 모아 부정한 이득을 취함.

해서 목숨 부지할 수밖에 없게 되었소이다.」

「대주께선 전주뢰(剪周牢)*를 당하실 말씀만 골라 하시는구려.」

「차라리 전주뢰를 당하는 게 낫지, 이런 꼴로 시절이 없어서야 연안의 객주 여각이 살아남기나 하겠소. 하다못해 갯가의 객주들이 정탑(停榻)을 저질러서라도 그럭저럭 꾸려 나갔으나 오늘에 이르러서는 그 또한 수월치 않소이다.」

정탑이란, 노인(路引)이 없는 왜상들이나 익세(匿稅)*의 물화를 지닌 잠상꾼들이 연안의 객주 여각에 비밀리에 물화를 행매하는 일이니 대명률*에는 이와 같은 행위를 저지른 자는 장(杖) 1백에 처한다고 되어 있었다. 변통수도 없는 객담 수작들을 나누는 중에 닭이 홰치는 소리가 들려왔다. 방 안의 말소리가 그 순간 뚝 끊기었다. 마당 건너 가게에서 문이 삐걱거리는 소리가 들리며 몇 사람이 봉당으로 내려서는 발소리가 들려왔다. 다시 반 식경을 기다리자 하니 퇴 밖에서 인기척이 들려왔다.

「이제 떠나실 때가 된 것 같소.」

염 대주를 하직하고 나왔으나 밖은 여전히 어두웠다. 숨바꿈으로 앞서거니 뒤서거니 하며 나룻목으로 나왔더니 은자로 채운 섬바리들을 후미진 갯가에 내려놓고 차인들이 기다리고 있었다. 숨겨 둔 과피선을 불러와서 세 사람과 섬바리 네 개를 싣고 나니 뱃전 가녘이 물에 잠길 정도였다. 그러자니 자연 나루질이 수월치 않았다. 삼개에서 두뭇개로 오르는 뱃길은 여울을 거슬러야 하는 데다 중화(重貨)까지 실었으니 장정 나루질이라 하나 동트기 전까지 두뭇개 당도가 난사였다.

---

* 전주뢰 : 가새주리.
* 익세 : 탈세.
* 대명률 : 중국 명나라 때의 형법전.

나루질에는 손방인 유필호 외에는 세 사람이 깍짓동 같은 장골들이라 배에 오르는 길로 윗도리들부터 벗어부치고 손바꿈으로 나루질에 매달리었다. 동작나루 어름에 득달하였을 때에는 세 사람이 모두 땀이 노드리듯 하였다. 여력을 다한 효험이 없지 않아 두뭇개에다 배를 대었을 때에는 네댓 칸 앞의 사람을 알아볼 정도로 새벽참이 되었다. 두뭇개 마방에서 세마를 낼 수도 있었고, 날삯꾼이나 나귀쇠를 사서 시구문까지 갈 수도 있었으나, 행인들의 눈을 속이자니 이번엔 유필호도 걸망을 만들어 섬 하나는 져야 할 입장이었다. 짐 지는 데도 손방인 유필호의 엉거주춤한 거동을 처연한 낯빛을 하고 바라보던 강쇠가 푸념 반 핀잔 반으로,

「생원님, 짚신에 국화 그리기요. 짐바리를 등에 붙여야 할 입장에 그 통량갓은 무어며 도포는 무슨 소용입니까?」

「나야 갓을 부수든지 중도에서 기진을 하든지 걱정 말고 자네 몫이나 주변하게.」

「갓철대를 이마에 붙이고 짐 지는 것이야 생원님 체면치레라 합시다만, 생원님 거동이 그러하시다 보면 행객들 중에 수상쩍게 볼 사람이 있을까 봐 그럽니다요.」

「딴은 듣고 버릴 말이 아니군그래.」

유필호가 갓과 도포를 벗어서 뭉쳐 섬 위에 얹었다. 사공까지 조발하여 시구문까지 가는 길에 요행히 작경은 없었다. 그러나 자꾸만 뒤처지고 주저앉으려는 유필호를 부추기느라고 시각이 많이 지체되었다. 시구문 밖 석쇠의 집에 득달하였을 때에는 아침동자 먹은 뒤였다. 짐방으로 따라온 사공에게 후한 선가를 쥐여 보내고 난 뒤 봉노로 들어온 세 사람은 모두 탈진이 되었다. 밤을 꼬박 뜬눈으로 새운 터라 온 삭신이 들쑤셔 끼니를 내치고 봉노에 쓰러져 선잠이 들었다. 깨어 보니 해는 벌써 중천에 떠 있었는데, 곁에 누웠던 유필호

가 보이지 않았다. 석쇠에게 물었더니 잠깐 다녀올 데가 있다면서 진작 나갔다는 것이었다. 그날로 평강 처소로 발행할 작정이었으나 유필호와 하직 인사하고 떠나야겠기에 중화를 걸게 먹고 돌아오기를 기다리는 수밖에 없었다. 막 중화를 끝내고 곰방대들을 물려는 참에 유필호가 당도하였다. 그러나 혼자가 아니었다. 유필호를 따라 들어온 사내는 낯선 도포짜리였다. 첫눈에 보아 귀인의 상이었다. 허우대가 걸출하다고 할 수 없었으나 턱이 매끈하고 흰 이마에 귀가 유난히 컸다. 눈발이 형형하고 사람을 곧바로 쳐다보았다. 봉삼은 첫눈에 궐자가 미복을 한 이재선이 아닐까 하였다. 결코 승안을 원치 않았으나 유필호가 안동해 왔으니 꽁무니를 둘러댈 수는 없는 것, 바람벽을 등진 채 국궁하고 섰으려니 말은 않고 손짓으로 앉으라는 시늉이었다. 그런데도 주저주저하고 있자,

「그러지 말고 좌정들 하시게. 내 무작정 들이닥쳐서 예법에 어긋난다 해서 그러시는가? 거북해하실 것 없네. 자네들의 함자는 유생원에게서 자상하게 들어 알고 있다네. 박주 일배라도 나누려고 경황중에 찾아온 것이니 너무 홀대들 말게나.」

어취가 앉지 않으면 정녕 섭섭해할 눈치라 천봉삼도 엉거주춤 앉으면서,

「존호(尊號)께서 미천한 것들이 거처하는 누추한 곳까지 행차시니 놀랍고 송구스러울 뿐입니다.」

「그런 겸양은 접어 두고 파탈하세. 자네들같이 소견 있는 백성들이 거처하는 곳을 어찌 누추하다 하겠는가.」

「감히 시생의 입에 담기 망극이나 저하께서는 무양하신지요?」

「요사이 조정이 전에 없이 시끄럽고 또한 원찬에 엄형을 당하고 있는 유생들이 많아 대감의 심려가 적잖다는 것이야 자네들도 짐작할 것이네. 하지만 겉으로야 별 탈 없으시네.」

「시생들은 한낱 장돌림의 지체에 불과하나 근간의 나랏일이 줏대가 없고 또한 양화와 왜물이 장시에 쏟아져 나와 장시가 피폐하고 벼슬아치들은 주매(呪罵)*와 위협으로 좌장(坐贓)*을 일삼고 세폐(稅弊)에 쫓긴 양민들의 무리가 부황 난 얼굴로 길바닥을 쓸고 있으니, 이를 심상하게 두고 볼 일이 아닌 듯합니다.」

「자네들의 탄식이 어떠하단 것을 미루어 알 만하네. 대금을 내어 우리를 주급(周急)*한 까닭이 거기에 있지 않겠나. 그러한즉 우리를, 붕당 지어 나라의 안위를 위태케 하려는 무리들로는 보지 말게. 다만 공명이 분에 넘쳐 화를 만드는 간특한 중신들을 조정에서 내쫓고 용도(用度)를 살찌우고 양이를 해서 이 나라의 풍속과 강상의 도리를 예대로 바로잡고자 함일세.」

좌중에 거북한 기운이 가시고 파격이 되는 판에 유필호가 독촉한 술상이 들어왔다. 두어 순배가 돈 다음에 천봉삼이,

「이미 상도(商道)가 무너진 지 오래되었습니다만 잠상꾼들이 판을 치고 있다 하여도 잠상률(潛商律)에 처해진 상인배는 단 한 번도 본 적이 없으니, 존호께서는 이 점도 유념하시기 바랍니다.」

「나 또한 모르는 바 아닐세.」

잠상률이란 법령으로 금지된 물화를 몰래 왜상에게 행매하는 상인배들을 처벌하는 것을 일컬었다. 그러한 물화로는 활세포(闊細布), 채문석(彩文席), 후지(厚紙), 초피(貂皮), 토표피(土豹皮), 해달피(海獺皮), 그리고 철물, 우마, 금은, 주옥, 보석, 염초(焰焇), 군기(軍器) 등의 물화인데, 이를 위반하고 행매하는 자는 장(杖) 2백, 도(徒) 3년에 처하고 중한 자는 효수에 처한다는 율을 말하는 것이었다. 이

---

*주매 : 남이 잘못되기를 바라면서 욕을 함.
*좌장 : 벼슬아치가 아무 끼닭 없이 백성에게서 재물을 거두는 것.
*주급 : 아주 다급한 처지에 있는 사람을 구하여 줌.

포화(泡花) 141

재선이 고개를 끄덕이고 있다가 기왕 서울에 올라왔으니 이틀 뒤에 세검정에서 열리는 장안편사(長安便射)나 구경하고 가라고 권하였다. 장안편사라면 문안이 한편이 되고 모화관, 홍제원, 창의문 밖, 북한(北漢) 남문 밖, 애오개 등이 한편이 되고 양화도, 서강, 삼개, 뚝도, 한강, 용산, 왕십리, 동소문 밖, 손가장(孫家庄) 등이 한편이 되어 열리는 편사회를 말함이겠으니, 장안의 무변 활량들을 모두 만날 수 있고 길소개도 만날 수 있겠다는 짐작이 가긴 하나 서울서만 차일피일되는 것이 두려웠다.

9

석쇠의 집에서 하룻밤을 묵고 꼭두새벽 파루 소리를 들으며 발행하여 아침동자는 다락원 득추의 대장간에서 때운 다음, 평강 회정길에 올랐다. 날씨는 아침부터 찌는 듯이 더웠고 땀은 뼛속까지 밸 지경이 되었다. 소낙비라도 한줄금 하면 땀을 들일 수 있겠지만, 하늘을 쳐다보아도 비 올 가망은 없어 보였다. 포천 읍치를 지나고 만세교에 득달하였을 때에는 어찌나 뜨거웠던지 가쁜 숨이 턱에 와 닿아서 행보가 지난할 지경이었다. 마침 물나들 근방 후미진 곳에 멱을 감을 수 있는 맞춤한 웅덩이가 보이기에, 두 사람은 염치 불고하고 옷을 벗어부치고 물웅덩이로 뛰어들었다.

상투에서부터 걸판지게 물을 끼얹고 나니 참 없이 먹은 더위가 일시에 가시고 오장 육부가 배 밖으로 불거진 듯 시원하였다. 가슴에다 물을 끼얹고 있던 천봉삼이,

「어떤가, 우리들 팔자가 염병 난 동네의 도깨비 팔자가 아닌가. 지체를 바라볼 것이 없으니 남의 눈치 살필 것이 없고 허욕이 없으니 입성이 남루하단들 또한 부끄러울 것이 무언가.」

돌을 주워서 사타구니의 때를 벗기고 있던 강쇠가 떨떠름한 낯빛을 하고,

「그렇긴 하오만, 나는 시방 간이 콩알만 하오. 이재선 나으리의 거사가 실패로 결말이 나버린다 하면 만금 재산 공중 날릴 것은 그렇다 치고 우리 처소에까지 풍파가 미칠 것 아닙니까?」

「성사가 되면 어떻고 실패하면 대순가. 우리와는 상관없는 일이야.」

「거사가 실패되어 의금부 국청(鞫廳)으로 끌려가서 중곤(重棍)으로 모반의 경위를 캐는 중에 병장기를 사들일 소입(所入)을 누가 댔는지 직토하라고 죄고 들면, 아침 아저씨 저녁 소 아들로 행수님 명함을 혹 불어 버리는 날에는 우리 초소는 연못이 될 거 아뇨.」

「자넨 달걀 지고 성 밑으로는 못 가겠네. 만약 그 지경에 이르러 내 명함이 밝혀진다 하면 그 또한 모피할 수 없는 것, 하늘의 처사에 맡길 일이지 똥도 싸기 전에 냄새부터 피울 까닭이 뭔가?」

「우리 처소의 식구들 생사가 행수님 한 손에 달려 있다는 것을 잊으셨군요. 이번의 일이 탄로 나면 향곡의 소소한 벼슬아치나 시골 뜨기 아전 나부랭이들 다루는 일처럼 수월한 일도 아닐뿐더러, 간당률에 처하게 되면 어디 살아남겠습니까?」

천봉삼이 껄껄 웃고 나서,

「나도 이재선 나으리를 승안하는 것까지는 바라지 않았지만, 유 생원께서 그리 주선하시었으니 따를 수밖에 없지. 그러나 곰곰 따져 보면 우리가 한 일이 생판 엉뚱한 일만은 아닐세. 나라의 안위를 어찌 사모 쓴 도둑놈들과 민문의 척신들 손에만 맡겨 둘 수 있단 말인가.」

「행수님 의중이 그러하시다는 걸 짐작만 하고 저도 입 닥치고 있기는 하였습니다만, 어찌 속이 개운치 않고 뒤꼭지를 누가 잡아당

기는 것 같아서…….」

더위를 빼고 난 두 사람은 손으로 숭스러운 삭숭이들을 가리며 옷을 벗어 둔 나뭇등걸 뒤로 걸어 나갔다. 그러나 두 사람은 당황하고 말았다. 그 자리에 있어야 할 옷이 없어진 것이었다. 멱을 감고 있던 웅덩이는 여울이 꺾이어 나가는 후미진 곳이라 내왕이 있었을 턱이 없었고 그동안 시간이 크게 지체된 것도 아니었다. 벗어 둔 미투리 두 켤레만은 그대로 있었는데 낮도깨비 장난이 아니라면 실성한 사람의 짓이었다.

「우리 뒤를 밟던 간자가 있었던 거요.」

강쇠가 하얗게 질려 우선 바윗등 뒤로 가서 몸부터 숨기었다. 휘둘러보아도 풀잎 위로 햇빛만 쏟아져 내리고 있을 뿐 사위는 고즈녁하기 짝이 없었다. 멀리 미루나무 숲에서 매미 우는 소리가 들려왔다. 뒤를 밟던 간자가 있었다는 강쇠의 말은 그럴 법하였다. 내왕하던 행객들이라면 아이들 같은 이런 장난을 벌이지는 않았을 것이기 때문이었다. 몸을 숨긴 채로 강쇠가 나직이 속삭였다.

「행수님, 뜁시다.」

「어디로 뛴단 말인가?」

「귀신 모를 죽음을 당하시겠소?」

「이대로는 못 뛰어.」

「못 뛰시다니요? 가진 것이 없으니 입성이 남루하단들 부끄러울 것이 없다고 하지 않으셨소. 홀딱 벗은 채로 뛴다 한들 오십보백보가 아닙니까.」

「사세가 뛴다 하여 결말이 날 사정이 아니지 않은가. 만약 우리를 겨냥하고 있는 자객이 있다 하면 당장 물고를 내야지 그냥 두고 뛰기만 하면 화근은 그대로 남는 것이 아닌가. 이놈을 찾아서 모가지부터 돌려 앉히고 보세.」

144

「행수님께서 무슨 용뺄 재간이라도 있습니까. 내 괴춤에 혁편 하나를 찔러 두었습니다만, 그것조차 없어졌으니 감히 그놈과 대척할 건덕지가 없지 않습니까.」

「이거 사내 체통이 놀림가마리가 되겠네.」

그때였다. 미루나무 숲에서 자지러지던 매미 소리가 갑자기 뚝 멎는가 하였더니 가느다랗게 계집의 목소리가 들려오고 있었다.

「얼씨구 절씨구 지화자 좋다. 아니 놀지는 못하리라. 나를 찾아 나를 찾아, 어느 누가 나를 찾아. 부춘 산하 엄자릉이 감히 대부를 마다하고 동강 칠일을 갔건마는 어느 누구라서 나를 찾아. 어허 우습다. 저 구름이 날 속였구나, 금수 수오작이 날 속였지야. 창망하다. 구름 밖에 정든 님 소식이 무효로다. 얼씨구나 절씨구 지화자 좋네, 아니 놀지는 못하리라.」

간드러진 창부타령 한가락이 때 아닌 숲 속에서 들려온 것이었다. 삭숭이를 드러낸 채 기동할 수는 없는지라 굽도 젖도 할 수 없어 엉거주춤 동정만 살피고 있는 터에 창가 소리는 점점 가까워지고 있었다. 그러나 이젠 창가 소리조차 뚝 그치는가 싶더니 잠시 뜸을 들이고 나서 불과 네댓 칸 밖에서부터 계집의 목소리가 들려왔다.

「거기 숨어 있는 댁네들은 도대체 어디로 가시는 행객들이시오?」

묻고 있는 품이 이쪽의 거동을 익히 엿보았음이 분명하였다. 그제야 두 사람은 폐단이 어디서부터 비롯된 것인지 어렴풋이 짐작이 가긴 하였는데, 강쇠가 바윗등 위로 모가지를 쑥 빼 올리고는 계집을 잡아먹을 듯이 노려보았다.

「계집사람이 방정을 떨어도 유만부동이지, 행객의 옷가지를 바르다니.」

「에그, 여보시오, 그런 말 마시오. 내가 선녀들 육덕에 반한 초군인 줄 아시오? 반할 것이 따로 있지 그 꼴사나운 삭숭이를 뭐가 좋다 하고 옷 도둑질을 하겠소.」

「옷 도둑질을 않았다면 우리가 여기 있다는 것은 어찌 알고 범접
인가? 엉뚱하고 방자한 계집사람이기로서니 감히 남정네의 옷을
감추다니, 요량 없이 덧들이지 말고 옷부터 내놓게.」

「불알 흘릴까 걱정도 태산이구려. 불알 떨어지면 화톳불에 구워
먹지.」

「어허, 저 계집이 불알에 상성을 한 낮도깨비인가, 아니면 실성한
밤도깨비가 대중없이 해낮에 나들이를 한 것인가. 어서 옷부터 내
놔.」

계집이 그제야 입 언저리를 손으로 가리며 주리를 배틀고 어린양
을 떠는데, 몸놀림을 보자 하니 첫눈에도 여염의 계집이 아니었다.
그렇다고 반편이나 실성을 한 계집이 또한 아닌 것이 눈자위만은 똑
바로 박혀 있었다. 계집의 수작이 그쯤 되자 두 사람은 일단 마음이
놓였다. 그러나 계집을 상종하여 노닥거리며 지체할 겨를이 없고 또
한 이 염천에 방아품을 팔았다면 그 진땀을 감당해 낼 재간 또한 없
지 않은가.

「자네가 행객들을 상종하여 살꽃을 팔고 있는 논다니나 들병이임
이 분명하나 우리 갈 길이 촉급하여 길게 상종하고 있을 처지가
아니니, 엉뚱한 심지 품지 말고 옷부터 내놓게.」

「요조숙녀를 앞에 두고 논다니로 막보는 것도 어폐가 없지 않은
터에 엉뚱한 심지를 품지 말라니, 이런 망측한 일이 없구려.」

「그렇다면 미안하게 되었네.」

「미안하다면 다요? 말로만 벌충하려 들지 말고 그 체통에 행하라
도 내놓으셔야 하지 않겠소?」

「이 꼴을 하고 체통은 또 무슨 체통이란 말인가. 자네가 콩밭으로
이끈다면 따라갈 터이니 옷부터 내놓게.」

146

「콩밭은 싫소.」

「엉덩이 가릴 만한 곳이 콩밭밖에 더 있겠는가.」

「콩밭 우산뱀에 불두덩이라도 물리면 어쩌려구.」

「노류장화 들병이 주제에 아랫목 윗목 찾을 건 뭔가? 그건 임시해서 작정할 일 터, 옷이나 내놓게.」

「옛수, 여기 있소.」

계집이 가슴에 안고 있던 보퉁이를 내던졌다. 보퉁이를 받아서 펴 보니 옷은 그대로인데 노수를 넣어 두었던 전대가 보이지 않았다. 계집이 사람을 홀딱 벗기고 들려는 속셈이 분명한데, 그러하다면 살신이나 희고 육덕이나 있어 보이면 그나마 객고도 풀 겸 탐심을 품어 볼 만하겠지만 허울 쓴 것이 사내 호리는 것하고는 애당초 상관이 없었다. 살신이란 것이 측간 지붕에서 영근 호박 모양으로 푸르죽죽하고, 콩 말리던 멍석에 엎어졌는지 낯짝은 또한 살짝곰보인 데다 코는 흙으로 찍어다 붙인 것처럼 흉내만 내다 말았다.

모가지는 보이지 않아 대갈통은 그냥 어깨에다 얹어 둔 듯 잔망스러웠으나 고갯짓에는 별 불편이 없어 보이는 것이 신기한 노릇이었다. 그러나 평강까지 오를 동안 객점 들고 요기 주변할 전대를 숨기고 내놓지 않고 있으니 계집을 우선 문지르고 달랠 수밖에 없게 되었다. 계집의 집이 엎어지면 코 닿을 곳에 있다 하니 반죽 떠는 것이나 보자 하고 길라를 잡는 대로 따라나섰다.

숲이 우거진 오솔길을 걸어 활 한 바탕 상거에 오두막 한 채가 바라보이었다. 외진 산협에 계집 혼자 거처하는 오두막이 있다는 것도 수상하거니와 계집의 추한 몰골과는 딴판으로, 뜰 안으로 발을 들여놓는 순간, 살림 두량이 매우 조촐해 보이고 정갈한 데 놀랐다. 도대체 계집의 혼자 손으로 주변해 나가는 집 같지 않았다. 두 사람의 발걸음이 푸줏간 들어가는 소처럼 엉거주춤하자, 봉당으로 올라서던 계집이 말하였다.

「모가지라도 빼 던질까 그러시오? 딴 걱정 말고들 오르시오. 댁네들 욕보이자고 여기까지 모시고 온 것이 아닙니다.」

계집의 언사도 조금 전보다는 매우 공손해져서 예대가 아금받은가 싶은데 뜨악해진 강쇠가 속셈을 떠볼 요량으로,

「후텁지근한 봉노에 들어가면 덥기만 하지, 마당 귀퉁이가 좋지 않겠나.」

「그럼, 저쪽 울바자 아래 멍석 위로 취편들 하시지요. 금방 술상을 봐오리다.」

「술상이라?」

「출출하실 텐데 참술이라도 드셔야 하지 않겠소? 가실 길은 걱정 마시오. 이 뒷길로 해서 목쟁이 하나만 넘으시면 지름길이 있어서 여기서 지체된 것이 벌충되리다.」

계집의 거동이 수상쩍다 한들 인근에 출몰하는 토비의 계집밖엔 될 것이 없고, 행객들을 꼬드겨서 잔술이나 팔고 살꽃이나 팔자 하는 들병이라 한다면 그럴싸한 호객술이겠거니 하여 두 사람은 감나무 아래 펴둔 멍석 위로 가서 좌정하였다.

부엌에서 달그락거리며 그릇 부시는 소리가 나는가 하였더니 금방 찌그러진 돌상을 들고 나왔다. 땟국이 새까만 방구리에 탁배기가 가득하였다. 때마침 출출했던 참이라 술푼주에다 안다미로 부어서 두 순배를 돌렸다. 그런 다음 거적때기 부엌문 뒤에 서 있는 계집을 손짓하여 불렀다.

「술안주가 심에 차지 않으시오? 도토리묵이라도 한 모 쳐 올릴까?」

강쇠가 소매로 귀밑머리를 쓸어 올리며 알분을 떨고 있는 계집을 노려보다 말고,

「이제 술값으로 계배할 만큼 떼고 우리 전대를 이리 내놓게.」

「마수걸이 손님치고는 꽤나 잔말이 많으시구려. 대접이 홀하다 타박만 마시고 술이나 드시구려.」

「대낮에 낯짝에 주토(朱土) 광대를 그려 가지고 어찌 행보를 하란 말인가. 계집이 사내를 호리는 데는 수뱀의 정액을 몸에 바르는 게 효험이 있다는 말은 들었네만, 자네도 귀면을 해가지구선 사내깨나 후려 본 솜씨군. 그러나 우릴 생판 미욱한 사람들로만 치부 말게. 여기까지 자넬 따라온 건 자네의 거동에 측은한 마음이 없지 않아서일세. 행여 살꽃을 사려는 심지가 아니었다네. 그러나 곱게 달랠 적에 전대를 내놓아야지, 기롱을 오래 끌 작심이라면 이 집에다가 불을 싸질러 버릴 것이니 그리 알게.」

더 이상 참을 수 없었던 강쇠가 목자를 부라리며 메줏덩이만 한 주먹을 뭉쳐 들어 계집의 모가지라도 비틀어 앉힐 것처럼 으름장을 놓는데, 화들짝 놀라 오갈이 들 것 같은 계집은 되레 빼죽빼죽 웃으면서 대꾸하는 언사가 얄미웠다.

「댁네같이 용력이 세찬 사내가 오죽 못났으면 산중에 혼자 사는 계집에게 손찌검을 하려 드실까. 장력이 그만하시다면 용만 쓰고 앉았지 말고 신명 뻗치는 대로 행악을 부려 보시구려.」

「이 계명워리 같은 년이 처음부터 우릴 깔보고 범접한 게 아닌가? 이게 몇 조금 못 가서 뒈지려고 아주 약 쓰네그려.」

여간한 행내기가 아니란 생각이 든 강쇠가 아예 아퀴를 지을 요량으로 벌떡 몸을 일으키며 계집의 허리짬을 낚아채려는 순간 계집이 살짝 몸을 비키자, 강쇠는 허공잡이를 하고 마당 한가운데로 나가떨어지고 말았다. 비켜선 계집이 입귀를 비쭉하면서,

「항우도 낙상할 적이 있고 소진(蘇秦)도 망발할 적이 있다 하였소. 소증이 돋는다 하여 아무나 치고 덤비시려오?」

그 순간 천봉삼은 속으로 아차 하고 말았다. 똥깨가 가볍지도 않은 강쇠가 횃대에 동저고리 넘어가듯 일 같지 않게 제풀에 넘어지는 것을 보고서야 자기들이 계집이 파놓은 허방에 빠졌다는 것을 깨달았다. 봉삼 역시 그 순간 벌떡 몸을 일으켰다. 그러나 금방 주저앉고 말았다. 양쪽 무릎에서 기(氣)가 노글노글하니 빠져나가는 것을 느낄 수 있을 정도였다. 눈앞에 바라보이는 오두막 추녀가 허공으로 높이 떠올랐다간 다시 아래로 곤두박이었다 하는 것이었다. 계집이 차려 내온 술에 미약 아닌 몽혼약(朦昏藥) 푼 것을 미처 깨닫지 못했던 것이다. 낭패 볼 지경에 이르렀다 하는 순간, 봉삼 역시 술상 가녘을 짚고 일어서려 하였으나 그대로 멍석 위에 코를 박고 쓰러지고 말았다.

기를 잃고 혼절한 후 얼마나 지났을까. 목이 타 들어가는 듯한 갈증과 뼛속까지 스며드는 듯한 한기를 느끼고 어렴풋이 눈을 뜨긴 하였다. 그러나 시선에 확연하게 잡혀 오는 것이 없었다. 전연 낯선 곳 같기도 하고 늘 보아 오던 곳 같기도 한데, 이번엔 전신을 파고드는 한속을 견뎌 내기 어려웠다. 정신을 가다듬어야겠다고 어금니를 사리물고 눈시울을 크게 떠보는 중에 멀리서 매미 우는 소리가 귀에 잡혀 왔다. 정신을 차리고 보니 봉삼은 멍석 위에 그대로 쓰러진 채였다. 곁에는 강쇠가 쓰러져 있었다. 계집을 따라 들어왔던 그 오두막집 마당에서였다. 엉덩이밀이를 하고 다가가서 강쇠를 흔들어 보았다. 숨 쉬는 것이 죽지는 않았으되 쉽게 깨어날 것 같지 않았다. 물을 퍼다가 얼굴에 끼얹고 길목을 벗기고 발바닥의 용천혈을 찾아서 비비대는 중에 강쇠가 진저리를 치며 깨어났다. 그러나 집 안팎을 샅샅이 뒤져 보아도 사람의 흔적이라고는 찾아볼 수가 없었다. 하늘을 쳐다보니 해는 벌써 나절가웃이나 기울어 있었다. 그러나 입고 있는 옷자락을 만져 보니 밤이슬을 한 번 맞은 옷이었다. 정신을 가다듬고 더듬어 보건대, 몽혼약 탄 술을 마시고 혼절한 이후로 하룻밤이 지나서 이튿날 해거름에 깨어난 것이었다. 그간 이틀이 흘러간 것이었다. 대강 수습을 하고 목을 축인 다음 천봉삼은, 재빨리 여길 뜨자 하고 강쇠를 재촉하였다. 허둥지둥하면서 강쇠가 말하였다.

「그냥 뜨자니요, 말이나 될 법합니까? 이 나찰(羅刹) 같은 년을 찾아내어 물고를 내고 가야지요. 아니면 이 집에다 불을 지르든가.」

「다 소용없는 짓이네. 이 서푼어치도 안 되는 두옥에다 불을 놓아 보았자 직성이 풀릴 까닭이 없고, 우리가 찾는다고 그 계집이 나타날 리도 없네. 한시라도 빨리 길을 줄이는 게 득책일세.」

「그 계집을 그대로 두었다간 이 길목을 지나는 행객들 여러 목숨 요정 내고 말지 않겠습니까.」

강쇠가 볼멘소리를 하며 들은 체도 않으려 하자,

「여기서 수어 수작을 하고 지체할 겨를이 없게 되었네. 그 계집이 노렸던 것이 우리의 전대가 아니었네.」

「전대가 아니라니요?」

「전대를 겨냥했던 것이라면 애당초 옷을 거둬 갔을 때 그대로 잠적을 했어야 순서가 아닌가. 우리를 여기까지 꼬드겨서 불러들일 까닭이 없지. 살꽃을 팔려는 들병이쯤으로 지레짐작하고 장난삼아 뒤따라 든 것이 그만 허방에 빠지고 말았네.」

「아니, 행수님, 시방 하시는 말씀이 무어요? 그년이 전대를 통째로 삼키자니 우리 추쇄가 두려워 술에다 몽혼약을 푼 것이 아닙니까? 아니고서야 원한은커녕 일면식도 없는 우리에게 약을 풀어 먹일 까닭이 없지 않습니까?」

「전대에 들어 있던 엽전이랬자 겉보리 네댓 말 금어치에 불과한 것인데, 그것을 발기자고 몽혼약까지 풀겠나. 우리가 위계에 빠진 것은 그 계집이 아니라 그 계집을 사주했던 사람에게 곱다시 낭패를 본 것이네.」

「그렇다면 그 계집은 발품을 든 것에 불과하단 말씀이시군요.」

「우리에게 약을 풀어 먹인 것은 우리의 노정을 지체시켜 시간을 벌자는 속셈이 아니었을까. 전대에 든 전낭이야 얼마나 되는지 진작에 알고 있었을 터, 그것 때문에 우릴 이틀씩이나 혼절을 시키겠는가.」

그제야 어깨를 처뜨리고 탈기한 모습으로,

「어허, 이거 사세 다급하게 되었구려. 여기서 평강까지는 장정 걸음으로 사흘 노정이 빠듯한 판에 아직 혼절했던 뒤끝이라 행보조차 헐후하지 않은데 무슨 수를 쓴단 말입니까. 시생은 사족이 무겁고 머리가 텁텁한 위에 등골에 진땀이 흐르는 것 같습니다요.」

「진땀이 나도 딴 도리가 없네. 지금쯤 평강 처소가 쑥밭이 되었을지도 모르지. 대로로 나갈 노정을 고쳐 정하고 지름길을 따라 내려가기로 하세나.」

평강 처소란 남정네들이 저자로 뜨고 나면 아녀자들만 남아서 처소를 지켜야 할 때도 없지 않았다. 혹간 낯선 행객이 찾아들어서 하룻밤 과객질을 청하면 취의청에다 취편케 하기도 하였고 낯선 선길 장수들이 찾아들어 묵고 가는 것은 항용 있는 일이었다. 그러하니 위해를 입힐 사람이라도 무상출입이 수월하였다. 그런 터에 평강 처소가 쑥밭이 되어 버렸는지도 모른다는 천봉삼의 말에 강쇠 역시 모골이 송연해지는 것이었다. 사추리가 쓰리도록 행보를 옮겨 놓는 중에 10리를 못 가서 쉬어야 하였다. 그러나 연천 어름 원모루에까지 당일로 당도하게 되었다. 연도에 사립에 걸어 놓은 곰뱅이 깃대가 보이기에 들어가 숫막 주인을 꼬드겨 엄대 긋고 일숙을 청하게 되었다. 온 삭신이 땅속으로 잦아드는 것 같았으나 이상하게도 잠이 오

지 않았다. 바람벽에 등을 기대고 누워 있던 강쇠가 하루 종일 말 한 마디 없던 천봉삼에게,

「행수님, 그럼 우리가 먹은 술에 비해(萆薢)*를 풀게 한 장본인이 도대체 누구일까요?」

「그걸 알면 그놈부터 찾아가지.」

「그놈이 만세교 어름에서 우리를 지체시킨 까닭이 평강 처소를 덮 치려 했던 것이라면, 도통 맥을 짚어 볼 데가 없군요. 우리와 원수 진 사이라곤 산동 지경의 토비들이나 저자의 깔따구 왈짜들뿐인 데, 그놈들이 행짜를 놓자고 서울서부터 우리 뒤를 밟진 않았을 것 입니다.」

무심코 강쇠의 투정 섞인 말을 듣고 있던 봉삼은 깜짝 놀랐다. 강 쇠의 말에 되씹어 볼 만한 대목이 없지 않았기 때문이다.

「자네 이제 뭐라고 했던가?」

「앞뒤 사정이 그렇지 않습니까. 평강 처소 가근방에 있는 토비들 이나 왈짜들의 짓이라면 구태여 행려 중인 우리를 중도에서 지체 시키지 않더라도 처소에다 작패를 놓을 기회는 많지 않겠습니까. 이는 서울서부터 시작된 화근이 분명합니다.」

「자네의 말이 근리(近理)하네. 우린 서울에서부터 자객의 추쇄를 당하고 있었네.」

「그렇다면 우리가 이재선 나으리에게 소용 댄 것을 눈치 챈 포청 의 관속들이 아닐까요? 아니면 삼개 객주의 염 대주 수하것들일지 도 모르고 갓바치 석쇠가 배심을 먹고 관아에 발고를 해서 우리가 뒤를 밟히고 있는지도 모르지요.」

「관속들이라면 우릴 당장 엄포(掩捕)하고 말지 양동을 쓴다거나

---

*비해. 나도물둥이의 뿌리. 어티잃이나 될나디 부시는 데나 풍습 따위에 약새 로 쓴다.

한가하게 뒤만 밟고 있을 까닭이 없지.」

「감영으로 파발을 놓아 처소부터 덮치게 하고 우리들 뒤를 밟고 있는지도 모를 일이지요.」

「우리가 갈 길이 평강 길이란 것을 알고 있을 터, 구태여 간자를 풀어 우릴 추쇄할 까닭이 없지. 우리가 이틀 동안이나 만세교 어름에서 지체할 동안 평강 처소는 벌써 적지가 된 것인지도 모르지.」

「그럼, 어서 일어나십시다. 야금에 물린대도 도리가 없지요. 가다가 죽더라도 일어나서 걸읍시다요. 결말이야 어찌 되었든 간에 월이 아지마씨가 가져온 그 전문이 이런 화근을 부른 것입니다.」

밤을 낮 삼아 노정을 줄인 덕분으로 만세교에서 발행한 지 이틀 만에 두 사람이 평강 읍치에 득달하긴 하였다. 그러나 그곳에선 크나큰 불행이 천봉삼을 기다리고 있었다. 두 사람이 회정한 것을 알고 오리정 밖에까지 뛰어나온 곰배와 유사(有司)며 차인 행수들이 두 사람이 나타나자 옷자락들을 잡아채고 와락 울음부터 터뜨렸다. 곰배 역시 닭의똥 같은 눈물을 발등에 떨구면서도 이렇다 할 말이 없었다.

「왜들 이런 소란인가? 내 대강 짐작은 하고 있었지만 처소가 어찌 되었나? 어떤 놈들이 범접해서 작폐를 놓았단 말인가?」

곰배가 울먹이면서 차마 하기 싫은 대답으로,

「어떤 놈들이 작폐를 놓은 것이 아닙니다. 어서 처소로 들기나 하십시다.」

「도대체 왜들 이러는가?」

「가보면 아실 터이지요. 그러나 성님은 제발 심지를 든든하게 가지셔야 합니다.」

처소로 들어올 제, 아낙네와 동무님들이 문밖에 한 다리로 쏟아져 나와서 장맞이하고 있었다. 처소에 거적때기 하나 다친 것이 없고 다만 취의청이 썰렁하여 초상 나간 집 같은데 젖먹이 아이를 월이가 들쳐 업고 달래고 있는 것이 보였다. 천봉삼은 문득 취의청 봉노로 눈길을 돌렸다. 장지문에 금삭이 쳐져 있었다. 사세를 알아챈 봉삼이 뛰어가서 벌컥 장지를 열어젖혔다. 방 안에 사람이 누워 있고 상목으로 덮여 있었다. 상목 끝을 젖히고 보니 잠자는 듯이 편안하게 누워 있는 조 소사의 얼굴이 보였다. 그러나 사람이 누워 있던 봉노에는 온기가 없었다. 가슴에다 손을 밀어 넣어 보았으나 싸늘한 시신이 손끝에 와 닿을 뿐이었다. 천봉삼은 눈앞이 아찔해 오는 것을 느꼈다. 어느 아낙네가 시신을 알뜰하게 거둔 듯, 예처럼 살쩍을 곱게 밀고 성적까지 하여서 연지볼은 생시 때처럼 붉은색을 띠었고 입술에는 희미한 미소까지 묻어 있었다. 눈시울을 올려 보았으나 이미 동자는 돌처럼 굳어진 뒤였다. 봉삼은 시신의 가슴에다 귀를 갖다 댔다. 가슴이 뛰고 있을 리가 만무였다. 그러나 그의 귀에는 가슴이 아직 뛰고 있는 것처럼 느껴졌다. 코를 빨고 발바닥을 주물러 보았으나 하루 전에 저승사자에게 업혀 간 사람이 일어나 앉을 턱이 없었다. 시신의 왼쪽 다리가 죽장같이 부어올라 어혈이 되어 있었지만 봉삼은 미처 그것을 깨닫지 못하고 있는 듯했다. 문밖에는 처소의 동무들과 아낙네들이 둘러서 있었지만 차마 장지를 열어 볼 용기만은 내지 못했다. 취의청 앞에 있는 평상에 나란히 앉은 강쇠가 곰배에게 물었다.

「도대체 어찌 된 노릇인가? 소경사를 따져서 얘기해 보게.」

「운수의 소관이지 다른 아무것도 아닐세.」

「운수의 소관이라니?」

「새벽에 아이가 지악스럽게 울어 대기에 장지를 열어 보았다네. 봉노 한가운데 엎어진 아이가 울고 있는데 어미는 간 곳이 없었지. 어디 측간에라도 갔는가 싶어 우선 아이부터 달래 업고 기다렸다네. 그렇지만 해가 서 발이나 짓질리도록 영 소식이 없었지. 긴가 민가하여 온 식구들이 찾아 나선 것인데 뒤꼍 콩밭에 누워 있는 것을 얼마 뒤에 찾지 않았겠나. 콩밭 우산뱀에 물려서 절명한 지가 오래되었더군. 고명 의원이 있다 한들 불러 댈 처지가 아니었네.」

「곡절도 없는 콩밭에는 무슨 소간이 있어 나갔을까? 누가 데리고 나간 것은 아니었을까?」

「누굴 따라서 나갔더라면 다른 놈의 발자국도 있었을 터인데 그런 흔적이라곤 아무 데도 없었지. 새벽참에 정낭으로 가기가 거북해서 콩밭으로 들어갔다가 변을 당했던 게 아닐까. 모두 그렇게들 말하고 있다네.」

「처소에 자객이라도 들어와 농탕을 친 흔적은 없던가?」

「혹이나 하여 처소를 뒤져 보았지만 난뎃것이 들어왔던 증거는 찾지 못했지. 경각 간에 당한 일이었으니 우리도 처음엔 열 손을 놓고 시신만 들여다보고 있었는데…….. 시신을 조각수*로 씻어 내고 다시 초수(醋水)*를 발라 시신을 알뜰하게 살펴보았지만 뱀에 물린 자국밖에는 찾지 못했다네.」

강쇠가 만세교나루를 건너기 전에 낭패를 당했던 이야기를 소상하게 들려주었으나 곰배는 땅이 꺼지게 한숨만 쏟아 놓을 뿐 역시 범증을 잡아낼 만한 대꾸는 없었다.

「귀주 천앙(鬼誅天殃)*을 당할 팔자를 타고났다 하여도 이런 못된 변괴가 어디에 있겠는가.」

「사세가 이 지경에 이르렀다 한들 별도리가 없지. 천 행수의 심기를 달래고 처소가 합심하여 초종이나 범절 있게 치러 주는 수밖에

---

* 조각수 : 조래나무를 끓여 우려낸 물로 세척에 사용.
* 초수 : 상흔 검사를 위해 씻는 데 사용하는 초를 탄 물.
* 귀주 천앙 : 귀신의 저주와 하늘의 재앙.

딴 도리가 없지.」

그렇지만 봉삼을 달랜다는 것이 손쉬운 일이 아니었다. 우선 염습해서 초빈을 하려고 여러 동무님들이 상청으로 가서 끌어내려 하였으나, 봉삼은 시신을 부둥켜안고 놓아주지를 않았다. 그러나 그의 피가 뜨겁고 한이 북받친다 한들 여러 사람의 용력에는 당해 낼 수 없었다. 그를 멀찌감치 물리친 후에 염습하고 처마 귀퉁이 의지간에다 초빈하고 난 뒤 예월(禮月)을 기다리지 아니하고 갈장(渴葬)*할 공론부터 벌이었다. 우산뱀에 물려 변을 당했으니 죽은 것이 미욱한 죽음이었는 데다, 천봉삼이 행검이 있는 사람이긴 하나 성깔이 어긋나서 악언상가(惡言相加)*에 또한 실성한 사람같이 될까 봐 우선 걱정이 되어 예월을 기다릴 겨를이 없었다. 갈장으로 하자고 전하여도 봉삼은 이렇다 할 대꾸가 없었다. 고개를 숙이고 가만히 앉았다가 월이가 업고 있는 아이를 빼앗아서 한참 둥개다가 콩죽 같은 눈물을 흘리곤 하는 것이었다. 처소의 취의청에서 바라보면 훤히 올려다보이는 앞산 언덕배기에다 장지를 잡고 축회(築灰)하고 폄장(窆葬)하였다. 아무래도 산소를 멀리 두고 싶었지만 천봉삼이 그렇게 하자는데 그것마저 마다할 수는 없는 노릇이었다. 봉삼은 자신이 상배(喪配)를 하였다는 비운보다는 조 소사가 너무나 박복한 여자였다는 것에 포원이 지는 모양이었다.

조 소사가 이승을 하직했으나 젖먹이나마 혈육을 남기었으니 그만한 다행이 또한 없었다. 처소의 동무님들이 운구하여 산역을 치르는데 천봉삼은 그대로 처소에 남았으나 지신을 메기는 달구질 소리는 처소에까지 아련히 들려왔다.

---

*갈장 : 사람이 죽은 뒤에 신분에 따라 정하여진 예월(禮月)을 기다리지 아니하고 급히 장사를 지냄.
*악언상가 : 듣기에 불쾌한 소리로 서로 꾸짖고 나무람.

「고금의 영웅가인 몇몇이나 죽었던고, 살았을 제 부귀공명 아차
하면 진토로세. 진시왕과 초패왕도 마외역의 흙이 되고, 양귀비도
왕소군도 호지의 청총 되니, 인간 영화 몽중사라 낙화유수 원통쿠
나……」

천봉삼이 처소로 회정한 뒤 이틀 만에 장례를 치른 셈이었다. 집
안이 전에 없이 조용하였다. 천봉삼이 유사들과 차인들을 취의청으
로 불러들였다. 열대여섯 명이나 되는 사람들이 평배좌(平排坐)하고
고개를 떨구고 앉았다.

「내 내자가 우리와 유명을 달리한 일은 이제 잊어버리기로 하십시
다. 죽은 사람의 일에 매달려 차일피일하고 있을 처지가 아닌 것
같소. 병에 걸려 변을 당했든 염매(魘魅)에 들려 변을 당했든 그런
공론도 이젠 그만두기로 하십시다. 한 사람의 죽음보다는 대의와
명분이 우리에게 따로 있으니 명분을 따르는 것이 장부의 나아갈
길이 아니겠소. 그동안 심기가 편치 않았고 도첩을 받아 절간에라
도 들어갈까 하는 속내도 없지 않았지만, 역시 내가 있어야 할 곳
은 동무님들 곁이라는 의중이 들었소이다. 내일이 평강 장날이 아
니오? 모두들 심기일전하여 처소의 일에 심혈을 쏟읍시다.」

처연한 기색으로 그렇게 말하자, 모두들 숙연해졌다. 곰배가 조용
히 말하기를,

「아지마씨가 돌아가신 일이 예사스러운 변괴가 아니라면 우리가
나서서 범증을 찾아야 할 것 아닙니까.」

「그것 또한 덮어 두기로 하세.」

천봉삼이 이제 겨우 서른을 넘기지 못한 연치라 하나 심지를 가다
듬는 소견은 환갑 맞잡이가 될 만하였다. 봉삼이 이번에 일찍이 심
지를 가다듬고자 한 것은, 선돌이가 상배를 당하고 돌아와서 동무님
들에게 해거를 부리고 술추렴으로 세월을 농하다가 종내는 그 설치

로 장문형까지 당해 저승으로 가게 되었던 당시 덴 깐이 있었기 때문인지도 몰랐다. 그러나 천봉삼의 처지가 그러잖아도 비통과 울분으로 세월을 보낼 수는 없는 처지였다. 눈이 빠져도 죽기보단 다행이더라고 조 소사가 죽기 전에 월이와 얼굴을 익힌 젖먹이가 월이에게 업혀서도 까르까르 웃는 것이 되레 주위 사람들의 간장을 도려내는 것 같았다. 마침 젖을 뗄 임시가 되어 유도(乳道)가 성한 젖어미를 찾을 것도 없이 미음죽으로 대신하는데 설사를 하면서도 팔자를 타고난 것처럼 넙죽거리고 받아먹길 잘하여서 죽 떠먹이는 사람의 혀를 차게 만들었다. 그러나 때로는 까닭 없이 칭얼거리다가 한바탕 울음을 터뜨리고 고집을 부리는 꼴이 어딘가 심허(心虛)가 채워지지 않는다는 증거일 것이었다. 그럴 때에는 월이가 달래도 보고 눈을 굴려도 보고 곤지곤지를 해보이기도 하지만 막무가내였다.

천봉삼이 달려가서 넙죽 안아 주면 그제야 울음을 뚝 그쳤다. 월이는 하루 종일 아이에게만 매달려 팔자에 없는 치다꺼리를 하느라고 피골이 상접할 지경이었다. 단정하던 입성도 수습할 겨를이 없었다. 젖도 안 나는데 아이에게 물려 생채기 간 젖꼭지에서 피가 흘러 저고리 앞섶을 적시었다.

월이가 무자리 백정의 소생으로 애당초 견문을 넓히고 부덕을 쌓을 만한 처지가 못 되었으나 철부지 적부터 조 소사의 교전비로 행세한 덕분에 눈으로 보고 손으로 익힌 것이 많았을 뿐만 아니라, 또한 그동안 겪은 풍상으로 세상 물정에 어둡지 않아서 소견으로나 주변머리로서는 사실 연갑이나 다름이 없었다. 기왕 조 소사가 이승을 하직하였다 하면 뒤에 남은 사람이 월이였다는 것은 봉삼으로서는 천행이 아닐 수 없었다. 그러나 그런 홍역을 겪고 난 봉삼은 이제 기댈 곳이 없는 처소에 단 하루라도 죽치고 앉아 있으려 하지 않았다. 자기를 수습하는 길도 되겠다 싶었던지 차인들을 영솔하여 원산포

소몰이 길에 오르려 히였다. 곰배가 애당초에 밀막고 나섰다.

「안 됩니다, 성님. 수하를 아끼는 지정(至情)은 알겠으나, 완정(完整)치도 못한 터수에 소몰이에 나설 수는 없소. 이번 파수만은 쉬십시오.」

「내가 쉴 것이 무엇인가. 처소에 남아 있기보단 한뎃바람을 쐬는 게 낫지.」

「아이가 틈틈이 아비를 찾지 않소?」

「어차피 내가 끼고 다니지 못할 바엔 아지마씨에게 맡겨 두는 편이 나중 일로 보아서도 낫지 않겠나.」

「아지마씨는 보자 하니 팔자에 없는 치다꺼리를 잘도 해내긴 합니다만.」

「걱정할 것이 없네. 상배를 당했다 하여 또한 참척까지 당하겠는가. 고슴도치에 놀란 호랑이 밤송이 보고 절하더란 격으로 아이가 어찌 될까 하여 궤연(几筵)* 앞에 엎디고 있을 순 없지.」

「성님의 심지가 바로 박혔다는 것을 몰라서가 아니라, 사실은 성님이 내 눈앞에 어른거리면 백미 구전(白媚俱全)*인 아지마씨의 미색이 눈앞에 어른거려서 우선 내가 버텨 나갈 수가 없어서 그렇소.」

「자네가 힘들여서 내게다 눈물을 짜내려 하지만, 그만한 언변에 낙맥할 사람이 아니니 어서 채비들이나 하세.」

10

원산포로 몰고 갈 소들은 모두 50여 필이나 되었다. 소몰이할 동무님들도 열댓이나 되었다. 근래에 없었던 대식구라 칼자*로 주변할

---

*궤연 : 죽은 사람의 영궤(靈几)와 그에 딸린 모든 것을 차려 놓은 곳.
*백미 구전 : 사람의 마음을 끄는 온갖 아름다운 태도를 모두 갖춤.

동무도 따라가야 했고 후량(餱糧)*이며 행담을 지고 갈 짐방도 조발되었다. 발행 첫날은 검불랑에서 중화 먹고 세포리 주막거리에서 일숙하게 되었다. 마침 옹기 도막이 장거리 위편에 있어서 그곳에서 야숙을 하기로 작정하였다. 50여 필의 소를 맬 수 있는 마방 딸린 객점도 없었거니와 부비를 아끼자니 야숙으로 견뎌 내야 했다. 세포리는 마침 행객이 많지 않아서 장거리 전부를 평강 소몰이꾼들이 도차지한 셈이 되었다. 옹기 도막 앞에다 화톳불을 피워 가운데 하고 앉거나 눕거나 하였다. 눕자마자 코를 골아 대는 축도 있었고 아예 앉아서 밤을 지새우려는 축들도 없지 않았다. 50여 필이나 되는 소들이 흩뿌리는 워낭 소리가 장거리에 가득한데 하늘에는 달이 떠서 사위가 찡하도록 밝았고 개 짖는 소리가 끊이지 않았다.

「새벽참 이슬이 내릴 때에는 옹기 도막으로 들어가게들. 불을 땐 지가 얼마 되지 않아서 아직도 도막 속이 후끈후끈하더군.」

「내일은 철령을 넘어야 할 것이여.」

「철령이야 넘겠지만 고산 읍치에 당도할 수 있을까? 벌써 병각이 생겨서 절뚝거리는 소가 보이던데.」

「고산은 자네 고향에서 이수로 이십 리밖엔 되지 않으렷다.」

「고산에서 엎어지면 코 닿는 자리지만 고향에 가본들 반길 사람이 있어야지.」

「척간들은 없다 하지만 서로 성가시게 굴던 반연들이야 있지 않겠나.」

「반연이 있다 한들 하직하고 떠난 지 칠 년이나 되는 고향에 의절하다시피 기별 한 번 없다가 이제 불쑥 귀면을 디밀면 적굴에 박혔다가 온 줄 알걸.」

---

*살사. 시빙 관아에서 음식 만드는 일을 맡아 하던 하인.

*후량: 먼 길을 가는 사람이 지니고 다니는 마른 양식.

「냄새 무섭다고 똥 안 쌀 인사로세. 그러지 말고 회정길에 한번 들러 보게나.」

「따비밭이라도 마련할 밑천이라도 쥐었다면 모를까 걸궁패 같은 몰골을 해가지고서야 무슨 반죽으로 찾아가겠나.」

「하긴 자네 안태 고향이라 하여 사모 쓴 도둑놈들이 설치지 않을 턱이 없고 불흉년에 적지가 되지 않았을 턱도 없지. 이웃 간에 밥이나 축내고 돌아설 바엔 아예 생의를 내지 않는 게 옳은 일인지도 모르지.」

「고향 가긴 다 글렀지…….」

잡담들 나누다가 잠들기도 하고, 어깨를 으스스 떨며 옹기막 속으로 기어드는 축도 있었다. 동무님들이 주고받는 객담들을 멀찌감치 앉아서 듣고 있던 곰배가 불당그래를 쑤셔 화톳불을 돋우고 나서 곁에 앉은 천봉삼에게,

「이번 행보에 거래만 순조롭다면 길미도 수월찮으리다. 쉰 두 모두 척매한다 하여도 만 냥 이문을 챙길 수는 있으리다. 두어 파수 전부터 원산포의 쇠전에 천세가 나서 물화가 났다 하면 앞전부터 지르고 덤빈답니다.」

「왜상들의 상선이 당도해 있는 모양이군. 우피(牛皮)도 천세가 나겠지.」

「왜상들과 끈이 붙어 있는 쇠살쭈들에게 넘기면 이문을 더 바랄 수도 있겠지요. 성님 의중은 어떻소?」

「그들에게 소를 넘겨 당장 팔자를 고친다 한들 그럴 순 없지. 그들에게 물화를 넘기면 다시는 우리의 저자로 물화가 되돌아오지 않는다네.」

「이번 행보에는 이문이 나는 대로 다소간 분배를 해주는 것이 어떻소? 처소에서 빠져나가 작은 밑천으로나마 도부를 다니고 싶어

하는 축들도 없지 않더이다.」

「우선 강쇠가 나갔으면 하는 모양이더군.」

「그런 의중이 있었던 것 같았는데, 성님 상배당하신 후부터는 마음을 고쳐먹은 듯합니다.」

「내 상배한 것과 자기 도부 다니는 것이 무슨 상관이 있다구.」

「성님 상처한 것을 제 불찰로 알고 있으니 이참에 처소를 하직한다는 것이 내키지 않겠지요. 그 사람은 나보다도 의리를 중히 여긴답니다. 홀애비 신세를 면하라고 꼬드겨도 말을 듣지 않으니 심지가 어떻게 박혀 있는 인사인지 알 수 없는 위인 같기도 하고…….」

「심지가 굳고 장삿일에는 매정한 사람인 줄 알았더니 그런 심약한 구석도 있었나. 회정하면 내가 한번 권해 보지.」

「성님이 권한다구 말을 듣겠소. 워낙 과묵한 사람이라 제 혼자서 작정하고 나면 벼락이 떨어져도 끄떡 않는 인사라는 건 성님도 알지 않수.」

「김몽돌도 안변 행보 이후로는 넋이 나간 사람같이 되어서 먼산바라기만 하고 있던데.」

「어떡하시겠소? 강갱이로 돌아가겠다면 돌려보내시지요.」

천봉삼은 대답은 않고 고개만 끄덕이었다. 문득 허공에 뜬 달을 쳐다보니 가슴이 허전했다. 화톳불에서 솟아난 불길이 허공으로 타오르면서 달빛을 흩뜨렸다. 처소를 떠나고 싶어하는 것은 강쇠나 김몽돌뿐만 아니라 곰배 역시 그런지도 몰랐다. 사위에 흐드러진 달빛이 허전해 보이는 것이 그 때문인지도 몰랐다.

도대체 상리를 쌓아서 어디서 무엇을 할 것인가. 그토록 상사하던 조 소사와 단란한 일가를 이루어 살 만하게 되었다 하였더니, 부지중에 서로 유명을 달리하고 말았으니, 지금 자기에게 남아 있는 포부가 무엇인가. 처소의 동무님들에겐 심지가 굳은 체하였지만 가슴은 여전히 찢어질 것만 같았다. 도대체 누가 궐녀를 척살하고 콩밭 뱀에 물려 죽은 것처럼 위계를 꾸며 놓은 것일까. 속으로 짚이는 사람이 있긴 하였으나 시신을 아무리 살펴보아도 범증을 찾아낼 재간이 없었다. 신석주의 문중 사람들이 앙갚음할 수도 있었고, 길소개나 매월이가 보낸 자객일 수도 있었다. 그러나 그 또한 짐작일 뿐이었다.

「성님, 무얼 그렇게 골똘하게 궁리하고 계시오?」

「골똘하게 궁리할 일이 무엇인가. 가근방에서 우리들 소라도 겨냥하고 있는 토비들이나 없을까 하고 생각하는 중일세.」

「원산포까지는 무사할 것이오. 혹시 작경이 있다 한들 감히 어떤 놈들이 덧들일 수 있겠소. 공연한 걱정일랑 잡아매시우.」

「요사이 적세가 부쩍 기승을 떤다 하니 그것도 걱정이고, 원산포 쇠살쭈들의 농간에 말려들면 또 며칠이나 묵새기게 될지 그 또한 걱정이구.」

「어서 잠이나 자둡시다요. 꼭두새벽에 일어나야 하니까요.」

이튿날 새벽같이 일어난 동무님들은 소에 여물들 먹이고 주둥망이며 쇠짚신들을 갈아 신기고 서둘러 길을 떴다. 그날 철령을 넘었다. 원산포가 가까워질수록 걸음은 처지기 시작하여 하루 70리 노정을 당기는 데도 힘이 들었다. 그렇다고 무리하게 소를 몰 수는 없었다. 병각이 생겨나면 그런 낭패가 없고, 행여 지친 소라도 생기면 여물을 먹지 않을뿐더러 마방에 맡겨 며칠이고 회복되기를 기다려야 준가를 받아 낼 수 있었기 때문이다. 평강을 떠난 지 닷새 만에 원산포에 겨우 당도하였다. 조성준은 휘진 몸이 그동안 원기를 되찾긴 하였지만 반나절 나들이가 힘든 형편이어서 여전히 행매에서는 손을 떼고 있었다. 평강에서 상단들이 왔다는 소문은 금방 쇠전 인근에 퍼져서 몇 사람의 쇠살쭈들이 기웃거리긴 하였으나 모두 헐금으로 내려치는 바람에 화매(和賣)가 이루어지지도 못했고 흥정도 활발하지 못했다. 워낙 많은 필수를 모개로 넘기려 하기 때문에 원매자(願買者)에게 부담이 크다는 것에도 까닭이 있었지만, 도대체 흥정이 옛날처럼 활발하지 못했다. 할 수 없이 저자가 열리는 날을 기다려 쇠전으로 몰고 나가서 흥정을 꾀하는 수밖에 없었다. 천세가 난다는 판인데도 흥정이 여의치 않은 것은 분명 통을 짜고 있는 몇몇 쇠살쭈들 농간 때문이란 것을 짐작하기 어렵지 않았으나 천봉삼은 안달하지 않았다. 느긋하게 굴어야 농간에 말려들지 않기 때문이었다. 저자가 서기를 기다렸다가 쉰 필 모두를 쇠전으로 내보내고 봉삼은 느지막이 장거리로 나갔다. 장터골 초입에는 푸성귀전이 열리었다. 인근 산간에서 한 지게씩 내온 푸성귀들이었다. 동저고리 바람에 시꺼먼 뱃구레를 드러낸 푸성귀 장사치들이 길목 가녘에 지게를 받쳐 놓고 호객하는 법도 없이 한가하게 흥정을 기다리고 있었다. 장터목을 지나 들어가니 닭전이 서고 있었다. 닭이나 강아지며 덫으로 잡은 꿩들을 팔고 있었다.

닭전 모퉁이를 왼편으로 꺾어 돌자 하니 앞이 확 트인 개활지가 멀리로 바라보이고 거기에 쇠전이 서고 있었다. 눈대중으로 어림잡아도 3백 필이 수월찮을 소들이 장판으로 나와 하매자들을 기다리고 있었다. 쇠전이란 원래 중화 전에 파장이 되었다. 쇠전의 행매가 끝나야 드팀전이나 시게전과 어물전이 활기를 띠게 되었다. 평강에서 온 쉰 필의 소들이 매인 곳은 쇠전 윗머리 한터였다. 곰배하며 차인들 대여섯이 장 모퉁이 휘장 친 술국집 앞에서 궁싯거리거나 퍼질러 앉아 고누를 두고 있었다. 그때 마침 구레나룻이 시꺼멓고 베잠방이에 윗도리에는 삼베등거리 하나만 달랑 걸친 쇠살쭈 한 사람이 곰배 패거리에 끼어들었다. 궐자가 회가 동한다는 투로 번들거리는 눈을 하고,

「이 윗머리에 매인 소들은 자네들이 임자인가?」

하오를 않고 대뜸 반말지거리로 수작을 걸어오는 위인의 행색을
보자 하니 곰배보다는 네댓 살이나 연장인 것 같았다. 너나들이로
뱃심을 내보일까 하다가 좋은 말로,

「그렇소, 구미가 당기거든 값을 결단해 보시구려.」

「모개흥정으로 넘길 것인가, 아니면 조아팔* 것인가?」

「우린 평강에서 올랐으니 회정길이 다급한 사람들이오. 차일피일
궁상만 떨며 기다릴 순 없으니 모개흥정으로 해야겠소. 그런데 형
장은 어제 마방에서 한번 본 듯하오.」

궐자가 힐끗 곰배의 견양을 칩떠보고 나서,

「눈썰미 한번 쓸 만하군. 쉰 필을 모개흥정으로 하자면 전대가 제
법 두둑한 원매자를 물색해야 할 것인데……」

곰배가 그 말에는 대꾸도 않고 괴춤에서 뺨가웃 곰방대를 꺼내 살
담배를 꾹꾹 눌러 담고 있는 동안, 궐자는 살소매 속에서 산가지를
꺼내어 한참이나 셈을 놓아 보더니 혼잣소리로 중얼거리는데,

「한 필에 몰밀어 멥쌀 여섯 섬으로 친대도 이만 민에 버금가는 금
어치인데, 이만 냥을 당장 직전으로 내밀 하매자가 나설 것인가?
어찌 의향이 있으면 앞전부터 지르리다.」

그때였다. 곰방대를 빨고 있던 곰배가 궐자의 멱살을 드잡이하고
는 당장 잡아먹을 듯이 목자를 부라리며 소증을 돋우는데,

「이 위인이 초장 바람부터 볼깃살이 근질근질한 모양이군. 이게
얻다가 구린내를 풍겨? 어디 회술레를 당하고 싶은가?」

「허, 이거 예절이 엄중한 터에 무턱대고 악증이 낭자한가?」

「이제 뭐라고 했어? 우릴 녹록히 보고 하는 행티일시 분명한데 어
디 신명 떨음 한번 해볼까? 청포전하여 주오,* 하여도 코대답 않

* 조아팔다 : 크거나 많은 물건을 한목에 팔지 않고 헐어서 조금씩 팔다.
* 청포전하여 주다 : 값을 얼마쯤 깎아 주다.

166

고 퇴짜를 놓을 판국인데, 이놈아 눅게 잡는답시고 멥쌀 여섯 섬이라? 이놈아, 우릴 피물가게에 뒹구는 개 가죽 자투리로 아느냐? 당장 인두겁을 벗겨서 산적을 꿰버릴까 보다, 이놈.」

맞잡이하고 겨룬다 하면 허우대로 보나 장력으로 보나 곰배 쪽이 근력이 부칠 성싶었다. 그러나 뒷전에 궁싯거리고 서 있던 동무님들 중 하나가 같이 발끈 소증을 돋우며 편역을 들고 나섰다.

「성님, 그 삼신 소마항아리*에다 꼬라박아 버리시우. 홧김에 화냥질이라 하지 않았소. 안목이 졸렬한 놈은 초장 바람에 아주 혼쭐을 빼줘야 합니다.」

길에 섰던 동무님이 가세하여,

「울고 싶자 볼 꼬집는다더니 잘되었소. 야료부터 하고 드는 아수라 같은 놈, 아예 학춤을 추입시다.」

모두들 버힐 기세를 하고 악담을 걸찍하게 내쏟으며 부르걷고 나서자, 원산진 쇠전판에서도 내로라하는 쇠살쭈였지만 마주 호놈하고 덧들일 수는 없게 되었다. 뼈추림을 당할까 싶은데 곰배가 드잡이했던 손을 풀면서,

「언문*으로 잘라도 분수 나름이지, 이건 흥정 아니라 산통을 깨자는 소리가 아닌가. 우리 행수님도 송파, 다락원, 평강에선 뜨르르하는 쇠살쭈야. 과부의 불두덩은 과부가 씻더라고 서로 품을 지며 동병상련하는 처지에 이런 야박한 데가 어디 있는가?」

「내 무슨 억하심정이 있어 그랬던 건 아니었네. 그러니 소증을 삭이게나.」

「초장 바람에 그런 버르장머리가 어디 있나? 언문으로 뚝 잘라 버리고 나면 다음 흥정이 성사되기 어렵다는 것이야 네놈인들 모를

---

*소마항아리 : '오줌독'을 완곡하게 이르는 말.
*언문 : '절반'의 곁말.

리 없겠지.」

「내 안목이 다소 졸렬하였네. 내 판주(辦主)*를 만나서 다시 한 번 금어치를 놓아 보겠네.」

궐자가 곽란에 죽은 말 상판대기가 되어 변해하는 말이 궁하였다.

「장사치란 물색이 장하면 탐하기 예사요, 탐하고 나면 헐가로 사고 싶은 것이 정한 이치가 아닌가. 자네들도 상투 잡고 산 물가를 밑전 놓으면서까지 헐가로 풀어먹이지는 않을 것이네.」

「우리가 몽리를 챙기자는 것이 아녀. 우리도 다소간의 이문을 보아야 객비 쓰고 발채라도 구처하지 않겠나.」

버성기던 사이가 다소 누그러지는가 할 즈음, 곁에 섰던 동무님이 두 사람 사이를 비집고 들어와서,

「저 위인의 말하는 푼수부터가 데데해서 못쓰겠소. 속에서 천불이 나서 못 배기겠으니 성님 그만 파투를 내어 버리쇼. 까짓것, 오늘 일진이 나쁘다 하면 한 장도막쯤 더 묵읍시다요. 파방이 어디 원산포뿐이겠소. 나중에 파임내지 않을 것이니 이 위인만은 상종 맙시다.」

곰배가 고개를 끄덕이자, 쇠살쭈가 두어 발 뒤로 물러서면서 비아냥거리는데,

「누워 자시었네.* 소값이 점락(漸落)이란 것은 청맹과니가 아닌 이상 자네들도 알고는 있을 터, 몰밀어 여섯 섬으로 쳐준 것도 과람일세. 내 식언이 아니라니깐.」

「이놈아, 그 금어치로 넘긴다 하면 우리 모두가 저 소 궁둥이로 빠진 놈들이다. 지다위 말고 썩 물렀거라.」

궐자가 입귀를 비쭉거리면서 하직할 제, 곰배는 분김을 삭이지 못

---

* 판주 : 물품 또는 금전의 공급자.
* 누워 자시다 : '알다'의 곁말.

해 곰방대의 곱돌조대가 깨어져라 으스러뜨려 물었다. 곁에 서서 궁싯거리던 동무 하나가 그때 불쑥 내뱉었다.

「성님, 저놈 뒤쫓아 가서 상투라도 잘라 버립시다. 저놈을 심상하게 두었다간 쇠전의 소값만 언문하고 다니지 않겠소?」

「뒤쫓아는 가되 그 화상을 건드리지는 말게. 두고 볼 일이 있네.」

「뒤를 밟으란 거지요?」

「옳거니. 저기 쇠전머리를 빠져나가는 위인을 곁눈질로 보고만 있다가 장터목을 벗어나는 눈치거든 행지를 뒤밟아 보게나. 저놈들이 저희들끼리 서로 통모를 해서 우리들에게 양동을 쓰려는 것이야.」

곰배의 말에 짚이는 구석이 있었던 동무님들은 모두 뒤에 있던 술국집으로 들어갔다.

그중 한 동무님이 뒤쪽으로 난 휘장을 들치고 밖으로 나가서 몸을 숨기고 궐자가 빠져나가는 장터목을 살폈다. 동무님이 재빨리 사람들 사이를 비집고 장터목으로 달려갔다. 궐자의 뒷모습이 활 한 바탕 상거에서 바라보였다. 저자 어름인 장터골을 벗어난 궐자는 아랫개〔浦下里〕의 개활지를 지나서 물나들로 나가는 고샅으로 들어서는가 하였더니 어떤 여염집 모퉁이에 이르렀다. 삭은 바자 구멍 앞에서 고의를 까 내리고 걸판지게 소피를 보고 나서 금방 곁에 있는 널쪽문을 밀치고 들어가는 것이었다. 그 여염집은 장터골의 쇠전과는 초간하고 좌처가 아늑하여 호젓하게 보였다. 한 식경이나 기다렸을까, 널쪽문을 밀치고 한 작자가 밖으로 나섰다. 연세가 60에 가까운 노인장이었고 깡마른 몸피였다. 동저고리 바람에 토시를 끼었으나 이 염천에 아랫도리에는 통행전을 가뿐하게 죄었다. 노인장은 잰걸음을 하고 쇠전 마당으로 들어섰다. 매인 쇠고삐를 풀어서 걷몰아 보이기도 하고, 이를 들쳐 보다간 평강 처소 사람들에게로 다가갔다.

「노인장께서는 소를 보시는 안목이 있어 보이는군요. 우리가 몰이 한 소들이 모두 쉰 필이나 된답니다.」

「아니, 여기 매인 것들 모두 한 매주(賣主)란 말이오?」

「그렇소이다. 우린 평강 처소에서 왔습지요.」

「보통 상단이 아니구려. 이만한 수효를 여기까지 무사히 몰고 온 소몰이 솜씨도 보통이 아닌 것 같소만, 시절을 좀 잘못 타신 것 같소이다.」

「무슨 말씀이신지요?」

「점락이오. 그러니 한 두어 장도막까지는 쇠전으로 내지 말고 외양가가 들더라도 마방에 묵히는 것이 득책이오. 지금 척매를 하자면 기천 냥 기러기 되긴 수월하게 되었소. 연장이 하는 심지 깊은 말이니 귀넘어듣지 마시오.」

노인의 말에 동무님은 적잖이 풀기 죽은 말로,

「우린 그렇게 못합니다. 두 장도막이나 여기서 지체된다면 외양가도 수월찮게 빼앗기겠거니와 스물이나 되는 동패들 객비도 쌓일 것이니 필경 장체계에 물려서 굽도 젖도 못하게 생겼지 않습니까. 또한 두어 장도막을 기다린다 한들 준가를 낼 하매자를 만나게 될지도 예측할 수 없는 일이 아닙니까. 보아하니 노인장께서는 가근방에선 뜨르르하신다는 쇠살쭈인 듯한데, 오늘 장으로 하매자가 나설 수 있도록 주선하신다면 구문은 두둑이 올리리다.」

「구문이 대수요. 기러기를 보고 모개흥정으로 넘길 이치라면 장사 치랍시고 쇠전머리에 얼씬거리기는 왜 하오?」

노인이 꾸짖듯 한마디 불쑥 던질 제 동무님은 그만 오갈이 들어서 노인장의 소매부터 잡고 늘어졌다.

「노인장, 제발 내치지 마시고 고혈간에 흥정이 성사되도록 처분해 주십시오.」

젊은것이 애간장을 긁으면서 소매를 잡고 늘어지자 노인장은 혀부터 끌끌 찼다.

「상단의 행수 격은 어디 있소? 저기 서 있는 곰배팔이요?」

동무님이 화들짝 놀라서 손사래 치고 나서,

「아닙니다. 저분은 차인 행수로 행세할 뿐입지요. 우리 행수님은 지금 저 술국집에 있답니다.」

「그렇다면 행수 격을 좀 대면케 해주구려. 댁네 같은 차인에게 자상하게 일러 준들 말만 귀양 보내겠소. 내 행수께 알아듣도록 얘기해서 서너 장도막은 묵도록 하게 하리라.」

「어쨌든 행수님을 한번 뵙도록 하시지요.」

안달하는 동무님이 하마터면 놓칠세라 쇠살쭈의 소매통을 꽉 잡고 술국집에 있는 천봉삼에게로 안동하여 들이었다. 막 장국밥 한 그릇을 말고 있던 천봉삼은 금방 수저를 놓고 노인장과 목로를 마주하고 좌정하였다. 인사수작에 처소의 안부까지 골고루 묻고 난 뒤 노인장은 원산포의 소값이 점락이 되었다는 것을 떠먹이듯 일러 주었다. 달포간만 마방에서 묵힌다면 준가를 받을 수 있을 것이라고 졸가리를 따져서 일러 주는데, 말의 앞뒤가 규각나지 않고 그럴듯하였다. 그러나 아침나절에 와서 금어치를 퉁기고 간 구레나룻과 한통속이란 것을 미리 염탐해 두었다는 사실만은 늙은 쇠살쭈도 미처 알지 못하고 있었다. 노인장의 말을 귀담아듣고 있던 천봉삼이 엉거주춤하는 거동을 보이었다. 동안이 뜨도록 목로에 얹힌 식은 장국밥 그릇만 내려다보고 앉았던 천봉삼이 무거운 입을 열었다.

「노인장의 말씀이 사리엔 온당하신 것 같습니다. 그러나 원산포에 신실한 마방이나 객점도 없는 터수에 달장간이나 묵새기게 된다 하면 객비에 외얏가가 이문을 앞질러 버릴 터이니 헉가루라두 소들을 넘겨야 할 처지군요. 생판 언문으로 절가를 하지 않으려 든

나면 넘기고 회정하는 게 좋겠습니다. 우리의 처소도 오래 비워
두면 그 또한 손해가 아니겠습니까.」

「내가 한번 휘둘러보았어도 근기 지경에서 올라온 소들이란 것은
잘 알겠소. 물피가 보통 좋은 소들이 아니오. 사정이 그러하시다면
폐일언하고 멥쌀 여덟 섬으로 금어치를 쳐서 올릴 수도 있겠소.」

「여기 멥쌀 한 섬이 얼마입니까?」

「쉰한 냥이오.」

「우리가 낭패를 보았군요.」

「그것도 나같이 올곧고 신실한 사람을 만났기에 망정이지 야박하
고 꾀바른 위인을 만났다 하면 본전까지 놓아 버릴 뻔하지 않았
소?」

그참에 천봉삼이 탈기하고 땅이 꺼지도록 한숨을 토해 낸 뒤에 목
로 주변에 앉아 있는 동무님들에게 낭패한 표정을 지어 보였다. 모
두들 쓴맛을 다시고 앉았는데, 쥘부채로 땀을 들이고 앉았던 곰배가
불쑥,

「우린 객비 쓴 것하며 차인들 날삯은 건질 방도가 없어졌습니다만,
딴 도리가 없지 않습니까. 우리가 시절을 잘못 탄 까닭입니다. 여
보시오, 노인장. 우리가 강잉히 팔긴 하겠으나 금어치를 조금만
더 빠듯하게 잡아 보시오. 우리의 신세가 생판 거러지 꼴이 되었
지 않소.」

노인이 살소매에서 산가지를 꺼내 목로 위에다 펴는데, 그 산가지
가 구레나룻이 가지고 있던 그것이었다. 한참 동안 셈술을 가다듬어
보는 체하더니 노인장이 말했다.

「더 이상은 놓지 못하겠소. 내 당초에 뭐라고 하더이까. 서너 장
도막은 묵히라 하지 않았소? 이 금어치로 심에 차지 않는다면 난
손을 떼겠소이다.」

172

그때 동무님 중에 하나가 이를 바드득 갈고 나서면서,

「아니 됩니다. 우리가 근 이레 동안 백사지에 죽을 고초를 겪고 몰고 온 터에 척매하고 돌아설 순 없소. 기왕 기러기가 될 바엔 까짓 것 한 달장간 여기서 묵읍시다.」

한 동무가 파의하고 나오자 생의를 내었던 천봉삼과 곰배가 주춤하여 서로 얼굴만 마주 쳐다보았다. 동무님의 말에도 뼈다귀가 없지 않다고 느낀 천봉삼이 고개를 끄덕이고 슬쩍 물러앉으려 할 때였다. 휘장이 젖혀지면서 초장 바람에 와서 금어치를 퉁기고 갔던 구레나룻이 콧등에 날을 시퍼렇게 세워 가지고 차일 속으로 들어섰다. 천봉삼과 마주 앉아 있는 노인장을 보자,

「허어, 이놈 봐라. 측간에서 사돈 만났네그려.」

걸찍하게 악담을 쏘아붙이면서, 불문곡직하고 목로를 밟고 건너가더니 좌정하고 있던 노인장의 멱살을 뒤틀어 잡았다. 그러곤 일 같잖게 노인장의 면상을 목로 귀퉁이에다 으깨어 박았다. 금세 노인장의 면판은 피칠갑이 되었다.

「이 도륙을 낼 놈, 나잇살이나 처먹어 털 빠진 잔나비 행색을 해가지고 얻다가 함부로 투족인가?」

「이 발칙한 놈, 이것 봐.」

「전냥깨나 지닌 판주(辦主)를 끼고 있다 하여 남의 밥에다 재를 뿌려? 네놈이 한 달 육장 남의 흥정에 훼방을 놓아서, 난 기러기만 잡지 않았느냐. 이놈 두고 보자 하였더니, 이번엔 혼쭐을 빼놓을 테다.」

철썩 하고 노인의 따귀를 모양 있게 올려붙이는가 하였더니 배지기로 들어 올려 이번엔 헹가래를 쳐서 내던질 조짐이었다. 대롱대롱 멱살째 매달린 노인장이,

「허, 이놈 봐라. 헌 바지에 좆 대강 모양으로 불쑥 튀어나와선 존장

(尊丈)을 쳐?」

「내가 헌 바지에 좆 대강이라면 네놈은 썩은 바자에 개 대강이다, 이놈.」

「이놈, 시게전 말감고 십 년을 했어도 쇠전판에 일 년 뒹군 쇠살쭈 오기를 당할 재간이 없다는 것은 네놈도 알렷다? 내가 네놈의 눈엔 꺼칠한 구닥다리로만 보일지 모르지만 내가 호굴이나 진배없는 쇠전판에서 십오 년을 뒹군 처지다. 꿩 잡는 게 매지,* 네놈이 닷곱에 참녜 서 홉에 참견*은 왜 하고 들어. 네놈이 먼저 흥정을 놓았다손 치더라도 내가 무어 흠절이 있다고 이런 못된 행악인가?」

「남의 횡재에 가리 틀고* 우격다짐으로 휘젓고 다니면서 풍동(諷動)으로 바람을 잡아? 네놈이 사지도 않을 물화에 금어치만 턱없이 올려놓으니 소값만 오르지 않느냐. 잔나비 같은 놈이 뛰어들어 훼방만 놓고 다니다니.」

「내가 물화를 살지 안 살지 네놈이 어떻게 알어.」

「이 반편아, 멥쌀 여덟 섬 주고 이 소들을 사서 이문을 볼 수 있겠다는 거냐?」

「나야 이문이 있든 없든 네놈의 소행머리가 괘씸해서 상투를 잡더라도 사야겠다, 이놈.」

「이놈이 기러기를 보려고 아예 상성을 한 놈이군그래.」

여차직하면 다시 한 번 손찌검이 오갈 조짐이었다. 흥정은 붙이고

---

* 꿩 잡는 것이 매다 : 방법이 어떻든 간에 목적을 이루는 것이 가장 중요함을 비유적으로 이르는 말.
* 닷곱에 참녜 서 홉에 참견 : 남의 사소한 일에까지 간섭하는 것을 비유적으로 이르는 말.
* 가리 틀다 : 잘되어 가는 일을 안 되도록 방해하다.

싸움은 말리랬다고 평강 처소 사람들도 더 이상 바라만 보고 있을 수 없게 되었다. 노인장과의 흥정이 깨어질 수도 있는지라 천봉삼이 나서서 구레나룻을 개 꾸짖듯 하였다.

「여보시오, 난데장꾼이라 하여 이토록 깔보고 들 것이오? 이 노인장어 준가를 놓았으니 우린 응당 이분에게 물화를 넘기어야 하지 않겠소. 이런 훼방을 놓기로 한다면 임방에 통기하여 댁을 징치토록 할 것이오.」

천봉삼의 공갈에 찔끔한 구레나룻이 비틀어 잡았던 노인장의 멱살을 슬그머니 놓았다.

「댁이 다 지은 남의 밥에 재 뿌리겠다는 심사는 뭐요? 매매자(賣買者) 간에 어이없는 싸움질로 지체할 겨를 없소. 풋기운 자랑 말고 물러서시오.」

벼락 치듯 하는 봉삼의 공갈에 구레나룻은 더 이상 대거리를 하고 나서지는 않았으나 노인장을 겨냥하여 주먹을 내두르면서 고함을 쳤다.

「이번만은 내가 참아 주겠지만 이놈, 다시 한 번 이런 작폐를 놓았다간 존장이구 내 아비와 허교를 하던 놈이구 간에 모가지를 뽑아서 시궁에다 처박아 버릴 테니깐, 그리 알어. 내 큰소리가 으름장인지 아닌지는 두고 보면 알 것이야. 네놈이 멥쌀 여덟 섬씩이나 주고 산 소들에 이문을 얼마나 남기는가 내가 두고 볼 텨. 십중팔구 밑천을 날리고 유리걸식할 것이야.」

그때, 낙맥하고 꼬부라져 있던 노인장이 벌떡 일어나 앉으면서,

「내 이 설분을 어이할꼬. 내 꼴이 무어며 이런 창피가 어디 있소? 저놈의 소행머리 보자 하면 흥정이구 무엇이구 파의해 버리고 싶소만, 어떡하겠소? 화증을 삭이고 하던 흥정이나 끝냅시다.」

「우선 저 위인부터 밖으로 끌어내고 봅시다.」

「지놈이야 재미중이나 겨우 달래 보낼 짧은 밑천으로 저 발광을 떤다오.」

천봉삼이 동무님들에게 눈짓을 하였다. 곰배와 동무님들이 합세하여 구레나룻의 허릿바를 잡아채서 휘장 밖으로 끌어내려 하였다. 그때 끌려 나가는 구레나룻의 가슴팍을 바깥에서 되레 안쪽으로 디밀어 넣으면서 차일 속으로 들어서는 한 부대하게 생긴 장정이 있었다. 첫눈에도 쇠전 어름에선 일찍이 면이 없던 위인이었다. 그러나 어깨가 딱 벌어지고 위풍이 늠름한 데다 눈발이 거센 것으로 보아서 성깔을 부리기로 한다면 능히 한 마당을 휘어잡을 만하였다. 궐자의 출현으로 휘장 안은 문득 주춤하였다. 궐자의 뒤에는 차인으로 보이는 한 사내가 뒤따르고 있었는데, 그 위인 역시 상종이 없던 위인이었다. 휘장 안의 소란이 간정되는 듯하자 궐자가 나지막하게 물었다.

「왜들 소란이십니까?」

묻는 어취가 경위를 캐자는 것이나 나무라고자 하는 것이 아니고 자기 역시 흥정에 끼어들고 싶다는 눈치가 역력해 보였다. 제삼자가 끼어들 눈치이자 꾀바른 노인장이 방색하여 나가 달라는 시늉인데, 평강 동무님들 중에 하나가 얼른 둘러댄다는 말이,

「우린 천매자(擅賣者)*들이 아닙니다. 우린 시방 소값들을 흥정 중에 있었습지요. 저기 있는 노인장께서는 소 한 필에 멥쌀 여덟 섬으로 흥정하잡시고 이 위인은 멥쌀 여섯 섬으로 흥정을 놓았소이다. 그런데 시방 우리가 노인과 흥정이 들어맞아서 마악 성애를 먹자 하는 판인데, 이 위인이 바깥에서 엿듣고는 무작정 뛰어들어 손위를 드잡이하고 무단히 야료를 놓고 있다오. 이런 패류(悖類)는 우환이 되기 전에 끌어내어 회술레를 시키려던 참이라오.」

---

*천매자 : 팔아서는 안 되는 물건을 함부로 방매하는 자.

176

「필경 우리가 토상(土商)이 아니라 하여 이 위인이 흥정에 재를 뿌려서 헐가로 사들일 작정이었던가 봅니다.」

그렇게 맞장구를 친 것은 곰배였다.

「초면에 수작이 버성기어 피차 거북하오만, 그래 성애술은 자시었소?」

곰배를 제치고 천봉삼을 곧바로 쳐다보며 경위를 묻는 거동은 공손하나 수작이 도저하매 의관 못한 주제치고는 식자깨나 든 위인 같았다. 천봉삼의 대답이,

「아닙니다. 내 동무의 말대로 지금 마악 화매매(和賣買)가 되려던 참이었습니다. 미처 행산(行算)도 안 된걸요.」

「성애도 자시지 않았고 다짐장〔侤音狀〕에 화압(花押)*도 하지 않았다면 소 임자는 아직도 행수님이시구려.」

「그렇다마다요.」

천봉삼의 입에서 그 말이 떨어지자 위인은 궁싯거리고 있는 동무님들 사이를 비집고 들어와서 천봉삼과 마주하고 좌정하였다.

「경황중에 초인사도 나누지 못하였구려.」

천봉삼이 옷매무시를 수습하고 나서,

「시생 안태본은 송도로 천송도라고 합니다만, 지금은 평강 처소에서 여러 동무님들의 도움을 받고 있습니다.」

「알아 모시겠습니다. 시생은 길주(吉州) 태생으로 강길주라 하오. 지금은 송도 임방에서 주변하고 있소.」

천봉삼이 깜짝 놀라 고개를 깊숙이 조아리면서,

「과히 아름답지 못한 꼴을 보여서 면목이 없습니다. 시생 송도 태생으로 지금은 뿌리 뽑혀 흩어진 구름처럼 팔도 장판을 뒹굴고 있

---

*화압 : 수결과 함자를 아울러 이르는 말.

는 처지이되, 동무님의 의표를 뵈옵자 하니 친동기간을 만난 듯합
니다. 시생의 못난 꼴을 용서하십시오.」

시선을 내리깔고 있는 천봉삼의 눈시울에서 자칫하면 눈물이 떨
어질 듯한데,

「송도가 안태본이었구려. 노형이 자품(姿稟)*이 명민(明敏)한 상
인이란 것은 첫눈에 알아챘소이다. 그러나 우리가 흩어지는 구름
처럼 기약 없이 살아가고 있을망정 결코 강상(綱常)에 더럽힘이
있어선 아니되고, 또한 상리를 도모하되 민간에 폐단이 되어서도
아니될 것이오. 그러하매 중인들이 바라보는 앞에서 이런 소란을
피운다는 것은 사리에 대단 온당치 못한 일입니다. 시생이 보기에
도 노형께선 그렇게 졸렬한 인물은 아닌 듯싶소만?」

위인의 언변이 매우 근엄하고 천봉삼을 똑바로 쳐다보는 눈발에
빛이 있었다. 좌중이 물을 끼얹은 듯 조용한데 변명할 말이 궁했던
천봉삼이,

「이제 간정이 되었으니 염려 놓으십시오. 이제 돌아가시어도 별
사단이 없을 것입니다.」

「아닙니다. 조금 전에 쇠전에 매인 소들을 모두 돌아보았소이다.
근기 지경의 살찐 소들이더군요. 아직 여기 계신 분과는 성애를
자시지 않았다니 시생과 단판 흥정으로 물계를 다시 대어 봅시다.
시생은 쉰 필 모두 멥쌀 아홉 섬 값을 내겠소이다.」

「아아니, 그 말씀은 식언이 아니신지요? 아니면 행산을 잘못하신
거겠지요.」

「허, 노형이 잠깐 소란으로 혼쭐이 빠지신 모양이구려. 멥쌀 아홉
섬이면 준가가 아닙니까.」

---

*자품 : 사람의 타고난 바탕과 성품.

「원산포 인근 장시의 소값이 점락이 되었다는 것은 우리도 알 만
한데……. 아무리 전대가 두둑한 분이시기로 기러기를 잡으실 것
이 뻔한데 어찌 고가로 흥정하려 드십니까.」

「고가가 아니오. 시생은 쉰 필이 아니라 백 필의 소라 한들 화매
(貨賣)할 방도가 있는 사람이오. 이런 대처에서 소 쉰 필을 처분할
길이 없겠소?」

「보아하니 형장께선 이곳 선창머리에 하륙해 있다는 왜상들과 끈
이 달려 있는 위인이시구려.」

찔끔할 줄 알았던 길주 태생 강 행수가 당장 주먹이라도 내뻗칠
기세로,

「사람 잘못 보았소이다. 난 왜상들과는 상극이오. 왜상은커녕 나
는 소들을 의주로 몰고 갈 작정이오.」

천봉삼이 그 말은 귀넘어로 듣고,

「우린 물대를 직전으로 받아야 합니다.」

강 행수가 마침 등 뒤에 버티고 선 차인에게 눈짓하였다. 차인이
괴춤을 헐더니 전대를 풀어내는데 체수가 부대하게 생겼다 하였더
니 온 몸뚱이를 전대로 감고 있었기 때문이다. 전대를 헐자 은자가
쏟아져 나왔다. 본때를 한번 보이자는 수작이었다. 붉은 인육이 묻
거나 수촌(手寸)이 된 어음표도 몇 장 보였다. 놀란 것은 천봉삼뿐만
아니라 원산포 쇠전에서 명자깨나 들날린다는 노인장과 구레나룻이
었다. 도대체 원산포와 같은 대처에서도 이런 판주를 상종해 본 적
이 없었다.

함경도의 우시장이라면 초하루와 엿새 장으로 삼수(三水)의 갈파
진(乫坡鎭)과 단천(端川) 장이 있었다. 초이틀과 이레 장으로는 함흥
과 나남(羅南)이 있고 초사흘과 여드레 장으로는 고원(高原), 북청,
회령 고을의 종성(鐘城)이 있었다. 초나흘과 아흐레 장으로는 삼수

(三水) 고을의 성내장(城內場)과 문천장(文川場), 고산장(高山場), 명천(明川) 고을의 화대장(花臺場)이 있었다. 초닷새와 열흘에 서는 장으로는 영흥장과 웅기장(雄基場)이 있었다. 더군다나 생우(生牛)라면 영흥(永興)과 인접한 평안도의 양덕(陽德)에서 오르는 소들을 으뜸으로 꼽았다. 원산말뚝이〔明太〕외에도 함흥, 홍원(洪原), 고원, 영흥, 통천, 단천 고을에서 바리로 오르는 쌀과 콩이 원산포의 선창머리로 몰리었다. 함흥에서 잡힌 잡어(雜魚)와 영흥에서 캐낸 금이 또한 원산포로 몰리었다. 이들 산물들은 부영(府營)인 상하시(上下市)로 몰려들었다. 상시는 닷새날에, 하시는 열흘에 서로 번갈아 가며 열리었는데, 대개는 일용잡화며 어물전이었다. 가축 장시인 우시장은 선창머리에서 멀리 떨어진 장터골〔場村〕에서 닷새마다 열리었다. 신탄장은 장터골에서 왼편으로 꺾어진 명석골〔銘石里〕에서 날마다 열리었다. 그러나 포구가 왜국에 열린 1년 전부터는 추진환(秋津丸)이란 화륜선을 타고 들어온 왜상들이 들어와 살고 있는 적전내〔赤田川〕관(館)다리 서쪽 봉수골〔烽燧洞〕에 가게가 생겨나기 시작하여 왜물 잡화가 그곳에서 쏟아져 나왔다.

단판씨름으로 저희들끼리 허정(虛筵)을 파고 계략을 짜서 값을 결단 내려 천봉삼으로 하여금 얼김에 흥정을 맺도록 일을 짭짤하게 꾸미다가 뒤통수를 얻어맞은 격인 두 쇠살쭈는 그만 닭 쫓던 개 지붕 쳐다보는 격이 되었다. 인근 장터의 형세와 이름난 객주와 판주들을 재빨리 더듬어 보았으나 소 쉰 필을 한꺼번에 사들일 수 있는 판주가 설치고 다닌다는 소문만은 일찍이 듣지 못하였다. 혹시 청국 상인이나 왜상들과 끈이 닿은 놈인가 하였으나 그 또한 냄새조차 풍기지 않으니 강 행수의 본색을 탐지할 재간이 없었다. 그러나 위인의 본색을 알음해 볼 것은 나중 일이고 파지행시(把持行市)*하려 했던 위계가 들어맞지 않게 되었고 기천 냥의 이문이 그대로 날아가 버리게 생겼으니 당장 샅에 식은땀이 배는 것은 두 쇠살쭈였다.

다 끓여 놓은 남의 죽사발에 코를 빠뜨린 이 위인의 모가지를 돌려 앉힐 것은 나중 일이고 피칠갑까지 하면서 공력 들여서 굳혀 놓은 흥정을 파의할 수는 없었다. 잠시 잠깐 한눈을 팔게 된다면 쉰 필의 소는 당장 위인의 손으로 넘어갈 판국이었다. 노인장은 가만히 있을 수가 없었다. 그는 지금 막 끝전 마무리 흥정으로 들어간 두 행수 사이를 염치 불고하고 비집고 죄어 앉았다. 그리고 비위 좋게 말하기를,

「이것은 도리가 대단 잘못된 것이오.」

천봉삼이 귀찮다는 듯 고개를 비틀어 꼽고는,

「도리가 잘못되다니? 우리 동패가 노인장께 분탕질을 놓은 것은 아니지 않소. 매 맞은 설치로 앙갚음을 하겠답시고 우리에게 지다위하지는 않겠지요? 공연히 방망이 들 요량 마시고 뒷전으로 물러앉으시오.」

「그것이 아니오. 소는 내게다 넘겨야 합니다. 원산포로 올라와서 원산포 장시에다 내놓은 물화를 원산 임방의 토상에게 넘기는 것은 장사치의 도리요 법도가 아니오?」

「장사치의 의리가 중하고 장시의 풍속이 그러하다는 것이야 시생도 알고 있소. 그러나 노인장이 소명한 체합니다만 소행머리를 보자 하니, 도대체 물화를 넘길 마음도 없거니와 명색 장사치 소견에 소 한 필에 멥쌀 한 섬씩이나 손해 보고 척매할 수는 없는 노릇이오. 노인장이 바로 시생과 같은 처지라면 그렇게 하겠소? 의리는 제쳐 두고 우선 도리에 어긋나지 않소?」

「아이도 건드리다 울어 줘야 맛이라고 다 매조진 흥정이 아니었

---

*파지행시 : 매매(賣買)의 이익을 손아귀에 넣고 독점함.

소? 기왕 원산포로 올랐으니 토상에게 넘기시오.」

「어림 반 푼어치도 없는 말씀. 내 워낙 졸렬하여 이제야 알아차렸소만, 노인장이 저 구레나룻 한 동무와 한통속이 되어 차 치고 포쳐서 농락을 꾸몄지 않소? 두 사람이 부동(符同)하여 생색내는 척하면서 소값을 언문으로 접고 우릴 조롱하자 하였지 않소? 두 사람을 한 바리에 실어도 짝이 틀리지 않을 사람들인데 그걸 알아챈 이상 총부리를 들이댄다 한들 소를 넘기겠소? 나 역시 동패들에게 놀림가마리가 되고 싶지 않을뿐더러 오기 한번 별난 놈이니, 서로 견모 되기 전에 그만둡시다. 피천 한 푼 구경 못해도 좋소이다.」

「저놈과는 한통속이 아니오. 나이대접을 받으려는 내가 그럴 턱이 있겠소.」

「내 아랑곳하지 않으려 하였으나 지금까지 소행머리를 보자 하니 두 분은 막역한 사이이고 또한 농락 꾸민 것만은 분명하오. 아니라면 내 말이 왜자하게 나가기 전에 동에 닿게 조처해 보시오. 그래야 우리가 의심을 품지 않을 것 아니겠소?」

「그래요?」

「그렇소.」

「그렇다면 내 배짱을 보여 드리리다. 내가 이 동무님이 흥정한 멥쌀 아홉 섬에 평강 상단 동무님들이 쓴 내왕 부비조로 삼백 냥을 더 얹어 드리리다. 이렇게 되면 저놈과 부동한 일 없다는 것이 확연하게 드러났소이다.」

「그것이 올곧은 심지에서 나온 말이겠지요?」

「허, 이거, 딱 죽겠소. 내 말이 공중 뜬 허언이라면 내 아비를 두고 성을 갈겠소. 당장 직전으로 물대를 치른다면 믿겠소?」

「흰소리가 아니라면 좋소이다. 강 행수와는 다음 파수에 다시 볼 요량 하고 노인장과 흥정을 매듭지어 보십시다. 남아 일언 중천금

이랬으니, 여기 있는 모두가 노인장의 말을 죄 들었소이다.」

두 사람이 받고채는 말을 가만히 듣고 있던 길주 태생 강 행수가 그때 맞장구를 치고 나왔다.

「시생 역시 들었소이다.」

「그렇소. 이 동무님도 시종이 여일하게 들었다니, 달리 발뺌할 방도가 없겠지요.」

형세가 기울어졌다 한들 서푼짜리 낫 버리듯 말로만 버르고 앉아 있을 수는 없게 되었다. 나중엔 어떤 곡경을 치르게 되더라도 다짐장을 꾸미고 좌촌(左寸)*을 그려 넣은 다음 화압을 놓게 되었다. 흥정을 놓쳐 버린 길주 태생 강 행수가 필집(筆執)*이 되었다. 여러 사람들이 첨서(添書)를 해서 화매(貨賣)된 후에 환퇴(還退)*하는 불상사가 일어나지 않도록 문기(文記)를 다듬었다. 쇠살쭈가 다시 소를 넘기자면 불과 기백 냥의 이문을 바라볼 수 있게 되었고 비라도 내려서 한 파수를 건너게 된다면 외양가만 떠안게 되었다. 기가 죽은 노인장이 말하였다.

「내 체면이 전혀 꼴이 아니나, 성애술은 행수께서 계배하시오.」

「시생이 흥정에 조롱당하고 욕본 설치 하자면 성애술이고 뭐고 집어치우고 싶으나, 시생이 인색한 위인이 아닌 터에 차마 박정할 수야 있겠소. 내 호로(犒勞)*해 드리리다.」

그참에 길주 태생 강 행수가,

「두 분의 하는 행세로 보아서는 나야말로 당장 털고 일어서야 하겠으나, 때마침 중화때도 겨워 속이 출출하던 판이라 성애술 두어

---

*좌촌: 수촌(手寸). 본래 노비의 수결(手決)인데, 다른 사람들도 사용했다.
*필집: 증인으로서 증서를 쓴 사람.
*환퇴: 다시 민 값을 치르고 무르는 것.
*호로: 음식을 주어 수고를 위로함.

주빌 개평 들고 가겠소이다.」

「노형껜 면목이 없소이다. 시생도 평강 인근에선 명자깨나 있는 쇠살쭈요. 다음 파수엔 실수 없도록 대어 드리리다.」

「그 약조는 잊지 않겠지요?」

「시생을 믿지 못하시겠다면 회정길에 동행해도 좋소이다.」

「그렇다면 평강 구경도 할 겸 작반토록 할까요. 삼방(三防) 약수를 먹어 피풍(皮風)*도 가라앉았고, 외금강이며 석왕사(釋王寺) 구경도 하였으니 원산포 해당화 구경만 하고 나면 평강으로 내려가지요.」

그때 주모가 생선지짐에 돝고기 곁들인 성애술을 목로 위에 벌여 놓았다. 두 쇠살쭈는 이문이 빠듯하기만 한 소 쉰 필을 사고 또한 환퇴조차 못하도록 다짐장을 주고받은 터라 성애술에나 본전을 찾겠답시고 목로 가로 바싹 당겨 앉더니 돝고기에 상성한 사람들처럼 수저질이 다급하였다. 성애를 못다 먹어 갈 즈음, 평강 처소 일행 중에 한 동무가 황망히 휘장 속으로 쫓아 들어왔다. 어떤 위인이 찌러기 두 마리의 고삐를 풀고 쇠코뚜레까지 풀어 놓아서 지금 한창 발광을 하고 있다는 것이었다. 게거품을 물고 있는 품이 암내를 맡은 것이 분명하다는 것이었다. 모두들 한 다리가 되어서 밖으로 쏟아져 나갔다. 쇠전 넓은 마당에 흙먼지와 허섭스레기가 뽀얗게 피어오르고 있었다. 달려가 보았더니, 평강에서 올라온 찌러기들 중에서도 그중 어깨가 벌어지고 목덜미가 우뚝한 두 마리가 고삐가 풀린 채였다. 장터 가의 깔따구들이 장난을 벌인 게 아닌가 싶었다. 그런데 두 마리가 모두 암컷 한 마리씩을 겨냥하고 앞발로 땅을 파고 있었다. 암소 두 마리는 인근의 농투성이들이 몰고 온 것 같았다. 벌써 많은 쇠전

---

*피풍 : 피부가 소름이 끼치듯이 볼록볼록한 것이 돋으며 가려운 피부병.

꾼들이 불각시에 생긴 교미 구경을 하려고 모여들었다. 마침 찌러기의 알샅에서 튀어나온 양물에서는 겉물이 뚝뚝 묻어 흐르는 판인데 신명 난 장꾼들이 한마디씩 떠들어 댔다.

「거양(巨陽)이로세. 눈어림으로도 세 뼘가웃은 훨씬 넘겠는데그려.」

「차붓소의 체수가 저만큼 우람하고 보면 응당 달고 있는 것도 걸물일 법하지 않은가.」

「허우대가 저리 클 양이면 그것 치레도 응당 우람하게 마련이겠으나 저 암소가 부쩝을 해낼 수가 있을까?」

「에끼, 숙맥 같은 사람, 궁합이란 것이 체수하고는 본시 무관한 것이로세. 저놈이 거양이란들 명색 암놈이란 것이 감당 못할까. 남의 떡에 팥보송이 떨어질까 걱정인가.」

「아무리 체수하고는 무관하단들 저런 걸물이 샅으로 들어가면 암소 입으로 불거져 나올까 봐 겁나지 않은가.」

「짐승이라 하여 그런 억울한 모함은 하는 것이 아닐세. 암소도 아금받게 생기었고 몸이 재게 생겼는데, 제 소임을 다 못할까 궁금하거든 암소 임자 찾아서 물어나 보지그려.」

장판에 와 하고 웃음보가 터지는데 마침 흙을 파고 있던 찌러기가 빙글빙글 돌다 말고 앞에 서 있는 암소 등에다가 덜썩 앞다리를 올려놓았다. 알샅에서 나온 방앗고 같은 양물이 들어갈 곳을 찾는 데 허겁지겁하던 중에 겨냥이 빗나가서 암소의 왼편 엉덩이에다 대고 비비대며 방앗고를 찧는데 둘러섰던 장꾼들이 하나같이 혀를 끌끌 찼다. 찌러기가 하는 것이 어쭙잖고 굼뜬지라 진득하니 참고만 있던 암소가 그만 엉덩이를 쑥 빼어선 서너 발짝 앞으로 껑충 뛰어 버렸다. 찌러기가 허망하고 미망했던지 하늘을 보고 한바탕 크게 울었다

「그놈, 소견이 할 수 없군. 차려 준 밥상도 못 떠먹는 어리보기가

어디 있나.」

「저렇게 서투를 양이면 암내 하는 것을 처음 만난 것인가 보이. 거자꾸 핀잔만 말게. 몇 조금 못 가서 소원을 풀겠지.」

「저놈의 눈깔을 보게. 피가 튀지 않는가. 이제까지 공력을 들여 놓았는데 한 번 실수로 물러설 것 같은가. 저놈이 아직 양기가 어울리지 않아서 그렇다네.」

「두고 보세나. 궁상떨고 있는 꼴이 곡경깨나 치르게 생겼는데그려.」

「내시가 고자 나무란다더니 제 놈은 아직 혈육도 없어서 지청구에 욕받이가 되고 있는 주제에 짐승 타박인가.」

그때였다. 땅을 긁고 있던 찌러기가 다시 한 번 앞다리를 암소의 등에다 올렸다. 조금 전 민망한 꼴을 당한 설치를 하겠답시고 암소를 바싹 당겨서 안았다. 그러나 역시 겨냥이 맞아들지 않아서 여전히 왼편 엉덩이에 대고 비비대는데 암소 엉덩잇살은 흰죽 사발을 뒤집어쓴 것같이 되었다. 암소도 이번에는 잽싸게 엉덩이를 둘러대긴 하였으나 찌러기가 하는 짓이 워낙 숙맥이라 이번엔 목청을 뽑아서 한 번 크게 울부짖었다. 바로 그때, 당초부터 소 두 필이 버둥거리고 있는 코밑에서 턱을 괴고 앉았던 앙가발이에 얼금뱅이인 사내가 미투리총을 죄어 매더니 행리를 벗어부치고 발딱 일어났다. 암소 임자임이 분명했다. 사내는 달려가서 찌러기의 양물을 잡아서 겨냥하는 암컷의 음문(陰門)에다 휘어 넣으려 하였다. 그참에 찌러기의 양물에서 나온 정수(精水)를 한 양푼이나 되게 낯짝에다 뒤집어쓰고 말았다. 불각시에 당한 일이라 사내는 그 사품에 그만 발을 헛디디고 뒤로 벌렁 나자빠졌다. 그러나 사내는 다시 발딱 일어나서 교미가 이루어지도록 주선하였다. 눈 깜짝할 사이여서 건너편에서 궁싯거리던 구경꾼들은 그 꼴을 구경도 못하였다.

차붓소의 한 잔등이 한 번 크게 꺾이는 것 같더니 질탕하게 뻗질
들락하는 소리가 썩은 바자에 소낙비 내리는 소리 같기도 하였고,
진흙 바탕에 당나귀 발 빠지는 소리 같기도 하였고, 해묵은 서답에
방망이질하는 소리 같기도 하였다. 제 힘에 겨워 고꾸라지지나 않을
까 싶던 암소는 되레 둘러선 구경꾼들에게 보란 듯이 허연 이를 드
러내고 벌름 웃었다. 장판이 떠나가는 듯한 웃음이 터졌다. 근방에
둘러선 깔따구들 외에는 모두가 장성한 사람들이라 어떤 위인은 행
리를 벗어 괴춤을 가리며 서 있기도 하였다. 하루 종일 장판을 쏘다
닌다 하여도 고함 한 번 목청껏 질러 볼 일이 없고, 지고 온 질요강
옹기 한 짐을 못다 팔고 회정해야 할 신세들인지라, 오랜만에 생긴
시원한 구경에서 물러설 수야 없었다. 그땐 벌써 근 1백 명을 헤아리
는 구경꾼들이 쇠전판에 하얗게 모여들고 있었다. 차붓소가 한참이
나 발버둥을 치더니 허리를 잔뜩 오그리며 두 눈에서는 눈물이 질금
거리고 쏟아지는데 입에서는 침이 열 발이나 빠져서 암소의 목덜미
를 적시는 것이었다. 그제야 파정(破精)이 되었는지 차붓소는 원도
한도 없이 게게하니 풀어진 얼굴을 하고 땅 위로 내려섰다. 모여 선
구경꾼 중에 하나가,

「그것 보게, 암소가 멀쩡하지 않은가. 원래가 체수하고 암컷이 받
아 내는 그릇하고는 무관하다 하지 않던가. 곧장 고꾸라질 것이라
더니 되레 웃지 않던가.」

「소도 사람과 별다른 게 아니구면.」

「오늘 장에 흥정이 안 되어 속에 체증이 생겼더니만 아주 설분을
하였네.」

「이제 돌아가세.」

모두 아쉬운 듯 입맛을 다시고 둑아득 서는 판인데, 트레머리에 붉
은 댕기 늘어뜨린 계집 하나가 불쑥 튀어나왔다. 그러곤 암소 임자

인 얼금뱅이 사내의 손목을 넙석 잡아채었다. 아직 낯싹에 뒤집어 쓴 정수를 채 수습도 못한 암소 임자를 잡아서 계집은 건너편 술국집으로 이끄는 것이었다.

「여보게, 주모, 왜 이러는가. 아무리 낮도깨비라지만 초면에 자발없이 결례가 아닌가. 내가 언제 술 사겠다고 했는가?」

「아니요, 내가 술 한 사발을 공다지로 안기려고 그러오. 오늘 쇠전판에 모인 장꾼들 중에는 임자가 제일 큰 역사를 치르었소. 아주 우뚝 솟았소이다.」

얼금뱅이가 화들짝 놀라 잡힌 손목을 흩뿌리면서,

「허, 이 여편네가 내게 삿갓을 씌우려는* 수작이 아닌가. 난 피천한 푼 지닌 게 없다네.」

「공술 한 사발 안기겠다는데 조빼고 있네. 내 서방 죽고는 처음으로 우뚝 솟은 남정네를 보았던지라 박주 일배 대접하려는데 난데없는 고달을 뺄 건 뭔가그래?」

그때야 주모의 의중을 알아챈 얼금뱅이가 열없게 웃으며,

「그렇다면 내 개울에 가서 낯싹이나 좀 씻고 옴세나.」

「그것 씻어 무엇 하오. 임자 평생에 그 푸짐한 물을 통다지로 뒤집어쓸 횡재가 다시 있을까. 정 뭣하면 내 치마로 씻어 드리리다.」

두 연놈의 수작이 어울리는 것을 바라보고 있던 장꾼들이 혀를 내두르면서 흩어지기 시작하였다. 쇠전판은 벌써 파장이었다. 여름장이란 것이 나절가웃이 되기 전에 파장되기 일쑤지만 벌써 선창머리 어물전이나 시게전 어름으로 빠져나간 사람들이 많아 쇠전 어름은 사람들의 출입이 듬성듬성해졌다.

어느 사이에 통기가 되었던지 원산포 쇠전의 몰이꾼들이 몰려와

---

*삿갓을 씌우다 : 봉을 잡히다.

서 넘겨받은 소들을 저희들 마방으로 내몰기 시작했다. 판화전을 받아 멘 천봉삼과 동무님들은 쇠전 마당을 나섰다. 성애로 마신 낮술로 하여 모두 불콰한 낯짝들이 되었다. 장터골 쇠전 마당을 벗어나서 선창머리 초입에 이르러서야 일행은 활 두어 바탕 상거로 뒤따라오고 있던 강 행수를 기다렸다. 향 반 대 피울 참이 되어서 강 행수가 일행과 합세하게 되었다. 천봉삼이 덤덤한 얼굴로,

「자네, 말 꾸어 대는 솜씨가 그만하니, 의관만 분명하게 가꾸면 영읍(營邑)을 맡는다 하여도 능준히 견뎌 내겠던데그려.」

강 행수로 변복했던 동무님의 손이 금방 뒤꼭지로 가면서,

「행수님, 그런 말씀 마십시오. 그 위인들이 고지식해서 제 말을 첫곧이들어 주었기에 망정이지 수작을 오래 끌기라도 했었더면 당장 제 본색이 탄로 났을 것입니다요. 시생은 조마조마하여 부살에 식은땀깨나 흘렸습지요.」

「우리가 위인들을 뒤엎어친 셈이 되어 심사가 개운치 못하네. 그러나 허방을 판답시고 물색 모르고 덤비기는 위인들이 먼저였으니, 내막을 알고 보면 우리가 허물 될 것이 없겠지.」

곁에 지키고 서서 배꼽을 잡고 있던 곰배가 맞장구치기를,

「까짓것, 심사 불편해하실 것 없습니다. 달을 보면 그만이지 달을 가리키는 손가락이야 아무러면 어떻소.」

「어쨌든 원산포 장터골 쇠전 마당 물리를 손금 들여다보듯이 뜨르르 꿰고 있다는 작자들에게 고가로 팔고 나니 백 년 묵은 불여우를 세워 두고 콩팥 빼먹은 기분이로세.」

천봉삼에게 손발 맞추기로는 미립이 난 곰배가 기고만장하여,

「그 두 놈이 둔신 조화를 부리겠답시고 놀고 있는 소행머리가 심상하게 돼서 될 것 같지가 않았소. 우릴 개뼈다귀 우려먹듯 우려먹으려고만 대들지 않았다면 권도를 쓸 까닭이 무엇입니까. 그놈

들 비가 내려서 한 장도막만 공쳤다 하면 십중팔구 기러기를 보겠지요.」

11

궐자들로부터 받아 낸 판화전이 수월찮아 떠메고 다니는 것도 화근을 자초할 우려가 없지 않았기에 수하 동무님들 먼저 남대천 나무다리께 숫막거리로 보내 버렸다. 천봉삼은 곰배와 작반하여 선창머리로 나아갔다. 선창머리 곳곳에는 노적(露積)된 섬곡식들이 즐비하여 방불함이 서울의 선혜청 별고(別庫) 앞과 같았다. 도선목과 고샅에는 색리(色吏), 고자(庫子), 사공, 조군(漕軍) 들이 들쭉날쭉이요, 나귀쇠와 차부(車夫)들이 뻔질들락하였다.

그러나 차림새로 보아 왜상들이라고 지목할 만한 위인들은 보이지 않았다. 차부나 짐방들은 왜통사(倭通事)*가 지소하는 곳까지만 섬바리들을 날라다 주고 태전(駄錢)이나 챙길 뿐 그들 역시 화주(貨主)가 누구이며 어디에 있는지도 모른다는 것이었다. 선창거리를 벗어날 동안 도선목에 쌓여 있는 곡식만 하여도 3천 석은 됨 직하였다. 내륙에서는 멥쌀 한 섬에 20, 30냥에 불과한 곳도 허다한데 원산포에서는 쉰 냥에 가깝다는 것은 조선 멥쌀에 상성을 한 왜상들이 무턱대고 곡류를 사들이기 때문일 것이었다. 생우(生牛)를 고가로 사들이는 것도 알고 보면 왜국으로 실어 가기 때문이었다. 뱀의 꼬리를 붙들고 올라가면 용의 머리를 보게 되듯이 쉰 필의 소를 사들인 두 쇠살쭈도 입으로는 왜상들과 상극이라 하나 종내는 여러 객주들의 손을 거쳐 왜상들의 수중으로 들어가게 될 것이었다.

---

* 왜통사: 왜인들의 통역을 맡아보던 벼슬아치.

190

임시해서 왜상들과 거래를 트지 않았다 하더라도 멀리 보아서는 거래를 한 것과 진배없게 되었으니 심사는 한질 원두막처럼 더없이 허전하였다.

선창머리를 막 벗어날 즈음, 고샅머리에 구경꾼들이 몰려 있는 것이 바라보였다. 길바닥에 입성이 남루하고 부황이 난 사내 하나가 엎어져서 피를 흘리고 있는데, 미상불 개 잡아 놓은 것과 진배없었다. 면목이 단단하게 생긴 위인 하나가 엎어진 사내의 목덜미를 짓이기고 있었지만 뜯어말리는 자가 없었다. 싸다듬이*를 하고 있는 위인의 상호를 보자 하니 벙거지 쓴 압뢰(押牢)*도 아닌 갯바닥 왈짜였다. 사내의 면상을 진흙 밟듯 하면서 왈짜가 기고만장으로 떠들어 댔다.

「이놈이 두 눈깔이 멀쩡한 나를 아주 청맹과니로 알고 있구먼. 범증이 소연(昭然)한 터에 터진 아가리라 하여 간대로 핵변을 꾸어 대느냐. 당초부터 수상쩍은 네놈의 거동을 지켜보고 있었던 것이 바로 나다.」

고꾸라진 사내가 피멍이 뚝뚝 떨어지는 얼굴로 구경꾼들과 위인을 번갈아 보면서,

「제발 활인하십시오. 차후로는 이런 버르장머리를 고치겠습니다.」

「네놈이 염라대왕의 손자라도 오늘은 임자를 잘못 만났다. 구운 게도 다리는 떼고 먹더라고, 이런 행사 고약한 놈은 애저녁에 구몰을 시켜 화근을 뽑아 버려야 혀.」

피가 뜨겁고 성미 팔팔한 곰배가 가만히 보고 있을 리가 없었다.

구경꾼들을 밀치고 평지돌출로* 싸개통으로 뛰어들어 이제 막 돌

---

*싸다듬이 : 매나 몽둥이로 함부로 때리는 짓.

*압뢰 : 죄인을 맡아서 지키던 사람.

*평지돌출로 : 평지에 산이 우뚝 솟듯이.

멩이 하나를 집어 들고 있는 왈짜의 팔을 걸어챘다.

「여보시오, 어떤 일이관데 양민을 두고 이토록 낭자하게 피칠갑을 시킨단 말이오? 개백정인들 이토록 무지할 수가 있소?」

왈짜가 버캐가 허옇게 밴 입을 비꼬아 곰배를 바라보는데, 몸에 살기가 그득하고 위를 쏘아보는 핏발 선 눈길이 몹시 불량하였다. 그러나 한 팔이 오그라든 곰배의 옹색한 허우대를 보자 문득 능멸의 어조로,

「이건 또 어디서 뛰어든 물것이냐.」

곰배가 대뜸 받아치는데, 어조는 공대를 쓴다 하나 어취에는 가시가 있었다.

「나야 일개 천생 선길장수요. 이 사람이 무슨 잘못을 저질렀기에 사매질이 이토록 무지스럽소? 그러다가 무고한 백성 살변 내지 않겠소? 덩치깨나 크다 하여 제 육덕만 믿고 객기를 부리다가 모둠매를 당하면 댁인들 명 부지가 수월하겠소?」

그러나 왈짜도 원산포 갯머리에서는 한 마당 한다는 위인이었다. 같잖다는 기색이 완연한 왈짜가 들었던 돌멩이를 툭 던지고 나서,

「이놈 봐라? 시방 누굴 딱딱 어르고 소명한 체한다지? 배냇병신 팔삭둥이에 곰배팔이 주제치곤 콧방귀 하나는 제법 끗발 있게 뀌어 대네그려.」

사리 분별을 따지기 전에 손바닥부터 먼저 나가는 것이 왈짜의 풍속이라 왈짜가 귀쌈이나 한 대 날려서 쫓아내려고 한 손이 허공으로 올라가는데 곰배의 한 손이 금방 허공을 날리는 왈짜의 팔을 낚아챘다. 그리고 왼배지기로 왈짜를 헹가래 쳐서는 일 같잖게 땅바닥에다 내리꽂았다. 궐자가 날쌘 체하고 꼬꾸라졌다간 한 팔을 짚고 몸을 일으켜 세우다 말고 에쿠 하고 다시 코를 박고 꼬꾸라졌다. 곰배가 재빨리 쫓아가서 왈짜의 입에다가 짚신 앞창을 틀어막고 섰다.

왈짜의 오른팔이 부러지고 말았다.

「대호(大虎)라도 배를 주리게 되면 가재를 뒤지는 법, 백성이 배를 곯다 못해 섬곡식에서 몇 됫박 긁어냈기로서니 이런 난장을 먹여야 한단 말이냐? 차라리 좀스러운 야경벌이*가 낫지. 네놈이야말고 육덕 하나를 밑천으로 왜상들의 앞잡이로 충직을 바치는 족제비가 아니냐? 손금에 두께살이 앉도록 따비밭을 일구어 지은 곡식으로 우리 배를 채우지 못하고 왜국으로 실려 가는 것만 보아도 부아가 상투 끝까지 치미는 판에, 그 곡식에 다소간 손을 댔다 하여 손명(損命)을 시키려고 대들어?」

곰배가 콧등을 칼날같이 세우고 핏대를 곤두세우며 공갈하자, 구경꾼들 중에는 필경 궐놈과 한동아리 지은 왈짜 패거리들이 섞여 있으련만 선뜻 부르걷고 나와 대적하려 들지 않았다. 그사이에 영락없이 손명을 할까 싶던 야경벌이 사내는 피멍이 뚝뚝 흐르는 상판으로 벌벌 기어서 달아나고 없었다. 곰배가 구경꾼들 사이에 끼여 있는 왈짜 패거리들에게 들으란 소리로,

「이놈, 이만하면 내 안면을 대강 짐작하겠느냐. 내 비록 세벌상투 옹색한 선길장수로 주변하나 네놈들 열 놈쯤은 단판씨름으로 모가지 뽑아낸 자리에 방앗고를 박을 수도 있다. 신명 난 김에 널문까지 씌워 줄까?」

그참에 이르러서야 끝까지 바라만 보고 있던 천봉삼이 곰배를 끌어내었고, 구경꾼들도 하나 둘 흩어지기 시작했다.

그들은 선창머리를 벗어나서 봉수골[烽燧里] 왜상들의 거류지로 올라갔다. 북새판을 이루는 선창머리와는 달리 봉수골은 내왕이 뜸한 편이었다. 그러나 장촌골이나 갯머리와는 달리 짐승의 똥이 굴러

---

*야경벌이 : 밤도둑.

다니지 않았고 지린내도 나지 않았다. 목조 와가들도 띄엄띄엄 바라보였고 한창 미새를 올리고 있는 집들도 보였다. 가게들이 반듯반듯하였고 벌여 놓은 물화는 장거리에서 볼 수 없었던 기환(綺紈), 향료, 완구(玩具), 양취등(洋吹燈),* 면경(面鏡), 염료 같은 잡화였다. 그런 잡화들이 더러는 신통하고 소용됨이 긴요해 보이기도 하였다. 소 쉰 필을 방매한 판화전으로 그들의 잡화를 사들여 내륙으로 도부를 다닌다면 달포지간에 길미를 적잖이 불릴 수 있다는 셈술이야 천봉삼인들 모를 리 없었다. 그러나 시재 당장 주린 배를 안고 연명하기에도 구차한 여항의 백성들에겐 다만 눈을 어지럽힐 뿐이 아닌가. 사리가 소명한 장사치로선 저지를 수 없는 일이었다. 그것은 피골이 상접한 쪽쟁이에게 아편을 안기는 것과 비견하여 다를 바가 없었다. 한낱 천생으로 사방으로 흩어져 비상간고(備嘗艱苦)*하는 도붓쟁이의 지체를 면할 길이 있다 하여도 민간의 지탄이 되고 동무님들의 명분에 욕이 될 일만은 저지를 수 없었다.

그러나 장사치란 이문을 남길 만한 물화를 보면 탐심이 생겨나게 마련이고 그 탐심이 또한 장사치의 혈기로 이어지는 것이 사실이었다. 그제야 천봉삼은 조 행수가 칩거하여 울 밖 출입을 않고 있는 연유를 알 듯하였다. 곰배가 채근하는 것을 듣지 않고 봉삼은 총총히 봉수골을 벗어나고 말았다. 봉수골로 발길을 옮겨 놓은 것부터가 잘못된 것이라고 공연히 애꿎은 곰배만 꾸짖었다. 그러나 미처 대여섯 칸을 행보하지 않아서 두 사람을 넌지시 부르는 사람이 있었다. 뒤돌아보니 의관은 중인(中人)의 것이나 횟눈썹, 움펑눈에 메줏볼, 송곳턱에 관자놀이에 수염 자국이 가무잡잡한 위인이 걸음을 딱 멈추고 뒷짐 진 채로 서서 두 사람을 바라보고 서 있었다. 선창머리의 싸움질

*양취등 : 성냥.
*비상간고 : 온갖 고생을 두루 겪음.

로 켕기는 구석이 없지 않았던 곰배가 누구냐고 퉁명스럽게 물었다.

마침 돌각담에 판자문을 단 객점 앞이었다. 위인이 객점 마당에 있는 살평상을 가리켰다. 궐자의 몰골은 취할 것이 못 되나 마빡에 갓철대를 붙인 입성이 파벽(破僻)*인지라 주저하고 있는데, 위인의 입에서 예상치 않은 한마디가 불쑥 튀어나왔다.

「형장들께 박주 일배나마 사고 싶소.」

서른의 나이를 겨우 넘겼을까 말까 한데 언변은 꽤나 느긋하였다. 곰배가 물었다.

「우릴 알고 계시오?」

「아니요, 그렇지는 않소이다.」

「호의는 고맙소만, 우리는 노정이 당장 촉급해서 사양해야겠소.」

「겸사 마시고 평상으로 오르시지요. 내게 딴 심지가 있어서는 아니오.」

「도대체 댁은 뉘시오?」

「길바닥에 선 채로 통성명할 수야 없지 않소? 어서 오릅시다.」

곰배가 이 무슨 낮도깨비인가 하여 끝내 주저하는 사이에 천봉삼이 먼저 객점의 살평상으로 오르고 있었다. 위인이 호기 있게 주파를 불러 술 한 방구리를 시켰다. 안변 땅 석왕사 설봉산(雪峰山) 송이무침에, 남천강(南川江) 은구어(銀口魚)에 칼질 정하게 다듬어 소금 발라 구워서 한 상 걸게 차려 오라 이르고 목로 앞으로 바싹 죄어 앉더니 어느 임방 동무님들이냐고 물었다. 천봉삼이 대강 주섬주섬 얘기하고 엉뚱하게 평양 노정이 여기서 초간한가라고 되물었다.

「오라, 그리고 보니 평양으로 작반하시는 동무님들이시구면. 평양이야 회령 가는 길목으로 십 리허쯤 따라 오르다가 덕원(德源) 읍

---

* 파벽 · 양반이 없는 시골이나 인구 수가 적은 성씨에 인재가 나서 본래의 미천한 상태를 벗어남.

치에서 마식령(馬息嶺)을 일른 넘어 풍상(豊上)골을 지나서 아호
비령(阿虎飛嶺)을 다시 넘어 평안도 지경 양덕(陽德), 성천(成川),
강동(江東)을 지나면 평양 당도인데 이수로는 이백오십 리가 빠듯
하오. 그러니 평양 행보를 고쳐 잡고 원산포에 유숙하면서 길미를
노리시는 게 수월하지 않겠소?」

곰배가 비쭉하면서,

「함흥 소산(所産) 함포(咸布) 몇 동이나 삼수 고을 개운성(開雲城)
감자엿을 팔아서 무슨 응입(應入)*이 있겠다고 그러시오. 원산말
뚝이라면 모를까.」

위인이 정색하고 두 사람의 의중을 더듬어 보다가 주효가 날라져
오자, 우선 한 순배씩 술사발을 돌리고 난 뒤,

「실은 조금 전 선창머리 파시평(波市坪)*에서 행패하던 왈짜 한 놈
을 일 같잖게 잡아 엎치고 돌아서는 것을 처음부터 바라보고 있다
가 여기까지 뒤를 밟아 온 터요.」

천봉삼이 별반 놀라는 기색도 없이,

「노형께서 우리 뒤를 밟고 있었다는 것이야 나는 진작부터 알고
있었다오. 그러니 변죽만 울리지 말고 딱 분질러 속내를 털어놓으
시오. 그 패류를 욕보이었다 하여 설마 우릴 관아에다 발고하려는
것은 아니겠지요?」

「사람 잘못 보셨소이다. 의중이 그러했다면 진작에 관아로 달려갔
지 형장들 뒤는 왜 밟았겠소?」

「그럼 뭣입니까?」

위인이 살소매를 한참 뒤지더니 무역패(貿易牌)를 목로 위로 꺼내
놓았다.

---

* 응입 : 마땅히 들어올 물건이나 수입.
* 파시평 : 고기가 많이 잡히는 철에, 바다 위에서 열리는 생선 시장.

「어떻소? 우리 어계(漁契)에 들어와서 나와 동사하지 않겠소? 이곳 부중의 응판색(應辦色)*이 나오는 종매부 간이라오.」

「그 어계라는 곳에서는 무얼 하오?」

「해시평에 노적된 섬곡식들은 왜국으로 발묘하는 화륜선에 장재(裝載)하려는 곡식들이오. 그러나 어계에서 갯바닥을 주름잡는다 하는 왈짜들에게 날삯을 주고 주야로 수직을 세운다, 밤이면 대낮같이 홰를 달고 야경벌이들이 범접을 못하게 삼엄하게 지키고 있어도, 곡식은 날마다 몇 섬씩 축이 난다오. 며칠 전에는 수직 서던 왈짜 한 놈이 야경벌이 좀도적에게 뒤통수를 얻어맞고 눈깔이 빠진 일도 있다오. 선창머리에서 형장들의 완력을 보자 하니 이곳 왈짜들쯤은 한 손으로 회술레를 돌릴 만하더군요. 삯전은 섭섭지 않게 내놓을 것이니 나와 동사함이 어떻겠소?」

「때마침 솔깃한 말을 하시는구려. 그러나 노형의 본색이 뭣인지는 알아야 하지 않겠소?」

「사람들이 나보구 왜통사(倭通事)라고들 합니다.」

그제야 천봉삼이 곰배에게 눈짓하였다. 곰배가 목로 위에 놓인 술사발을 들어 목을 축인 다음,

「우리 여기서 수작 말고 한갓진 곳으로 들어가는 것이 어떻겠소?」

「그럴 일이 무엇입니까. 여기서 입낙만 한다면 곧장 어계로 모시겠소.」

곰배가 위인의 콧등을 베어 먹을 듯이 노려보다가 한마디 걸찍하게 내뱉었다.

「성님, 이놈 조처를 어찌할까요? 아주 산 채로 다비(茶毘)를 치러 줄까요? 쇠똥머리에 쇠파리 끓듯 왜상들에게 투탁(投託)하여 더

---

*응판색 : 호조에서, 외국 사신이 쓰는 것을 내주는 사무를 맡아보던 관리.

러운 이문을 챙기는 이놈을 심상하게 둘 순 없지 않소?」

그때까지 고분고분하던 곰배가 느닷없이 심기 돌변하여 술사발을 내던지고 발뒤축을 구르며 성깔을 부리려 하자, 당사자인 왜통사가 기겁하고 놀란 것은 당연하거니와 부엌간에서 설거지하던 주파가 또한 놀라 마당으로 내달았다. 천봉삼이 괴춤에 차고 있던 질빵끈을 풀어 던지면서 곰배에게 말했다.

「그놈, 껍질부터 홀랑 벗기고 아주 모양 있게 오라를 지우게.」

「아니올시다. 이놈이 터진 입으로 뭐라고 주둥이를 놀릴지 모르겠으니, 그것부터 묵사발로 만들어야지요.」

곰배가 한 발을 들어 밤송이 까듯이 위인의 콧등을 내리찍자, 위인은 앞에 있는 목로째 쓸어안고 평상 위로 고꾸라지는데, 코에서는 금방 선혈이 낭자하였다. 곰배가 고꾸라진 위인의 탈망건부터 시키고 바지와 저고리를 벗기고 나니 경황중에도 위인은 두 손으로 얼른 알샅부터 가리는 것이었다. 금방 구경꾼들이 쭈르르 몰려들었으나 한 사람도 범접하려 들지 않았다. 마침 술청의 천장 보꾹에 추녀 끝으로 삐죽하니 나온 지목(支木) 하나가 보였다. 뒷결박을 지은 채로 두 사람이 합세하여 지목에다 위인을 대롱대롱 매달았다. 위인이 떡개구리처럼 네 활개를 쭉 뻗고 매달리게 되었으니 숭스러운 알샅이 시커멓게 드러났다. 천봉삼이 목자를 부라리며,

「이 멍특한 놈, 어디 빌붙어 연명할 곳이 없어 왜상에게 빌붙어 구차한 모가지를 지탱한단 말이냐. 차라리 산골로 들어가서 따비밭을 일구든지, 아니면 행려를 터는 좀도둑이 낫지, 무엇 할 짓이 없어 왜구의 통사 노릇이냐? 학문에 힘써 경사(經史)에 박통했다는 놈이 왜통사로 그 맑은 이름을 더럽히느냐? 시절이 변한다고 인심도 변할 줄 알았다면 네놈 사리가 대단 잘못된 것이다.」

위인이 코끝으로 흐르는 피멍을 홀쩍 들이마시면서,

「제발 나를 풀어 주오. 어이구, 종매부님, 나 죽소.」

「이놈, 웅판색이라는 종매부를 찾는 걸 보니 아직 정을 다시지 못한 모양이구나. 개전(改悛)할 기미가 전연 보이지 않으니 풀어 줄 수 없다.」

「만약 개전치 않으면 내가 개자식이우.」

「네놈의 미주알을 빼버릴까, 아니면 할고(割股)를 해줄까? 진작 풀어 줄 일이었으면 애당초 네놈을 매달지도 않았다. 너와 같은 모리배는 구경 소조가 되어 마땅하다. 너를 매단 것은 그 꼴을 민간에게 경계(警戒)하여 장차 이 고을에 왜에 투탁하려는 자가 없도록 하려 함이다. 명색이 좋아 왜상이라지만 그놈들은 예로부터 근해에 홀현홀몰하면서 조선의 촌락을 털고 잠상꾼들과 부동하여 거래를 트던 호갈쇠* 황당선 탄 놈들과 같은 부류가 아니었더냐. 그런 놈들이 이제 버젓이 우리의 포구에 하륙하여 자리를 잡고 가게를 열고 사치한 잡화로 가난에 찌든 민간의 눈을 어지럽히고 있다. 너같이 글줄이나 익힌 자가 그들을 징치하지는 못할망정 되레 보잘것없는 이문이나 호구를 노려서 부동하고 있으니 나라님의 백성으로서 이보다 더한 수치가 어디 있느냐. 네놈 하나를 경중하여 나라의 폐단이 바로잡힐 것인지는 나 또한 의문이다. 그렇다 할지라도 당장 내 눈에 쌍심지를 돋우는 네놈을 그냥 두고 지나칠 수는 없다.」

「나를 진작 놓아주지 않으면 댁들은 경을 칠 것이오. 벌써 내 종매부가 달려오고 있을지도 모르니 진작 놓아주고 장달음이나 놓으시오.」

「네 종매부가 달려오면 그놈까지 덮쳐 매달 것이니 어디 목청껏

---

*호갈쇠 : 되 사람.

한번 불러 보아라.」

주파가 쭈르르 달려와서 천봉삼의 종아리를 잡고 늘어지며 숫막의 주기(酒旗)를 내리게 할 작정이냐고 포달을 떨었다. 그때 모여 섰던 구경꾼들이 위인을 역성들고 나오는 주파를 개 꾸짖듯 하니 주파도 어쩔 수 없이 주질러 앉고 말았다. 궐자를 보꾹에 그대로 매달아 둔 채 두 사람은 유유히 봉수골 어름을 나섰다. 주변에 있던 사람들은 한참이나 두 사람의 뒤를 따라오다가 흩어졌다. 똑바로 장촌골로 가서 조성준에게 하직 인사 나누는 김에 봉수골에서 있었던 사단을 낱낱이 아뢰었다. 조성준은 한숨만 쉴 뿐 아무 말이 없다가,

「자네가 재앙을 자초하는 것은 아닌가? 이번 사단이 아니라 하더라도 자네가 관아의 눈총을 받고 추쇄도 받고 있는 터에 분수 외의 것으로 작폐하였다면 제 손으로 재앙을 부르는 것이 아닌가. 관아것들과 대적한다 하면 남는 것은 패가망신이 아닌가. 고지식하게 굴면 액회를 면하고 장사치로서는 이름을 남길 수 있을 터, 이제 그만 고정하시게나.」

「제 피가 뜨거워 그런 행패를 저지르기는 하나 본색이 장사치임에랴 어찌 본분을 잊겠습니까. 염려 붙들어 매십시오.」

「아니야, 자네 관상을 보자 하니 이젠 도붓쟁이로서의 면목을 넘어서고 말았네. 상배를 당한 것보다는 더 혹심한 환난이 닥칠 것 같단 말일세. 그것이 소소한 장사치가 겪어야 할 고초가 아닌 것 같네. 대붕(大鵬)이 날개를 펴자 하나 그것이 여의치 못하단 뜻일세.」

이재선 나으리께 소용 댄 것을 꾸짖는 듯한 조성준의 말에 천봉삼은 미처 대꾸할 말을 잃고 처연히 앉아 있기만 하였다.

「행매에 관한 일은 이제 수하 동무들에게 맡기고 학문을 닦게나. 물론 항간에 떠도는 말로는 밥 벌어먹기는 장타령이 제일이라 하고 큰 글 하려고 애쓰지 말라는 말이 있긴 하지. 기성명(記姓名)에

별 불편이 없고 행문(行文)이나 하여서 땅문서 쓰기, 소장 쓰기, 축문 쓰기, 혼서지나 서독이나 얼추 긁적거릴 줄 알면 된다고들 하지. 그러나 이제 자네에겐 그것 가지고는 안 되게 되었네. 송파로 내려가거나 유 생원을 평강으로 불러들여서 큰 글을 배우도록 하는 것이 득책일 성싶네.」

「제가 훈료(訓料)를 걱정할 입장은 아닙니다만, 그분 역시 이젠 한가하게 앉아서 글을 읽고 있을 처지만은 아닙니다. 저 또한 일개 천생으로 큰 글을 익힌다 한들 사류들에게는 견모가 될 것이고, 동패들에게 비아냥거림을 당할 뿐이니, 어설프게 면목을 바꾼들 되레 구경이나 당할 뿐이 아니겠습니까.」

「세상에 선비가 유 생원 한 사람뿐도 아닌 터, 수소문하면 박통한 선비가 있을 것이니 평강 처소에 선비 한둘 식객으로 둔다 하여 해로울 것이 없지 않은가.」

버티어 보았자 꾸지람만 당할 것 같아서 천 행수는 매조질 요량으로,

「행수님 말씀 명심하여 거행하겠습니다. 그건 그렇고, 저의 처소의 일용범백이 요족하지는 못하나 차제에 행수님 거처를 평강으로 옮기시는 것이 어떨지요?」

「나는 여기서 살겠네.」

한마디로 뚝 잘라 대답했으므로 천봉삼도 더 이상 지다위할 수는 없었다. 조성준을 하직하고 남대천으로 내려갔을 때에는 일색이 다하여 사방이 어둑어둑하였다. 남대천의 나무다리는 가위 나라 안에서 제일 긴 다리라 할 수 있었고, 다릿목 양편에는 또한 조선에서 제일 크다는 장승이 서 있었다. 이른바 4대물(大物)이라 하여 경주의 인경, 은진의 돌미륵, 연산의 쇠가마, 함흥의 장승을 손꼽았다. 함흥 남대천의 나무다리와 장승을 구경하려고 일부러 모여드는 사람들도

없지 않아 남대천 장승 어름에는 여남은 집이나 되는 숫막이 벌여 있었다. 서울과 산동 지경에서 원산포로 오르는 유일한 길목이기도 했으므로 무싯날이고 저자가 서는 날이고 간에 남대천 양안에는 행각과 장사치들로 붐비었다. 함흥으로 들어가기 전의 초입이라 나귀에 여물과 물을 먹이고 행장을 가다듬기 위한 행객들도 있어 마방 딸린 객점도 서넛이나 되었다. 천봉삼 일행이 소 쉰 필을 행매한 판화전으로 여각으로 가서 원산 북태를 사들이지 않고 곧장 남대천까지 내려온 것에는 그만한 연유가 있었다. 이 길목을 지키고 섰다가 원산포로 오르는 곡식들을 중도 매점하자는 속셈이 그것이었다.

그러나 이미 날은 저물어 강물 위로 남기가 자욱하게 내려 엉기고 한낮에 갓구름이 끼었던 것으로 보아 밤사이에 한줄금 할 모양이었다. 비가 내린다 하여도 그동안 고초를 겪은 짐방 동무님들 호궤는 시켜야 했다. 아예 맞춤한 숫막 한 채를 도차지하고 개 서너 마리를 때려잡고 섬술을 걸러 내게 하였다. 마침 객점에는 외대머리 막창이 두엇 있어서 동무들 사이에 벌써 육담이 오가기 시작했다. 막창들도 쇠전꾼들의 씀씀이가 호방하다는 것을 모를 턱이 없는지라 초저녁부터 성적을 곱게 하고 하릴없이 마당을 가로질러 오가면서 낭자하게 암내를 풍기고 다녔다.

동패들을 호궤시키고 난 뒤, 천봉삼은 홀연히 객점을 나섰다. 길가 숫막들에는 주등으로 찌그러진 삽짝을 밝히었고 더위를 식히려고 마당으로 나온 사람들이 피운 모깃불로 술청거리는 싸하게 연기가 깔리었다. 술청거리를 벗어나자 달빛은 한결 밝았고, 잦아지는 달빛 아래로 강가로 나가는 조도가 희미하게 누워 있었다. 그는 도선장 쪽으로 난 한길을 버리고 조도로 들어섰다. 키 너머로 자란 삼밭(麻田)이 조도 양편에 깔리어 삼 냄새가 매캐하게 코를 찔렀다. 삼밭머리를 벗어나자 갯내가 코에 스며들고 시원한 강바람이 소매 끝에 흩어졌다. 구름 사이로 비치는 달빛은 갈대와 여뀌풀로 어우러진 강변을 고즈넉이 비추었고 바람이 일렁일 적마다 달빛은 갈밭머리에서 허연 뱃바닥을 뒤치었다. 갈꽃이 바람을 따라 쏟아져 내리는 달빛을 쓰다듬어 강안의 모래톱으로 안아 내리는 듯하였다. 인적 없는 강가에서 갈꽃은 달빛을 벗 삼아 희롱하매 천봉삼은 잠시 발길을 멈추고 서 있었다. 갈밭머리를 지나서 모래톱으로 내려갔다. 활 서너 바탕 상거인 다릿목 여울에서부터 부시 치는 불빛이 몇 번인가 반짝이더니 멎었다. 그는 심호흡으로 강심을 스쳐 온 바람을 폐부 깊이 들이마셨다. 이 비릿한 갯내는 언제나 천봉삼을 흥분시켰다.

그것은 낯선 타관의 냄새였다. 여항의 사람들은 도붓장수들을 역마살이 낀 뜨내기들이라고 말하였다. 타관의 바람 내에 혼백이 떠버린 부류들이라고 말하였다. 이미 떠돌이 행중에서 피가 식어 버려서 구들장이 절절 끓는 아랫목에서는 잘 수가 없고 허섭스레기처럼 타관 길목을 헤집다가 주지(住址)도 알 수 없는 비보라 속에서 흙무지를 베개하여 죽고 나면 까막까치에 눈을 빼먹히는, 죽어서조차 사람 구실을 못하는 부류들이라고 말하였다. 그러나 날이 가고 해를 거듭할수록 집을 나서는 사람들은 자꾸만 불어났다. 도대체 무엇 때문에 그런 기약 없는 행려에 사람들이 뛰어들고 있는 것일까. 항상 자문해 보지만 이렇다 할 연유를 찾지 못했다. 저 강심 위로 어우러지는 달빛 때문일까. 아니면 항상 가슴을 서늘하게 적셔 주는 이 갯내와 바람 때문일까. 아니면 장터목으로 들어설 적마다 가슴이 뒤설레는 가벼운 흥분과 기대를 저버리지 못해서일까. 집으로 돌아가 보아야 송곳 하나 꽂을 땅이 없고 협호살림에 주린 배를 안고 기어다니다시피 하고 있는 권속들이 멀거니 기다리고 있을 뿐, 가슴속 심회는 언제나 아가리 큰 아궁이처럼 허전할 뿐이었다. 해를 격하여 만난 내자와 하룻밤 정분도 채우지 못한 채 집을 하직하고 만다는 동무님들도 있고, 겨우 한 장도막을 넘긴다는 축들도 있었다. 장터북에서 고향 임방 동무들이라도 만나면 몇 닢의 엽전을 인편에 쥐어 보내는 것이 고작일 뿐, 부상이 되어 집으로 돌아가기에는 이미 글러 버린 사람들이었다.

이제 자기는 무엇인가. 단 하나의 친동기인 누이의 생사존몰을 알지 못한 채 타관을 부유하고 있은 지 이미 오래였다. 그토록 상사하던 조 소사 역시 비명으로 잃고 말았다. 혈육의 정을 가진 사람으로서의 피맺힌 정의도 몰라라 하였고 신실한 가장으로서의 구실과 품위도 가질 것이 없게 된 한낱 짐승이 아닌가. 한때는 화식열전(貨殖列傳)에 오를 만한 거부가 되려고도 하였다. 그러나 그 또한 지금에 이르러서는 한낱 물거품이 아닌가.

그 곁에 조 소사가 없는 한, 백만 금을 도모하여 밤새껏 손바닥에 동취가 앉도록 돈을 헤아리며 지새운다 한들 그 모두가 허망함이 아닌가. 사래 긴 밭을 갈고 있는 소는 여물을 먹기 위함이요, 울바자 아래서 뒹구는 개도 까닭 없이 짖지는 않거늘, 하물며 바라볼 명분이 없어진 지금에 이르러 명을 부지한들 어디에 기쁨이 있을까. 봉삼은 부싯깃을 쳐서 곰방대에 불을 댕겨 물었다. 재물을 모은다 한들 그것은 평강 처소 동무님들 것이요, 조 소사가 이승에 떨구고 간 일점 혈육이 있으나 그 또한 자기 재간으로는 양육의 도리가 없었다. 박복하고 구차한 사내로서 겪을 풍상이 눈앞에 훤할 뿐 모든 것이 허망하였다. 그는 문득 송파 처소의 유필호를 떠올렸다. 유필호처럼 큰 글이라도 했다면 심기가 이토록 허전하고 부질없을 땐 의탁이 되고 심허를 달랠 수도 있으련만 그 또한 여의치 못했으니, 천지 공간에 털 빠진 외기러기처럼 혼자 남았을 뿐이었다.

천봉삼은 바지를 벗고 저고리를 벗었다. 그리고 강심으로 천천히 걸어 들어갔다. 물속에 온몸을 깊숙이 담갔다. 멀리 나지막한 구릉

너머로 술청거리의 불빛이 달빛과 어우러져 희미하게 밝았다. 그러나 소연한 취객들의 고함 소리는 손에 잡힐 듯 가깝게 들렸다. 그때였다. 멀리 갈밭 사이로 횃불 하나가 바라보이기 시작했다. 근동에 살고 있는 사람들이 밤고기를 후리러 나왔겠거니 했으나 홰 든 사람들의 발걸음이 몹시 다급해 보였다. 그를 찾아 나온 동패들이 분명하였다. 저희들끼리 술추렴들을 벌이고 있다가 문득 천봉삼이 없어진 것을 깨달았을 것이었다. 천봉삼이 그대로 물속에 몸을 담근 채 모른 체하고 있는 사이 홰 든 사람들은 옷을 벗어 둔 곳까지 와서 홰를 돌리며, 성님 성님 하고 부르는데 곰배였다. 천봉삼이 물을 다시 한 번 끼얹고 삭숭이를 가리며 모래톱으로 나왔다.

「여기 계셨군요. 목물하러 나온다고 귀띔이라도 해주시지, 슬쩍 술청을 빠져나오시는 법이 어디 있습니까.」

「잠깐 더위를 들이러 나오는데 번거롭게 굴 것이 무엇인가.」

봉삼은 옷을 주워 입었다. 곰배가 잠깐 사이를 두었다가,

「어서 가십시다.」

「걱정들 말고 돌아들 가지. 나는 여기서 실컷 한뎃바람 마시고 들어가겠네.」

「게으름 피우고 있을 경황이 아닙니다. 강쇠가 왔습니다.」

「그게 무슨 소린가?」

「지금 마악 객점에 득달하였습니다. 우리를 뒤밟아 원산포 마방까지 수소문하다가 이곳 객점까지 따라오느라고 아주 혼쭐이 빠졌다고 합디다. 모색을 보자 하니 심상찮은 일이 있는 모양입니다요.」

「아아니, 평강 처소에 무슨……?」

「처소는 무사하답니다. 어서 가기나 하십시다.」

문득 짚이는 구석이 없지 않아 천봉삼은 조급히 선머리에 섰다. 홰 든 동무가 네댓 발짝 앞에서 불을 밝히는데 발걸음이 허공에 뜬

것 같았다.

「필경 서울의 뒷소식이렷다. 유 생원께서 도모하던 일이 탄로가
난 것이야.」

「당초부터 뱁새걸음으로 황새를 따르려 했음이 아닙니까. 분수를
지키려다 되레 분수 밖의 일을 저지른 셈입니다. 저는 다리가 떨
려 행보가 여의치 못하오.」

곰배가 지청구에 타박을 쏟는데 천봉삼은 말이 없었다.

농탕치고 떠들며 육담이 낭자해야 할 객점의 술청은 역병 지나간
동네처럼 조용했다. 목로를 사이하고 둘러앉은 동무들의 굳은 표정
에서 봉삼은 문득 심상찮은 사태를 깨달았다. 동패들 사이에 강쇠가
끼여 앉아 있었다. 천봉삼이 목로 가로 죄어 앉으며 마침 앞에 놓인
술방구리를 주둥이째 들어 걸게 한 모금 들이마셨다.

「대강 눈치는 챘네만, 무슨 일인가?」

「이재선 나으리께서 결옥이 되셨습니다.」

「어떤 놈이 고변을 저지른 모양이군.」

「광주(廣州) 부중의 장교로 행세한다는 이풍래(李豊來)란 위인이
떨다 못해 고변을 한 모양입니다. 팔월 이십일일에 경기도 감시
(監試) 초시(初試)를 보이는 날, 강달선(姜達善)이며 이종학(李鍾
學)이 유생으로 가장하고 과장 속에 섞여 있다가 기회를 틈타 토
왜(討倭)하며 유생들이 과지(科紙)를 집어 던지고 사방에서 들고
일어나 호응하면, 그와 때를 같이하여 종가 시전에서는 시정배들
을 충동질해서 육조 앞에 이르러 힘을 얻은 다음 세 패로 갈라서
한 패는 대원위 대감의 입궐을 외치면서 창덕궁으로 내달아 나라
님을 능욕하고 다른 한 패는 왜(倭)와 수교에 앞장섰던 민문의 척
신과 상신(相臣)*들을 척살시키고 나머지 한 패는 청수관(淸水館)
이며 왜별기(倭別技)를 조련하는 왜노들을 단칼에 베고 병장기를

탈취하자는 의중이었던 모양입니다. 그러나 이풍래란 자가 고변하여 그날로 연루된 자들을 서캐 잡듯 훑어 잡아 의금부와 포도청으로 잡아들인 것인데, 이재선 나으리는 의금부 호두각(虎頭閣) 아래 국청을 차리고 판돈령부사 한계원(韓啓源)이 공초 중에 있다 합니다. 맹랑하게 된 것은 대원위 대감이지요.」

곰배가 콧방귀를 평 뀌고 나서,

「글줄이나 읽었다는 책상물림들이란 게 모두 하는 짓들이 허무맹랑입니다. 병장기도 없이 주먹만 내밀고 고함만 지른다 하여 대원위 대감의 입궐이 가당하며, 시정배들 역시 제 몸 사리기 바쁜 터에 범 아가리보다 더 무서운 화승총 부리 앞에 대가리를 디밀까. 한강이 잣죽이라도 쪽박 없으면 헛일, 맨주먹으로 청수관 왜놈들을 칠 수 있다고 작정한 그 위인들이 실성한 것들이 아니오? 시궁창에다 낚시 놓기지 어디 될 법한 일입니까. 공맹을 읽었단 위인들일수록 속이 그토록 허한 까닭이 뭔지 나 그것 모르겠네.」

강쇠가 신이야 넋이야 떠들어 대는 곰배를 손짓으로 밀막고 나서,

「분개하고만 있을 처지가 아니네. 행수님이 이재선 나으리께 소용 댄 것이 공초 중에 드러나기라도 한다면 우리 모가지가 부지되겠는가. 이재선 나으리를 잡아들이는 판에 행수님은 무서워서 못 잡아들이겠나? 내가 살같이 달려온 것이 그 때문이 아닌가.」

천봉삼이 그때서야 입을 열었다.

「유 생원님의 행방은 어떤가?」

「성내에 기찰이 깔리고 의금부와 포도청이 발칵 뒤집혔다는 것을 진작에 알아차리고 처소에서 행방을 감춘 후로는 아직 묘연한 그대로지요.」

---

* 상신 : 영의정, 좌의정, 우의정을 통틀어 이르는 말.

「이재선 나으리가 장하에 쓰러져 우리와 유명을 달리하게 된다 한들 결단코 내 행적만은 토설치 않을 것이니 염려를 놓게.」

「그걸 어찌 믿소?」

「이재선 나으리를 믿는 게 아니고, 나를 믿네.」

「성님 말씀이 암까마귀인지 수까마귀인지 알쏭달쏭해서 나는 잘 알아듣지 못하겠소.」

천봉삼이 우정 목소리를 높였다.

「이심전심이란 얘길세. 내 심지가 흔들리지 않는 이상, 이재선 나으리께서도 악형을 당한다 한들 대중없이 내 명함을 토설하지는 않을 것이네. 그것은 내가 그분에게 투탁(投託)하여 대진(大進)할 것을 도모한 적이 없었기 때문일세. 그러나 그분께서 악형을 견디지 못하여 나를 발고하면 내가 이름을 남길 것이요, 발고치 않으면 그가 이름을 남길 것이니, 글을 읽었단 사람이면 자신의 이름을 남길 길을 택하지 않겠나. 내 설령 역률에 몰려 새남터의 뜬귀가 된다 하더라도 장사치의 이름만은 더럽히지 않을 것이니 동무님들도 염려 놓으시오. 내가 그분께 소용을 대기로 작정했을 땐, 나라님을 능욕하자는 것이 아니라 나라님의 은총이 민문의 척신들에게 가려 빛을 잃게 되매 그들을 조정에서 몰아내자는 일에 구태여 주저할 것이 없었고, 또한 가렴주구에 눈이 어둡고 쓸개가 썩어 자빠진 수령·방백이며 고을의 관장과 아전들의 발호와 폐단이 정습되고 양이(洋夷)와 도이(島夷)들을 고을 저자와 연안에서 몰아낼 수만 있다면 더 바랄 것이 없었다네. 장부가 심지 깊게 작정한 일이 다급하게 되었다 하여 족제비처럼 숨기만을 일삼겠는가. 그렇다고 쫓아가서 벼락 맞을 것도 없으니 다만 장사치로서 거동할 뿐이지.」

곰배가 입귀를 비쭉하고 콧방귀를 뀌면서 거동 불손하게,

「삼십육계 술법에도 줄행랑이 으뜸이라고 하지 않았습니까. 육도삼략(六韜三略)이며 손자병법에 박통했다는 유 생원도 가뭇없이 숨어 버렸단 이참에, 성님이 간담 드센 체한다 하여 장하게 봐줄 사람이 있을 것 같소? 성님 뚝심이야 본데없는 도붓쟁이들 간에는 뜨르르하다지만 포도청 장판 아래서야 성님 뚝심 하나 촛농 만들기는 초장 바람에 해장거리도 안 됩니다. 평강 처소를 떠나신다 하여 우리와 흔단*의 실마리는 되지 않을 것이니, 뱃심 당찬 체 말고 부질없는 급살 맞기 전에 여길 뜨시오. 치도곤이나 당하고 백방이 될 일이라면 모를까, 이 죄안은 새남터 망나니에게 신세를 져야 할 역률이 아닙니까.」

곰배가 똥 씹은 상판을 하고 천봉삼보다는 좌중의 동무님들을 돌아보았으나 강쇠를 비롯한 여러 총중은 꿀 먹은 벙어리로 이렇다 할 대꾸가 없었다.

「간련(干連)*이 된 시방 어찌 내 심기가 태연할 수가 있겠나. 그러나 장사치가 재물을 노림에 비록 중하다 하지만 명분이 있을 땐 보다 엄중해야 하는 법, 명분에 따라 취한 거동에 위해가 닥쳤다 하여 변해하거나 모피해 버린다면 장차 내 동무님들을 무슨 염의로 만날 수가 있겠는가. 내가 아는 것이라곤 상된 것뿐이라 할지라도 상된 놈이 뚝심을 부리지 않는다면 어디 가서 기댈 구석이 있겠는가. 본데없는 부류들일수록 뱃심이 있어야 살아날 방도가 생기는 법이니, 방을 걸어서 각처에 고시하여 나를 추포하려 한다 해도 더 이상 거론치 말고, 강쇠는 내일로 평강 처소로 내려가고 우리는 길목을 지키고 있으면서 원산포로 오르는 시게 바리나 사들이는 거지. 대의를 위하여 나아감에 우리가 명화적 취급을 받은

---

*흔단 ; 서로 사이가 벌어져서 틈이 생기게 되는 실마리.
*간련 : 남의 범죄에 관련됨.

들 무엇이 두려울 게 있겠나.」

그때까지 잠자코 앉았던 강쇠가 말하였다.

「비가 내리고 있습니다.」

모두들 객점의 추녀 밖으로 시선을 돌렸다. 후드득 빗줄기가 술청 안으로 몰아치면서 열기로 가득 찼던 술청을 한뎃바람이 몰아치고 있었다. 잔뜩 낀 구름이 장마가 될 것 같았다.

군란(軍亂)

임오년(壬午年) 5월 하순이었다. 날씨는 4월 초순부터 연일 구름 한 점 없이 맑았다. 달포가 넘게 빗낱이라고는 듣지 않았기 때문에 5월 하순의 날씨가 한여름 복더위 못지않게 찌는 듯하였다. 육조 앞 거리에서 모전교(毛廛橋) 지나서 무교다리〔武橋〕께와 창거리〔倉洞〕 수각교(水閣橋)에 이르는 길바닥에는 여항에서 버린 똥물과 시궁의 허섭스레기로 하여 지린내가 등천을 하여 코 둘러댈 곳이 없었다. 한낮의 길거리에는 배우개나 삼개에서 들어온 나무장수들이 띄엄띄엄 서성거릴 뿐 인적이 드물었다.

여느 때 같으면 나무장수들에 뒤섞여 왕십리에서 온 채소장수하며 숭례문 밖 짚신장수와 배우개의 유기장수며 동막에서 온 옹기장수며 하릿교께에서 온 칠물(漆物)장수며 떡장수들이 서로 뒤섞여 북새판을 이루어야 할 수각다리 언저리에도 역시 인적은 한산했다. 그러나 창거리 안침으로 들어서서 선혜청 앞 한터에 이르면 어디서 몰려왔는지, 보기 드물게 사람들이 득실거렸다. 장사치라고는 함지박에 됫박 소금을 담고 나와 앉은 노파들뿐이었고 거개가 한터에 퍼질러 앉아 선혜청을 바라보고 앉은 아녀자들이었다.

하루 종일 허섭스레기와 먼지 바람들만 마셔 대어 머리는 먼지를 켜로 뒤집어쓴 채였고, 콧구멍에도 뽀얗게 괴어 있었다. 물론 녹패(祿牌)가 나와야 선혜청의 문이 열리고, 문이 열려야만 녹미(祿米)라도 구경할 판인데도 모두들 아침나절부터 녹패도 없이 무작정 몰려든 것이었다. 그들은 흥인문 밖에서부터 종가를 따라 창거리까지 걸어온 축들이거나, 아니면 이태원에서 쇠머리재[牛首峴]를 넘어 숭례문을 거쳐 들어온 육조 하리들의 아낙네들이었다.

창거리로 나와서 하릴없이 노닥거리느니 남새밭이나 가꾸고 풀한 포기라도 뽑으면 그것이 곧 섭생의 도리가 되겠건만 남새밭을 가꾸자 하더라도 한강물을 퍼오지 못하는 이상 불가능했고, 웅덩이마다 샘이란 것이 뿌리부터 말라 먹을 물도 얻기가 어렵게 되었다. 창거리를 간혹 오가는 창색(倉色)이며 복례(僕隸)들이나 붙잡고 녹패가 언제 나오느냐고 똑같은 말을 되묻고, 또한 대꾸하는 축들도 녹패가 언제 나올지 모르긴 마찬가지라 하루 종일 묻는 말과 모른다는 말이 서로 오갈 뿐이었다. 한터 한편에 퍼질러 앉아 있는 아낙네들의 행색이래야 보잘것이 없었고 궁박한 살림들에 자궁만은 튼튼하여 소생들은 쉴 새 없이 싸질러서 창거리 앞에 아이들 우는 소리로 소란이 가라앉을 틈이 없었다. 젖먹이에게 젖을 물리고 앉았던 젊은 아낙네 하나가 선혜청 깊은 기왓골로 떨어지는 불볕을 바라보면서,

「이렇게 가뭄이 타는 판에 나라님 수라는 무엇으로 젓수실까?*」

그때, 곁에 앉아 있던 초면도 아닌 50줄의 노파가 입을 비쭉하여 암상을 떨고는,

─────────────
*젓수다 : 궁중에서 '잡수다'를 이르던 말.

212

「임자는 걱정도 팔자시구려. 우리가 뱃구레를 주린다 하여 나라님 조차 그럴 수가 없지요. 나라님 수라상에는 탕만도 열 가지가 넘는다오. 열구자탕에 쇠고기완자탕, 황볶이탕에다 골탕, 호박꽃탕, 초교탕, 외탕, 임자수탕에다 찹쌀부침, 실백과 어채숙회, 우족초, 저육장반탕, 난이, 육만두, 홍합증찜, 생복화양적, 추복탕에다 젓수시고 나면 젓수신 것 삭이시라고 생강, 도라지, 모과, 인삼, 유자, 연근, 살구씨, 매실, 들쑥, 귤, 무를 조청으로 졸여서 만든 후식을 드신답니다. 강정으로는 매화강정, 싱검초강정, 깨강정, 흑임자강정, 콩강정, 송화강정, 계피강정, 홍백세건반강정, 방울강정을 젓수신다오.」

「나라님의 먹성이 출중하시다기로서니 그 많은 탕하며 어육에다 해물이며 강정을 몰밀어 한 끼에 젓수실 수 있을까?」

노파가 가래침을 탁 뱉고 난 뒤, 치맛자락으로 입 언저리를 닦고 나서 어리보기들 앞에서 분명한 체하고,

「삼신할미도 이럴 때 쓰랍시고 콧구멍을 두 개로 벌려 놓으신가 보구려. 끼니때마다 그렇게 젓수시면 배 터져 죽지 배겨 나겠는가, 원. 사나흘에 한 번씩은 그렇게 포식을 하신다는 말이오.」

「사나흘이 아니라 달포 만에 한 끼니씩이라도 그렇소. 어떻게 그걸 한 끼에 몽땅 젓수신단 말이오?」

「숙맥 같은 소리, 나라님이 어떤 분이신가. 새벽별 뜰 때 기침해서 오줌장군 져 나를 일이 있으신 분인가, 짚신 삼을 일이 있으신 분인가, 물꼬 보러 나갈 일이 있으신 분인가? 그렇다고 감농(監農)할 일이 있으신 지체이신가, 이웃 간에 규각나서 시비할 일이 있으신가? 밤이면 완월하시고 후궁들 간색이나 하시는 지체이신데 작정하고 수라를 젓수시기로 한다면 열두첩반상 몇 개쯤 삭이시지 못하실까.」

「그렇다 하더라도 난 공중 뜬 말로만 들리오.」

「나는 공중 쏘아도 알과녁만 맞히는 사람이라오.」

「과갈 간에 어떤 분이 대내 세수간 무수리로 주변하고 있는 모양이구려.」

「척간에 궁궐 출입이 없다 하더라도 대저 젓수시지 않는 수라를 일없이 이름 지었을 까닭이 없지 않소?」

대꾸하던 아낙네는 아무래도 해혹이 되지 않고 미심쩍었지만 노파와는 너나들이로 터놓고 벗할 나이도 못 된 데다가 아니라고 네뚜리하였다간 노파에게 머리채나 잡혀 조리돌림이라도 당할까 봐 그만 고개를 주억거리고 말았다. 그때 선혜청 영방(營房)으로부터 집리(執吏)로 보이는 창의 차림의 사내가 사령 두엇을 거느리고 한터를 가로질러 아낙네들이 앉아 있는 쪽으로 걸어오고 있었다. 아낙네들이 갑자기 조용해졌다. 노파가 나직이 말하였다.

「저기 오는 저분이 빗아치가 분명하오. 여기까지 오거든 늠료(廩料)*가 언제 나오는지 우리 한번 물어나 봅시다.」

「백 번 사정해 봐야 말만 귀양 보내고 욕바가지만 뒤집어쓸 뿐이오. 신통한 조화 줌치나 내밀까 봐 그러시오?」

「밑져 봐야 본전 아니오? 우리 집 가군은 구닥다리라고 그나마 영문에서 구실이 떼이고 시방 구들장 신세만 지고 있소이다. 못 받은 일 년 치 늠료나마 챙겨야 겨우 한두 달 연명이라도 할 터인데, 저놈들이 불뚱가지가 있다 한들 설마 환갑 늙은이 뱃구레를 차겠소.」

여편네들이 무방하게 생각하고 노파가 나서기만을 기다리고 있는데 저들이 네댓 칸 앞으로 다가왔다. 노파가 콧등을 발등에다 찍는 시늉을 하며 꾸뻑하고 앞으로 나아갔다.

---

*늠료 : 벼슬아치들에게 주던 봉급.

「나으리께 여쭐 말이 있습지요.」

장무서리(掌務書吏)란 자가 노파의 말에 좋지 않은 상호를 하였으나 대꾸만은,

「어허, 또 무슨 부질없는 언사들을 농하겠단 말인가? 그놈의 늠료 타령이야 귀에 굳은살이 앉도록 들어왔지 않았던가. 썩 물러나게.」

장무서리란 자가 씹어뱉듯 뇌까리자, 노파는 뒤에 앉아 있는 여편네와 아이들을 가리키며 다시 한 번 꾸뻑하였다.

「저기 있는 아낙네들은 모두가 영문에서 수자리 사는 군총들과 하리들의 여편네들이랍니다. 날마다 여기 나와서 늠료 나올 날만 기다리고 있는데, 마침 안전께서 거동하시니 소식이나 듣자 하고 여쭈어 보는 것입니다요.」

「난 선혜청 감고에 불과한 지체일세. 늠료가 언제 방료될지 내가 알고 있다면 왜 진작 방을 걸지 않았겠나. 난들 다 뒈져 가는 자네들 몰골 보기도 진력나지 않았겠나.」

「그렇다면 아직 가망이 없는 모양이군요.」

「가망이 있고 없고 내가 좌단해서 말할 처지가 아니지 않은가. 육조 앞거리에 나가 있다가 공작(孔雀)이나 호표(虎豹) 흉배하신 지존들이 지나가면 가마 잡고 여쭤 보시게.」

노파가 굽실거리긴 하면서도 머리는 자꾸만 서리 앞으로 디미는 시늉이라, 곁에 섰던 사령이란 놈이 불끈 나서서 노파의 허리를 낚아채더니 네댓 칸 밖으로 잡아 끌어내었다.

「아니, 이러다가 이 보병것이 살변 내시겠네. 백성이 벼슬아치에게 정조하기 예사인데 이런 무례한 거동이 어디 있어?」

「용쓴다고 될 일이 아녀. 분주 떨지 말고 썩 물러나 있어.」

노파가 비척 쓰러지려다 말고 겨우 몸을 가누고 서서 사령이란 놈의 콧등을 베어 먹을 듯이 노려보며,

「곡도(穀道)*에 찬 것이라곤 겨범벅뿐인 이 궁박한 백성을 함부로 치는 네놈은 도대체 뉘 집 하정배냐. 네놈 상호를 보자 하니 선풍도골(仙風道骨)*은 본래 아니고 분명 남의 행랑에서 비부나 들면서 대궁상이나 받아먹을 천격이다, 이놈.」

「이놈의 할망구, 터진 아가리라 하여 함부로 놀려 대면 똥칠갑을 해버리겠어.」

궐자가 주먹을 뭉쳐 내두르며 모가지라도 비틀 조짐으로 노파에게 서너 발 쭈르르 달려가는 형용이매 노파가 화들짝 놀라 숭어뜀을 하면서 저만치 달아나자, 궐자는 활 반 바탕 상거인 일행의 뒤를 따라갔다. 하얗게 질려 있던 여편네들이,

「통인의 집 식지감이나 되었을 하천이 어쩌다 대동청 하례가 되어 유세가 보통이 아니구려.」

「글을 못해 발천하여 양반 되기는 글렀다 하더라도 대감 댁 행랑 것 되어 하루 두 끼니만이라도 배를 채울 수 있다면 그것이 상놈의 발천이 아니겠소? 우리 집 남정네는 그것도 못 되고 군총으로 박히어서 우리 다섯 식솔 호궤시키지도 못하고 있으니 발천한 것은 저놈들이 아니겠소? 우리 집 남정네는 다섯 식구 두량도 대지 못하는 주제이면서 그 설분을 내게다 하겠답시고 밤마다 거르는 법이 없이 속곳을 벗겨 대니 위에 붙은 입은 먹지 못해 메마른 판에 하초에 붙은 조개는 밤마다 시달려서 메마르니 군총의 계집으로 주변하기 안팎곱사가 되었구려.」

「저놈들 행패 거조를 보자 하니 오늘도 늠료가 나오기는 글렀소이다. 집구석으로 돌아가야 별수가 있겠소.」

모두들 주섬주섬 돌아갈 채비를 하였다. 아낙네들이 빈 시게 자루

---

*곡도 : 대장과 항문을 아울러 이르는 말.
*선풍도골 : 신선의 풍채와 도인의 골격이란 뜻.

216

를 챙기며 일어서자 됫박 소금을 팔고 있던 노파 역시 좌판을 거두고 일어섰다. 선혜청 한터를 벗어나면 활 두어 바탕 상거에 숭례문에 닿았다. 문밖에는 인정 친 후에 당도하는 행객들이 묵는 객점이 많았고 객점들 사이에 용수 달린 숫막들도 끼여 있었다.

인정 칠 시각이 가까워 오자 성내로 들어갔던 사람들이 꾸역꾸역 빠져나오는데, 선혜청 한터에서 기약 없는 늠료를 기다리고 있던 여편네들이 문을 빠져나오기 한발 앞서 선혜청 영방을 빠져나온 서리가 문을 나왔다. 숭례문을 빠져나온 궐자는 활 한 바탕 상거를 소매를 휘적거리며 걷더니 숫막거리가 끝나는 모퉁이쯤에서 행보를 왼편으로 꺾어서 작은 고샅길로 들어섰다. 고샅 안침에 여염집으로 보이는 집이 나타났는데, 숫막질하는 집은 아니었다. 겉보기로는 여염집으로 보였지만 실은 이 집이 숭례문 밖에서는 소문난 투전방이었다. 안면이 든든한 와주가 버티고 있는 이 투전방은 처신이 좀스러운 애송이 순라군들은 아예 발을 붙일 수도 없는 곳이었다. 삼개와 서강, 배우개와 야주개에서도 난다 긴다 하는 유명짜한 설레꾼, 타짜꾼 들이며 주머니 사정이 두둑한 선혜청 빗아치들이며 말감고들만 드나드는 투전방이었다. 하룻밤 사이에 멥쌀 서른 섬, 마흔 섬이 손바닥 위에 쌓였다가 빈손이 되어 털고 일어나기 일쑤였고, 칼을 맞고 가슴에 피를 펑펑 쏟으면서 길바닥에 나와 쓰러져도 관아에서 손을 쓰지 못하는 투전방이었다. 선혜청의 노른자위라는 낭청들이 드나드는 곳인 데다 권세로서는 장안이 뜨르르한다는 민겸호 대감의 청지기들이 드나드는 곳이었기 때문이다.

투전방의 주인인 와주라는 작자는 1년 전까지만 하더라도 숭례문의 수문군 장교였었다. 이 위인이 색사에 상성하여 여염의 처자를 겁간하고 나서 고변을 당해 구실이 떼이고 난 후 문밖에다 투전방을 낸 것이었다. 위인이 이름 있다는 설레꾼이며 선혜청 창빗들을 끌어들이는 수완을 보였나. 숭례문을 시키는 장졸들이 위인의 범법을 알고 있었지만 내막은 서로 반연인 데다가 간혹 찔러 주는 용채에 맛을 들여 투전방에서 살변이 터진다 하더라도 몰라라 하였다. 노름은 대충 주사위로 노는 돌려태기 아니면 물주잡기였고, 투전으로는 엿방망이 아니면 찐붕어먹기나 동동이노름이었지만 주사위노름보다는 투전이 성하였다. 간혹 난데 도붓쟁이들이 소문만 듣고 끼어들었다가 닭 울기 전에 끗발이 사그라지기 시작하여 날 새기 전에 밑천을 날리기 일쑤였다. 밑천을 날렸다 하더라도 개평 한 닢 얻어 낼 수 없었고, 후딱 털고 일어나지 않고 그것을 빌미로 지싯거리다간 칼침 맞기 일쑤였다. 장무서리란 위인이 삽짝을 따고 안으로 들어서자 어느새 달려 나왔는지 와주 삼촌이 쭈르르 달려 나와서 하정배를 드리고 상방을 지소하였다. 서리가 우선 문밖에서 가만히 귀를 기울였다.

「까보게. 어디 보자, 오팔팔 따라지가 아닌가.」

「이 사람 이제 보니 한동아리 되어 노름 못할 사람 아닌가. 팔팔서시에 대지 않고 뽑아서 따라지를 만들다니.」

「서시면 대는 법이지.」

「팔자 하나만 뽑았다 하면 순이 아닌가.」

「젠장, 노름 천도 트지 못한 놈이 성미 하난 팔팔하네그려. 불구녁 지르지 말고 물러앉게. 욕심 하나는 경 치게 많네.」

「나도 한 장 더 뽑을 마음이 없었을까. 그렇지만 한 장 더 뽑았다가 따라지가 되면 어떡하나. 그러다 못 되면 무대*밖에 더 될 것이 있겠나.」

「젠장, 객담들 그만둬. 새로 쟁두(爭頭)*부터 뽑지 않고 객담들로 부지하세월할 것이여? 이 판에 열 문을 날리고 밑천이 달랑달랑하

---

*무대 : 열 끗이나 스무 끗이 되어 무효가 되는 것.
*쟁두 : 내기에서 끗수가 서로 같을 때 다른 방법으로 이기고 짐을 결정함.

는 판에 똥끝이 타누먼.」

「이봐요, 삼촌. 투전목을 새것으로 바꿔 주게. 이번엔 동동이로 바
꿔 놀자구.」

「젠장, 방귀 뀐 것이 불찰이었네. 그만 방기(放氣)가 되었는지 영
끗발이 돌아서질 않네그려.」

숨바꿈으로 지껄여 대는 품이 엿방망이판이 벌어진 모양이었다.
복더위나 진배없는 이 불볕에 장지를 꼭꼭 처닫고 있었다. 장지를
열자 봉노 안으로부터 단내가 확 풍기고 살담배를 연방 피워 대어
매캐한 연기가 눈을 찔렀다. 도통 발을 디밀 경황이 아니었다. 방 한
가운데에 길소개가 등거리 바람으로 앉아 있었다.

마침 새 투전 한 벌이 바뀌어 들어오자, 하관이 쭉 빠져 족제비 상
호에 염소수염 한 자가 새 투전을 냉큼 걷어채어 패쪽에 무슨 표지
라도 해둔 것이 없는가 살펴보고 나서 투전쪽을 섞기 시작하였다.
보아하니 모두가 길소개의 끗발에 물려 밑천들을 날린 모양이었다.
눈깔들이 호랑이에게 쫓기는 쇠눈깔처럼 벌겋고 입 언저리에 버캐
가 허옇게 끼었다. 그러나 투전목을 백 번 바꿔 들인다 하더라도 그
판에 길소개가 끼여 있는 한 투전쪽을 날려 천장 보꾹에다 매달 수
있는 명수가 있다 하더라도 판판이 밑천을 날리게 마련이었다. 길소
개는 일찍이 숭례문 밖에서 투전을 만들고 있는 공장에게 용채를 두
둑하게 찔러 주어서 백여 벌의 투전목을 만들되 거기에다 길소개만
알고 있는 표를 해두었기 때문이다. 문안으로 들어가서 투전목을 구
처해 오지 못하는 이상 저들의 끗발이 살아날 리 만무였다. 게다가
길소개 옆자리에는 전사에 안면이 없던 낯선 사내 하나가 투전쪽을
고르고 있었다. 궐자는 패가 돌 적마다 수월찮은 아도물을 걸어 잃
어 주고 있었다.

벌써 중화때부터 잃어 주기 시작한 것이 기백 냥에 이르는가 싶은

네, 도대체 끗발이 여의치 않은데도 초조해하는 기색이 없었다. 그 위인은 옛날엔 배동익의 수하에서 차인 행수 노릇이다가 밑천을 잡아서 삼개에서 곡물객주를 열고 있는 염 대주 그 사람이었다. 천봉삼이 가졌던 어음표를 두말없이 직전으로 바꿔 주었던 염 대주가 어찌해서 숭례문 밖 투전판에 끼여 길소개에게 돈을 잃어 주고 있는 것인지 그 경위를 캐기는 어렵지 않았다. 삼개와 서강 두 곳에다 곡물객주를 내고 있는 처지라면 선혜청의 낭청이나 감고(監考)들을 끼지 않으면 객주업을 이어 갈 방도가 막연했기 때문이었다.

반연이란 그렇게 해서 만드는 법이었다. 길소개 맞은편에 앉은 염소수염 한 자가 용·봉·매의 그림에 따라 짝을 맞춰 나가다 말고 등잔 받침에다 탁 가래침을 뱉고 나서 힐끗 길소개를 쳐다보며,

「저도 삼개 투전판에서는 끗발을 따라잡을 자가 없었다오. 오늘은 일진이 나빠 나으리께 아주 껍질까지 홀랑 벗기고 말았소이다. 정말 나으리 끗발은 못 따라잡겠소.」

「나으리 나으리 하지 말게. 밖에서 들으면 정말 양반이 상것 하나 잡아들여 껍질 벗기고 있는 줄 알겠네.」

「아무리 범절 없는 투전판이라지만 나으리는 나으리입죠.」

「자네가 밑천을 날리고 나서 개평이나 뜯자 하고 시방 나를 받자하고 있는 건 아닌가?」

궐자는 개기름이 흐르는 이마빡을 소매로 닦아 내며,

「쇤네를 막역하게 보아주시니 망극입니다만, 쇤네도 애오개 상화방에서는 유명짜한 설레패랍니다. 개평 몇 푼 챙긴다 한들 쇤네가 잃은 것에 비하면 새 발의 피입지요.」

「똥 싸놓고 뭉개는 소린 그만 하게.」

궐한과 연거푸 수작을 받고채면서도 길소개는 방금 투전방으로 들어선 장무서리란 위인과는 눈짓으로 수작을 주고받았다. 그때 길

소개가 들고 있던 투전쪽을 슬그머니 내려놓았다.

「이만하면 나도 이젠 진력이 났네. 팻목을 돌려 보았자 모두들 내
꿋발 죽기만을 기다리는 눈치이고 좌중의 밑천도 동이 났지 않았
는가.」

파투를 하자고 내려놓은 길소개의 패쪽을 보자 하니 놀랍게도 용
이 셋이요 매가 셋이었다. 순을 두 번 돌리지 않아서 쌍삼이 코앞에
있는 꿋발이었다. 파투하자는 길소개의 말에 화가 불끈 치밀던 염소
수염이 왜가리 새 여울목 넘어다보듯* 고개를 빼 올리고 길소개의
패쪽을 보고는 그만 입을 다물어 버리고 말았다. 대중없이 물고 늘
어졌다간 계집 팔기 꼭 알맞았기 때문이었다. 아니래도 길소개는 노
름빛으로 떠맡은 설레꾼들의 계집을 받아 수청을 들이는 데는 이력
이 났다는 소문이 왜자하지 않던가. 염소수염이 슬그머니 패쪽을 내
려놓았다. 그와 등지고 살 수 없는 처지인 염 대주 역시 파투를 하고
말았다. 패쪽들을 내려놓고 막 자리를 털고 일어서려는 판인데,

「잠깐, 꿈쩍했다간 살변 난다.」

길소개의 입에서 그 한마디가 흘러나온 것과 때를 같이하여 그의
살소매에서 시퍼런 비수 한 자루가 불쑥 기어 나오더니 방금 자리에
서 일어난 설레꾼의 발등을 힘껏 내리찍었다. 깔고 앉았던 부들자리
와 궐한의 발등과 길목버선이 한데 산적이 되었다. 길소개의 눈에서
피가 튀는 듯하였다.

「이놈, 여기가 어디라고 패를 쓰는가.」

발등을 찍힌 염소수염의 눈자위가 새파랗게 질렸다. 비수에 꽂힌
궐자의 발에선 피가 흘러 길목과 부들자리를 낭자히 적시는데, 길소
개는 비수를 뽑지 않고 염소수염의 멱살을 뒤틀어 잡았다.

─────────────

* 왜가리 새 여울목 넘어다보듯: 무엇을 얻을 것이 없나 하여 엿보거나 넘겨다
보는 모양을 비유적으로 이르는 말.

「이놈, 네가 애오개에서는 명자깨나 있다는 설레꾼이라 하여 개평을 두둑하게 내리려고 작정했던 참이었다. 그런데 이런 농간을 저지르다니, 한쪽 발등을 마저 찍어 줄까?」

「나으리, 활인하십시오. 나 죽소.」

「네놈이 차후로도 이런 버릇을 정습하지 못한다면 그때는 이 비수가 네놈의 염통을 걸레쪽으로 만들 것이니, 그리 알아라.」

「제발, 살려 주십시오, 나으리.」

길소개가 궐한의 발등에 꽂혀 있는 비수를 한 번 비틀어 빼자, 발등의 살피듬이 허옇게 자빠지면서 궐자는 애간장 긁는 소리를 하며 바람벽을 안고 쓰러졌다. 궐한의 발이 놓였던 부들자리 아래에서 피로 범벅이 된 투전패 두 쪽이 나왔다. 그것을 바람벽에 쓱 닦아 내고 바라보니 봉이 둘이었다. 길소개가 씹어뱉듯이 중얼거렸다.

「벌써 몇 판째 봉패가 잡히지 않더라니, 남의 전대를 바르더라도 눈치껏 해야지. 이놈아, 순이 몇 번이나 돌도록 사뭇 깔고 앉아 있으면 어떡하느냐.」

와주란 놈이 재빨리 오징어 뼛가루와 된장을 버무려 설레꾼의 상처를 처매고 있었다.

길소개는 염 대주와 그를 찾아왔던 장무서리를 영솔하고 투전방을 나섰다. 길소개는 옆에 선 염 대주의 안색을 슬쩍 곁눈질하였다. 눈자위가 허연 것이 얼혼이 빠진 게 분명했다. 사실 판돈을 모조리 거둔 것은 길소개인지라 설레꾼의 속임수를 모른 척 넘기려 하였었다. 그러나 염 대주란 사람에게 뭔가 본때를 보여 주어야겠다는 작심이 들었었다. 매사에 수틀리면 성깔이 매섭다는 것을 염 대주도 알아 두어야 하겠기 때문이었다. 길소개가 안색을 고쳐 염 대주에게 말하였다.

「대주께 그런 살풍경한 행패 거조를 보여서 내 체모의 손상이 말이 아니외다. 그러나 너무 괘념치 마시오.」

황망히 고개를 내저으며 대꾸하는 염 대주의 목청이 전에 없이 떨렸다.

「아, 아닙니다. 불각시에 당한 일이라 미처 내 정신이 아니라오. 투전방에서 패를 쓰는 일이야 항용 있는 일이란 소문은 들었습니다만, 나으리의 눈치가 그처럼 재빠른 데는 놀랐소이다.」

「진작부터 알고 있었다오. 그러나 궐놈이 끝내 패쪽을 내놓지 않고 주무르고 앉았기에 다시 범접 못하게 버르장머리를 고쳐 준 것이지요.」

머뭇거리는 염 대주와 하직하고 길소개는 멀찍이 서 있던, 영방(營房)에서 나온 말감고들을 손짓하여 가까이 불렀다. 그리고 살소매에서 염낭 하나를 꺼냈다.

「여보게들, 이것 가지고 가서 자네 동패들 한판 걸게 호궤들 하게나.」

한 놈이 염낭을 넙죽 받아서 재빨리 괴춤에 찔러 넣고는 입귀가 찢어지게 웃으며,

「어이쿠, 나으리, 용채치고는 너무 과람하십니다요.」

「네놈들 뱃구레엔 거릿귀신이 두셋씩이나 들어앉았는데 술 몇 방구리로 순대가 차겠느냐. 그만하면 반반한 훈도방(薰陶坊) 갓우물골〔笠井洞〕 삼패 계집들이야 하나씩 꿰찰 수 있지 않겠느냐?」

「물론입지요. 쇤네들이야 나으리가 아니면 갓우물골이나 무교께 계집들과 몸 정분내기는 하늘의 별 따기입지요.」

「이놈아, 가죽방아 찧을 때에는 방구들을 봐야지 하늘을 쳐다보다간 계집에게 따귀 맞는다.」

명색 선혜청의 낭청이란 위인이 수하의 복례들을 상종하여 나누고 있는 수작이 걸쩍한 외담(猥談)인지라 그래도 지체를 중하게 여

기는 장무서리란 작자는 두어 발짝 뒤로 물러나서 다 듣고 있으면서
도 못 들은 척 낯짝이 덤덤하였다. 말감고들이 숭어뜀으로 영방으로
돌아간 뒤 장무서리가 말하였다.

「내일 호조 회계사(會計司)에서 선혜청에 허류(虛留)*가 있는가
하여 도회관(都會官)이 내려와 검량(檢量)* 점고를 한다 합니다.」
「그래? 호조의 누가 보낸다 하더냐. 설마 민겸호 대감이 모르고
있을 리는 없겠지.」
「아마 요당(僚堂)*의 분부를 받자옵고 하자는 일이 아니라 회계사
에서 독단으로 학궁(學宮)의 양현고(養賢庫), 서강의 광흥창(廣興
倉)이며 용산 강감(江監), 도염서골〔都染洞〕의 의영고(義盈庫), 적
선방(積善坊)의 장흥고(長興庫)와 선혜청의 창관(倉官)들과 중감
(重監)들의 농간이 있는가 부감(付勘)해서 허류나 농간이 드러나
면 직추(直推)하여 위사출혁(爲事黜革)*을 시킨다는 풍문입니다.」
회계사란 호조의 한 분장(分掌)으로 경사(京司)와 지방의 저적(儲
積), 세계(歲計), 해유(解由),* 휴흠(虧欠)* 등에 관한 공사를 맡아보
는 관아였다. 근간에 호조 판서가 김병시(金炳始)로 바뀌고 호조 참
판 또한 윤성진(尹成鎭)으로 제수되었다 하나, 선혜당상 민겸호가
모르는 회계사의 정핵이란 당치도 않은 처사였고, 만약 이것이 민겸
호의 분부라면 필유곡절이었다. 실사를 하여 허류가 드러난다 하더
라도 회계사의 도회관 한 사람쯤은 떡 주무르듯 해서 내놓을 수 있

---

*허류: 창고에 쌓였던 환곡은 없고 장부나 문서상으로 거짓 기록만 남아 있던 일.
*검량: 물건의 부피나 무게가 바르게 측정되었는지 살펴보는 일.
*요당: 자기가 소속된 관아의 당상관.
*위사출혁: 공사(公事)로 인하여 현직에서 파면함.
*해유: 벼슬아치가 물러날 때 후임자에게 사무를 넘기고 호조에 보고하여 책
 임을 벗어나던 일.
*휴흠: 일정한 수효에서 부족함이 생김.

224

겠지만 전사에 없던 짓을 한다 하니 자못 귀에 거슬리고 앞뒤가 어긋나는 일인 것만은 틀림이 없어 보였다. 회계사의 부감이 규구 단자(規矩單子)*에 있는 감동(監董)*의 공무이긴 하나 전곡이 소용될 적에는 말 한마디로 분부를 내려 지급하라고 추상같이 하면서 이제 와서 세량유첩(稅糧由帖)*과 곳간을 부감 점고하겠다는 것은 어불성설이 아닌가. 길소개가 이에 똥 씹은 낯짝을 하고, 애매한 장무서리를 노려보며,

「대감도 딱하시지, 회계사에다 그런 분부를 내리시면 엎어진 놈의 뒤꼭지 밟으라는 분부가 아니신가.」

장무서리란 위인도 고개를 주억거리다가 한마디 안위의 말이라도 던져야겠다는 듯이,

「그러기에 칼날 같은 마음을 품어 성나는 마음을 끊으라는 것이 참을인(忍) 자가 아닙니까.」

2

길소개는 그길로 문안으로 들어가서 수진골(壽進洞)의 민겸호를 찾아갔다. 청지기에게 명함을 건네고 헐숙청에서 한 식경이나 기다리자 하니 사랑으로 오르라는 분부가 내려졌다. 길소개가 방으로 들어서자, 정작 분부를 내렸음 직한 민겸호는 아닌 체하고 물었다.

「자네 아닌 밤중에 웬일인가?」

「대감, 그것이 아니옵고 관아 주변에 해괴한 소문이 떠도는지라

---

*규구 단자 : 규칙서(規則書).
*감동 : 국가의 토목 공사나 서적 간행 따위의 특별한 사업을 감독·관리하기 위하여 임명하던 임시직 벼슬.
*세량 유첩 : 세수(稅收) 양곡의 내용 명세를 증명하는 장부.

그 출처가 어디에 있는지 여쭈어 보려고 부랴부랴 달려온 것입니다.」

「왜? 무슨 난리통이라도 터질 기미가 보인단 말인가?」

「그것이 아니라, 내일 회계사에서 검량 점고를 부감하러 나온다는 말이 있으니 도대체가 우둔한 시생으로서는 갈피를 잡을 수 없어서…….」

「쯧쯧쯧, 할 수 없는 위인이로고. 내 오늘 탑전에서 몇몇 대신들이 창고의 전곡들을 실사할 필요가 있다고 떠들어 대기에 마지못하여 검량을 분부하였거늘, 그런 일에 그렇게 촐싹거리고 놀라더란 말이냐. 자네와 나 사이가 자별하다 하나 공사는 그것대로 명분이 뒤따라야 하지 않겠는가. 말이 검량이지 그것이 어디 될 법한 일인가. 자네도 볼따구니에 살만 피둥피둥하였지 국량이 그래 가지고서야 어찌 수하것들을 영솔하며 통섭할 수 있더란 말인가. 내가 자넬 잘못 보았던가.」

「아닙니다, 대감. 회계사것들이야 제 한 손으로 팥고물 주무르듯 할 수가 있습니다. 그러나 탑전에서 일어난 일을 시생이 알 턱이 없었기에 잠시…….」

「잠시 어쨌단 말인가? 척하면 담 너머 호박 떨어진 줄 알라는 민간의 속언도 있다면서? 자넨 어떤 땐 이마에 송곳을 꽂아도 진물 한 방울 나지 않을 위인인가 하면, 아둔할 땐 앞뒤가 꽉 막힌 위인이 아닌가. 덤벙대기 일쑤이니, 내 어찌 자넬 믿고 듬직하니 앉아 있겠나.」

소증이 난 민겸호의 언설에서 꾸지람이 왜자하게 나오자 의절이라도 당할까 싶었던 길소개가 모가지를 움츠리고 넙죽 엎드리며 의뭉을 떨었다.

「시생이 워낙 다부지지 못한 위에 또한 소명치 못하여 대감을 보필함에 불민함이 그지없습니다. 그러나 너무 꾸지람만 마십시오.」

「질정찮은 위인하구선. 꾸지람받을 짓을 저질러 놓고 꾸지람을 말라고 진대를 붙이다니. 자네가 오늘 저녁 나와 파탈하고 허교하고 지내자는 말인가?」

「대감마님, 이제 그만 고정하십시오. 차후로는 오늘처럼 망측한 꼴을 보이지 않겠습니다요.」

「귀찮다, 입 닥치게. 모가지가 떨어지는 횡액을 당한다 하더라도 제 소임은 제가 알아서 주선하는 방책만은 알고 있어야지, 삐끗하면 제 혼자 탈면(頉免)*을 하겠다고 촐싹대는 자넬 믿고 앉아 있지는 못하겠다. 내 헐숙청에 두고 부리는 봉죽[捧足]꾼* 서넛을 자네에게 붙여 줄 것이니 층하 말고 데리고 다니되 구가전(驅價錢)*이나 섭섭지 않게 내리고 만사를 한동아리지게 하게. 그리고 차후로는 내게 연통할 일이 있거든 그것들을 시키도록 하게.」

제 딴엔 민겸호에게 진고(陳告)하러 갔다가 되레 욕바가지만 뒤집어쓰고 물러나자 하니 등줄기에 식은땀이 비 오듯 하였다. 길소개를 개 꾸짖듯 해서 내쫓은 민겸호는 가만히 자신의 주위를 살펴보았다. 조정의 상신(相臣)들은 그를 상감의 척신이라 하여 수하에 세력이 드세고 지모가 비상한 술사(術士)와 주모(主謀)들이 득실거리리라고 짐작하고 있었지만 내막을 알고 보면 수하에 쓸 만한 인물이나 막역한 반연이 없다는 것이 문득 민겸호를 긴장시켰다. 집안이 난가가 된다 하더라도 뒤를 거두어 줄 만한 위인들이라고는 행랑의 대물림 씨종들이나 헐숙청에서 눈칫밥이나 먹고 있는 청지기 몇 놈뿐이었다. 그는 문득 후회되는 일이 있었다.

---

* 탈면 : 특별한 사정이나 사고가 생겨서 맡았던 일의 책임을 면제받음.
* 봉주꾼 : 남이 일을 거들어서 도와주는 사람.
* 구가전 : 벼슬아치에게 녹봉 이외에 사사로이 부리는 하인의 급료로 더 주던 돈.

작년에 팔도에 흩어진 보부상패들을 규합하여 부상(負商)들은 좌사(左社)로 하고 보상(褓商)들은 우사(右社)로 하여, 도승지 민영익은 좌사의 도존위(都尊位)가 되었고, 무위대장 이경하는 우사의 도존위가 되었지 않았던가. 도존위 아래로는 부존위(副尊位), 좌통령(左統領), 우통령(右統領), 도반(都班), 수반(首班), 수도접장(首都接長), 유사(有司), 공원(公員), 집사(執事) 같은 품질(品秩)까지 두고 세력을 만들었다. 그 임시 해서는 심상하게 여겨 매개를 두고 보았을 따름이었으나 1년이 채 못 되는 지금에 이르러서는 그들의 세력이 팔도를 주름잡는다는 소문이었다. 특히 민영익 수하에는 이용익이란 준족을 가진 부상 출신의 붙임새 있고 헌칠한 술사가 있어 눈짓 한 번으로 10리 밖의 일을 짐작한다지 않는가. 좌우사가 모두 팔각(八角)으로 된 도장까지 만들고 '八道任房都尊位印'이란 여덟 자를 새기고 그 한가운데다 '忠' 자를 새겨 넣었는데, 팔도의 선길장수란 것들이 이 도장만 보았다 하면 벌 떼같이 일어나서 모가지를 아끼지 않는다 하였다. 민영익이나 이경하는 움 안의 떡을 얻은 셈이 되었다. 물론 운현궁의 대원위가 경복궁을 중수할 때나 조급할 때마다 그들 행고(行賈)들 세력에 기대었다는 것을 민겸호가 몰랐던 것은 아니었다.

민겸호 역시 구미가 당기지 않은 것도 아니었다. 그러나 막상 수하에 거두려 하고 보니 그런 상된 부랑패들 무리 속에 발을 적신다는 일이 내키지 않았던 것이다. 민영익은 수하의 이용익이란 위인을 사주하여 부상들에게 법에도 없는 녹료를 내려 민영익의 한마디라면 팔도의 저자가 펄쩍 뛴다는 소문이고 보면 민겸호의 심사가 편할 리는 없었다. 옛날에는 운현궁의 왼손처럼 굴었다 하나 이경하란 위인도 원래 모난 데가 없는 호인으로 평판이 난 데다 공사에 별다른 하자도 없는 차제에 모함하여 당장 우사의 결찌들을 빼앗아 버릴 수

228

도 없었다. 이래저래 심기 불편하고 울화통이 터지는 판인데, 문밖에서 뭔가 부스럭거리는 소리가 난다 하였더니 엉뚱한 한마디가 장지문 밖에서 들려왔다.

「대감, 어찌할까요?」

어떤 위인이 또 찾아와서 남의 심화에다 부채질을 하는가 싶어 민겸호는 대중없이 되받아치기를,

「어찌하다니? 어떤 연놈들이 상피라도 한단 말이냐?」

「시생 길가가 아니옵니까, 대감?」

「길가? 이런 아수라 같은 위인을 보았나. 이 사람아, 자네 오늘 밤 실성을 한 건가, 아니면 핑계가 없는 것인가? 왜 썩 물러나지 못하고 남의 심화에다 불구녁을 지르며 냅뜨는가?」

「고정하십시오, 대감. 조금 전에 분부가 계셨지 않으셨습니까.」

「행실 내기 전에 썩 물러나지 못할까. 내가 실성을 한 건가, 자네에게 분부를 내리게?」

장지를 열고 다시 방 안으로 들어서기만 하면 이마빡이라도 까버릴 요량으로 곁에 놓인 퇴침을 막 집어 드는 판인데,

「시생에게 청지기 몇을 붙여 주시겠다고 떠먹이듯이 분부하지 않으셨습니까?」

「이놈아, 내가 언제 그런 분부를 하였더냐?」

「대감, 시생의 자질이 부실하다고 타박하신다면 입이 열 개라도 드릴 말씀이 없사오나 시생이 청맹과니가 아닌 것만은 대감께서도 십분 짐작하고 계시지 않습니까.」

「이놈, 얻다 대고 버르장머리 없이 말대꾸가 낭자하냐. 내 설령 그런 분부를 내렸다 하더라도 내가 아니랬으면 그렇게 알고 거행할 일이지, 네놈이 경위를 따지고 드는 거조가 네놈을 두고 굿판이라도 벌여야 물러가겠단 배짱이냐?」

「대감, 심기가 불편하실 때일수록 고정하시어야 합니다. 시절이 수상할 때일수록 대붕의 금도(襟度)*를 보이셔야 하지 않겠습니까. 제발 고정하십시오.」

위인의 대꾸에 뼈가 없진 않지만 그래도 막역한 수하라 하여 고정되기를 간청하는 소갈머리가 가상하다 싶어 민겸호는 그만 대답을 않고 말았다. 시절이 수상하다는 것을 알고 있는 것을 보니 위인도 생판 숙맥은 아닌 모양이라고 민겸호는 울화를 달래었다.

4월 들어서까지 좌의정 송근수(宋近洙)란 자가 상소하여, 군제(軍制)의 변통(變通)을 파하고 5영(營)을 복구할 것과 왜별기의 조련(操練)을 파하고 무릇 일본국과는 조약 외의 요청은 척퇴(斥退)하고 청국으로 간 영선사(領選使) 김윤식(金允植) 일행을 소환할 것을 요구하며 금후 조정 중대사는 반드시 공의(公議)에 부쳐 시행할 것 등을 주장한 뒤 사직하고 말아 상감에게 외람됨이 이루 말할 수 없게 되었다.

또한 충청도 유생 백낙관(白樂寬)이란 자는 퇴소(退疏)되기가 여러 번이자 목멱산〔南山〕 잠두(蠶頭)*로 기어 올라가서 봉화로 원정(原情)하기를, 척사척왜(斥邪斥倭)를 논하고 하나부사를 쫓아내라고 소리치는가 하면, 함경도 원산포에서는 왜국인들이 조약을 위반하고 저들의 거류지에서 나와 민간에 활보하고 행매를 꾀하매, 백성들이 그들을 타일렀으나 되레 성군작당(成群作黨)*하여 승려 한 사람을 때려죽인 일이 있었다. 조정은 덕원(德源) 부사 정학묵(鄭學默)과 안변 부사 박제성(朴齊晠)으로 하여금 그들을 잡아들여 엄중 문초할 것을 신칙 내렸으나 뒤끝이 흐지부지될 것은 뻔한 일이었다.

---

*금도: 다른 사람을 포용할 만한 도량.
*잠두: 산봉우리의 한쪽이 누에의 머리 모양으로 쑥 솟은 산꼭대기.
*성군작당: 무리를 이루어 패거리를 만듦.

게다가 평안도의 강서(江西), 용강(龍岡), 삼화(三和) 등지에서는 수백 명의 화적들이 들고일어나서 민간을 털고 관아를 욕보이니 조정 대신들이 탑전에 얼굴을 디밀기가 송구스럽고 충청도 원산진(元山鎭)에서는 황당선 수백 척이 잠행해 들어와서 연안 어촌의 가산을 털고 그들의 어망을 탈취하여 잡은 생선을 훔쳐 가니 충청도 관찰사 이승오(李承五)를 파직시키는 사단까지 겪고 있는 판국이었다. 백낙관을 의금부 남간(南間)에다 잡아 가두고, 충청도 관찰사를 남일우(南一祐)로 계차(啓差)하며 적당을 잡아들인 사람에게 상금을 내리고 승급을 시킨다 한들 그것은 미봉책이나 엄포에 불과하여 반계곡경으로 하루하루 정사를 뚫어 나갈 뿐 민간의 원성을 잠재울 길이 없고, 또한 유생들의 불만을 막을 길이 없었다. 흉년에 윤달이 들더라고 지난 4월부터 비가 내리지 않아서 호미모*를 심은 농투성이들이 유민 된 자가 많은 터에 전곡아문(錢穀衙門)의 창고는 거개가 허류로 되어 군졸들의 늠료조차 베풀지 못한 지가 1년이 넘고 있지 않은가. 왕십리와 이태원에서 살아가는 군총들의 원성 또한 왜자하고 민심조차 흉흉한 차에 민영익 수하의 좌사 행고들에게는 봉료까지 내린다 하니 군총들의 원성은 왜별기와 싸잡아서 좌우사의 행고들에게까지 미치고 있다는 것이 아닌가.

　그날 밤 민겸호에게 전에 없던 면박을 당하고 탑골집으로 돌아온 길소개는 밤새껏 뒤척이다가 새벽참에야 겨우 선잠이 든 것 같았다. 잠자리가 뒤숭숭해서 어섯눈을 뜨고 보니 대문 밖이 소연하였다. 장지를 밀고 내다보자 하니 행랑에 들어 있는 아랫것들이 몰려 나가서 대문의 빗장을 꼭 잡고 있었다.

　「무슨 일들이냐?」

---

*호미모: 논에 물이 적어서 흙이 부드럽지 못할 때, 호미로 파서 심는 모.

50줄에 들어서서 머리털이 허옇게 센 청지기가 상전의 단잠 깨운 불찰이 모두 제게 있다는 듯 쥐구멍을 찾다 말고,

「훈련원에 있는 보병것이며 군총들인가 봅니다요, 나으리.」

「그놈들이 꼭두새벽에 감히 어디라고 범접을 한다더냐?」

「나으리를 뵙자 하고 대문을 따라는 것입니다요.」

「그놈들이 능지를 당하지 못해 엉덩이들이 근질거리는 모양이구나. 거동이나 보자. 문을 따주어라.」

「나으리, 이놈들이 한두 놈이 아닌 데다 욕지거리를 대중없이 퍼붓고 성화를 먹이는뎁쇼.」

「네가 상종하고 있으니 욕지거리지, 감히 내 앞에서는 그럴 수가 없을 것이야.」

청지기가 빗장을 따자 과연 뒤꼭지가 뻣뻣한 다섯 놈의 군총이 우르르 마당으로 들어섰다.

그들은 장지를 삐쭘하니 열고 앉아 있는 길소개를 보자, 금방 오갈이 들어 서둘러 관디목지르고* 나서도 감히 대적할 생념을 못하고 비척거리고 있다가,

「나으리, 첫새벽에 소란을 피워서 죄송하옵니다.」

「그래, 첫새벽부터 남의 행랑에 대고 욕을 퍼붓고 있는 자네들은 뉜가?」

「쉰네들은 왕십리에서 살고 있는 군총붙이들입지요.」

「내가 자네들 주지까지야 알 것이 없네. 그래, 고변할 일들이 무언가?」

「나으리께선 선혜청에서 전곡에 대한 공사를 좌지우지하고 계시다는 것을 쉰네들은 알고 있습지요.」

---

*관디목지르다 : 벼슬이 낮은 사람이 높은 사람에게 경례를 하다.

232

「좌지우지라? 당장 듣기에는 귀에 달다마는 그렇다 하더라도 위 아래를 보아 가며 행패해야 않겠느냐.」

「나으리, 쇤네들이 비록 보병것들이라 하나 협호살림에도 지어미가 없지 않고 궁박하나마 생산한 젖먹이들도 없지 않습니다. 집구석에 기둥이라 할 만한 남정이 수자리를 살다 보니 살림 두량이 자연 궁박할 것이란 것은 나으리인들 모르실 리 없겠지요. 군색한 살림에 바라보고 있는 것이 새앙쥐 볼가심이나 될까 말까 한 월료로 겨우 목구멍에 거미줄이나 막지요. 이것이 일 년이 넘도록 감감무소식이니 흙으로 양식을 대신하여 구복(口腹)을 채울 수 없는 쇤네들 처지가 한탄스러울 뿐입니다. 쇤네들 형세가 이제 먹지 못해 죽을 지경이라 압슬을 당할 셈 잡고 와서 여쭈어 보는 것입니다요.」

「자네가 언사에는 조리가 없지 않네만 우물가에 와서 숭늉 찾는 격이 되었네. 나 역시 전곡아문의 벼슬아치임에는 틀림이 없네만 됫박 곡식으로 자네들 군불 때는 아궁이 같은 아가리를 두고 섣불리 주작부언할 수도 없는 것, 육조거리로 나가서 수소문해 보게나.」

「아닙니다, 나으리. 나으리가 전곡아문의 노른자위에 있지 않습니까. 제발 발뺌 마시고 귀띔이나마 해주십시오.」

「육조거리로 나가 보기 버성기거든 서강 도선머리로나 나가 보게. 삼남 세곡선이 언제 당도하리란 건 나보다 강대 사람들이 더 잘 알 터, 전라도 세창에서 오르는 세선이 당도하고 나야 늠료가 나오든지 할 게 아닌가. 고기가 먹고 싶거든 집으로 가서 그물을 짜라는 말도 못 들었던가?」

「세선이란 게 기약 없는 것 아닙니까? 풍랑을 만나면 달포를 잡아먹고 복선이라도 되면 그 또한 허망함이 아닙니까」

「내 머리 위에 세곡선들을 떠메고 다니지 않는 이상 자네들과 다

를 세 뭔가. 하회를 뻔질나게 알러 다닐 것도 없네. 공연히 남의 단
잠 깨우지 말고 세선들이 무사히 당도하도록 축수들이나 하게.」

「낭패이옵니다, 나으리.」

「어디 낭패가 자네들뿐이던가. 나 또한 낭패된 건 마찬가지일세.」

대문 밖에서 청지기를 상대할 적에는 당장 살변이라도 저지를 것
같던 위인들은 길소개가 성화를 듣다 못해 색책으로 일러 주는 말에
성깔이 누그러지고 말았다. 세선이 서강에 당도하면 다소간의 늠료
가 나올 것이란 말이고 보면 길소개를 다치게 한다 하여 무슨 수확
이 있을 것 같지 않았기 때문이다. 군총들이 서로 옆구리들을 집적
거리며 궁싯거리고 있다가 대문 밖으로 몰려 나가자 길소개는 장지
를 닫았다. 그는 입맛이 썼다. 군총들이 감히 벼슬아치들의 대문을
두드리고 악언상가를 한다는 일이 도대체 3, 4년 전만 하더라도 있
을 수 없던 일이었기 때문이다.

군총들이 돌아간 뒤 벗나가기 시작한 잠을 도통 청할 수 없게 되
었는데, 이번에는 목구멍으로 기어드는 목소리로 청지기가 상전을
불렀다. 장지를 다시 열고 내다보니 도봉소 당상(都捧所堂上) 심순
택(沈舜澤)의 행랑것이 신발돌 아래에 서 있었다. 심순택은 일찍이
흥선 대원군에게 미움을 샀던 심의면(沈宜冕)의 장자(長子)였다. 흥
선 대원군이 양광(佯狂) 시절에 심의면이 향교골〔校洞〕 김좌근(金左
根)의 집을 찾은 일이 있었다. 그때 마침 사랑으로 오르다가 간알(干
謁)* 중인 누추한 입성의 흥선 대원군을 보았다. 능멸의 눈초리가 분
명한 심의면은 김좌근에게 말을 던지되 흥선 대원군이 들으라 하고,
궁도령*이 궁궐이나 지킬 일이지 어찌해서 뒤축 떨어진 신발을 끌고
재상의 집을 드나드는가고 꾸짖듯 비아냥거렸다. 그러나 갑자년(甲

* 간알 : 사사로운 일로 알현을 청함.
* 궁도령 : 종실(宗室)로서 군(君)에 봉해진 젊은 사람.

子年) 이후 대원군이 실권을 잡게 되자 두려움에 떨던 심의면은 공주(公州) 향교로 내려가서 엎드려 있다가 죽었다.

그의 둘째 아들이던 심이택(沈履澤)은 의주 부윤(府尹)으로 있으면서 탐학과 수탈을 저지르게 되어 민심이 동요하니 어사를 보내어 탈고신(奪告身)*하고 제주도로 귀양 보내니 겁에 질린 심순택은 발이 저려 감히 세상에 명함을 걸지 못하였다. 그러다가 갑술년(甲戌年) 이후 민문의 권세에 투탁하여 심이택은 서용(敍用)되고 심순택 역시 등용되었다. 심순택 가문의 내막이 그러하니 민문의 척신들과 등지고는 살 수가 없었고, 또한 도봉소를 구검(句檢)*하고 통섭(統攝)함에 있어서도 시종이 여일하게 민겸호의 배짱에 맞게 다스릴 수밖에 없었다.

장지 열고 내려다보니 밖에 서 있는 것이 심순택의 집 장반(長班)*인지라 길소개는 서둘러 의관을 차리고 궐자를 뒤따라 나섰다. 심순택의 집은 탑골에서도 초간하지 않았다. 사랑으로 들어서자 심순택이 먼저,

「이른 아침에 서둘도록 하여 안되었네.」

길소개가 길게 현신하고 나서,

「망극한 말씀입니다. 안전께서 독현(督現)이신데 시생이 번거롭기를 마다하겠습니까.」

마음에 없는 말로 간릉을 떨며 바라보니 그 옆에 낮짝이 박꽃처럼 하얗, 깎은 선비 하나가 있었다. 첫눈에 보아도 두 눈에 총기가 똑똑 떨어지고 매우 영리해 보였다. 속내를 더듬어 볼 때 위인이 회계사에서 나왔다는 도회관(都會官)이 분명하였다. 놀랍게도 위인이 먼저

---

*탈고신 : 죄를 범한 벼슬아치로부터 직첩을 빼앗아 거두어들이던 일.
*구검 : 밑에서 다스리고 검사함.
*장반 : 청지기.

초인사 수작을 건네왔다.

「함자를 들어 뵈신 지는 오래입니다만 초대면이니, 이것은 서로 불민한 탓이군요.」

건네는 언사는 공손해 보이나 거동은 그와 같지 않아서 눈시울을 내리깔고 사람을 똑바로 쳐다보지 않으니 길소개가 오기 전에 벌써 식견이 조박(糟粕)하다는 것을 눈치 챈 듯하였다.

위인의 눈치가 그러하매 길소개도 입맛이 쓰다는 형용으로 코대답도 않고 천장만 바라보고 앉았는데 도회관이란 자가 대뜸 건넨다는 말이,

「알고 계시다시피 지금 국용이 난감한 판에 선혜청의 허류곡(虛留穀)이 도대체 얼마나 되는지 심극(審克)*하라는 요당의 분부가 추상같으시다오. 독병(督倂)당하시기 전에 죄다 말씀을 하시오.」

대저 신출내기 고지식한 벼슬아치들이란 시절이 어디 붙은 줄도 모르고 제 직함만을 중히 여겨 사핵함이 대중없다는 것을, 관변(官邊) 물정에 밝아 귀신 찜 쪄 먹을 길소개가 모를 리 없었다. 위인의 한마디로 낯짝이 샛노랗게 뜨고 혀가 굳어 버릴 줄 알았던 길소개는,

「행차께서 으르딱딱대시는 품이 시생 자칫하다간 경을 치고 봉고파출(封庫罷黜)*당하기 십상이겠구려. 시생이 그간 관변에 뒹굴면서 숱한 목민관들과 교유하여 친숙하고 반연을 만들기도 하였습니다만, 입으로나마 곡직을 따지려 하고 그 직분을 엄중히 여기는 분을 처음 뵙는 것 같으니 이는 미상불 공사와 국계가 바로잡힐 조짐이 아니겠습니까.」

「말씀이 언중유골이구려. 그렇다면 위로는 상감을 보필하고 백성

---

*심극 : 충분히 조사함.
*봉고파출 : 어사나 감사가 못된 짓을 많이 한 고을의 원을 파면하고 관가의 창고를 봉하여 잠그던 일.

에 이르러서는 선관이 되려는 자가 맡은바 직함을 빌미로 폐단을 저지른단 말이오?」

길소개가 그 말은 들은 체도 않고,

「열 번 벼르지 말고 한 번 치라 하였습니다. 선혜청에 허류가 생겼다는 것은 전곡아문에서 소문이 왜자한 지 오래되었지요. 그것이 어제오늘의 일이 아니지 않습니까. 이것이 어디 변방의 소소한 사창을 사핵하는 일과는 다르지요. 경사의 전곡아문의 일이라면 국기에 관한 일인데 어찌 일개 낭청인 시생에게 나라의 재용을 좌지우지하는 것처럼 면박을 하시는 겁니까. 관원의 일이 일쑤 절차와 형식에 매달린다고는 하나 하불실 회계사의 도회관 직첩을 가지신 분이 시류와 정사의 알음에 그토록 어두우시오.」

식견이 있고 총기가 있다는 것은 도회관 쪽일 텐데, 뒤통수를 곤두세우고 핏대를 올리고 있는 것은 둔탁 천박한 낭청 길소개 쪽이었다. 탈 잡고 늘어지려 하다가 되레 미친개에게 뒷다리 물린 꼴이 된 도회관은 비웃음을 받아 박꽃처럼 희던 낯짝이 누런 개떡이 되어 입도 뻥긋 못하니 방 안이 괴괴할 정도였다. 도회관 신관이 틀린 것이 흡사 병난 사람 같은데, 위인의 무안당한 꼴이 보기 딱했던 길소개가 짐짓 뒤를 죽이고,

「이미 허류가 되어 군총들과 하리들에게 녹미를 내리지 못한 지도 오래되었다는 것은 행차께서도 알고 계시겠지요. 차제에 옳거니 글렀거니 밉살스럽게 부감을 하여 요당의 노여움을 사고 속관들을 도륙 내자는 것이 모두 부질없는 짓이 아닙니까. 꿩 잡는 게 매더라고 따지기 전에 가져다 채우는 것이 헌책(獻策)*이 아니겠습니까. 시생의 지체야 뱀의 꼬리에 불과합니다만, 더듬어 올라가시

---

*헌책 : 일에 대한 방책을 드림.

다가 용의 대가리를 만나시면 그땐 행차께서 식은땀깨나 흘려야 하겠지요. 어찌 매사를 이치로만 따지려 하십니까.」

그때까지 두 사람이 받고채는 말만 듣고 앉았던 심순택이 껄껄 웃었다.

「나가서 행기들이나 하시게.」

학식은 천박하나 엎어치기에는 이골이 난 길소개와 단판싸움으로 도회관은 할 말을 잊었다. 길소개가 이끄는 대로 따라갈 수밖에 없게 되었다.

「예번즉란(禮煩則亂)*이라 하지 않았소? 파탈하시고 맞춤한 기방으로 가서 회포나 하십시다. 어떠시오. 여경방(餘慶坊) 오궁골〔五宮洞〕이나 광통방(廣通坊) 고운담골〔美墻坊〕로 가실까요? 아니면 초간하지 않은 다방골 오간수통으로 모실까요?」

오궁골이나 고운담골은 일패 기생들의 화초방이 있는 곳이요, 다방골은 이패들이 술집을 내고 있는 곳이란 것을 경아리인 도회관이 모를 리 없었다.

기방 출입이 번다하지는 않았지만 생긴 신수하고선 입맛은 까다로운 위인이라 체통에 상것들 모양으로 내색은 못하고 오궁골 쪽으로 고개만 돌리고 서 있자니 길가가 혼자 히쭉하고 나서,

「행차의 지체로 보아서야 오궁골 쪽이 좋겠지요. 그러나 일패것들이야 핑계만 낭자하고 고달을 빼고 앉아 지체만 들먹이지 데리고 농탕치는 맛이야 다방골 쪽이 호젓하고 고분고분해서 좋답니다. 다방골에 좌처가 아늑하고 달밤의 경계가 좋은 기방 한 군데를 보아 두었으니 그리로 가십시다.」

두 사람은 종가를 가로질러 대광통교를 건너서 길을 오른편으로

---

* 예번즉란: 예의가 너무 까다로우면 오히려 혼란하게 됨.

238

꺾어 다방골로 들어섰다. 기방들이 차지하고 있는 곳이라 종가보다는 깨끗하고 개 짖는 소리도 드물었다. 고샅길을 한참 걷다가 어느 한적한 초가 앞에 이르렀다. 길소개가 게트림하고 통자를 넣으니 편발아이가 나와서 두 사람을 맞아들였다. 홀아비 신세에 삭신이 뻐근하거나 하초가 근질거릴 때에는 찾아와서 몸을 푸는 곳이 바로 이 집이었다. 다방골 기방에서도 숭례문 밖 투전방에서처럼 한량으로 호가 난 길소개인지라 계집 또한 반반하고 동탕한 것으로 꿰차고 기둥서방 노릇을 하고 있었다. 계집은 옛적에 길소개가 옷을 한 번 벗긴 일이 있었던 평양내기였다. 편발아이의 연통을 받은 계집이 두 사람을 수청방으로 모셔 들였다. 길소개가 기둥서방 아닌 체하고 물었다.

「너의 집 술이 달다는 소문이 왜자하던데, 어디 이분 행차께서 구미에 맞으실 술이 있겠느냐?」

가르마가 드러나게 고개를 숙이고 버선코만 내려다보며 앉아 있던 계집이 살굿빛 연지볼을 살짝 들어 올리며,

「주변한 것이 옹막(甕幕)거리의 삼해주(三亥酒), 평안도의 감홍로(甘紅露)와 벽향주(碧香酒), 황해도의 이강주(梨薑酒), 호남의 계당주(桂當酒) 그리고 충청도의 노산춘(魯山春)이며 소문난 가향주들을 유념하고 있으니, 나으리들께서 청하시는 대로 득달같이 차려 올립지요.」

「옹막거리 삼해주는 냇내가 나서 못쓰겠더군. 네 안태본 소산이라는 감홍로가 어떠냐?」

계집이 어린양을 떨며,

「나으리께서도 술 고르시는 솜씨가 그만하시면 기방에서는 명자깨나 받들어 모시겠습니다.」

계집이 정주간에 연통하러 나간 사이에 길소개도 소피 보러 나갈

일이 있는 것처럼 하여 계집을 뒤따라 나왔다. 지금 막 뒤꼍으로 돌아서고 있는 계집을 길소개가 나직이 불렀다.

「네가 오늘 저 위인을 호려야 한다.」

계집이 진저리를 치면서 길소개를 쏘아보았다.

「오늘 너에게 적잖은 해우채를 내릴 것이니, 오늘 밤 방에 앉은 저 무지렁이에게 수청을 들거라.」

「나으리, 이 무슨 날벼락이십니까. 쇤네를 면전에 두고 이토록 구박을 하시다니요.」

「내가 구실을 떼이고 안 떼이고는 전부 오늘 밤 네 수완과 행방술에 달려 있기에 청을 넣는 것이다. 내 뒷배를 네가 아니 봐주면 누가 하겠느냐.」

「아니됩니다.」

「수다 떨 것 없다. 만약 내일 아침 저 무지렁이를 제출물로 반듯이 세워 내보낸다면 너와 나는 의절이다. 저 위인을 네 사타구니에 끼고 곤두박아서 아주 멀건 육젓을 담가 버려라.」

말문이 막혀 하던 계집이,

「나으리 분부가 그러하시다 하나 제게 무슨 힘담이 있어 그분을 육젓으로 만들 수 있겠습니까.」

「이것아, 사내 하나를 하룻밤 사이에 삶아 내지도 못할 주제에 기적에다 명함은 무슨 반죽으로 내걸었더란 말이냐. 육덕이 그만한 이팔의 나이로 아직 피가 뜨끈뜨끈한 판에 저 약골인 선비 한 놈을 못 삶아 내더란 말이냐?」

계집이 콧방귀를 뀌고 앵돌아지며,

「오늘이 스무이틀 아닙니까. 쇤네 마침 몸것이 있어 개짐을 가졌소.」

「개짐을 차고 있으면 어떠냐, 그놈 하초에다 아주 질탕하게 피칠

240

갑까지 해주려무나. 그것이 바로 금상첨화라는 것이다.」

「나으리 말씀이 두길보기를 하라는 분부가 아니십니까. 쉰네 일개 천기의 지체라 하나 그런 폐단은 저지르기 쉬운 일이 아니지 않습니까.」

「하룻밤 수청을 가지고 왜 이토록 앙탈이냐. 내 그자에게 인정 쓸 일이 있어 그러하니, 제발 마다하지 말아 다오.」

계집이 볼따구니가 발갛게 상기되어 돌아서는 것을 보고 길소개는 딱 시치미를 떼고 봉노로 들어갔다. 오래지 않아 해주반 정갈하게 훔치고 각색 주효가 조촐하게 놓이고 감홍로 담은 구리주전자를 받친 주안상이 들어왔다. 술이 수삼 배에 이를 제 길소개는 살소매에서 꺼낸 염낭 하나를 도회관이 깔고 앉은 트레방석 밑에 끼워 넣고 기방을 나섰다. 그때 벌써 계집은 만수받이를 하고 있었고, 도회관은 계집을 둥개고 있는 중이었다.

3

일어선 김에 탑골집으로 돌아와 있었는데, 마침 삼개의 곡물객주인 염 대주로부터 언문 서찰 한 통이 당도해 있었다. 서찰을 뜯어보니 곧장 서강에 있는 가겟방으로 나와 달라는 내용이었다. 길가는 서찰을 불에 태워 없애고 나서 곧장 소의문으로 해서 성 밖으로 나갔다. 흙다리〔圯橋〕 지나서 조갯골〔蛤洞〕 지나고 애오개 넘어 와우산과 노고산 기슭을 따라 흐르는 창내를 따라 서강 도선목으로 노정을 잡았다. 햇살이 불볕으로 내리쬐어서 여항의 돌담이며 바자울에 기어오른 박과 호박 덩굴들이 길목버선 걸어 둔 것 같았다. 옹기를 인 부녀자들이 물웅덩이마다에 몰려 나와서 법석을 떨고 있었는데 길어 가는 물이 모두 흙탕물이었다. 앙금을 가라앉혀서 먹을 물로 하려는 것이다. 길가에 늘어선 소나무는 모두 송피(松皮)가 벗겨져 목질이 허옇게 드러나 있었는데, 또한 허리와 젖무덤이 허옇게 드러난 아녀자들이 나무마다 들붙어서 송피를 벗기고 있었다. 한창 주전 부리나 할 나이의 아이들이 횟배를 불룩하니 해가지고 어미들의 등에 매달려 있었다. 마을 어귀에서 길게 목청을 뽑는 낮닭 울음소리가 공허하게 정적을 깨고 있었다.

창내를 벗어나서 광흥창(廣興倉) 앞 한터에 이르니 오뉴월 긴 해도 벌써 나절가웃이나 기운 뒤였다. 도선머리까지 나가 볼까 하다가 발길을 돌려 염 대주의 객주로 곧장 올라갔다. 염 대주는 가겟방에 혼자 앉아서 골패로 오관 떼기를 하고 있었다. 염 대주가 미닫이 닫고 차인들을 멀리 내친 다음,

「행차하시게 하여 죄송합니다.」

「어인 일로 이렇게 촉급하게 사람을 오가라 하시오. 세곡이라도 당도한다는 통기가 왔소?」

「바로 그것입니다. 저희들의 통문이야 관아의 보장(報狀)보다야 빠르기가 살 같지요. 세곡선 일 종(綜)*이 제물포와 영종도 해류를 마악 돌아들었다 하니 모레 해 질 녘에는 서강 포소(浦所)에 당도할 것입니다.」

「하긴 파발마가 보부상들의 행보를 따르지 못한다는 것은 나도 알고 있소.」

「이번 일만 잘된다 하면 나으리께서도 평생 가택이 풍성하게 될 것이고 시생 역시 소소한 푼전벌이는 뒤집어엎고 나으리 덕택에 황첩(黃帖)*이나 얻어 의주 행보나 할 것입니다. 그렇게 작정하시고 시생도 미욱한 위인이 아니니 이번 일은 시생에게 맡겨 주십시

---

*종 : 조선(漕船) 서른 척을 일컫는 단위.
*황첩 : 인삼 판매 허가서.

오. 맹세코 실수 없게 하겠습니다.」

「이제 와서 가리 틀 심사는 아니나, 한 가지 화근거리가 없지 않소. 이런 불흉년에 세곡선이 당도하면 강대 사람들은 물론이겠거니와 금란사령(禁亂使令)*이란 것들이 눈깔에 불을 켜고 금란 치고 다닐 것이 아니오? 그들의 삼엄(森嚴)을 용하게 따돌릴 방도라도 있으시오?」

길소개의 말에 염 대주가 콧방귀부터 텅 뀌고 나서,

「나으리, 시생이 누구입니까. 뼛골이 노글노글할 때부터 삼개 갯바닥에서만 뒹굴며 잔뼈가 굵은 처지가 아닙니까. 금란에 물릴 만큼 어리보기도 아니며, 방책도 없이 감히 세곡을 농간하겠답시고 덧들이겠습니까. 게다가 마침 나으리와 한동아리가 되었으니 유현덕이 제갈량을 얻은 것이나 진배없게 되었습죠. 이것이 금상첨화가 아닙니까.」

금상첨화란 말은 조금 전 성내 다방골에서 자기가 주절거리던 말이라 길가는 혼자 빙그레 웃었다. 켯속을 모르는 염 대주는 웃는 것만 짝이 맞아서 우정 목청을 낮추었다.

「대저 서강에서 세곡 농간이란 간담 작은 소인배들은 감히 엄두조차 할 수 없는 일이니 엎어치기로 오히려 이때를 노리자는 것이지요. 또한 이번에 실기를 하면 일 년을 기다려야 할지 누가 알며 일 년 뒤까지 나으리께서 창관(倉官)으로 계실지도 짐작하기 어렵지 않습니까.」

「차제에 조곡 농간한 범증이 드러나기만 하면 민간에서 들고일어날 것은 차치하고라도 직수아문(直囚衙門)에서도 가만두지 않을 것이오. 그렇다면 나도 성내의 영방(營房)으로 들어가지 않고 서

* 금란사령 : 금란패를 가지고 다니며 금령을 어긴 사람을 찾아내어 잡아들이던 사령.

리들을 여기로 불러서 머무르도록 하겠소.」

「염려 잡아매십시오. 이번에는 수하에 두고 있는 차인들 중에서도 심지가 든든하고 근간(勤幹)한 놈들로만 조발했습니다. 이런 가뭄에 뱃구레를 주리지 않는 것만도 흔감일 터인데 주둥이를 함부로 놀릴 놈들이 어디 있겠습니까.」

「화사(和沙)*로 할 것이오?」

「손쉽기는 화수(和水)지요. 그러나 조운선이 복패(覆敗)되었다는 탈장(頉狀)*도 없었던 터에 화수놀음이란 어불성설입니다. 화사로 하면 검량에도 덕 볼 것이니 그중 으뜸이 아니겠습니까.」

길소개는 고개만 끄덕거릴 뿐 이렇다 할 대꾸가 없었다. 이번의 조곡은 거개가 경사의 하리와 군총들의 늠료로 나갈 것이니 화사가 된 쌀섬들이 나온다 할지라도 큰 사단이 벌어질 것 같지는 않았다. 객주의 곳간에 쌓아 둔 멥쌀섬을 화사해 두었다가 세곡선에 실려 온 오달진 조곡들과 바꿔 치기로 창고에 적치하자는 농간이었다.

하현달이 뜰 즈음 길소개는 객주의 곳간으로 가보았다. 곳간 한편에 3백여 섬의 섬곡식들이 쌓여 있었다. 서른 명 남짓한 짐방들이 섬곡식 두 개를 헐어서 석 섬의 곡식으로 만들고 있었다. 역시 곳간 한편에는 갯가 모래와 보릿겨와 허섭스레기들이 쌓여 있었다. 그런 식으로 화사하는 일은 이틀간으로 끝이 났다. 역시 길소개가 객주 가겟방에서 영리들과 더불어 묵새긴 지 이틀째 되던 해거름이었다. 마침 장무서리란 위인과 장기를 두고 있는데 염 대주가 장지를 열고 길소개를 은밀히 불러내었다.

「웬 소란이시오?」

「송풍배(松風排)*가 지금 막 서강에 잇대이고 있는 중입니다.」

---

*화사: 쌀섬에서 쌀을 빼내고 대신 모래를 섞어 넣음.
*탈장: 사업 보고서.

「그렇다면 호조에서 영선감관(領船監官)*이며 별고색(別庫色)들이 나왔더란 말이오?」

「애오개 길목을 지키고 있던 차인것들에게서 통기가 왔는데 그들이 시방 창내 초입으로 들어서고 있다 합니다.」

「그들을 작경해야 하지 않겠소?」

「그럼요. 뒤꼭지가 시퍼런 날탕패 다섯 놈을 조발해서 삽혈(歃血)* 언약을 시켜 놨습지요.」

염 대주를 따라가 조발해 두었다는 날탕패들을 둘러보고 싶었다. 그러나 길소개는 퇴를 밟고 내려가 당혜를 돌려 신다 말고 되돌아 방으로 들고 말았다. 경우 바른 체 설치기보다는 근신하는 편이 이로울 것 같았기 때문이다.

「내 구태여 간섭할 일이 아닙니다. 대주에게 그만한 수완이 없겠소?」

「의중이 어떠신지 알겠습니다. 시생이 후환 없도록 조처하지요.」

염 대주가 객주 가게 앞으로 나가자 용력이 세차 보이는 다섯 놈이 궁싯거리고 섰다가 염 대주에게 모여들었다. 한참 동안이나 귀엣말을 나누고 있는가 하였더니, 다섯 놈은 곧장 객주를 나섰다. 도선머리를 벗어난 그들은 애오개로 가는 창내를 따라 오르기 시작하였다. 찌던 날씨가 해거름이 되자 선들바람이 일어나 행보하기에 알맞게 되었다. 창내를 따라 5리 상거까지 오르고 보니 버들과 갈대와 싸리나무들로 어우러진 물목이 있었다. 몇 사람이 앉아 버리면 보이지 않을 만큼 잔풍하고 호젓한 곳이다. 가근방에는 인가도 없고 행

---

*송풍배 : 세선단.

*영선감관 : 조세를 실어 나르는 조운배를 감독하던 벼슬아치.

*삽혈 : 굳은 약속의 표시고 개나 돼지, 말 따위의 피를 서로 나누어 마시거나 입에 바르던 일.

객들도 드물었다. 다섯 명의 표한(剽悍)들이 버들 숲에 몸을 숨기고 초 한 대 피웠을 참이나 되었을까, 개울 아래로 바라보이는 들녘에서는 남기가 희미하게 가라앉기 시작했다. 간혹 서강 도선목으로 짚신을 팔러 나갔던 행고들이 몇 지나긴 하였지만 애오개 쪽에서 내려오는 행객들은 보이지 않았다. 그때 멀리서 희미한 인기척이 들려왔다. 버들 숲 사이로 바라보니 경마 잡힌 조랑말에 언치* 하고 올라앉은 도포짜리 하나와 걷고 있는 두 사람의 일행이 바라보였다. 염 대주가 일러 준 모색을 짐작하자 하니 조랑말 위에 올라탄 자는 영선감관이요, 뒤를 따르는 위인들은 별고색들이 틀림없었다.

그들이 다섯 명이 기다리고 있는 매복처에서 빨랫줄 서너 개 상거만큼 다가왔을 때였다. 매복해 있던 한 표한이 불쑥 몸을 솟구치는데, 벌써 옷은 찢어지고 피칠갑이 낭자하였다. 궐한이 눈자위를 하얗게 뒤집고 혼비백산으로 그들 일행을 마주 보며 살려 달라고 왼소리를 질러 대며 내달았다. 상투가 잘리고 피칠갑이 된 궐놈이 숭어뜀을하고 달려오는 것을 본 영선감관 일행이 후닥닥 걸음을 멈추었다.

궐한이 달려가더니 경마 잡고 배종하던 떠꺼머리총각놈을 다짜고짜로 밀어붙이고 말갈기부터 움켜잡았다. 궐한의 사나운 몰골에 더욱 놀란 일행이 육리청산(陸里靑山)을 당할 줄은 모르고 덩달아 하얗게 질려 있었다. 영선감관이 물었다.

「어인 소란이냐?」

여전히 말갈기를 잡고 있던 궐한이 울음보를 풀면서,

「어인 일이냐구요? 보시면 아실 터이지요. 쇤네를 활인하십시오. 그놈들이 몇 조금 안 가서 뒤쫓아올 것입니다요.」

궐한의 형용이 대단히 심상치 않았는데 과단성 있는 노복이라고

---
*언치 : 말이나 소의 안장이나 길마 밑에 깔아 그 등을 덮어 주는 방석이나 담요.

는 다리를 절고 있는 떠꺼머리 한 놈뿐이니 난감하게 된 것은 되레 영선감관 쪽이었다.

「인근에서 화적이 났느냐?」

경황중에도 경위부터 따지자 하고 묻는 말에는 대답도 않고 궐한은 자꾸만 죄없는 말갈기만 잡고 늘어지는 것이었다. 부대끼는 궐자의 등쌀에 진저리를 치고 모가지를 뒤틀던 말이 뒷걸음을 치고 있는 판인데, 궐한은 힐끗 아래 물목 쪽으로만 시선을 던지고 있는 별고색들에게 일별을 보내고는 괴춤에서 끝이 예리한 쇠붙이 하나를 소매로 가리며 꺼냈다. 잽싸게 말갈기 사이에다 쇠붙이를 깊숙이 꽂았다. 말이 뱀에라도 물린 듯 등겁하여 껑충 뛰며 비명을 지르더니 버들 숲 속으로 내닫기 시작하였다. 영선감관에게 제대로 마상술이 있을 수 없었다. 잡아챈 비주(轡紬) 끈을 놓지 않으려고 버둥대면서 말등에 실려 깝죽대던 영선감관이 버들가지에 이마를 맞고서야 마상에서 떨어지고 말았다. 말은 내처 죽는소리를 하며 하류 쪽으로 내닫고 있는데 엄살을 떨고 있던 궐한은 이젠 뛰는 말을 잡겠답시고 말과 같이 하류 쪽으로 뛰었다. 경마 잡던 종복은 갈밭 위에 거꾸로 박힌 상전을 부축하느라고 다른 곳으로 시선 돌릴 짬도 없었다. 그러한 사단이 모두 한순간에 일어났다. 그때 애오개 쪽에서 내려온 듯한 네 사람의 행객이 갈밭 속에서 낭패를 당하고 있는 네 사람을 만났다. 네 표한 중에서 한 놈이 물었다.

「나으리들, 어인 봉변이십니까?」

별고색이 겨우 입을 열어,

「가근방 멀지 않은 곳에서 화적이 났는가 보네.」

본색을 숨긴 차인 행수란 놈이 같잖다는 듯 불쑥 웃고는,

「나으리, 무슨 해괴하신 말씀입니까, 해서와 산동 지경에서 화적패가 들끓는단 풍문은 들었습니다만, 궁궐 코밑에 있는 서강 어름

에 화석 났단 말씀은 금시초문입니다.」

「흰소리가 아닐세.」

「설령 화적이 났단들 대순가요. 그놈들을 즉살시킬 방도가 없지 않습니다. 그러니 가시던 길이나 가십시오. 뒤가 메슥거리면 쇤네들이 노정을 고쳐 잡고서라도 안동해 드리지요.」

「고맙네. 그렇다면 이분을 좀 업어 주겠는가.」

별고색들과 갈밭 속을 들여다보니 이마에 피칠갑이 된 도포짜리 하나가 하늘을 똑바로 쳐다보고 누워 숨을 몰아 잡고 있었다. 표한 중에 한 놈이 진맥할 줄 안다며 영선감관의 몸뚱이를 뒤적거리더니 적이 낭패한 낯짝이 되어 혀까지 끌끌 찼다.

「큰일났습니다. 행보조차 임의롭지 못하신 게 아닙니다. 척추를 많이 다치셨으니 구급해 드리지 않으면 하초를 못 쓰시게 되기 십상입니다.」

「하초를 못 쓰시게 된다니? 그럼 생산을 못하시게 된다는 말이 아닌가?」

차인 행수란 놈이 숨통이 막힌다는 듯 가슴을 치는 시늉이며,

「살아생전 남정네의 구실이 여의치 못하시겠으니 생산이야 어불성설이 아닙니까, 나으리.」

「그럼 빨리 좀 들쳐들 업게. 애오개에 고명하다는 의원이 있단 소문을 들었네. 애오개까지만이라도 업어 가서 우선 구급부터 해야지 않겠나?」

「그런데 말씀입죠…….」

「자네들 신발차는 걱정 말게. 내 참알채(參謁債)*일망정 뚝 떼어서 신발차는 두둑이 내릴 것이네.」

---

* 참알채 : 하관이 상관을 찾아뵐 때 드는 인정전.

248

「걱정 마십시오.」

한 놈이 미투리 들메를 가뿐하게 죈 뒤 등을 돌리고 앉자, 다른 두 놈은 경마 잡던 떠꺼머리와 합세하여 영선감관을 업히고 있는데, 때마침 아까 진맥한답시고 영선감관의 몸을 뒤지던 차인 행수란 위인의 손에서 약시* 꾸러미 하나가 흘러 풀숲 위로 떨어졌다. 둘러서 있던 별고색들이 그것을 눈치 챘을 리 만무였다. 영선감관이 지녔던 약시 꾸러미는 서강 광흥창의 창고용이었다. 한 놈이 들쳐 업고 두 놈이 엉덩이를 받치고 왔던 길을 되짚어 돌아간 뒤 뛰는 말을 뒤쫓겠다고 숭어뜀으로 내려갔던 동패가 어디서 불쑥 나타나더니 영선감관이 누웠던 갈밭 어름 풀밭을 뒤지기 시작했다. 궐한은 동패가 떨구고 간 약시 꾸러미를 금방 찾아내었다. 궐한이 대희하여 창거리를 겨냥하고 냅다 뛰는데 두 다리가 허공에 뜬 것 같았다.

궐한이 광흥창의 약시 꾸러미를 취탈해 왔다는 소식을 들은 길소개는 도선목 포소로 나갔다. 송풍배가 득달하였다는 소식은 금방 물나들에 왜자하게 퍼져서 사공과 격군들이 전라도에서 묻히고 들어온 사태(私駄)를 흥정해 볼까 하는 잡살뱅이 행고들과 곡식 바리 구경이나 하자고 몰려나온 강대 사람들로 때 아니게 붐비고 있었다. 그러나 조군(漕軍)들이 도선목 주변에 홰를 달고 요처마다 망간(望竿)*을 세워 잡인들을 물침(勿侵)하고 삼엄히 지키고 있었다. 궁싯거리는 구경꾼들을 비집고 길소개와 장무서리가 앞으로 나아가자 금란 잡던 조졸이 앞을 가로막고 섰다.

「뉘십니까. 여기에 범접해선 안 됩니다.」

「나는 대동청의 창관일세. 수운판관(水運判官)께서 둔취하고 계신 숙위청(宿衛廳)은 어딘가?」

---

* 약시 : 열쇠.
* 망간 : 위험 표지로 세워 놓은 장대.

길소개가 점잖게 물어보며 소매에서 비첩(批帖)을 꺼내 슬쩍 보이자 조졸이란 놈이 횡보지 않으려고 고개를 길게 빼 올릴 제 길소개는 벌써 소매 속으로 집어넣어 버렸다. 조졸이 엉겁결에 포소에 정박해 있는 수참선(水站船)을 가리켰다. 세곡선단의 전위선에는 수운판관이 타게 마련이었다. 이에 길소개가 불끈 소증을 돋우면서,

「이놈아, 지소만 말고 거기까지 나를 안동해야 하지 않느냐. 네놈들 여기까지 조발되어 왔다가 회량미(回糧米)*도 챙기지 못하고 쫓겨나고 싶으냐?」

처음엔 신분을 몰라 뻣뻣거리던 조졸이 한마디 호령에 당장 오갈이 들어 서둘러 관디목을 지르고 나서 무릎치기를 사려 쥐고 선머리에 섰다. 수참선에 올라 보니 초면이 아닌 수운판관이 앉아 있었다.

품질(品秩)로 보아서는 창관은 종육품이요 수운판관은 종오품이었으나 한 사람은 선혜당상 민겸호의 편폐(偏嬖)를 받는 수하요 한 사람은 외양부터가 촌보리동지*인 수운판관이었으니 서로 예대가 지극하였다. 수운판관 곁으로 장압관(長押官),* 분재 차사원(分載差使員),* 수호 임장(守護任掌)* 같은 부운관원(部運官員)들과 영선(領船), 지로(指路) 들이 둘러앉아 있었다. 길소개는 송풍배가 서강 포소에 당도하기까지 동관들이 치른 신역을 입에 침이 마르도록 부추기고 나서 시방 장안에서는 늠료를 눈 빠지게 기다리고 있는 하리들과 군총들의 원성이 자자하니 서둘러 창고에다 세곡을 하륙시키자 하였다. 일개 대동청 창관이 그런 요청을 하는 것은 가당치도 않은

---

*회량미 : 조군(漕軍)들이 회정 때 먹을 쌀.

*촌보리동지 : 어련무던하게 생긴 시골 사람을 낮잡아 이르는 말.

*장압관 : 우두머리 호송관.

*분재 차사원 : 세곡의 장재를 감독하기 위한 임시 파견 관원.

*수호 임장 : 조운선을 수호하는 역원.

월조(越俎)인지라 수운판관은 난색이 되어 입맛만 다시고 앉아 있었다. 호조에서 영선감관이 나오기를 기다릴 판이었다. 길소개 역시 무방하게 여겼던지 굳이 채근하는 기색도 없이 잡담으로 한 식경이나 보내다가 슬쩍 퉁기기를,

「하긴 서강 포소까지 당도하여 몽깃돌을 달아 둔 송풍배의 세곡이 어디로 가겠습니까마는, 하룻밤을 허송했다가 추문이라도 당하실까 걱정입니다.」

「행차의 전횡만으로 세곡을 내렸다가 추문당할 일은 어찌합니까.」

「추문당하실 일이 무엇입니까. 세선에서 창고까지 이르는 길에서 세곡이 농간을 당한다면 모를까 부서(簿書)와 동령문(動令文)*을 부감하고 검량해서 하자가 없다 하면 일을 줄였다 하여 상급을 내렸지 추문당하실 일이야 애당초 있을 수가 없지요.」

그참에 이르러서야 길소개 곁에 앉았던 장무서리와 조보서리(朝報書吏)가 끼고 있던 피대*를 끌러, 지난가을 전라도 관찰사가 호조에 세수 양곡의 예정고를 실사하여 장계한 수조안(收租案)* 서책과 파발마로 이문이 된 세곡 발장 내용 명세를 꺼내 놓았다. 수운판관은 그때까지도 길소개의 안색을 유심히 지켜보았다. 수운판관도 5청(聽)을 듣는 데는 이력이 난 위인이었다. 5청이란, 사청(辭聽)이라 하여 언사에 조리가 없고 대중없이 번거로우면 옳지 못함의 증거요, 색청(色聽)이라 하여 주장하는 바가 올곧지 못한 위인의 얼굴빛이란 붉게 마련임을 뜻했다. 기청(氣聽)이라 하여 임시처변으로 거짓말할 적에는 숨을 헐떡거리게 마련이요, 이청(耳聽)이라 하여 진실이 아닐 땐 곧장 잘못 들은 체 귀를 모으는 형용으로 두 번 묻거나 대답하

---

*동령문 : 영수서.

*피대 . 가죽 가방.

*수조안 : 관찰사가 가을에 도내의 결세 예정액을 호조에 보고하던 장부책.

게 하며, 목청(目聽)이라 하여 신실을 말하지 않을 땐 눈에 정기가 흐려 있음을 말하였다. 영선감관이 가져와야 할 약시를 일개 창관이 가져왔다 하되 구태여 참월(僭越)을 범하지 않으려는 태도가 그럴듯하고 핀잔을 듣고 설치도 않고 언사가 경솔해 보이지 않아 의구심을 품을 만한 건덕지가 없었다. 그가 민문에 기대어 있으면서도 언죽번죽 빙릉(憑陵)*을 하려 들지 않으매 세곡 하륙을 작정해 버린 수운판관이,

「지금 당장 유마(留馬)할 일도 걱정이요, 해물인(解物人)들 조발도 난사가 아니오?」

「세곡 하륙만 하고 먹고 살아가는 강대것들이 득실거리는 판에 걱정이 과하십니다.」

수운판관이 포소에서부터 광흥창 창장(倉場)에 이르는 길에 축거(杻炬)*를 높이 달고 망간 세울 것을 분부하였다.

포소의 조거(漕渠)*에서부터 창장까지 홰를 밝힌 조군들이 늘어서고 1백여 명을 헤아리는 해물인들이 조발되어 세곡 하륙이 시작되었다. 창장은 '天·地·玄·黃'의 순으로 창호(倉號)가 새겨져 있었고 창호마다 문이 활짝 열려 있었다. 구경 나온 강대의 백성들이 근처에 궁싯거리고 서서 흘린 곡식들을 줍고자 하였다.

그러나 망간을 세우고 홰를 달아 삼엄을 세우고 덧들이는 자가 있으면 열음기(閱陰氣)*를 내리거나 초장료(草狀料)를 뜯겠다고 으름장을 놓았으니 부근에 얼씬도 못하게 되었다. 초장료란 관헌들이 화

---

*빙릉: 세력을 믿고 침범함.

*축거: 싸리나무 횃불.

*조거: 짐을 싣거나 풀거나 할 때 배를 들이대기 위하여 파서 만든 깊은 개울.

*열음기: 순라군이 밤중에 지나가는 수상한 사람을 잡아 해당 초소에서 밤을 새우게 하던 일.

적들 토포(討捕)에 드는 짚신값 명목으로 민간에서 뜯어내는 구실을 말함이니, 백성들은 지레 겁을 먹고 궁싯거리고들 있다가 밤이 이슥하자 하나 둘 흩어지고 말았다.

구경 나온 백성들이 귀찮게 굴지 않으니 밤이 깊어 갈수록 삼엄이 느슨해지기 시작하였고 해물인들의 걸음새도 처음 같지 않아 쉴 참이 많아졌다. 그동안 수참선에서 하륙하여 복처로 내려가 있던 수운판관과 장압관과 분재 차사원에게 길소개와 광흥창의 창관이 다가갔다. 광흥창 창관이 어깨를 부스스 떨면서,

「이제 얼추 하륙이 된 듯하니 날밤집에라도 찾아들어서 얼요기라도 하고 나오십시다. 아니래도 수질(水疾)로 시달리시던 터에 속까지 비고 보면 몸살들 나시겠습니다.」

수질에 골병이 든 수운판관 역시 절절 끓는 구들막에 엉덩이를 지지고 싶지 않은 것은 아니었지만 지체가 있고 책임이 없지 않은 터라 주저하고 있는데 길소개가 끼어들었다.

「덧들이는 건달 왈짜들도 없으니 물침할 걱정도 없구려. 세곡이 창장으로 들면 부서와 부감하여 호조에서 해유장(解由狀)* 받아 넣으실 일만 남았으니 잠시 들어가서 목을 축이시지요.」

창관들이 이구동성으로 권유하니 또한 야박하게 내치기가 어렵고 선창머리를 휘둘러보아도 큰 사단이 벌어질 조짐이 없는지라 수운판관은 수호 임장만 남기고 선창머리의 보행객주로 들어갔다. 그들이 보행객주로 들어가서 술추렴을 하는 동안 수직하던 조졸들도 흩어져 새벽 요기가 시작되었고, 염 대주 수하의 차인 행수란 위인이 나와서 수호 임장이란 자를 꼬드겨 숫막으로 데려가고 말았다. 그사이에 짐방들은 세곡선에서 내린 곡식들을 그들의 곳간에다 내리고

---

*해유상 : 벼슬아치가 물러날 때 후임자에게 사무를 인수인계한 내용을 적은 문건.

곳간에 있던 곡식들을 자표(字票)만 바꿔 달아서 장장으로 날랐다. 양동(陽動)을 쓰고 허정을 파는 일에 염 대주와 길소개가 똥창이 맞았으니 일이 외착날 리 만무였다. 그러나 염 대주 수하의 짐방들이 일사불란하다 할지라도 매조지가 그렇게 수월한 것만은 아니었다.

수졸군들 중에는 천성이 고지식한 위에 심지가 올곧은 위인들도 없지 않아서 적간을 게을리 하지 않으려고 조거의 잔교(棧橋)와 선제(船梯) 부근을 떠나지 않은 축들도 있었기 때문이다. 조운선 잔교를 떠난 세곡섬이 창장에 당도하기 전에 객줏집 곳간 어름에서 뭔가 석연찮은 일이 벌어지고 있다는 것을 눈치 챈 것은 잔교에 유진(留陣)하고 있던 조군들이었다. 화톳불을 쬐고 앉았던 조군들이 저희들끼리 한참이나 귀엣말을 주고받았다. 세 사람이 일어나서 잔교에서 내려와 곳간과 어름으로 비척거리고 올라갔다. 누가 한 짓인지는 모르지만 곳간과 인접해서 세워 둔 축거들은 모두 불이 꺼지고 부근이 아주 깜깜한 무인지경이 되어 있었다.

곳간 어름으로 올라간 조군이 곳간 뒤껼에 몸을 숨겼다가 적진을 하겠답시고 마침 곡식섬을 메고 나오는 짐방 한 놈을 불러 세웠다.

「그 곡식섬 내려놓으시지.」

야무지게 한마디 던지는 것이었지만 똥줄이 당기기는커녕 이미 간이 배 밖으로 나온 짐방이 이건 또 무슨 뜸베질인가 하고 발아래를 가리키고 있는 조군 세 놈을 바라보고만 서 있는데,

「왜 사람을 그렇게 쳐다보나? 여기 내려놓으라는 말이 들리지 않는감?」

「남은 물때가 나가기 전에 세곡들을 하륙한답시고 불알에 요령 소리가 나는 판인데 엉뚱하게 훼방이니 배알이 뒤틀려서 그렇소.」

「입을 댓 자나 빼물고 섰지만 말고 내려놓게. 우리가 적간할 일이 있어 그러니까.」

254

「적간이라면 비첩 가진 분들이 조처할 일이지 어찌 분수없이 월조
하여 냉갈령*을 부리시나그래.」

「비첩 가진 분들이 객주로 들어 농땡이를 치고 있으니 우리가 나
설 수밖에.」

「호랑이 없는 굴에 개호주가 장땡이라더니 그 짝이군. 자, 그럼 내
려놓으리다. 어찌들 하려오.」

도저한 짐방놈이 섬을 싼 매끼를 툭 터뜨리며 곡식 바리를 태질시
키자 조군이 얼른 괴춤에서 간색대[兌管]*를 뽑아 섬을 푹 찔러 내었
다. 간색대로 흘러나온 곡식은 물론 군산 해창에서 실려 온 곡식이
아니었다. 곡식 낟알에 섞여 나온 모래와 허섭스레기들을 본 조군들
의 눈자위가 하얗게 뒤집혔다. 심상하게 두고 볼 일이 아님을 눈치
챈 한 사람이 곁에 선 동패의 옆구리를 꾹 찔렀다.

「내가 여길 지키고 있을 테니 자넨 어서 가서 수운판관을 모셔 오
게나.」

바로 그때였다. 앞에 서 있던 짐방놈이 조군이 꼬나 쥐고 있던 간
색대를 낚아챘다. 그리고 곧장 수운판관에게 가려는 조군의 뱃구레
를 꾹 눌렀다.

「가다니, 물색도 모르고 어디로 간단 말이냐?」

「아아니, 금란군에게 훼방을 놔?」

「금란 치는 일도 눈치껏 해야 하느니, 우리 농간이 드러난 지금 너
희들을 호락호락하게 놔둬서 죄안을 뒤집어쓸 성싶은가.」

「이놈들 봐라, 얻다 대고 공갈이여? 그래 우릴 가만 놔두지 않으려
면 위쩔 테여?」

---

*냉갈령 : 몹시 매정하고 쌀쌀한 태도.

*간색대 : 가마니나 섬 속에 들어 있는 곡식이나 소금 따위의 물건을 찔러서 빼
  내어 보는 데 사용하는 기구.

「어쩌다니. 막다른 골목에 이른 판인데 너 죽고 나 살자는 수작이지.」

「어허, 이놈들이 하늘 높은 것만 알아서 분수를 모르고 날뛰고 있구먼.」

「천지를 모르고 덧들이고 있는 건 바로 자네들일세. 지금쯤 수운판관은 고주망태가 되어 감히 공사를 돌볼 입장도 아닐 터, 자네들 역시 적간한답시고 어깻바람을 넣어 보았자 비웃음만 살 것이여.」

「이놈, 색대를 치우지 못하겠느냐?」

「마침 출출한 김에 네놈의 창자나 후벼 내어 소금 발라 구워 먹을란다.」

실랑이가 길어져서 소증이 돋은 두 놈끼리 막 주먹다짐이 오갈 판인데, 어느새 통기를 받았는지 차인 행수가 싸개통으로 뛰어들어 조군 셋을 객주의 가겟방으로 끌다시피 해서 데리고 갔다. 그 후로는 어찌 되었는지 세 놈의 낯짝을 볼 수가 없었다.

수운판관과 장압관이 보행객주에서 어한을 한 다음 길소개를 따라 물나들에서 그렇게 초간하지 않은 숫막을 찾아들었더니 수발하는 중노미며 수청 드는 계집들의 거둠새가 강대의 상것들 풍속이 아니었다. 오랫동안 바다에 떠 있어 계집에 굶주렸던 탓도 있었지만 계집들 모색이 장안 일패것들에 못지않고 주안상에 오른 주효가 강대 숫막에서는 흔하게 볼 수 있는 것들이 아니었다. 술잔이 몇 순배 돌지 않아서 벌써 계집의 버들개지같이 야들야들한 손이 수운판관의 괴춤 속으로 들어와서 숫제 하초의 양물을 만지작거리고 있었다.

오래 계집 수청을 들이지 못한 까닭에 양기가 중치까지 차 올라 있는 판에 계집의 손이 알샅에 와 있다는 것이 과히 싫지 않아서 술을 권하는 대로 넙죽넙죽 받아 마셨으니 세상의 잡사가 모두 코 아래 맴돌고 공사의 엄중함이 모두가 개나발이 되어 버렸다. 오욕 칠정이 동한 수운판관은 어서 좌우를 물리치고 구들막 농사나 한바탕 질탕하게 벌여 놓고 싶은데 눈치 없는 것들이 늙은이 간장 타 들어가는 것은 헤지 않고 쓰잘데없는 잡담으로만 희롱하고 있으니 이젠 은근히 화까지 치밀었다.

버들개지 같은 계집의 손이 알샅을 스쳐 갈 적마다 척추가 생황줄처럼 빳빳하게 당기고 뒤통수가 찌릿찌릿하고 똥끝이 화끈하고 입에서는 단내가 훅훅대는 판인데 좌우에 벌려 앉은 장압관이며 창관들은 자리를 떠줄 요량도 않는 것이었다. 그때 맞은편에 앉은 길소개가 수운판관을 만수받이하고 있는 계집을 게슴츠레한 눈으로 건너다보며,

「너 그분 나으리가 좋으냐?」

「좋구말굽쇼.」

「그럼 잘되었구나. 너 오늘 밤 나으리께 수청을 들거라. 의향이 어떠냐?」

계집이 손으로 수운판관의 알샅을 한번 쓱 문지르고 겉으로는 곱게 흘기면서,

「나으리 말씀에 쇤네가 동하지 않을 것은 아닙니다. 쇤네가 수청 드리고 싶은 의향도 있다 하나 지체가 감히 쇤네 같은 천기로서는 쳐다볼 만한 처지가 아닌 듯합니다.」

계집의 말은 공손하나 은근히 거절하는 눈치이매 후끈 달아오른 수운판관은 얼른 수작을 가로채어 그까짓 것 지체고 나발이고 파탈함이 어떠냐고 잘라 말하고 싶었다. 그러나 아직은 체통을 지킬 만한 정신이 남아 있는지라 제발 길소개의 입에서 자기의 흉증을 도려낸 듯한 한마디가 대신해서 흘러나오기를 기다리고 있는데, 길소개는 수운판관과 입을 맞춘 놈처럼,

「자네 지체가 나으리께 가당치 못하다 하지만 방사에 서로의 지체

가 대순가. 나으리야 시방 자넬 수청 들이고 싶어서 마음이 조비
비듯 할 것이네.」

그러자 계집이 토라진 체하고 괴춤 안에 찔러 놓고 있던 손을 얌
통머리 없게 쑥 빼내면서,

「수청을 들면 무엇 합니까. 벌써 새벽별 뜰 때가 지났지 않습니까
요.」

계집의 조짐머리가 매몰스럽고 또한 그때까지 알샅에 넣고 있던
손까지 쑥 빼내 버리자 몹시 서운했던 수운판관은 이젠 체통이고 체
면이고 돌아볼 처지가 아니게 다급해진지라,

「허어, 괴이하다. 내 너를 품는 데 그렇게 긴 시간이 필요하겠느
냐? 새벽별이 뜬다 하여 곧장 날이 샐 것도 아닐 터, 너는 이때까
지 나를 달구어만 놓고 몰라라 한다면 그럼 어느 개자식에게 수청
을 들겠다는 것이냐.」

수운판관의 상툿고가 부르르 떨렸다.

수운판관이 길소개와 계집이 일찍이 입을 맞추고 통모한 내막은
알아차리지 못하고 아주 정색하고 버럭 소증을 긁어 올리자, 길소개
는 화들짝 놀라는 기색으로 우정 목청을 낮추었다.

「동관께서는 일개 천기 하나 수청 들이시는 일에 어찌 핏대를 곤
두세우고 체통을 돌보지 않으시려 합니까. 설마 이 아이가 나으리
말고 딴 놈과 색사를 벌일 생념을 품을 수가 있겠습니까. 소증을
가라앉히시고 고정하십시오.」

길소개의 말에 기운을 얻은 수운판관이 더욱 기승을 떨며,

「이 아이가 하고 있는 언사가 무엄하고 얄밉지 않소? 나로 말하면
소싯적에 개호주를 여러 마리 잡을 만큼 여력이 장한 터, 그깟 새
벽별이 뜬다 하여 계집 하나 둥개지 못할 성싶소?」

길소개가 껄껄 웃으며,

「그건 그렇지 않습니다. 개호주 백 마리를 잡으신 솜씨라 하시더라도 새벽별 하나를 따지 못하겠지요.」

슬기구멍이 막혀 버린 수운판관이 당장 대꾸할 말을 찾지 못하고 붉으락푸르락하다가 겨우 말머리를 찾아내어,

「하기야 별을 딸 재간이야 있겠소. 하지만 이 아이가 종내 냉갈령을 내붙이고 앉았기만 하니 내 체통이 무며, 애간장인들 오죽 탔겠소. 남의 상(喪)을 봐주려거든 삼년상까지더라고, 이 아이가 심지를 돌려 앉히도록 좀 부추겨 주시구려.」

「이 아이로 말하면 서강 도선머리에서는 교명(嬌名)이 있는 색골로 명자깨나 있다 하더이다. 나으리의 허우대로 이 아이의 음분을 감내할 수 있을는지 걱정입니다.」

「그거야 당사자끼리 주변해서 방책을 세울 일이 아니겠소? 내 내일 아침엔 허리가 부러진다 하여도 행차께 타박을 드리지는 않으리다.」

「그럼 객금(客衾)이 깔린 상방으로 먼저 건너가시지요. 내 이 아이에겐 꽃값을 톡톡하게 내리고 뒷물시켜 보내 드립지요.」

길소개 혼자 밖으로 나와 보니 벌써 계명성이 뜬 지도 오래되어 도선머리가 희붐하니 밝아 오기 시작했다. 멀리 바라보이는 조거와 잔교에서는 세곡선들이 잇대여 머물렀고, 갯머리에는 야거리와 뗏배들이 늘어섰고 화장들이 피워 올리는 연기들이 새벽하늘로 흩어지고 있었다. 광흥창으로 오르는 길목에는 불 꺼진 홰들이 뒹굴었다. 강 건너로부터 여울을 스쳐 오는 새벽바람이 시원하게 불어오고 서해에서 날아든 몇 마리의 갈매기들이 강 위에서 날고 있었다.

그렇게 가파르지도 조용하게 흐르지도 않는 한강의 검은 몸뚱이는 희끄무레한 새벽 어스름을 받으며 여울 주름을 접었다 폈다 하면서 유유히 흘러가고 선등을 켠 야거리 몇 척이 노들 쪽으로 흘러가

고 있었다. 사방이 너무나 조용했다. 한참 동안 강심으로 시선을 떨
구고 서 있던 길소개는 염 대주의 객주 쪽으로 걸어갔다. 염 대주는
밤을 하얗게 새운 여윈 얼굴로 가게의 거처방에서 그를 기다리고 있
던 참이었다. 길가가 방으로 들어서자 염 대주가 얼른 방석을 내밀
었다.

「일은 감쪽 벤 것같이 해치웠습니다.」

「대주의 너름새가 이토록 장할 줄은 미처 몰랐구려.」

염 대주가 장죽에다 담배를 다져 넣고 불까지 댕겨서 길소개에게
건네주었다. 연기를 길게 내뿜는 길소개를 적이 바라보고 앉았던 염
대주가 목청을 낮추어 말했다.

「영선감관이란 위인이 이 사실을 눈치 챘다면 똥 본 오리처럼 수
다스럽게 지절댈 건 뻔한 이치입니다. 물론 시생에게도 위인을 삶
아 낼 재간이 없지는 않습니다만, 벼슬아치들 구워삶는 일이라면
나으리께서 한발이 빠르지 않습니까.」

「그럴듯하오. 수운판관과 장압관은 내가 밤이 이슥토록 구워삶아
놓은 위에다 또한 계집들이 재벌 삶아 내고 있을 것이니 아침나절
눈 뜰 때쯤이면 애호박 삶은 듯이 흐물흐물할 테지요. 계집의 하
초에다 대갈통을 처박고 뜸베질에 기력을 빼고 있는 사이에 세곡
농간을 눈치 챌 리 만무가 아니겠소? 다만 영선감관이 거슬리는데
이것은 요당의 처분에 맡길 수밖에 없습니다.」

「그런데 송풍배에 실려 올라온 세곡 중에도 농간한 것이 없지 않
더이다.」

길소개가 화들짝 놀라 눈자위를 크게 뜨고,

「그건 또 무슨 말씀이오?」

「짐작으로는 벌써 해창의 봉미관들이며 아전들과 수운판관이 통
을 짜고 군산 해창에서부터 화사된 세곡들을 장재한 것이 틀림없

소이다. 화사된 것이 근 삼백 섬에 가깝다는 얘기가 있습니다.」

길소개의 낯짝이 금방 수색(愁色)으로 가득 차서,

「그렇다면 우린 안팎곱사가 된 것이 아닙니까.」

「화사된 세곡이 장재된 배가 따로 있다는 것을 먼저 정탐해서 그 배에 실렸던 것은 곧바로 창고로 날랐지요. 세곡선단 지로들 중에는 옛날 시생의 수하에서 찬밥 먹던 놈들이 여럿 있었으니까요.」

「잠시 가슴이 덜컥하였소이다.」

「시생이 뭐라고 합디까. 서강 갯머리에서 잔뼈가 굵은 위인이라 하지 않았습니까. 그만한 주변도 없이 감히 이 일에 뛰어들었겠습니까.」

「그렇다면 선혜청으로 이송될 세곡들 중에는 오달진 곡식이라곤 찾아보기 힘들게 되었지 않소?」

「방료(放料)하는 데까지야 시생의 여력이 미치지 못한다는 것은 나으리도 알고 계시지 않습니까. 그런 일까지 시생이 도맡아서 걱정을 하라시면 애당초 시생 혼자서 도거리로 몰아칠 일이었지 나으리와 동사는 왜 했겠습니까.」

그때까지 대꾸가 고분고분하다가 느닷없이 한마디 불쑥 내지르며 비아냥거리고 나오는 염 대주의 언사가 예사롭지 않았다. 그에 찔끔한 길소개가 슬쩍 말머리를 돌려 앉히는데,

「저놈, 수운판관이란 놈의 속도 멀쩡한 놈이었구려. 나를 상종함에는 청빈하고 올곧은 벼슬아치로 자처함에 서슴이 없었소. 그런 놈에게 아유(阿諛)*를 한답시고 수상으로 받들고 가효 진찬을 차려 올려 환접을 하였으니 도둑놈의 묘(墓)에다 술잔 부어 준 처사가 되었소.」

---

*아유 : 아첨.

「그 위인 역시 우리들의 위계를 꿰뚫어 보고 있었는지도 모르지요.」

「그놈이 남이 켠 횃불에 조개 줍자는 수작이구먼. 화사한 것이 드러나서 추문을 당할 제 우리에게 덮씌울 요량이었소. 위인의 위계도 출중하구먼. 하기야 내장까지 썩어서 냄새가 풍기는 지방의 수령이며 받자빗*들이 수운판관이란 놈을 꼬드기지 않고 가만두었을 리가 만무지.」

지방의 방백이며 수령들의 세곡 농간이야 이미 세상이 알고 있는 것 아니냐고 싸잡아서 맞장구를 치려다가 염 대주는 차마 입을 열지 못하고 닥치고 말았다.

영선감관이 낙마(落馬)를 한 경위야 어찌 되었든 광흥창의 약시를 잃어버렸다는 것은 추문을 받고도 남을 일이었다. 면책을 하자면 선혜당상 민겸호를 찾아가서 자초지종을 직토하는 일부터가 발등에 떨어진 불을 끄는 일이었다. 영선감관이 호조 판서 김병시를 찾지 않고 민겸호를 참알하려는 것은 위인이 좌우를 살피는 지각은 있어 민문의 위세를 짐작하고 있었기 때문이다. 애오개의 의원 집에서 하룻밤을 구완하여 겨우 허한 신기가 거동할 만하게 되자 곧장 민겸호의 집으로 찾아갔다.

헐숙청에는 이미 수십 명의 갑사, 문객이며 아직 정관(正官)으로 서임(敍任)되지 못한 이습관(肄習官)들이 다투어 명함을 걸고 은밀히 뵙기를 기다리고 있어 다급한 공사라 하나 좀처럼 명함이 떨어지지 않았다. 미욱하고 고지식한 영선감관이 헐숙청에서 청지기들 눈치만 살피고 있는 사이에 길소개가 들이닥쳐 곧바로 사랑으로 올라갔다. 헐숙청에 참알코자 하는 작자들이 들끓고 있는 것과는 딴판으

---

* 받자빗 : 관아에서 환곡이나 조세 따위를 받아들이는 일을 맡아보던 부서.

로 민겸호는 네 칸 통방(通房)에 혼자 소슬히 앉아 있었다.

길소개가 사랑으로 올라간 지 향 반 대 피울 참이나 되었을까. 설렁 치는 소리가 몸채 대방에까지 들리도록 요란하고 사랑방 미닫이가 부서질 듯 내어 꽂히면서 시월 새벽나절 갯밭 무같이 서슬이 시퍼렇게 오른 민겸호의 얼굴이 내밀렸다. 마침 누마루 아래에서 서성거리던 청지기가 똥 본 개처럼 쭈르르 달려갔다.

「헐숙청에 영선감관으로 자처하는 위인이 와 있느냐?」

「예, 벌써 아침나절에 와서 대감마님 하회 떨어질 때만을 기다리고 있는뎁쇼.」

「그 위인을 불러다 누마루 아래에 입정(立庭)부터 시키어라.」

내로라하는 벼슬아치들 주벌(誅罰)당하는 꼴을 옆에서 구경하는데 재미를 붙인 청지기가 솔잎상투를 끄덕거리며 중문을 나선 지 한 숨을 채 돌리기도 전에 어깨를 무릎까지 처뜨리고 들어서는 위인이 보였다. 이미 상판은 노랑꽃이 피어 있었다. 민겸호는 영선감관이 입정을 하고 서자, 처음과는 달리 고운 말로 어인 일이냐고 물었다. 영선감관이 세선단이 서강에 당도하였다는 소식을 듣고 난 이후부터 이제까지 일어난 사단을 미주알고주알 엎어지고 자빠진 곳을 낱낱이 헤아려 일러바칠 동안 민겸호는 이렇다 할 대꾸를 않았다. 대저 시생이 겪은 지난 풍상이 이렇습니다, 하고 영선감관의 변해가 끝나자 민겸호는 혀를 끌끌 차면서,

「감히 국사를 행한다는 이 아둔한 위인아, 그래, 자네 모가지나 진배없는 창호의 약시는 찾아냈던가?」

「애오개에 당도한 길로 실물된 것을 알고 곧 수하들을 풀어 수탐해 보았으나 허행이었습니다.」

「그렇다면 세선 일종이 물때가 날 때까지 세곡 하륙을 못하고 지체된 과오는 뉘게 있겠느냐?」

영신감관이 그때까지 시선을 발등에만 떨구고 있다가 고개를 들어 말하였다.

「시생이 비록 약시는 잃어버렸다 하나 마침 소명한 창관이 있어 노상에서 약시를 습득하고 곧장 창장으로 달려가서 세곡 하륙에 하자가 없도록 조처한 줄로 압니다.」

「그 소식은 어디서 들었느냐?」

「약시를 찾으러 나갔던 수하들이 알고 시생에게 일러 주었습니다.」

「그로써 자네의 실수가 용서될 성부른가?」

영선감관이 사뭇 소매를 떨고 섰다가 속으로 잡아당기는 목소리로,

「시생의 실책은, 돌아보건대 불가항력이 아니었던가 합니다. 요행 세곡이 하자 없이 하륙되었다 하니 안전께서 요량하시어 시생의 잘못을 덮어 주시기 바랄 뿐입니다.」

「비위짱 한 가지는 타고난 위인이로군. 곧장 의금부로 끌려가서 취리(就理)를 받아야 할 벼슬아치가 엉뚱한 나를 찾아와서 추위(推委)*할 방도만을 찾고 있다 하면, 이것이 가소로운 일이 아니냐. 이로써 나라의 정사가 이미 상도를 벗어났음을 입증하고도 남을 일이다. 자네가 말로는 약시를 습득한 창관의 심지가 바로 박혔다고 하지만 그 창관이 자네 뱃속에서 빼낸 자식인가? 그 창관이란 것이 세곡을 농간하기 위해 자네를 낙상시키고, 약시를 소매치기해 갈 수도 있는 것, 자넨 강대의 시간배(市奸輩)들이 판 허정에 곱다시 걸려든 것이네. 호조의 영선감관이란 자가 세곡 농간을 꾀하자는 자들의 패에 들고 말았으니 손바닥이야 바로 펴 보이나 뒤집어 보이나 간에 추심을 면하기는 어렵게 되었네. 내게 수완이 있고 조정에 안목이 넓다 하나 이 사단이 예삿일이 아닌, 세곡을

---

*추위 : 자기의 책임을 남에게 미룸.

264

도둑맞은 일이니, 난들 무슨 재간으로 손을 쓸 수 있겠나. 돌아가서 가택이며 권속들이나 살펴서 절협탑치(折脇搨齒)에 원찬을 당하더라도 난가(亂家)나 되지 않도록 조처하시게.」

상감의 척신이요, 육조의 판서를 두루 거친 선혜당상 민겸호가 한 말이었다. 그 말이 정오품 영선감관에게는 윤발(綸綍)*이나 다를 바 없었다. 영선감관이 다급한 김에 모가지부터 붙여 두어야겠다는 작정이 드는 것은 당연하였다.

「시생이 시간배들의 패에 들었다 하나 전라도에서 올린 세량유첩과 창호의 세곡을 부감하여 휴흠(虧欠)이 있다 하면 시생의 꼴같잖은 모가지를 내어 놓겠습니다.」

「가당찮은 변해로다. 인봉(印封)과 자표(字票)가 뚜렷한 세곡이었다 할지라도 하륙될 조금에는 애오개에 엎드려 있었단 위인이 어찌해서 세곡 인척(印尺)*을 죄다 삼킨 위인처럼 창장의 일을 소상하게 점고했더란 말이냐?」

영선감관이 제 발목이 빠져 들어가는 것은 헤지 못하고 조바심만으로 거짓말이 낭자하였다.

「시생이 비록 의원의 집에 있었다 하나 수하를 시켜 낱낱이 주변하고 점고하였기에 드리는 말씀입니다.」

「아주 아귀를 짓게.」

「차후 세곡 휴흠으로 국고에 폐단을 남긴다 하면 시생이 무슨 면목으로 패상을 탈면하겠답시고 나설 수가 있겠습니까. 절대 그런 일은 없을 것입니다.」

「그렇다면 오늘 중화 전으로 자네의 서압이 된 보장과 세량 유첩을 선혜청으로 올리게. 해유(解由)는 그것으로 논의토록 하겠네.」

─────────────

*윤발 : 임금이 신하나 백성에게 내리는 말.
*인척 : 조세를 받은 표.

임시처변으로 탈면을 하겠답시고 언죽번죽 지껄인 언사에 앞뒤가 맞지 않고 그 거동이 또한 배리기 짝이 없었으나 정망(停望)*에서 놓여난 것만 다행으로 여긴 영선감관이 청지기에게 참알채를 떨구고 물러난 뒤, 그때까지 미닫이문 뒤에 숨어 앉아서 사랑과 뜰 아래에서 호령하고 개어 올리는 말을 죄다 듣고 앉았던 길소개가 하얗게 질려 말하였다.

「나으리 처분이 그렇게 원만하시어서는 후환이 생깁니다.」

「내가 그 위인을 놓아준 까닭을 모른단 말인가?」

「그 위인이 제 살아날 욕심으로 앞뒤 없이 지껄인 말이고 보면 또 어디 가서 무슨 말을 해버릴지 짐작하기 어렵지 않습니까.」

「위인의 그릇이 그럴 만하던가? 어디 가서 담론 한번 조리 있게 못할 위인일세.」

「배짱 없는 위인이니까 더욱 그렇지가 않습니까.」

「영선감관이란 위인보다는 지금 서강에 엎디어 있다는 수운판관이란 놈을 잡아들이는 일이 다급하다. 해창의 봉미관이란 것들과 통모하여 화사를 저지르고도 자네에게 환접을 받다니, 그놈 간뗑이가 배 밖으로 불거진 놈이군. 압뢰들을 풀어서 그것부터 잡아들여 우환이 생기지 않도록 조처할 일이야.」

「어젯밤 일을 눈치 챘다면 금부에 끌려가서 물귀신처럼 시생의 다리를 잡고 늘어지지 않겠습니까?」

길소개의 말에 민겸호는 한참 동안 혀를 끌끌 차다가,

「이런 아둔한 위인하구선. 그 위인을 추문하겠다고 하였는가? 그냥 잡아들여 체옥(滯獄)*을 시키면 될 것 아닌가. 제 놈이 언변에 서슴이 없고 범증을 가리는 안목에 총기가 있다 한들 추심을 받지

---

*정망 : 죄지은 사람에게 벼슬살이를 그만두게 하던 일.
*체옥 : 옥에 오랫동안 갇혀 있음.

않고 그냥 잡아 체옥만 시키는데 누굴 보고 하소연하겠으며 뉘게
다 발고를 한단 말인가. 한 열흘쯤 잡아 가둬 두고 차일피일 추심
을 미루는 중에 군향(軍餉)*을 풀어먹인 다음 불러내어 추심을 한
다 하면 해창의 봉미관들과 세곡 농간한 제 놈의 죄질은 가려낼
수 있으되 자네가 저지른 일이야 증거할 것이 어디 있겠나? 늠료
로 나간 곡식을 거둬들인단 말인가?」

「대감의 계책에는 시생이 미처 따르지 못하겠습니다.」

「의뭉 떨지 말고 어서 사랑에서 비켜나게.」

민겸호의 집을 나선 길소개는 갈 곳이 없어 망설였다. 선혜청 영
방으로 간다는 일도 당장 긴치 않았고 탑골집으로 기어드는 것도 을
씨년스러웠다. 오늘 밤은 매월이 옆에서 고단한 몸을 누일까 하고
약고개로 나아가 매월이를 찾았다. 그러나 매월이는 없었다. 매월이
뿐만 아니라 무기(巫技)를 익힌다는 처자아이까지 보이지 않았다.
대신 난데없이 용수 씌운 장대 하나가 울바자 옆에 기대어 섰고 툇
마루에는 고함만 한번 크게 질러도 딸깍 숨이 끊어질 듯 얼굴에 저
승꽃이 하얗게 핀 호호야 늙은이 하나가 술동이를 끼고 졸고 있었
다. 길소개가 툇마루를 탕탕 치고 나서야 늙은 할미는 천 근같이 무
거워 보이는 눈시울을 떴다.

「보시게, 이 집이 이씨녀라는 만신이 거접하던 전냇집이 아니던
가?」

「어디서 온 뉘신가?」

「어디서 온 뉘시든 그건 알 거 없네. 이 전냇집에 언제 숫막이 들
어섰단 말인가?」

「내가 들어와 산 지는 보름이 채 못 되오만, 도대체 뉘를 찾으시

---

*군향: 군대의 양식. 군량.

오?」

「여기 살던 만신이며 처자는 어디 갔는가?」

「그 사람들 호적 단자는 잘 모르겠소.」

「모르다니, 공연히 남의 집을 취탈해서 들어와 산단 말인가?」

「어이쿠, 저런 낭패가 있나. 내가 갈까마귀인 줄 아슈. 남의 집을
취탈하게.」

「말인즉슨 그러하다는 거지. 하기야 자네 근력 가지고 감히 남의
집을 취탈이야 하겠는가. 그러나 전사에 살던 사람의 경위를 대강
이나마 알고 있어야 할 게 아닌가.」

노파를 상종하여 얼러 대고 문질러 보았으나 알고 있는 것이라고
는 매월이와 신딸 격인 간나희가 무구를 챙겨 집을 맡기고 나갔을
뿐 행지조차 알 도리가 없다는 것이었다. 소증이 돋은 길소개는 봉
노마다 장지를 열어 보았으나 주파가 기거한다는 안방만 빠끔할 뿐
봉노마다 먼지가 켜로 앉아 냉기만 스산하였다.

보아하니 집을 비운 지가 달포 가까이 될 성싶었다. 길소개는 그
제야 탈기한 채 정신을 가다듬었다. 숭례문 밖 투전방에 붙박여 뒹
구는 동안 달포가 넘게 매월이를 만나 보지 못한 것이 불찰이었다.
걸음한 김에 노들 풍류방에까지 수소문해 보았으나 어느 무녀들이
고 간에 매월이의 행지를 알고 있는 계집이 없었다. 영방으로 돌아
가서 수하들을 풀어 추쇄를 시켰다.

전냇집들이 많다는 목멱산 아래며 궁궁 언저리를 수탐하고, 사간
원(司諫院) 무당골 어름을 서캐 잡듯 여축없이 뒤졌으나 매월이의
종적은 가늠할 길이 없었다. 길소개는 심기가 자못 스산했다. 나랏
무당이며 만신으로 행세하는 무녀들이 중궁전을 무상으로 들락거린
다는 소문이었고, 매월이도 명판이 있다고 왜자하게 소문이 난 만신
이고 보면 궁궐 출입도 있었을 법한데 액정서(掖庭署) 별감들에게

268

수소문해 보았으나 요즈음에 이르러 중궁전에서 굿청을 차린 일도 없다는 것이었다. 심란할 땐 행방(行房)의 잔재주가 출중하고 육덕이 호벅진 매월이를 끼고 질탕하게 육허기를 채우고 나면, 가슴에 맺힌 허증이 가시고 사추리에 맺힌 응어리가 풀리고, 찌뿌드드하던 어깨가 가뿐하고 걸음새도 가벼워졌던 것이다. 그 또한 바랄 것이 없게 되었으니 길소개 심사가 개운할 리 없었다. 그렇다면 이 계집이 도대체 어디로 날아 버린 것일까. 어쩌면 매월이를 화첩으로라도 거두어 줄 요량이 없지 않았었는데, 이 빙충맞고 소갈머리 없는 계집이 언문 서찰 한 통 남김이 없이 사라졌다는 것이 심상찮은 조짐으로 여겨졌다.

4

길소개가 은밀하게 매월이를 수탐할 동안 선혜청에서는 그동안 차일피일하였던 무위영(武衛營)과 장어영(壯禦營)의 군졸들에게 늠료를 베풀라는 분부가 내려졌는데 그것이 6월 초닷샛날이었다.

숭례문 안 선혜청으로 사람들이 꾀어들기 시작했다. 무교다리께에서 수각교로 이르는 돌샘골〔石井洞〕 앞길과 소광교(小廣橋)에서 용골〔龍洞〕, 낙골〔洛洞〕의 앞길이며 이태원에서 쇠머릿재〔牛首峴〕를 넘어 숭례문에 이르는 대로에는 갑자기 많은 행인들로 붐비기 시작했다.

장안 통구(通衢)와 바람벽이며 다릿목에는 군총들의 늠료가 베풀어진다는 방이 걸려 있기도 하였다. 무교다리께나 소광교에서 선혜청으로 들어가는 사람들이나 이태원에서 숭례문을 겨냥하여 행보하는 사람들이나 간에 괴춤에 빈 곡식 자루를 꿰차고 있었다. 한길이 미어터질 만큼 행인들로 붐비는 것은 아니었지만 여느 때 같으면 짚신이나 옹기짐이며 나무장수들이나 네댓 섬너다닐 창거리 앞길에는 갑자기 붐비는 사람들로 대처의 장시를 바라보는 듯하게 되었다. 남정네들과 아해들은 시꺼먼 뱃구레가 그대로 드러나는 베잠방이에 계집들은 몽당치마 일색이었다. 창거리가 그렇게 붐비게 된 것은 늠료를 받으러 온 사람들뿐만 아니라 그들을 상종하여 소소한 물화들이나 팔아 볼까 하는 장사치들도 덩달아 꾀어들었기 때문이다.

짚신장수, 옹기장수, 숫돌장수, 맷돌장수, 우비장수, 방물장수, 횃불장수, 꿩장수, 미투리장수, 목기장수, 망건장수, 생마(生麻)장수, 죽물(竹物)장수, 목반장수 들이 천세가 난 것처럼 떠들어 대며 싸구려를 부르는데도 정작 임자들이 나서는 꼴은 볼 수 없었다. 방료가 되자면 아직 좀 더 기다려야 했기 때문이다. 그때 목판에다 걸빵을 걸어서 모가지에 멘 늙은 떡장수 하나가 사람들 사이를 비집고 나오며 싸구려를 부르기 시작했다.

「떡들 사시오, 떡들 사시오. 정월 보름 달떡이요, 오월 한식 송편이오. 삼월 삼질 쑥떡에다 사월 파일 느티떡에 오월 단오 수리취떡이오. 유월 유두에 밀전병이라 칠월 칠석에 수단이요, 팔월 가위 오려송편, 구월 아흐레 국화떡이라. 시월 상달 무시루떡에 섣달에는 골무떡. 두 귀 발쭉 송편이요, 세 귀 발쭉 호만두, 네 귀 발쭉 인절미로다. 먹기 좋은 백설기, 시금털털 증편이로다. 글방 도령 필양떡, 각집 아씨 실패떡, 세살 둥둥 타래떡, 춘방 사령 청절편, 도감 포수 송기떡, 대전별감 색떡이라. 떡 사시오, 떡들 사시오. 개짐으로도 바꾸고 멥쌀로도 바꿉니다. 베 자투리도 바꾸고 무명 끝이면 더욱 좋소이다.」

떡장수가 갖은 떡타령을 늘어놓기는 하였지만 정작 목판에는 먹고 난 뒤에 뒤를 싸면 창자가 찢어진다는 송기떡이 고물도 없이 쌓여 있을 뿐이었다. 그러나 아침 요기를 못하고 나온 부녀자들이 떡

목판을 기웃거리기도 하였다. 떡장수가 떡타령을 주절거리면서 도봉소 앞으로 주적거리며 들어가다 보니 도봉소 앞에는 멀찌감치 금삭이 쳐지고 망간을 세워 금잡인을 시키고 있었다. 수직간(守直間)에서 나온 선혜청 사령들이 금삭 친 주변을 지키고 서 있었다.

그때 윗도리는 벗은 채로 엉덩이만 겨우 가릴 정도의 예닐곱이나 되었을까 말까 한 아해 하나가 떡장수에게 다가왔다. 아해가 말도 없이 손에 들었던 것을 불쑥 내밀기에 받아 보니 여인의 경수(經水)가 묻은 개짐이었다. 떡장수가 개짐을 받아 쥐자 아해는 두 손을 떡목판 위로 올리고 크게 벌리고 섰다. 네댓 칸 밖에서 뒤태만 보인 채 내외를 하고 돌아서 있는 입성 스산한 여인과 아해를 한동안 번갈아 보고 섰던 떡장수가 개짐을 거두고 떡을 집어 아해에게 건네주었다. 아해가 좋아라고 소리치며 어머니에게로 쫓아가자 떡장수는 슬그머니 인파 속으로 묻혀 들고 말았다.

자모전(子母錢)*을 굴리는 사람들의 풍속에는 왕기가 따른다 하여 장난삼아 앵혈(櫻血)이 묻은 여인네의 개짐을 맡고 돈을 꾸어 주는 일이 있긴 하였다. 떡장수가 개짐으로 떡을 바꾼다고 외치기는 하였지만 그 역시 흥을 돋우기 위한 말장난에 불과했었다. 그러나 얼마나 배를 주렸으면 말만 믿고 차고 있던 서답을 빼내어 아해에게 들려 보냈을까. 그다음부턴 떡타령이 들려오지 않았다. 그때 창거리 한터에서 궁싯거리던 사람들이 도봉소의 상고(廂庫) 쪽으로 몰려가기 시작했다. 상고의 문이 열리고 있었기 때문이다.

군총들이 들고 온 체하(帖下)*나 녹패(祿牌)를 영리(營吏)에게 내밀면 영리는 그것을 받아 부서(簿書)와 반인감합(半印勘合)*하여 하

---

* 자모전 : 이자가 붙은 돈.
* 체하 : 관아에서 일꾼이나 장사치들에게 돈이나 물건을 줄 때, 그 표를 종이에 적어 주던 일.

자가 없으면 현록(懸錄)*하고 교단(交單)을 건네주었다. 교단을 건
네받은 사람은 양편으로 세워진 망간들 사이를 지나 상고의 문 앞으
로 가면 두급(斗級)들과 민간에서 조발한 말감고들과 두척(斗尺)들
이 교단에 적힌 대로 늠료를 마되질해 주게 되어 있었다.

바깥에 금삭을 치고 삼엄하게 둘러선 사령들도 그러하거니와 마
되질을 하는 곳에서도 이원(吏員)들과 사령들이 시뻘건 눈으로 사람
들을 노려보아서 어지간한 간담을 가지고는 가까이 가기조차 거북
할 지경이었다. 그런대로 한 식경 가까이나 반료(頒料)*가 계속되었
다. 그러나 곡식 자루를 멘 사람들이 어쩐 일인지 냉큼 발길을 돌리
려 들지 않았다. 늠료로 받은 곡식을 들여다본 사람마다 신색이 샛
노랗게 뜨고 기가 질려서 주저앉기 일쑤였다. 어느덧 창거리가 웅성
거리기 시작했다.

「이런 시러베 같은 위인들이 있나. 모급(冒給)*을 수월하게 저지르
고 있네그려.」

「이것이 후료아문(厚料衙門)* 현직(顯職)들의 농간인가, 아니면 두
급들이 저지른 농간인가?」

「보게들, 뭣 때문에 웅성거리나?」

「글쎄, 명색 늠료라는 이 곡식 자루를 한번 들여다보게나. 곡식 자
루에서 뜬내는 안 나고 갯내와 먼짓내뿐이니, 이것이 어찌 사람의
입으로 들어갈 끼니가 되겠는가?」

「두급이며 말감고들이 없지 않은 터에, 그래 이걸 늠료라고 받아

---

*반인감합: 할인(割印)을 찍어 양분한 증표로, 나중에 맞춰 보아 진짜 증표인
　가를 가려냄.
*현록: 장부에 기록함.
*반료: 나라에서 매달 요(料)를 나누어 주던 일.
*모급: 공문서나 허가증 따위를 불법으로 발급함.
*후료아문: 호조·선혜청과 같이 돈이나 곡식에 관한 일을 맡아보던 관아.

가지고 나온 것인가?」

「그놈들이라고 눈깔이 없겠는가. 두말할 것도 없이 저곳을 한번 보게나.」

곡식 자루를 쥐고 있던 군총이 도봉소의 상고 어름을 가리켰다. 상고 앞에 사람들이 하얗게 모여 앉았는데 그 앞으로 모래 먼지가 구름처럼 뿌옇게 피어오르고 있었다. 마되질을 하다 보면 자연 먼지가 일게 마련이겠지만 그 먼지가 모래 먼지라는 것은 삼척동자라도 금방 짐작할 만하였다. 모래 먼지를 한동안 바라보고 서 있던 군총이 혼잣소리로 지껄였다.

「아닐세. 폐일언하고 저 불한당놈들을 그냥 두고 돌아갈 수는 없게 되었네.」

「돌아갈 처지가 아니라면? 그럼 소동 피워 상고라도 부수겠다는 것인가?」

「소동 아니라 살변이 난다 한들 화사가 이토록 낭자한 터에 두량 패 차고 있는 놈들을 그냥 두고 갈 순 없지 않은가?」

「고연 놈들이기로서니 감히 누가 쫓아가서 적간을 한단 말인가.」

「우리 여럿이 몰려가서 따지고 든다 하면 발기 잡지 못할 것도 없지.」

「공연한 소동 일으켜 능지나 당하지 말고 돌아가세.」

만류도 듣지 않고 군총 하나가 10여 칸 밖에 있는 다른 동패들에게로 달려갔다. 맷담배를 팔고 있는 좌판 곁에 앉아 마침 부싯깃에다 불을 댕기고 있던 동패에게,

「성님, 아직 늠료를 타지 않으셨지요?」

곰방대를 입에 물고 있는 궐자 역시 파리한 안색에 체수도 잔망스러워 보였으나 꼴에 어울리지 않게 구레나룻은 푸집하였다. 동패가 늠료를 타보라고 보채고 들자, 궐자는 곡식 자루를 꿰차고 도봉소 앞

으로 비트적거리고 들어갔다. 참월을 하여 받아 낸 늠료가 곡식 자루로 쏟아질 때 먼지 때문에 고개를 숙이고 있을 수가 없었다. 게다가 마되질의 곡면(斛面)이 임첨(淋尖)*으로 올라도 한이 덜 찰 지경인데 관승(官升)의 변죽*까지도 차지 않은 휴흠이었다. 곡식 자루를 가만히 들여다보고 서 있던 궐자가 마침 다음 사람의 곡식 자루를 벌리라고 소리치는 말감고의 소매를 낚아채며 물었다.

「여보시오, 댁은 시방 내게다 곡식을 마되질해 주었소, 아니면 모래를 마되질해 주었소?」

말감고가 갈퀴처럼 휘어진 눈으로 같잖다는 듯 궐자를 쏘아보다가,

「서른세 해 전 고릿적 꿈 이야기 한다더니, 이 작자는 왜 새삼스럽게 지절거리나? 팥이 퍼져도 솥 안에 있고 공알이 빠져도 속곳 안에 있는 법, 모래에 곡식이 섞였어도 밥 지으면 더운 김이 난다구.」

「내 지체가 상것에 불성모양이긴 하나 멧돼지 어금니만은 갖추지 못한 터에 이것을 어찌 곡도에 집어넣는단 말이오?」

궐자가 아퀴를 짓자 하고 덧들이는 거동이 심상치 않다고 여겼는지 곁에 있던 말감고가 거들고 나왔다.

「이봐, 과단성 있는 체하지 말고 썩 물러나게. 문(門)이 바른 집은 써도 입이 바른 사람은 못 쓴다 하였네. 시비곡직을 따지고 경위를 따지고 소명한 체하면 우환이 뒤따르는 법이여.」

「우환이 되어도 좋소이다. 죽은 놈도 무당 빌려 말하는데, 살아 있는 놈이 넋두리도 못하겠소? 이 구실을 받아들일 적에는 질곡(跌斛)* 임첨으로 양민을 괴롭혔으면서 방료할 적에는 휴흠이 이토록 낭자하다니, 중도에서 농간하고 배불리는 놈들을 위해 구실살이들

---

*임첨 : 말 위에 많이 담아서 끝이 뾰족하게 고봉으로 되는 것.
*변죽 : 그릇 따위의 가장자리.
*질곡 : 세곡을 받아들일 때, 창관이나 두급이 발로 말을 차서 많이 들게 하는 것.

274

이 배를 곯란 말이오?」

「허, 그 작자 아침 까치처럼 조잘거리며 야료하고 있네그려. 이 곡식섬의 효주(炙周)*를 보게. 효주가 찍힌 섬곡식에서 그대로 마되질을 해주는데 누가 농간을 한단 말인가?」

「곡식섬에 효주해 둔 것이 보이는 눈깔이 갱미(粳米)에 모래 섞이고 허섭스레기 섞인 것은 왜 보지 못하누. 네놈이 달고 있는 눈깔은 사뭇 똥구멍에 달고 다니다가 오늘에야 낯짝에다 갖다 붙인 것인가?」

궐자의 욕지거리에 말감고가 욱하고 멱살을 뒤틀어 잡으려는데 그 손을 재빨리 뿌리치면서 한 사내가 좌단하며 썩 앞으로 나섰다.

「내 동배간의 말에 하자가 있는가?」

앞에 선 위인과 달리 거들고 나오는 작자는 허우대가 장해 보였다.

「잉어, 숭어가 뛰니까 물고기라고 송사리가 뛴다더니 이건 또 뉜가?」

말감고들이 욱하고 덧들이려는 찰나에 먼발치에 서 있던 길소개가 다가왔다. 길소개가 짐짓 괴상하다는 안색을 보이며,

「어인 일로 악언상가들로 소란들인가?」

「어인 소란이라니요? 보면 모르십니까. 이 말감고란 것들이 마되질에 농간을 부리고 있는 데다가 모래 섞인 늠료를 내리고 있으니 이것을 창관이신 나으리께서도 못 보았을 리가 없겠지요.」

「자네들이 시방 누구를 지척(指斥)*하고 무엇을 담판하자는 것인가?」

「나으리께서도 방조하지 않았다면 안목이 계실 터이니 이 곡식을 자루째 검량해 보시오. 이것이 곡식입니까? 아니면 허섭스레기라

---

*효주. 사실 조사에서 이상이 없음을 나타내는 기위표.
*지척 : 웃어른의 언행을 지적하여 탓함.

합니까?」

「내 눈에는 모두가 곡식이 아닌가? 해창에서 세곡들을 포쇄(曝曬)*하다 보면 흙도 섞이고 이삭이 섞일 건 정한 이치가 아닌가.」

「쇤네도 훈련원으로 구실살이 하러 오기 전에는 농투성이였습지요. 햇곡머리에 곡식 갈무리하다 보면 그럴 수도 있다 하나, 그러나 이것은 곡식 갈무리한 것이 아니라 모래를 갈무리한 것이란 것쯤은 나으리께서도 번연히 아시면서 찍어 누르기만 하면 되실 일이 아니지 않습니까.」

「이놈, 감히 뉘 앞에서 집탈하고 지척이 낭자한가?」

길소개가 거행불민*한 궐자의 거동에 참다못해 목자를 부라리며 호놈하고 나오자, 지금까지는 언사는 거세었으되 거동만은 공손하던 군총이 곡식 자루를 땅바닥에다 패대기를 쳤다. 이에 길소개가 뒤축을 구르면서,

「저놈의 버르장머리가 감히 극존인 상감을 능멸하고자 함이 아닌가. 이놈, 감히 나라님이 내리시는 녹봉을 땅바닥에다 패대기를 치다니. 중인 소시 중에 이런 폐단이 어디 있으며 강상에 이런 못된 법도가 어디 있는가.」

「흥, 상감이 약방문의 감초인가. 당신네 교활한 벼슬아치들, 그리고 냉수 먹고 갈비 트림 한다는* 양반님네들은 걸핏하면 나라님을 들고 나오니까 진실로 나라님의 은총을 바라는 백성들은 나라님을 부를 경황이 없게 되었소.」

「에끼놈, 기는 놈 위에 나는 놈이 있는 법, 네놈이 분명한 체하는

---

*포쇄 : 젖거나 축축한 것을 바람 쐬고 볕에 말림.

*거행불민 : 명령을 시행함이 민첩하지 못함.

*냉수 먹고 갈비 트림 한다 : 속은 아무것도 없으면서 잘난 체, 있는 체 거드름 피움을 이르는 말.

것은 좋다마는 분명한 체하는 놈 잡아들이는 아문이 있다는 것은 모르느냐?」

「흥, 날면 기는 것이 능치 못한 법, 잡혀 들어가면 창관이며 두급들의 세곡 농간을 재상들에게 고변하는 방도가 트이질 않겠소?」

「서울 경아리 비만 오면 풍년이란단다더니 천지를 모르고 지절거리고 있구나. 도깨비는 방망이로 떼고, 귀신은 경으로 떼고, 상것들은 능장으로 뗀다 하였다. 이놈, 엉덩이가 근질거리느냐?」

「벼르지만 말고 잡아 가둬 보시오.」

궐자가 눈을 똑바로 뜨고 칩떠보는 위에, 또한 뒤에서 소매를 부르걷고 나서려는 장정들이 십수 명인지라 창피당할 지경에 이르렀다 싶었다. 심상하게 두었다간 소동이 커질 것 같았다. 몇 마디의 효유(曉諭)*가 소용없게 된 것을 알아챈 길소개는 곁에 선 말감고들에게 우선 앞에 버티고 선 두 놈부터 덮치라고 소리 질렀다. 바로 그때였다. 앞에 버티었던 한 놈이 욱하고 달려드는 말감고에게 딴죽을 걸어 넘어뜨리니 그 말감고가 홰 탄 오리같이 넘어질 듯 뒤뚱거리다가 뒤에 쌓아 둔 세곡섬에 코를 박고 고꾸라졌다. 그것을 시발로 하여 양편이 잠시 뚝딱거리는 듯하더니 얼마 가지 않아서 낯짝에 피칠갑이 된 말감고들이 쓰러져 갔다. 뒤에서 차례를 기다리고 있던 군총들이 그제야 한마디씩 거들고 나왔다.

「곡식만 보이고 모래는 안 보이는 그놈들 눈깔을 모두 산적으로 꿰어라.」

「저놈들이 오달진 곡식은 모두 서강에서 팔아먹고 우리에겐 흙무지를 파다가 먹이려 든다.」

「그놈들 살려 두었다간 우리 창자가 터진다. 아주 죽여 버려라.」

---

* 효유 : 깨달아 알아듣도록 타이름.

중구난방으로 떠들어 대는데 군총 하나가 소리쳤다.

「그 창관이란 놈도 잡아 엎쳐야 한다.」

「그놈을 잡아다가 어느 규구 단자에 늠료에다 모래 섞으라 하였는지 아퀴를 지어 보아야 한다.」

그러나 그때 벌써 길소개는 가뭇없이 숨어 버렸는지 코빼기도 보이지 않았고 대신 밖에서 수직하고 있던 사령들 수십 명이 욱하고 상고 앞으로 들이닥쳤다. 장교 한 사람이 웅성거리는 사람들 사이로 실팍한 어깨를 비트적거리며 들어왔다. 핏대가 곤두서고 서슬이 시퍼런 두 사람을 보고 소리쳐 물었다.

「넌 어느 군문에서 구실을 사는가?」

「나 말이오?」

관디목을 지르지도 않고 손가락으로 제 가슴을 가리키는 궐자에게 장교가 벼락 치는 목소리로 재차 물었다.

「이놈이 인사불성이 아닌가. 여기서 난동 피우고 있는 놈들이 네 놈들 말고 또 누가 있느냐?」

「쇤네 무위영(武衛營)에서 구실살이 하는 김춘영(金春永)이라 합니다.」

「옆에 선 네놈은?」

「유복만(柳卜萬)이라 하오.」

「뒤에 선 네놈은 누구냐?」

목자를 쳐들고 마주 서 버티던 궐자가 장교의 말을 금방 되받아서,

「우리들이 명색 없는 보병것들이라 하나 호놈이 너무 과하십니다. 저는 정의길(鄭義吉)이라 합니다만.」

「네놈 뒤에 선 놈은?」

「강명준(姜明俊)이라 합지요.」

장교는 의붓어미가 데려온 각아비자식같이 견양들이 제각각인 네

사람을 한동안 노려보다가,

「설령 소원(訴冤)할 일이 있다 하더라도 분수를 지킬 일이다. 하물
며 명색 없는 경사(輕士)인 자네들이 무얼 믿고 감히 난도(亂徒)를
자처하며 감색(監色)들에게 모둠매를 내린단 말인가. 국법에 없는
소동을 저질렀으니 줄을 지우지 않을 수 없게 되었다. 여봐라, 뭣
들 하느냐. 이 네 놈들부터 줄을 단단히 지워라.」

장교의 분부가 떨어졌으나 사령들이 달려들어 네 군총들을 엮으
려 들지 않았다. 오라를 받을 군총들이나 오라를 지울 사령들이나
됫박 곡식일망정 늠료를 받아 호구하자는 데는 매양 같은 처지들이
었다. 팔은 안으로 굽듯 분명한 모급을 발기 잡으려는 무위영 구군
졸 패거리들을 역성들지는 못할망정 엄포(掩捕)하는 일이 내키지 않
을 것은 뻔한 일이었다. 게다가 옛날의 훈련도감 패거리들이라면 별
기군이 생겨나고부터는 턱 떨어진 광대 신세로 괄시만 받아 오던 부
류들이 아닌가. 둘러선 사령들이 달려들어 엮을 조짐도 아니고 그렇
다고 삼엄을 풀어 줄 낌새도 아니게 엉거주춤하고 서 있자, 빠져나갈
구멍만 찾고 있는 유복만이 장교의 더그레 자락을 잡고 늘어졌다.

「총찰하십시오. 나으리께서도 녹봉을 받으시는 관원이 아니십니
까. 저기 쏟아진 명색 녹미라는 것을 한번 보십시오. 세곡을 받아
들일 적에는 최촉사령(催促使令)*들까지 풀어서 족징(族徵)으로
알짬 곡식들만 받아들이고는 녹미로 베풀 적에는 썩어 냄새나는
곡식과 돌과 모래까지 섞인 곡식으로 둔갑을 시키고 있지 않습니
까. 이런 야바위를 멀쩡한 눈으로 바라보고만 있기도 이젠 진력이
납니다. 이 모두가 수령들이며 감색들의 농간에서 비롯된다 하면
모가지를 바꿔서라도 발기 잡아 두어야 차후로는 이런 우환이 없

* 최촉사령 : 호소 · 선혜청이나, 각 군영에 속하여 조세를 재촉하러 다니는 일을
맡아 하던 사령.

을 것 아닙니까. 농간 저지른 말감고들은 그냥 두고 죄없는 우리들을 잡아들이겠다는 것은 못 본 용은 그려도 늘 보았다는 뱀은 못 그린다는 뜻이 아닙니까. 나으리, 이것은 어불성설입니다.」

「이놈, 죽은 고양이가 산 고양이 보고 아웅 한다더니 얻다 대고 다부진 체하느냐. 네놈들이 도봉소를 개차반으로 만들고도 무사타첩이 될 만큼 국법이 물렁한 줄 알았더냐? 군향을 베푸는 공사에 다소 어긋남이 있다 할지라도 눈치껏 성화를 먹여야지, 제 어깻바람만 믿고 덧들인다 하여 될 성부른가? 미운 놈 떡 한 개 더 얹어준다는 속언은 어디서 듣고 분수없이 부닐다가 당장 구실이 떼일 것은 물론이요, 옥바라지에 계집 팔아먹게 생겼지 않느냐.」

「같은 무위영에 구실을 살면서도 별기군에 가담치 못한 훈련도감 찌꺼기들은 이토록 홀대를 하시니 어디 가서 이 야속한 속내를 풀 수가 있겠습니까.」

사령들이 곧장 달려들어 엄포를 놓을 듯이 설치고 있는데도 곡식 자루를 메고 도봉소의 상고 앞을 지키고 서 있는 다른 졸개들은 흩어질 줄을 모르고 멀찌감치 원진을 지은 채 함성들을 지르고 서 있었다. 앞에 버티고 서서 드센 체하는 것들을 덮치지 못하고 있는 까닭도 원진을 치고 있는 훈련도감 패거리들에게 위협을 느꼈기 때문이기도 하였다. 당장 오라는 지우지 못할 지경에 이르렀다 하나 상고 앞에 있는 몇 놈만 놓쳤다간 크게 경을 칠 것인지라, 장교도 삼엄만은 풀어 줄 조짐이 아니었다.

그때 작변을 깨달은 길소개는 어마지두에 놀란 가슴으로 되질하던 청지기들을 영솔하여 민겸호의 집으로 달려갔다. 난장개가 된 청지기들 중에는 마빡이 으깨진 위인이 있었고 한쪽 팔이 부러진 위인이 있었다. 그러나 그때 마침 민겸호는 상감의 특지(特旨)가 내려 예궐하고 없었다. 궐내에서 기우제가 있었기 때문이다. 길소개는 순간 눈앞이 아득하였다. 대궐까지 찾아가서 도봉소에서 난동 난 것을 진고(陳告)랍시고 늘어놓았다간 주장(主掌)을 한다는 위인이 소소한 대세도 돌리지 못하고 치골 노릇 단단히 한다고 우세당하기 꼭 알맞을 것 같았기 때문이다. 그러나 잠시 비웃음을 살 일이 무서워 어물쩍거리다가 난동이 더 이상 커지면 그땐 무슨 액회가 들이닥칠 것인지 길소개로선 예견하기 어려운 일이었다. 붕당들 중에 중뿔나게 나서는 몇 놈만은 잡아서 형문을 맞혀야 후환이 없을 것 같았다. 길소개는 곧장 민겸호의 집을 나섰다.

수진골(壽進洞)에서 제용감(濟用監) 앞길로 하여 충훈부골(勳洞) 지나 구름재(雲峴) 넘어 잿골(灰洞)과 경우궁(慶祐宮) 사도시 앞으로 해서 동궐(昌德宮)의 돈화문 앞에 이르렀다. 돈화문에 이르러 버티고 선 금군(禁軍)들을 보자 하니 또다시 암담하였다. 촉급한 대로 급주로 달려오긴 하였으나 수문청(守門廳) 장교들 중에 알음도 없는 처지로 당장 표신(標信)을 받아 낼 방도가 없었기 때문이었다. 마음은 다급하였지만 기방 출입하던 행세로 무턱대고 들어설 수도 없는지라 서성거리고 있는데 멀찍이 섰던 금군 한 놈이 불쑥 다가서서 호령조로 물었다.

「어딜 기웃거리시오?」

「난 선혜청의 창관일세. 시방 예궐하신 혜당 민 대감께 긴히 여쭐 일이 있어 급주로 왔다네.」

「문안패(問安牌)*를 보이시오.」

「경각간에 표신을 받지 못하였네. 그러나 막중 국사에 출기불의(出其不意)*로 사태가 다급하게 되었으니 입궐되도록 주선해 주게.」

「치안(置案)해서 표신이 내린다 할지라도 돈화문으로는 못 들어

---

*문안패 : 궁궐에 문안을 드릴 때 출입증으로 가시고 느나들민 나무 패.
*출기불의 : 일이 뜻밖에 일어남.

가오.」

「돈화문이 여의치 못하면 왼쪽 금호문(金虎門)으로 들어가면 될 게 아닌가.」

「눈썰미는 있어 보이오만 대궐 문을 항간의 썩은 바자 구멍쯤으로 아시오? 돈화문은 대간(臺諫)*들이 드나드는 문이고 금호문은 조신(朝臣)들이 드나드는 문이오.」

「그렇다면 어느 문으로 들어가란 말인가?」

일개 금군 나부랭이가 제 직분만 중히 여겨 나중에 경을 칠 줄은 모르고 혼금을 하고 있는 것이 처음부터 마땅치 않아 길소개의 눈자위가 곱지 못한데, 금군 또한 처음부터 해라로 내붙이고 있는 창관 따위에 배알이 틀려 있던 터여서 깔보는 투가 역력한 말로,

「그걸 내가 어찌 아우. 하례(下隸)들이 드나드는 선인문(宣仁門)으로나 들어가실 수 있을까.」

「자네가 대낮에 때 아닌 잠투정인가. 아니면 막중 국사를 두고 농을 하자는 것인가. 선인문이라면 여기서 초간하지 않은 터에 어찌 그 먼 길로 돌아가란 말인가?」

「왜 선인문으로 돌아야 하는지 그걸 내가 어찌 알겠소?」

「자네가 신명이 뻗치는 대로 나를 소대(疏待)하고 있는 것은 괜찮으나 촌각을 다투는 일에 자네 따위가 작경을 저질렀다가 나중에 구실이 떨어지면 그땐 나보고 하소연 말게.」

「공갈이 낭자하시구려.」

「이놈아, 내가 무엇이 모자라 네놈을 두고 공갈을 하겠느냐.」

참다못한 길소개의 언성이 높아지고 욕지거리가 쏟아지자 다른 금군들도 우르르 몰려들었다. 때마침 낯익은 남여(籃輿)* 하나가 옥

---

*대간 : 사헌부와 사간원의 벼슬을 통틀어 이르던 말.
*남여 : 의자와 비슷하고 뚜껑이 없는 작은 가마.

당(玉堂) 앞 금천교(禁川橋)를 지나 왼편으로 꺾어 영군(營軍) 처소의 회랑 앞을 지나오고 있는 것이 보였다. 민겸호의 가마였다. 금군들과 옥신각신하고 있는 위인이 길소개임을 알아챈 민겸호가 가마를 멈추고 배종하던 청지기를 밖으로 내보냈다. 도봉소에서 일어난 소동을 거짓말 반으로 개어 올리는 길소개의 말을 귀여겨 듣고 있던 민겸호가 다시 갈피 찾아 묻기 시작했다.

「그놈들이 내 봉족(捧足)*들은 물론이요, 주장(主掌)인 자네에게까지 손찌검을 하더란 말이냐?」

「외람되어 말씀 여쭙기가 부끄러우나 사실이 그러합니다. 목숨 부지한 것만도 천만다행으로 여기고 있습지요.」

「자네도 그만한 기골을 가지고 봉욕만 당하고 다니는가?」

「시생에게 완력이 있다 하나 붕당 지어서 야료하겠다는 것들과 대적할 수가 있었겠습니까. 또한 소동이 커질 것을 우려하여 당하고만 있다가 겨우 빠져나왔습지요.」

「그것들이 뭐라고 떠들더냐?」

「닥치는 대로 부수고 곡식섬을 패대기치며 곡식을 집어 시생의 입에다 틀어막으면서 처먹으라고 엄포를 놓더이다.」

「강상에 그런 발칙한 놈들이 있나.」

「어떤 놈은 선혜청 상고에다 불을 질러야 한다고 선동을 하고 있더이다. 주동하던 자들을 진작 잡아들이지 않으면 장차 소동이 더 커질 듯합니다.」

「선동하는 것들은 뭐라고 하던가?」

「악언상가를 하는 중에 쉴 참 없이 대감의 함자를 들어서 설폐(說弊)*를 하옵는데 수령·방백이며 감색들의 폐단과 발호는 모두가

---

*봉족: 봉납을 수고 부리던 노비.
*설폐: 폐단을 말함.

대감 탓이라고 가로 찢어진 주둥아리에서 버캐가 튀도록 폄을 하더이다.」

길소개가 거짓말을 한 것은 두 사람의 청지기가 뼈가 부러진 일에 자기 변해도 할 겸 주모(主謀)한 군총들을 잡아들이지 않을 수 없도록 비위를 긁어 놓자는 것인데, 민겸호는 길소개가 거짓말하는 것은 헤아리지 못하고 그만 분통을 터뜨리고 말았다. 가마목을 잡고 있는 민겸호의 두 팔이 부르르 떨리었다.

「자네의 말만 들어도 그놈들의 행패를 짐작하고도 남는다. 내 포청에 통기하여 그놈들을 모조리 잡아들일 것이니 자넨 돌아가 있게.」

좌우변의 포도대장들이 기우제 때문에 모두 입궐해 있으므로 민겸호는 서둘러 가마를 돌려세웠다.

「대감, 서둘지 않으면 주동한 놈들을 놓치게 되십니다.」

「내가 허술하게 그놈들을 놓칠 성싶으냐.」

그길로 돌아선 길소개가 종가 곧은길로 내려와서 철물다리에서 길을 꺾어 소광교 언저리에 들어섰을 때였다. 오라진 놈들 대여섯이 고개를 쳐들고 멀리서 마주 걸어오는데, 뒤에는 서슬이 시퍼런 압뢰들 수십 명이 뒤따르고 있었다. 오라진 놈들은 멀리서 바라보아도 도봉소에서 난동을 주동하던 군총들이었다. 여염집 담장 뒤에 몸을 숨기고 거동을 살피던 길소개는 길을 바꾸어 다방골 쪽으로 들어섰다. 몇 사람이 오라를 받았다 하여 창거리에 모여 있던 군정들이 쉽게 흩어지지는 않을 터, 오늘만은 창거리 어름에 얼씬거리지 않는 것이 상책일 듯싶었기 때문이다.

길소개가 예견한 대로 소동을 주동하던 포수(砲手) 네 사람이 포교들에게 잡혀가자, 아녀자들은 거개가 돌아갔지만 군정들은 좌포청 앞거리까지 따라왔다. 잡혀간 사람들의 잘못이 있다면 간특한 두급(斗級)들을 욕보인 죄밖에 없었다. 응당 장폐를 당해야 할 감색들을 징치하였음인데, 좌포청으로 잡혀간 것은 되레 애매한 그들의 동패였으니 이런 폐단을 보고 그냥 돌아설 수만은 없었던 것이다. 몇마디 사문한 뒤에 풀어 줄 것이라고 여긴 그들은 포청 담벼락 아래 죽 늘어앉아 있었다.

일행 중에 두 사람이 안면 있는 포교들이 있다 하여 포청 안마당을 들락거리며 밖에 있는 동패들에게 포청의 공기를 전해 주고 다녔다. 그중 한 사람이 얼굴이 샛노랗게 뜬 채로 달려와서 내뱉는 말이 놀라웠다.

「보게들, 낭패가 났네.」

「낭패가 나다니, 능지를 내리겠다는 말이라도 들리던가?」

「능지가 아니라, 효수를 한다는 소문이 포청 마당에 파다하다네.」

「이 사람 실성한 거로군.」

「내 말이 적실하지 않다면 이 손가락에다 장을 지지게.」

「그건 뉘 입에서 나온 말인가?」

「포교 중에 척간이 있다네. 마침 교번(交番)되어 나가는 사람을 잡고 알아보았더니 조정 상신들로부터 효수하라는 엄칙이 내렸다는 것이야.」

「아니, 무슨 죄목으로? 말감고들에게 손찌검한 것이 역모라도 저지른 것처럼 중죄더란 말인가?」

「나라님이 내린 녹봉을 빌미하여 창색들을 욕보였으니 이는 곧 나라님을 능멸하려 함이요, 나라님을 능멸함은 혁세(革世)*를 꾀하자는 것과 진배없으니 대역죄로 다스려야 한다는 이치인 것 같네.」

「자네 흰소리로 공연한 사람들 혼쭐을 빼자는 심사가 아닌가?」

그러자 효수한다는 말을 물고 온 위인 곁에 있던 군총이 저도 들

---

*혁세 : 나라의 왕조가 바뀜.

었다 하고 역성을 들고 나왔다. 둘러섰던 사람들의 안색이 그제야 하얗게 질렸다. 그때였다. 애간장을 긁어내는 듯한 사내의 비명 소리가 포청 담장 안쪽에서 들려왔다. 잡혀간 동료들이 주리를 틀리고 있는 것이 분명했다. 동료들의 모가지에서 피가 끓는 듯한 비명 소리가 들려오자, 담장 밖에 둘러선 수십 명의 동료들 얼굴엔 일순 살기가 감돌았다. 저런 혹독한 형문에 시달리다 보면 방면이 된다 하여도 평생 하초는 쓰지 못하게 될 것이었다. 효수까지 가져갈 죄목이 아닌 다음에야 저런 중곤을 내릴 것이 아니란 것쯤은 군총들이 대부분인 그들이 모를 리 없었다. 사람들의 눈에서 불이 튀는 듯하였다. 모여 선 사람들 중에는 통기 받고 달려온 김춘영의 아비인 김장손(金長孫)이 있었고 유복만의 동기간인 유춘만(柳春萬)도 있었다.

비명 소리가 연거푸 들려오자 김장손은 그만 기신(氣神)을 잃고 땅바닥에 퍼질러 앉았다.

「이런 억울할 데가 어디 있나. 내 아들이 무슨 역률을 저질렀다고 저토록 참혹한 고초를 안긴단 말인고. 하나뿐인 혈육을 두었다가 참척을 당하게 되었으니 이제 내 문중이 도륙 나게 되었네. 내 아들을 추달 말고 차라리 나를 잡아서 저자에 육신을 널어 다오. 이 놈들, 내 아들만은 안 된다.」

환갑 늙은이가 눈자위를 까뒤집고 복장거리를 하더니 종내는 혼절해 버리고 말았다. 모진 악형이나 면하도록 헐장금이나마 추렴하고 싶은 마음들이야 없지 않았지만 상당한 인정전을 추렴한다는 일이 13개월이나 늠료를 받지 못한 그들로서는 손쉬운 일이 아니었다. 떠꺼머리총각인 유춘만은 혼절한 김장손의 목덜미를 귀행전을 풀어 받치면서 버캐가 허옇게 낀 입으로 소리쳤다.

「성님들, 우리 동료들이 노륙(孥戮)을 당해 육신이 흩어지는 꼴을 보고만 있을 것이오? 포도청을 부수고서라도 동료들을 구명해야 합니다. 적시(赤屍)를 받아 집으로 돌아간들 무얼 하겠소?」

실신한 노인에게 냉수 사발을 들이대던 장어영의 군정 한 사람이 시비 분간 없이 덧들이는 유춘만을 흡떠보면서,

「종작없이 떠들 일이 아닐세. 직소(直所)에 알아보았더니 우변 포장(右邊捕將) 이교헌(李敎獻)이 좌기(坐起)하고 나와 앉아서 죄인 착현(捉現)시키라 이르고 초벌공초* 받은 사심첩(事審帖)*을 요지부동으로 딱 거머쥐고서는 나문(拿問)*하고 있다는 것일세.」

「명색 없는 졸개 군정 신세들이라 하나 도대체 어떤 법문을 빌미 잡아 조단(照斷)*을 한다는 겁니까. 늠료를 농간하는 창색 몇 놈을 욕보였다 하여 군정들만 잡다가 저토록 무지한 난장을 내리는 것이라면 우리가 성군작당하여 포청을 부순다 한들 명분이 없달 수는 없지요.」

「벼슬을 가져야 명분도 따르는 법, 우리 같은 군총들에게 무슨 명분이 있다고 그렇게 떠드는가. 포청을 부수고 싶은 소증이야 나도 자네 못지않네. 그러나 그래 보았자 대부등(大不等)에 곁낫질이지,* 우리 또한 잡혀가서 장판 위에서 무주고혼이 될 뿐일세.」

「까짓것, 이레 안에 경풍(驚風)으로 죽으나 여든에 상한병(傷寒病)으로 죽으나 죽기는 매일반입니다. 백성에게 선정을 베풀자는 국법이 제 곳간이나 채우려는 상신들과 아유하는 품관이며 아전붙이들만 부추기고 두호하자는 데 그치는 것이라면 그런 야비한 국법 아래서 백성 된 명분은 또 어디서 찾겠다는 겁니까. 성님들이

---

*초벌공초: 애벌로 하는 대략적인 공초.
*사심첩: 형사 사건의 예심 조서.
*나문: 죄인을 잡다가 신문함.
*조단: 해당 법률 조문에 맞추어 죄로 단정하거나 죄를 처단함.
*대부등에 곁낫질이다: 큰 아름드리 나무를 조그만 낫으로 베려는 것과 같다는 뜻.

싫으시다면 나는 포청 대들보에다 목이라도 매겠습니다.」

「뺨 맞고 하소연하다가 볼기 맞더라는 얘기도 못 들었나? 우리가 비웅의 기개를 가졌다 하더라도 두서없이 떠들 것이 아닐세. 우리가 주장하는 바가 조정 상신들 귀에까지 닿을 수 있도록 일을 질정해야지 않겠나.」

「성님 말씀도 나쁠 건 없소이다. 그러나 졸개 군정들의 소원(訴冤)을 귀여겨들어 줄 상신들이 저 육조 마당에 도대체 몇 놈이나 될 성싶으오. 형장께서도 사십 연세는 되어 보이는데 소견을 보아하니 마흔 해는 헛살았소.」

그때였다. 중구난방으로 떠들어 대는 군정들 사이를 비집고 한 사내가 불쑥 안으로 들어섰다.

입성이 남루하나 이목구비가 시원시원하게 박히어 식자깨나 들어 보이는데, 궐자가 방금 내뱉은 유춘만의 말을 되받아서,

「목을 매지 않더라도 방책이 없지는 않다네.」

자발없는 유춘만이 뜨악한 낯짝으로 궐자를 홉떠보면서,

「댁은 뉘시오?」

「지나던 행객일 뿐이네.」

「우리와는 지체가 틀리는 분 같은데, 오지랖이 넓다 하신들 참섭(參涉)*하고 드실 일이 따로 있지 않소?」

「나와 자네들이 지체는 틀리다 하나 조선의 백성 된 입장은 마찬가지가 아닌가. 이번의 일은 이렇게 중구난방으로 소동만 피운다 하여 성사될 일이 아닐세. 자네들의 세력을 규합하여 자네들이 당한 수치와 횡포를 장안에 살고 있는 백성들에게 알려야 할 것이네.」

「우리의 억울함을 조정의 상신들에게 정소함이 순서이거늘 어찌

---

*참섭 : 어떤 일에 끼어들어 간섭함.

명색 없는 항간의 백성들께 알리란 것입니까. 우리의 소견이 닿지 못한다 하여 사리를 거꾸로 가르치니 댁은 필경 관부(官府) 주변을 맴도는 염탐꾼이 아니오?」

「내가 입성이 살풍경하고 험한 밥으로 끼니를 때우는 처지이긴 하나 아직 내장만은 썩지 않았네. 그런 억탁의 말을 함부로 내뱉는 게 아닐세.」

곁에서 가만히 듣고 있던 군정 한 사람이 분기만 돋아서 날뛰는 유춘만을 주질러 앉히고 선비 차림의 사내의 옷소매를 잡았다.

「생원께서는 어디 사시는 뉘시라 합니까?」

「송파에서 살고 있네만, 지금은 떠돌이 신세일세. 내 성명 단자까지야 알 것이 있겠나.」

「지금 포장 이교헌이 좌기하고 나와 앉아서 우리 동료들을 모반의 율로 다스리자 하는 판에 우리가 장차 취할 방책이 무엇인지 귀띔해 주시겠습니까?」

「내가 짐작하건대 자네들의 억울한 사정을 장안의 백성들이 왜자하게 알 수 있도록 조처해야 될 것 같으이. 자네들이 일으킨 소동이 늠료를 농간하려 했던 창관들과 선혜당상의 주구 때문이란 것이 장안의 소문으로 퍼져야만 동료들을 모반을 도모하려 했던 무리들로 싸잡아서 결옥하지는 못할 것이고, 그렇게 되면 자연 효수만이라도 면할 것이 아닌가. 어차피 그 엄청난 속전(贖錢)을 변통 못할 처지들이라면 그게 유일한 헌책일 터이지. 정소를 올리는 것이 가장 빠른 길이기는 하나, 그러나 조정 백관들이 백성들의 소원에 귀를 기울이지 않은 지 오래된 지금에 이르러 순서와 절차를 밟겠답시고 정소를 올려 보시게. 십중팔구 불령(不逞)의 무리들로 싸잡아서 논열(論列)한 것도 없이 군윤에 좇아 자네들을 등시 색출하여 군기시(軍器寺) 앞으로 끌고 가 참수하려 들 것이네. 조정

상신들이 이처럼 썩었으니 상감이 백성들의 우여곡절을 등문(登聞)*코자 하나 탑전에 이른 상신들은 백성들의 진의를 허황된 거짓으로 사뢸 뿐일세. 내 생각 같아서는 무위영이나 장어영의 군정들은 물론이요 그 식솔들까지도 포청과 육조 앞으로 나와서 썩어가는 조정을 논핵하고 제 갈 길을 못 찾고 있는 벼슬아치들의 죄례(罪例)* 또한 따져야 할 것이네. 그것이 죄없이 형문을 당하고 있는 동료들을 구명하는 길이요, 또한 갈팡질팡하는 조정을 구하는 길이기도 하지. 지금 당장 통문(通文)들을 놓아서 육조 앞으로 군정들과 식솔들을 불러들이게.」

5

허병골(許屛洞) 우포도청 앞에 원진을 치고 있는 군정들에게 명함을 밝히지 않고 돌아선 선비는, 의금부와 포도청의 기찰을 피해 송파 처소에는 때때로 기별지만 띄우고 시구문 밖 갓바치 석쇠의 집과 다락원 득추의 대장간을 내왕하면서 전접하고 있는 유필호였다. 이재선이 사주하여 벌인 옥사로 여러 사람이 효수·원찬을 당하고 구실이 떨어진 자도 많았고 연루된 종범을 찾는 포교들이 근기 지경의 나루와 길목을 지키며 엄중한 기찰을 편 것이었지만, 유필호는 용하게 기찰포교들이 잠복한 매복처를 피해 다녔다. 가위 떠돌이로 처신하면서도 송파 처소에는 얼굴만 내밀지 않는다뿐이었지 행수의 지체로서 해야 할 소임만은 다하고 있었다. 시구문 밖 석쇠의 집과 다락원 득추의 대장간에 송파 처소의 동무님들이 쉴 참 없이 드나들었기 때문이다. 유필호는 마침 다락원에서 한 열흘이나 묵새기고 있다

* 등문 : 중요한 사실이나 사건을 임금에게 알림.
* 죄례 : 죄의 성립 및 그 경중을 정하던 표준.

가 평강에서 양주 평구장에 들렀던 천봉삼이 양일간에 시구문 석쇠의 집에까지 들른다는 노문(路文)을 놓았다는 소식을 듣고 부랴부랴 그를 만나려고 다락원을 떠나 석쇠의 집으로 내려가는 길이었다. 왕십리 어름에서 숫막 퇴에 앉아 중화 요기를 하는 중에 행객들 입에서 군정들이 벌인 난동 소식을 듣게 되었다. 유필호는 막 국밥을 말고 있던 수저를 놓고 노정을 바꾸어 숭례문으로 들어가 종가까지 내려와서 우포청 앞에 원진을 치고 있는 군정들의 무리를 발견한 것이었다.

통문을 놓으라고 군정들을 부추겨 놓은 다음 유필호는 곧장 길을 되짚어 흥인문으로 나아갔다. 그러나 이미 성문을 내린 뒤라 훈련원에서 하도감 뒷길로 빠져 시구문 해자로 빠져나갔다. 오랫동안 가뭄이 계속되어 해자 구멍 다섯이 상여라도 빠져나갈 수 있을 만큼 커다랗게 뚫려 있었다. 오랜만에 만난 석쇠와 안부 묻기 바쁘게 유필호는 두뭇개 물나들까지만 급주로 다녀와 달라고 당부하였다. 유필호의 모색이 전에 없이 긴장되어 있는 데다 거동 또한 전과 같지 않게 조급해 보이는지라,

「또 무슨 일을 꾸미시려고 그러십니까. 두뭇개까지야 시오 리 안팎이니 다녀오기 어렵지 않지만, 아직 피신하며 내왕하시는 터에 설상가상 다시 일을 꾸미시면 장차 대명천지에 살기는 글러 버린 것입니다요.」

유필호가 타박하고 나서는 석쇠의 말은 듣는 둥 마는 둥 하고 싫으면 자기가 다녀오겠다고 나서는지라, 석쇠는 못 이기는 체하고 깁고 있던 갖신거리들을 방구석으로 밀치고 일어났다. 두뭇개 물나들에는 송파 처소 동무님들과는 무간한 사이인 사공이 살고 있었다. 거기까지만 기별을 띄워 주면 사공은 손수 야거리를 나루질해서 송파나루까지 가주든지 도선객 인편으로 기별이 닿도록 주선해 주곤

하였다. 석쇠가 두뭇개 사공막까지 찾아갔더니 사공은 선뜻 자기가 송파까지 다녀올 테니 그동안 사공막이나 지켜 달라고 선선히 대답했다. 석쇠는 사공막을 지키고 있다가 야거리에 실려 온 송파패 다섯과 어울려 집으로 돌아왔다. 벌써 밤이 이슥해서 자정을 넘기었는데도 유필호는 그때까지 등잔 하나만 켜놓고 꼿꼿하게 앉아 그들을 기다리고 있었다. 일곱 사람은 심지가 거의 다해 가는 등잔을 가운데 두고 둘러앉았다. 유필호가 오늘 아침 도봉소에서 일어난 난동과 포청에서의 일을 낱낱이 이야기하고 자기가 통문을 돌리라고 가르쳐 준 것까지 조리 있게 말했다.

유필호의 어취로는 무위소(武衛所)*의 군정들이 반드시 들고일어나 장안을 휩쓸 조짐이니 성 밖의 난전꾼들도 응당 그들과 합세하여야 한다는 것이었다.

울바자 너머 옆집에서 닭이 홰치는 소리가 들려왔다. 참 없이 피워 댄 줄담배로 봉노 안에는 연기가 안개처럼 피어, 아니래도 어둡던 등잔이 더욱 가물거리는 듯하였다. 어느덧 장지에는 희붐한 새벽빛이 묻어오고 코 언저리가 새까맣게 그을은 일곱 사람은 서로 시선만 주고받으며 앉아 있었다. 석쇠의 아내가 새벽동자라도 지으려는지 삭정이를 꺾어 군불을 지피는 소리가 들려왔다. 토방의 흙내가 물씬 코끝에 스쳤다.

송파 처소 요중회(僚中會)에서도 몸피는 보잘것이 없으나 성깔만은 워낙 깐깐하고 야무지기로 명자한 최송파(崔松坡)가 무겁게 입을 열었다.

「이번 일은 여기 앉은 동무님들만으로 작정하여 처소의 공회로 담판할 일은 아닌 것 같습니다. 우리 동무님들 모두가 알고 있듯이

---

*무위소: 조선 시대에, 대궐을 지키는 일을 맡아보던 관아. 무위영.

우리 좌사(左社)의 부상(負商)들은 도승지 민영익 대감을 도존위(都尊位)로 하고 그 수하에 있어 전사에서처럼 처소마다 제 좋을 대로 행세할 수 있는 처지가 아닙니다. 민문의 척신들이 투정을 일삼고 토색 관원들이 활개를 치는 판세라는 것은 삼척동자인들 모르겠습니까. 그러나 상서롭지 못한 변란이 생겨날지도 모르는 차제에 자칫 데데하게 처신하였다가 날벼락을 맞지 않겠습니까. 더군다나 위로 민영익 대감을 도존위로 섬기게 된 이후부터는 보부상들이 나라님으로부터 받은 은전이 많아지자, 늠료가 보잘것없는 군총들이 공연한 일로 흠절을 잡아서 보부상들을 능멸하고 폄하여 그 작태가 실로 까다로웠지요. 차제에 설분이나 하고자 하는 그들의 거추꾼* 노릇이나 하고 가담하겠다 하여 그들이 반가워할지 겪어 보아야 알 일이 아니겠습니까. 시간배들이 끼어들었다 하여 비양거리기라도 한다면 그야말로 씹 주고 뺨 맞는 격이 아니겠습니까. 폐일언하고 여기 송파 처소의 살림 두량을 처분하고 계시는 생원님이 계시다 하나, 송파 처소의 우두머리로 말하자면 평강 처소를 벌이신 천 행수가 아니겠습니까. 장가처를 팔아서 투전으로 날리고 장시를 돌며 행패하고 밭둔덕에서 흙무지를 구들장 삼아 암사당이며 들병이들 고쟁이나 벗기던 우리가 달팽이 같은 협호나마 군불 지핀 구들장에서 목침을 당겨 베고 잠잘 수 있는 호사를 누릴 상방(商房)을 꾸려 나가게 된 것은 모두 천 행수의 덕분이 아니겠소? 더구나 이런 일에 천 행수의 분부를 듣지 않고 우리 신명대로 처신한다는 것은 위로 천 행수를 모시는 진중한 몸놀림이라고는 할 수가 없지요.」

말의 앞뒤가 틀리지 아니하고 갈피가 소명한 최송파의 말을 듣고

---

* 거추꾼 : 일을 보살펴 주선하거나 거들어 주는 사람.

있던 유필호가,

「자네의 말에도 그릇됨이 없네. 우리 부상들이 고릿적처럼 간대로 처신할 수 없게 된 것도 사실이고 또한 천 행수의 덕분으로 찬 없는 매나니*나마 배를 주리지 않게 된 것도 나 또한 마찬가지일세. 그러나 배를 주리지 않게 된 것만 천행으로 여기고 금수같이 살 것이 아니라 평생에 한 번쯤은 대의를 위해서 신명을 바치는 명분도 있어야 하지 않겠나. 대저 우리가 금수와 다른 것은 옳고 그름을 스스로 깨달아서 명분에 따라 처신함이 아니겠나.」

최송파가 불 댕긴 곰방대를 유필호에게 넘겨주었다. 곰방대를 받아 문 유필호가 연거푸 말하였다.

「그릇되어 가는 국기를 바로잡고 가렴주구에 눈이 어두워진 지방의 수령·방백 들과 상신들을 징치하여 백성들이 무엇을 바라고 있는가를 보여 주어야 할 것 아닌가. 사람이 목숨 보전에 연연한다는 것은 인지상정이나 조정의 일이든 소소한 항간의 인정이든 간에, 사족이 밀쩡한 자가 폐단을 바라보고 주련(株連)*될 것만 두려워 매양 모피한다면 모난 데가 없다는 평판을 들을지는 모르나 후세에는 무골충으로 비웃음을 받지 않겠는가. 늠료를 농간당한 군정들이나 우리 객리 행상들이나 간에 서로 교유가 없고 반연을 만들지 않았다뿐이지 반명을 자처하는 그들에게 괄시당하고 수치당하고 늑탈(勒奪)*을 당하고 계집을 빼앗기고 전장을 빼앗기는 처지로선 매한가지가 아니던가. 혈기가 있다는 자네들은 도대체 무엇을 주저한단 말인가.」

「천 행수님이 이곳으로 오시기로 하였으니 하회를 기다려 보십시

---

* 매나니 : 맨밥.
* 주련 : 한 사람이 저지른 죄에 여러 사람이 관련됨.
* 늑탈 : 폭력이나 위력을 써서 강제로 빼앗음.

다. 노문이 당도하였으니 양일간에 득달하게 될 터이지요.」

그러자니 논의는 자연 흐지부지되고 말았다. 모두 뜬눈으로 밤을 새우고 아침이 되자, 유필호는 송파패 두 사람과 작반하여 우포청 어름으로 나가 보았다. 포청 앞에는 송기떡장수들만 모여들고 있을 뿐 어제 보았던 군정들의 무리는 보이지 않았다. 그만 짜증이 난 송파패가,

「등잔 밑이 아무리 어둡다 하기로서니 생원님이 포청 앞에 얼씬거린다는 것은 호랑이 아가리에 손 집어넣고 기다리는 일과 같지 않습니까. 졸개 군정들 주제에 도대체 포청 앞에 와서 취회할 수가 있겠습니까. 어제는 운김*에서들 왁왁거려 봤겠지요. 냉큼 돌아가십시다.」

「아닐세, 한 식경만 더 기다려 보세.」

「시생의 짐작으로는 그럴 낌새라곤 없습니다.」

「모르는 소리, 자네들 여기 좌판 벌이고 앉아 있는 떡장수들을 보게나. 파자교(把子橋) 좌포청 앞에는 떡장수들이 여럿 모이곤 하네만 허병골 우포청 앞에 떡장수들이 이렇게 모여드는 것을 본 적이 있나?」

「글쎄요, 전에 못 보던 일이군요.」

「바로 그것일세. 떡장수들이 여기로 모여든다는 것은 어젯밤에 일어났던 통문으로 오늘 이곳으로 사람들이 모인다는 소문이 왜자하게 퍼졌다는 얘기가 아닌가.」

말만은 그럴싸하다고 송파패가 고개를 주억거리고 있는데, 유필호가 턱짓으로 종가의 육의전 회당 쪽을 가리켰다. 과연 더그레 차림의 군정들이 조개전골로 떼를 지어 내려오고 있었다. 그런가 하였더니,

---

* 운김 : 여럿이 한창 일할 때에 우러나오는 힘.

군란(軍亂) 295

이번에는 숭례문 쪽에서부터 오르는 길인 장찻골다리께에서 한 무리의 군정들이 짓쳐 오르고 있는 것이 바라보였다. 두 군정들의 무리는 바로 포청 앞거리에서 마주치어 섞였다. 한 패는 흥인문 밖 왕십리에서 살고 있는 군정들이었고, 장찻골다리로 들어온 패는 이태원에서 살고 있는 군정과 식솔들이었다. 포청 앞거리에 갑자기 먼지가 뽀얗게 피어올랐다. 눈어림으로 보아도 3백을 헤아리는 사람들이었다. 무리 지은 군정들 앞에는 졸개 아닌 장교 복색들도 바라보였다. 앞에 선 장교들이 더그레 자락에서 신주 모시듯 하였던 장패(將牌)를 뽑더니 포청 담장을 향해 내던졌다. 그와 때를 같이하여 뒤에 선 군정들 역시 입을 맞춘 듯 요패(腰牌)*를 뽑아 던지기 시작하였다.

「무고하게 결옥이 된 군정을 방면하라!」

「왜이(倭夷)를 쫓아내고 오군영*을 복구시켜라!」

「늠료 농간한 벼슬아치를 잡아들이고 우리의 동료를 풀어라!」

「선혜당상은 나와서 해명하라!」

향도잡이하던 군정들이 소매를 걷어붙이고 팔뚝춤을 추며 소리치자, 그에 따르는 자들이 차차 많아지기 시작했다. 삼문에 버티고 선 수직군들은 취회한 군정들에게 대적하고 들진 않았지만 삼문 안으로 밀려들 것에 대비하여 수를 늘려서 결진들 하고 있었다. 얼마간을 떠들어 댔으나 별 소득이 없자, 향도 잡은 군정들은 발길을 육조 앞거리 쪽으로 돌렸다. 군정들의 무리가 샘전골[惠政橋]을 건너서 육조 앞거리로 꿈틀거리며 나아가기 시작했다. 경복궁의 광화문을 가운데 하고 서부(西部) 적선방(積善坊) 쪽으로는 공조, 형조, 병조, 사헌부, 예조가 자리하고, 서북쪽이 되는 중부(中部) 징청방(澄淸坊)

---

*요패: 조선 시대에, 군졸·사령·별배 등이 신분을 나타내기 위하여 허리에 차던 패.

*오군영: 훈련도감, 용호(龍虎), 금위(禁衛), 어영(御營), 총융(摠戎).

쪽으로는 호조와 이조가 자리 잡고 있었다. 사람들의 머리 위로 먼지가 뽀얗게 피어올랐다. 해는 서너 발이나 좋이 기어올라 한천(旱天) 불볕이 막 내리쬐기 시작한 육조거리엔 때 아닌 아우성과 열기로 그득하게 차 올랐다. 그러나 간혹 내왕하는 벼슬아치들과 서리들은 군정들의 소동을 대수롭지 않게 여겨서 강 건너 불 보듯 하였다.

군정들의 무리가 3백 명에 가깝다고는 하나 경영(京營)에 종사하는 6천 명 군졸에 비하면 미미한 숫자였는 데다 무위소에서 괄시받던 구훈련도감의 졸개들이란 것을 알고는 작경은커녕 같잖다는 듯이 수군거리고 빈정거리기조차 하였다.

또한 한낱 미욱한 자들의 소동으로 보아서 해가 지면 제힘에 겨워 집구석으로 흩어지겠거니 하여 방관할 뿐이었다. 정작 시끄럽게 소동을 피울 조짐을 보일 때에는 향도 잡고 있는 몇 놈을 또한 잡아들인다면 소 건너는 물웅덩이에 하루살이 흩어지듯 제각기 흩어지겠거니 여겼다. 방망이를 뽑아 들고 고함치고 삿대질하고 핏대를 곤두세운다 한들 쇠귀에 경 읽기가 되고 보면 자연 기력이 빠지는 법, 관변 부스러기라고는 어리 친 개새끼 하나 어른거리지 않게 되자, 무리지었던 군정들이 하나 둘 빠져나가기 시작하였다. 게다가 포졸들이 쏟아져 나와서 길모퉁이에 오가는 군정들을 잡아들인다는 소문도 없지 않았다. 취회한 군정들은 중화때를 넘기면서 흐지부지 흩어지고 말았다. 싱거운 꼴을 보고 있던 유필호도 송파 처소 동무들을 손짓하여 돌아서고 말았다.

시구문 밖 석쇠의 집에 당도하니 천봉삼과 강쇠가 와 있었다. 유필호는 평강 처소의 안부부터 물었다. 천봉삼은 이제 송파와 다락원 그리고 솔모루와 평강까지에 이르는 상로(商路)에서는 쇠전꾼으로 애자하게 이름 나 있었다. 구기 지경과 산동 지경과 함경도 안변 어름 쇠전을 돌고 있는 쇠전꾼치고 천봉삼을 모르고 지내는 장돌림들은 없었다. 귀 밝은 수령들이나 전낭깨나 지녔다는 아전배들이 그를 반연으로 하여 탐학을 꾀하거나 자모지리*를 노렸으나 천봉삼은 용하게 그들의 올가미를 피해 나갔다. 그런 입장에서, 송파 처소의 동무님들을 군정들의 소동에 쉽사리 가담시킬 수도 없었고, 그렇다고 유필호의 주장에 명분이 없는 것도 아니었다. 천봉삼이 용단 내릴 것을 기다리고만 있는 좌중은 물을 끼없은 듯이 조용했다.

천봉삼의 대답을 기다리기가 진력날 때쯤 되어서 그는 불쑥 유필호에게 물었다.

「들고일어난 군정들이 주장하는 것이 어떠합니까?」

「자기들의 늠료를 농간하였던 창색들을 징치하려다가 잡혀가서 효수까지 당하게 된 동료들을 백방해 달라는 것이었고, 창색들의 농간을 사주하고 빙릉(憑陵)하여 망민(罔民)을 일삼는 지헌(持憲)*들과 권신들을 폄출(貶黜)하고, 궁궐의 재용을 아껴 써서 백성들을 구황하는 데 써달라는 것이 전부였다네.」

「그들이 주장하는 바가 뼈에 사무친다 한들 두어 번 야료하다가 흩어지고 말았지 않습니까. 공연히 오합지졸들이라고 비웃음만 샀을 터이지요.」

「결코 흩어지지는 않았을 것이네. 내가 알기로는 왕십리의 숯막거리 어름에서 향도하던 자들이 다시 회좌(會座)하고 있을 것이 틀림없네.」

「어떻게 좌단을 하십니까?」

「믿지 못한다면 나하고 같이 가세.」

천봉삼이 고개를 숙이고 앉았다가 문득 한다는 말이,

「그들이 주장하는 바가 여항의 백성들이 받고 있는 서러움과 부합

---

*자모지리 : 1년간의 변리가 원금의 2할 이내가 되도록 정한 이자율.

*지헌 : 법을 행사할 권리를 가진 자.

298

된다 하면 우리 또한 가담하는 것이 옳겠지요.」

「어떻게 가담하자는 것인가?」

이번엔 되레 유필호가 물었다.

「한동안 그들을 지켜보는 것이 좋겠습니다. 함부로 부르걷고 나설 수야 없지요. 그들을 만나서 우선 동료들을 방백하는 헌책을 일러 주는 것이 순서가 아니겠습니까. 무위대장 이경하 대감은 보부청(褓負廳) 우사의 도존위이기도 하시니 우리 장돌림들이 힘이 될 수도 있겠지요. 그러나 그들이 우리들을 비위짱 거슬리게 여기고 있는 터에 공연히 거들었다가 무간한 대접은커녕 소대나 받게 되지 않을까 걱정입니다.」

「그들이나 우리나 역모하자는 것이 아니지 않은가. 왜이(倭夷)와 손뼉을 맞추려는 척신들을 조정에서 몰아내고 탐학과 수탈만을 일삼는 벼슬아치들을 징치하여 벌왜(伐倭)하고 나라의 기강을 바로 세우고 싶은 충정이 우리와 다를 바가 무엇인가. 그들이 목전으로는 동료들을 구명하자는 뜻이나, 심층 깊이 깔려 있는 것은 왜별기를 두어 군정들의 늠료와 대접에 층하를 두고 있는 것에 분통이 터진 것일세. 또한 썩고 흙모래가 태반인 곡식을 먹이려 드는 선혜청에도 뿌리 깊은 원한이 있는 것이네. 그들이 하찮은 졸개 군정들이라 하여 가담할 것을 주저할 까닭이 없네. 게다가 그들 중에는 진서는 물론이요 언문에도 박통한 자가 드물어 격문 한 장 제대로 소견하지 못하여 입 가졌다는 자마다 뒤죽박죽 떠들어만 대고 있으니 비웃음에 네뚜리만 당할 뿐이라네. 마음에 지닌 서러움은 있으되 격을 갖추지 못하니 다만 상없는 것들의 행악으로만 보일 뿐이라네.」

「좌우간에 생원님은 아니래두 기찰에 물려 있으신데 그렇게 나다니셔도 괜찮으십니까?」

「그 사람, 남의 걱정 하네. 자넨 원산포에서 왜통사인가 똥개인가를 욕보인 죄로 기찰을 당하고 있지 않은가.」

그 말에 천봉삼은 씩 웃음을 흘리면서,

「시생이야 잡히더라도 속전만 바치면 사(赦)받아서 살아날 방도가 있지 않겠습니까.」

「포교들이 시방 나를 추포하고 다닐 경황들이 있겠는가.」

천봉삼이 농을 건네다 말고,

「시생은 여기서 기다리겠습니다. 왕십리를 한번 다녀오시지요.」

마침 석쇠의 아내가 서둘러 끓인 수제빗국을 들어왔다. 이른 저녁이라 할 수 있었지만 출출하던 김이라 한 그릇씩 받아서 서둘러 퍼먹는 중에, 엉뚱하게 석쇠가 나섰다.

「생원님, 왕십리 행보에 동행할까요?」

곁에 앉았던 송파패 하나가,

「못된 벌레 장판방에서 모로 긴다더니, 자넨 왜 또 참견인가?」

「나라구 참견 못할 게 뭔가?」

「꼴에 간뎅이는 부어 가지구. 백정은 생피(生皮)나 다루지 이건 밤낮 사피(死皮)만 다뤄 부백정(副白丁)으로 괄시를 받는 주제에 아서라, 네가 나서면 될 것도 안 된다.」

「살아 있는 소 엉덩이 뒤에 따라다니며 쇠똥 칠갑이나 하는 너나 죽은 쇠가죽으로 갖신 깁는 나나 알고 보면 시누이 올케 간이여. 괜히 드센 체할 것 없어.」

「애그러지게 나가며 어그러지게 들어온다더니, 밉다니까 말대꾸도 밉게 나오네.」

「미운 강아지 우쭐거리면서 똥 싼다는 말도 못 들었나.」

한바탕 웃음보가 터져 나오는데 벌써 유필호가 수저를 놓고 일어섰다. 강쇠가 뒤따라 일어서는데 유필호가,

「자넨 노독이나 풀지 그러나?」

「가만 앉아 기다리면 좀이 쑤셔 더 못 견딜 것 같소.」

초벌 요기로 배를 불린 두 사람은 석쇠의 집을 나섰다. 시구문 밖에서 오간수문 쪽으로 난 비탈길을 반 마장쯤 따라가면 길이 두 갈래가 되었다. 왼편으로 난 길은 영도교(永渡橋) 쪽으로 가는 길이 되고 바른편으로 난 길을 따라 다시 반 마장 정도 행보하면 미나리밭이 질펀하게 깔린 왕십리 초입에 이르렀다.

인정 친 후라 하나 성문 밖이었으니 순라군에게 졸경을 치를 걱정도 없었다. 왕십리 안침골에는 살곶이를 거쳐서 수레재(車峴)를 넘어오는 행객들을 겨냥하여 잔술을 팔고 있는 숫막과 마방 딸린 객점들이 늘어선 숫막거리가 있었다. 예상했던 대로 숫막거리 어름에 득달하자, 전에 없이 주등들이 밝았다. 숫막의 주등 불빛 아래 부산하게 내왕하고 있는 사람들이 먼빛으로 바라보였다. 거개가 더그레를 아무렇게나 꿍쳐 입은 군총들로 보였고, 간혹 베잠방이를 걸친 남정네들도 섞여 있는 듯했다. 객점들 중에 마당도 꽤 넓어 보이고 많은 사람들이 웅성거리고 있는 숫막을 골라 사립문을 밀고 들어섰다. 그때 마빡에 찌그러진 거먹초립*이 매달려 달랑거리고 무릎치기를 걷어올려 허리를 질끈 동여맨 군정 하나가 달려 나오며 구면인 체하였다.

「우리가 잠복한 곳을 용하게 알아채고 찾아오셨군요. 좌우간 잘 오셨습니다. 아니래도 글줄이나 했다는 생원님 같으신 분이 있었으면 했지요.」

고개를 주억거리면서 알은체를 하는데 밝은 빛 아래까지 갔어도 면분이 있는 자 같지 않았다. 다만 속으로 어제 늦게 우포청 담 밖에서 만났던 군정 중에 하나이겠거니 하였다. 그 군정에게 소매를 이

---

*거먹초립 : 역졸이 쓰던 검은 빛깔의 초립.

끌려 술청 안으로 들어섰나.

시래기 토장국을 부은 밥 한 바기씩을 목로 위에 올려놓고 열대여섯이나 되어 보이는 군정들이 둘러앉아 있었다. 두 사람을 술청까지 데리고 간 군정이 먼저 자신을 유춘만이라 하였고, 연이어 장태진(張泰辰), 홍천석(洪千石), 허시동(許氏同) 같은 이름으로 허리를 꾸벅거리면서 초인사들을 올리는 것이었다.

겨죽 그릇들을 앞에 놓고 앉아 있긴 하였으나 수저를 놀리는 사람은 한 사람도 없었다. 술청 안은 시위를 당기는 듯 서릿발 같은 긴장감이 감돌았고 아궁이에서 삭정이가 타는 냄새만 싸하게 퍼지고 있었다. 마침 회좌를 하고 있던 모양으로 그중에서 연만하고 성품이 원만해 보이는 김장손이 말을 이었다.

「우리가 끝내 중구난방으로 떠들기만 하다가는 저들에게 견모만 당할 뿐 소청하는 바를 얻어 내기는 어려울 것이오. 그러니 먼저 무위대장 이경하 대감께 가서 정소를 올리도록 합시다. 떠드는 것만이 능사가 아니오.」

김장손이 그렇게 말하자, 목로 맨 끝에 앉은 군정 하나가 불쑥,

「이경하 대감께 정소를 올릴 건 뭐요. 일의 고동을 손에 쥔 사람이 우변 대장 이교헌 아니오? 죄인을 닦달하는 허청에서 번 들던 나장의 말도 듣지 못했소? 죄인을 남간에다 내려 가두었다면 대사죄수(大事罪囚)로 패를 채운 것인데 우리가 치일피일하는 중에 덜컥 효수라도 해버린다면 이경하 대감께 정소한들 무슨 소용입니까. 이리저리 궁리를 튼다 해보았자 괴*목에 방울 다는 궁리밖에 나올 것이 없으니 밝은 날 몰려가서 파옥부터 하십시다. 꿩 잡는 게 매라지 않았소.」

*괴 : '고양이'의 옛말.

「사람의 명 끊는 일을 그렇게 쉽사리 저지를 리가 없소. 우리가 영문(營門)을 이탈한 지도 벌써 내일이면 사흘이 되오. 좀처럼 헌책이 나서지 않는다고 말만 왜자하게 떠들 것이 아니라 여럿이 공론해서 일의 순서에 무리 없도록 처결해야지, 그렇지 않으면 또한 여러 사람이 나직(羅織)되어 애매하게 화풀이를 당하게 될 것이오. 일에 무리가 있으면 잡혀간 사람들은 사(赦)받아서 살아난다 하여도 영문을 이탈한 우리들을 또다시 잡아들여 닦달하려 들 것이니 작정들 잘해야지요.」

「명 길면 살겠지요. 백성들 박대하기를 똥 싼 배때기 차듯 하고 있는데 공자 말씀에 토(吐)만 달고 계시니 당장 목전이 답답한 것은 성님이 아니오? 우리가 헌책을 꾸며 냅시고 시각을 천추시키다 보면 우리의 열기는 식고 맙니다.」

「열기가 식다니, 그런 어폐가 어디 있소? 우리가 받아 온 오욕과 수모가 어떠하였는데 하루 이틀을 넘기지 못하여 열기가 식는다는 것이오. 그런 말은 스스로 낯짝에 똥칠하자는 얘기요. 우리가 소원하던 것을 거두지 못한다면 우린 모두 자문을 해야 하오.」

김장손에게 불쑥 한마디 내질렀던 장본인은 물론이요, 온 좌중이 그 말에 고개를 숙이었다. 김장손이 이어서,

「우선 이경하 대감께 정소하였다가 퇴짜를 받는다면 그때 다시 군정들을 모읍시다. 내 염량 같아서는 정소를 올리는 일과 군정들을 취군하는 두 가지 일을 한꺼번에 도모하는 것이 상책일 듯싶소. 정소한 것이 퇴짜를 당했을 때에는 우리가 그 당장 취군(聚軍)해서 행사로 들어가야지 그렇지 않으면 공론만 하다가 세월 보내기 십상이겠소.」

「취군하는 방책은 뭣입니까?」

「격문을 돌리는 것입니다. 그리고 언변 있고 강단 있는 사람 몇을

조발하여 낙동 이경하 대감께 청알을 넣어 보는 것입니다.」

「무슨 풍상을 겪는다 하여도 우리 배행들을 살려만 내고 세곡 농간하는 자들과 왜이와 배를 맞추려는 자들이 징치되는 길이 있다면 좋겠소.」

「마침 생원님이 오셨으니 격문을 청하여 얻어 내도록 합시다.」

유필호가 지필묵을 얻어 쓴 격문은 이러했다.

지금 조정의 상신(相臣)과 척신들은 망령되고 구차하여 탑전에 이르러서는 상감을 속이고 국사는 돌볼 나위 없이 국록과 벼슬을 도둑질하고 아첨을 농하며 슬기는 가려 숨기고 충간(衷懇)*하는 말을 하면 불령의 무리들로 몰고 정직한 사람은 이를 비도(匪徒)*로 몰아세우는 데 지체하지 않는도다. 왜이와 연결하여 삼남(三南)의 백성들께 원한을 사니 장차 나라는 왜이의 손에 놀아나 미구에 백성들이 따르기 어려운 것도 억지로 청하게 될 것이다. 진실로 국사의 기반을 튼튼히 할 기틀은 그 자리에 없고 백성들을 괴롭히는 무리들만이 날뛰고 있으니, 백성의 심성은 날로 변하여 민심은 흉흉하고 생리(生利)를 구하거나 세폐(稅弊)에 쫓겨 유리하는 백성들은 길에 넘치게 되었다. 뿐만 아니라 조정의 백관으로부터 지방의 수령에 이르기까지 나라의 위난은 염두에 없이 방날(放埒)*에 빠지고 재산을 모으기에 간절하다. 벼슬은 천거하는 곳이나 등과(登科)를 하는 마당이 모두 돈으로 흥정하는 저자와 다를 바 없이 되어 버렸다. 허다한 세곡이 국고로 들어가지 아니하고 벼슬아치들의 사고(私庫)로 줄지어 들어가는데도 나라의 재용이 메말라 고갈됨이 모두 백성들의 폐단과

---

*충간 : 충심으로 간청함.

*비도 : 무기를 가지고 떼를 지어 다니면서 사람을 해치거나 재물을 빼앗는 무리.

*방날 : 제멋대로 놀아나거나 주색에 빠짐을 비유적으로 이르는 말.

불충으로만 돌려지고 있다. 놀고 먹는 벼슬아치들의 음식은 충복(充腹)하자는 것이 아니라 상을 가득하게 하는 것으로 자랑 삼고 왜이들이 들여온 주옥(珠玉)과 패물(佩物)로 기승을 자랑하고 또한 교만과 음란을 서슴지 않으니 어찌 백성의 간구함이 흉년만을 탓하겠는가. 고을 창고에 곡식이 쌓여 있다 할지라도 교탐(狡貪)*한 수령과 잡되고 불량한 것으로 호가호위(狐假虎威)*하는 서리(胥吏)들의 모리하는 연모로나 쓰일 뿐 구황하는 명목과는 인연을 끊은 지 이미 오래였다. 동래포와 원산포는 물론이요, 연안의 포구마다에서는 왜이들의 손으로 수만 석의 곡식이 넘어가니 이 모두가 아전배들과 잡상꾼들의 농간과 패상(敗常)에 의해서다. 대저 나라란 백성을 근본으로 하는 것이니 8역(域)의 백성들을 푸대접하는 나라가 제대로 되어 갈 리가 없다.

지방의 관원이 고을을 다스림에 덕행 겸비한 양리(良吏)가 2년을 다스리면 탐욕한 오리(汚吏)가 그 뒤를 이어 6년을 다스리게 되니, 백성들은 끝내 가혹한 폐단과 앙화 속에서 허덕이게 마련이다. 가깝게는 경영(京營)의 포수(砲手)로부터 멀리는 변방의 수자리를 살고 있는 궁수(弓手)에 이르기까지 옛것과 묵은 것을 고친다 핑계하고 어떤 병졸은 배척하고 누구는 참여시키며 층하 두어 대접할 뿐만 아니라 군졸이 강장하고 쇠약함을 연고의 친불친*으로 따지게 되니 창과 칼, 기(旗)와 총은 녹이 슨 채로 병고(兵庫)에 버려져 있도다.

또한 군향(軍餉)을 베풂에 있어 썩은 쌀에 허섭스레기와 모래가 태반이니 어찌 국토를 온전히 보장하는 방책이 될 수 있겠는가. 삼남의 조선(漕船)에 실려 온 세곡은 도대체 누구의 곳간으로 들어간

---

*교탐 : 교활하고 탐욕스러움.
*호가호위 : 남의 권세를 빌려 위세를 부림.
*친불친 : 친함과 친하지 아니함.

것인가. 청천백일은 종놈도 그 밝은 줄을 알고 황혼은 금수도 어두운 줄 아나니, 우리의 신분이 하찮은 군졸이요, 초야의 백성이나 이 나라에서 삶을 이어 가는 이상 강개(慷慨)한 심사를 읊조리고 앉아서 실망에 탄식만 할 수 있겠는가. 우리와 뜻을 같이하는 백성들도 나아가 억울한 사정을 호소하고 동료를 구명해야 할 것이다. 날이 밝는 대로 황토현(黃土峴)에 회집하여 작대(作隊)를 정하고 앞에서 향도하는 자에 뒤따를지어다.

　유필호가 격문(檄文)을 쓰고 군총들의 무리 중에서 김장손과 유춘만을 편장(偏長)과 주장(主掌)으로 하여 임방의 풍속을 빌려 마련기(磨鍊記)*와 총명기(聰明記)*를 만들어 대오를 가다듬는데, 뼈대 있는 지체를 상관하지 않고 참섭을 하게 되었다. 처음엔 데데한 속유(俗儒)* 한 사람이 물정 모르고 뛰어들었다 하여 뜨악해하던 군총들이 뜻밖에 사군자(士軍子)*를 얻었다 하여 모두들 기뻐하였다. 그러나 왕십리 일대에 홰를 밝히고 이튿날 해 밝을 때만 벼르고 있는 사이에도 조정이나 육조 아문의 대신들에게는 단 한 번도 이 소식이 입문되지 않았다.

　6

　그날을 무사히 넘기고 6월 초아흐렛날, 계명성이 뜨자면 아직 한 식경이나 좋이 기다려야 할 사경(四更) 축시 말쯤에 민영익의 집인

＊마련기 : 관청에서 마름질하여 계획을 세우는 방식.
＊총명기 : 남에게 물건을 보낼 때에, 그 물건의 이름을 적은 목록.
＊속유 : 식견이나 행실이 변변하지 못하고 속된 선비.
＊사군자 : 학식이 많고 덕망이 높은 사람을 이르는 말.

죽동궁 솟을대문을 조심스럽게 두드리고 있는 두 사내가 있었다. 두 사람의 행색이며 때 벗은 품이 산협 사람들 같지는 않은데, 꽤 오랫동안 후줄근하게 서서 대문을 두드리는 것이었다. 한참 만에야 잠이 깬 하님 하나가 열나절이나 게으름을 피우면서 대문으로 다가와서 한동안 수작을 주고받더니 투덜거리면서 빗장을 따주었다.

죽동궁 헐숙청에서는 이용익이 주접(主接)을 하고 있었다. 그는 민영익에게 금(金)을 갖다 바친 이후로 선공감(繕工監)의 종구품 감역(監役) 벼슬을 얻었으나 민영익이 좌사의 도존위 자리에 앉고부터는 감역으로 주변하기보다는 좌사의 접장(接長)으로 행세할 때가 더 많았다. 찾아온 두 사내는 공원(公員)과 유사(有司)였다. 대문을 따주었던 늙은 하님이 바지 괴춤을 추스르며 헐숙청으로 들어가서 한잠이 든 이용익을 들깨우고 촛대에다 불을 댕겨 놓았다. 방 안에 촛농 내가 싸하게 돌고 사위는 쥐 죽은 듯 고요한데 멀리서 난데없이 밤까마귀 짖는 소리가 을씨년스럽게 들려왔다. 선하품을 길게 빼물면서 횃대에 걸었던 저고리를 벗겨 꿰고 있는 이용익에게 인사수작은 하는 둥 마는 둥 하며 유사가 나직이 아뢰었다.

「나으리, 종가와 개천거리, 그리고 선혜청 어름에 심상치 않은 조짐이 보입니다.」

말을 개어 올리고 있는 유사의 볼따구니에서 으스스한 긴장 같은 걸 느낀 이용익이 연방 터져 나오는 하품을 씹다 말고,

「심상치 않은 조짐이라니, 또 발총률(發塚律)을 범한 동무님들이라도 있나?」

「나으리, 이것 좀 보십시오.」

마침 유사 곁에 앉았던 공원이 괴춤을 뒤적이더니 부피가 예사롭지 않게 큰 종이 뭉치 한 개를 꺼내 놓았다. 이용익이 무심히 받아서 펴보니 난데없는 패서(掛書) 뭉치들이었다. 내용은 민문의 척신들의

탐학과 전횡을 낱낱이 발고하고 그들의 독란(黷亂)*으로 하여 주체가 되어야 할 백성들은 한낱 포화(泡花)*에 그쳤으며 중궁전에서의 내탕전 탕진이 극에 달하여 나라의 재용이 핍박하고 창빗들은 농간을 저지르게 되었다고 설폐(說弊)하는 글발이었다.

「이런 망극할 데가 있나. 자네들 이것은 어디서 났는가?」

「이런 해괴한 괘서들이 선혜청 담벼락이며 종가와 개천 사이의 회랑 담벼락에 수없이 나붙어 너울거리고 있었습니다. 처음엔 아닌 밤중에 흰 것이 너울거리기에 우리들이 도깨비에 홀린 것이 아닌가 하였지요. 가까이 가보니 이런 글발을 박아 쓴 괘서들이었습니다.」

「그럼 이 괘서 뭉치는 자네들이 보는 대로 잡아 떼어 온 것들인가?」

「이것뿐이 아닙니다.」

유사의 말에 공원이 냉큼 맞장구쳤다.

「필경 한두 놈이 한 짓이 아니지요. 삼경부터 사경 초 사이에 순라가 뜸한 실골목을 골라서 범종(犯鐘)*하고 다니면서 한 짓들이지요.」

「누가 이런 망극한 객기를 부리고 다닌단 말인가?」

「괘서가 나붙기 시작한 수표다리 어름에서부터 하릿교다리를 거쳐 새경다리께까지 따라 오르다가 새경다리가 마악 끝나는 실골목 앞에서 괘서 뭉치를 날개에 끼고 짓쳐 오르고 있는 장한 두 놈을 따라잡았습니다. 새경다리께만 하여도 도통 어두워서 두 놈의 모색을 가늠할 수가 없었습니다. 대여섯 칸을 뒤쫓다 보니 마침

─────────────

*독란 : 정치나 인륜을 더럽히고 욕되게 함.
*포화 : 물거품.
*범종 : 야간 통행금지 시간인 초경과 오경 사이에 함부로 다니던 일.

두 놈은 불을 환하게 밝힌 초상집 앞을 지나더군요. 그때 두 놈의
모색을 알아보았는데 우리는 그만 대경실색을 하고 말았습지요.」
「자네들이 알 만한 놈들이었나?」
「알다뿐이겠습니까. 두 놈은 광주 고을 송파 처소의 쇠전꾼들이었
지요. 그중에 한 놈은 시생과는 술추렴도 몇 번 했던 친숙한 사이
랍니다.」
　공원의 말이 그 대목에 이르자 이용익은 가슴이 덜컥 내려앉았다.
송파 처소라면 한집안 식솔이나 진배없는 좌사의 도붓쟁이들이 아
닌가. 그들이 행수로 떠받들고 있는 천봉삼은 반연이랄 수 있으며,
또한 악연이었지만 선돌이를 알고 있음이 아닌가. 선돌이를 외눈박
이로 만들었던 장본인을 찾아내긴 하였으나 그가 민겸호 수하의 대
동청 창관이란 것을 알고 얼마나 놀라고 얼마나 분통을 터뜨렸던가.
말문이 막힌 이용익은 바람벽에 길게 그림자를 드리우며 타오르는
촛불을 바라보고 앉아 있었다. 이런 야단이 없고 낭패가 없었지만
당장에 이렇다 할 방책이 나서지 않았다.
「끝까지 뒤를 밟아 볼까 하였습니다만, 시재 당장 사태가 위중한
지라 나으리께 득달같이 달려왔습지요.」
「자네들이 송파 처소 사람들을 괘서 죄인*으로 고변하였다가 나중
에 불고(不辜)*한 것이 드러나면 그들로부터 매원을 당할 건 물론
이요, 나 또한 차후로는 콩으로 메주를 쑨다 하여도 자네 말을 신
청(信聽)치 않을 것이네.」
「나으리, 시생들이 갑자기 청맹과니가 되었겠습니까. 좌사의 집사
직분에까지 주변할 수 있는 주제를 해가지고 술추렴을 같이했던
배행(輩行)을 몰라볼 리야 없겠지요. 게다가 이 괘서의 글발이 역

---

*괘서 죄인 : 이름을 밝히시 않고 글을 내이 긴 죄인.
*불고 : 아무 잘못이나 허물이 될 일이 아님.

률을 밝히고 있을진대 어찌 반좌율(反坐律)에 걸릴 걸 뻔히 알면서 한 식구들을 위조 고발하겠습니까. 그런데 나으리, 사단은 그것뿐만 아닙니다.」

「도봉소의 소동 말인가? 그건 앞에서 향도하던 몇 놈만 극률(極律)에 처하면 소동이 가라앉을 것으로 믿고 있는 듯하던데.」

「시생들이 본 것은 괘서뿐만이 아니랍니다. 죽동궁까지 오는 길에 택호들은 잘 모르겠으나 민문의 벼슬아치들 집 대문에 칠문(漆門)된 것을 보았습니다.」

「낭패로군. 칠문은 뉘 짓인가? 사헌부에서 그런 일을 벌였다는 것은 듣지 못하였는데.」

「그 또한 송파 처소놈들이 한 짓이 분명합니다. 괘서를 붙이고 다닐 것들이 칠문할 것을 요량 못했을 리가 없지요.」

칠문이란 민간에서 원성을 살 만한 패상을 저지르거나 분수 넘치게 탐학하는 벼슬아치가 있을 경우에 사헌부의 감찰(監察)들이 야다시(夜茶時)*에 서죄(書罪)*하여 해당되는 벼슬아치의 집 대문에 걸고 문짝에는 검은 칠을 하여 문을 봉하고 수결(手決)을 두는 것을 말함이니, 이는 저기택(瀦其宅)이라 하여 강상(綱常)을 범한 중죄인을 처벌하고 그 집을 헐고 난 뒤 그 자리에다 연못을 파는 민간의 율과 같은 벌이었다. 그러나 벼슬아치의 집에다 칠문을 하고 다니는 일이란 일개 송파 쇠전꾼들이 저지르고 다닐 일은 아니었다. 저지르고 다녀선 안 될 일을 낭자하게 저지르고 다니니 이것이 바로 조만간 난리가 크게 날 조짐이란 것이었다.

「시생들의 눈으로 염탐한 적은 없습니다만, 귀동냥하기로는 그저

---

*야다시 : 긴급한 일이 발생하였을 때 사헌부의 감찰이 밤중에 모이던 일.

*서죄 : 벼슬아치의 죄를 징계하기 위하여 사헌부의 감찰이 그 죄상을 흰 널판에 써서 한밤중에 그 집 문 위에 붙이던 일.

께 육조거리에서 난동하던 군총들의 잔당이 왕십리에서 한둔들 하면서 다시 방책을 꾸미고 있다는 것입니다. 사태를 보아하니 송파 처소 쇠전꾼들이 왕십리 군총붙이들과 어느새 통모가 된 것이 분명합니다.」

쓰다 달다 말이 없이 시종 듣고만 앉아 있던 이용익은 거동할 채비 하고 일어나면서 두 사람에게 따라오라고 손짓하였다. 눅눅한 새벽바람이 일고 있는 바깥 한터 저만치 나서자, 이용익은 두 사람을 불러 세웠다.

「자네들이 보았다는 송파 처소 사람들 얘기는 누구에게도 발설해선 안 되네. 내 말 알아듣겠는가.」

「팔이 안으로 굽는다는 것이야 알고 있습니다만, 그렇다고 입 닥치고 있기만 하면 무슨 계책이 나옵니까.」

「나중 일은 내가 마련할 것이네. 만일 괘서 죄인이 좌사의 도붓쟁이들이었다는 것이 조정으로 입문된다 하면 그동안 내주던 은전은 고사하고 좌사를 가만둘 성싶은가. 막돼먹은 붕당들이라 하여 여죄를 묻는다 하고 닥치는 대로 잡아들여서 극률에 처할 것이 틀림없네.」

그럴듯한 말이었다. 두 사람은 역시 이용익의 국량이 깊고 소명한 것에만 감탄하고 고개를 주억거렸다. 세 사람이 다급한 대로 개천 길과 회랑에 나붙은 괘서들을 찾아서 대강 뜯어내고 나니 금방 날이 새었다. 죽동궁으로 되돌아온 이용익은 사랑채로 민영익을 현신하였다. 괘서 나붙은 것이나 칠문하였다는 일은 모른 체하고 왕십리에 둔취하고 있다는 군정들의 일만 대강 이야기하였다. 그러자니 자연 이야기의 맥이 빠지고 알맹이가 없게 되었다. 질고한다는 내막이 그러허니, 듣고 있는 민영익 역시 대수롭지 않게 들을 수밖에 없었다. 내막을 알고 보면 사태가 범상치 않은 것을 알고 있는 이용익이 조짐이 심상치 않다고 똑같은 말을 몇 번인가 되풀이해서 알아듣기를 은근히 기다렸으나 듣기에 진력이 난 민영익은 되레,

「자네의 간담이 그렇게도 작은가. 훈련도감 찌꺼기들이 떠들면 얼마나 떠들 것인가. 포청에 가두었다는 몇 놈을 효수해 버리면 십중팔구 사방으로 흩어질 것이네. 천하고 막돼먹은 것들이야 중한 것이라곤 모가지밖에 없지 않은가.」

「대감, 그러나 심상하게 두고 볼 일이 아니랍니다. 하잘것없는 백성들이라 하나 그들이 뭉치면 노도와 같지요. 게다가 그들은 모두가 병장기를 제대로 다룰 줄 안다는 군정들이 아닙니까. 시생의 좁은 소견으로도 곡경을 치르기 전에 무슨 방책을 세워 그들을 효유시키는 것이 옳을 듯합니다.」

「혜당(惠堂)께서 조처할 일일세. 그분께서 양단간에 귀정 지을 일을 가지고 내가 소명한 체하고 나설 까닭이 없지.」

「오늘 입궐하시는 길로 혜당께 사태를 은근히 귀띔이라도 해주시지요.」

「그분 뵈려면 탑전이 아니래도 지금 당장인들 어렵겠는가. 그러나 이번 소동은 나와는 무관한 일이 아닌가. 내가 나설 일이 따로 있지.」

이용익의 말을 귀넘어듣고 끝내 속 편한 말만 하고 있으니 답답한 것은 이용익이었다. 민문의 척신들과 중궁전을 겨냥한 괘서 소동은, 그러잖아도 입궐하게 되면 궐내에 짜하게 퍼질 것이었다. 그때 가서야 다시 방도를 쓰더라도 지금 당장은 촉급한 일이 아니다 싶어 이용익은 그만 사랑채에서 물러나고 말았다. 아침상을 받고 앉았으나 입맛은 흡사 모래를 씹는 것 같았다. 그때는 벌써 육조의 관원들이 사진(仕進) 채비를 해야 할 사시가 임박해 있었다.

광통방 소광교에서 남쪽으로 뚫린 소로를 따라 오르면 명동(明洞)

어귀가 나서고 용골[龍洞] 지나 다시 명례방(明禮坊), 낙골[洛洞]이 나왔다. 무위대장 이경하의 집은 낙골 초입에 있었다. 이경하의 집 앞에 1백여 명을 헤아리는 군정들이 모여들었다. 이경하는 마침 집에 있었다. 도봉소에서 난동을 일으킨 군정들이 그 수하인 무위영 소속의 군정들이라 조정 대신들에게 얼굴을 들 수 없는 지경이었고, 또 무엇보다 민겸호를 면대하기가 쑥스러워 조바심만 하고 있던 터였다. 마침 청지기가 달려와서 소동을 일으켰던 무위영 졸개들이 몰려와서 원진을 치고 있다고 연통을 놓았다. 그 방자한 놈들을 몇 놈이고 당장 불러 엎치라고 호통을 치고 있는 판인데 벌써 이마빡이 시뻘건 대여섯 놈이 땀내와 발 고린내를 낭자하게 풍기며 대청으로 올라서고 있었다. 핍근히 앉기는 두려웠던지 대청에 늘어앉는 그들을 보자 하니 속으로는 천불이 솟았다. 영문에서 입던 더그레 자락 차림 그대로들이긴 하였으나 이미 피칠갑에 흙투성이가 되었고 거먹초립을 뒤꼭지에다 붙인 놈, 관자놀이에다 달고 있는 놈, 이마에다 내려 붙인 놈에 한눈으로 보아서도 영문에서 조련 받은 군정이라고는 할 수 없는 오합지졸들이었다. 입성이 불성모양이긴 하나 거먹초립으로 행세하던 성깔은 남아 있어서 위를 쏘아보거나 부라린 눈길에는 잡아먹을 듯한 불량기가 가득하였고 양 무릎에 올려놓고 있는 주먹들은 설분할 곳이 없어 와들와들 떨리고 있었다. 데리고 수작할 잡이들이 못 되는 막된 것들과 중언부언하고 있기보다는 당장 내려가두는 것이 속 편할 일이겠으나 지금은 과격한 성깔대로 내붙일 때가 아닌지라 소증이 돋는 대로 당장 행패할 수는 없었다. 몽니 궂게 생긴 군정들을 멀리 바라보며 이경하는 우선 혀부터 끌끌 찼다. 그러나 동료들을 방면해 달라는 군정들의 소원을 듣고 난 이경하의 얼굴은 오욕과 수치로 일그러졌다. 늦게서야 말문이 터진 이경하는 그들을 완곡히 타일렀다.

「너희들이 내 직분이 무위대장이라 하여 찾아온 것 같다만 내겐 그런 힘이 없다. 몰인정하날지는 모르나 내가 지금에 이르러 조정 문턱에 턱을 걸고 있으나 지금 잡혀간 수하 군졸들의 근각(根脚)* 조차 보지 못하였다. 너희들이 소동 일으킨 죄책으로 내 처지만 난처해졌을 뿐 너희들이나 나나 무슨 이득이 있는가. 군안(軍案) 에 올라 있는 너희들이 갈 곳은 영문뿐이다.」

이경하의 목소리가 분기와 수치로 떨리었다.

「포청에 끌려간 동배들은 무위영의 군정이 아닙니까. 우리 군정들 이 졸가리 찾아서 소원할 곳이라고는 소임을 맡고 계신 대감뿐이 온데 대감께서 몰라라 하시면 우리는 어디 가서 벗바리*를 찾아 소원을 올리겠습니까. 탐탁지 않더라도 잡혀간 동배들이 목숨이 나 붙여 타첩되도록 주선해 주십시오.」

「가히 방돈(放豚)에 비견해서 욕될 것이 없는 놈들이 아닌가. 내가 탑전에 나아가 위항(違抗)을 저지른 그것들을 구명하겠답시고 극 간(極諫)하고 나선다면 트레바리* 있는 대신들이 나를 칭하여 난 도(亂徒)들과 붕결(朋結)이 졌다고 논핵하고 나설 것이 뻔한 판에 어찌 함부로 나설 것인가.」

「농간해서 모래 섞은 늠료를 군향의 이름을 빌려 모급한 창색들을 혼돌림시킨 것이 옳은 일입니까, 아니면 처참을 시킬 창색들은 그 냥 두고 군정들만 잡아들여 극률에 처하여 부질없는 죽음을 시키 는 일이 옳은 일입니까? 쉰네들이 무명색한 졸개들에 불과하나 순 서를 찾아 대감께 정소하지 않으면 어디 가서 활인을 빌며 어디

---

*근각 : 죄를 범한 사람의 죄상, 이름, 생년월일, 인상 및 그의 조상에 관한 사항 을 기록한 표.

*벗바리 : 뒷배를 보아주는 사람.

*트레바리 : 이유 없이 남의 말에 반대하기를 좋아하는 성격.

가서 넋두리하겠습니까. 원컨대 원만한 처사가 어디에 있는지 그 길이나마 인도해 주십시오.」

「이번 옥사는 당초부터 선혜청에서 발단된 것이고 병판(兵判)이시기도 한 혜당께서 간여한 것이 아니었는가? 무위영 군졸이 내 수하임은 분명하나 병판께서 선나후주(先拿後奏)*하고 변험(辨驗)* 한들 한 상감 아래 있는 신하들끼리 흠절될 것이 없는 것 아닌가.」

「대감 말씀이 그러하시다면 우리 또한 혜당 대감께 쫓아가서 정소한들 비위짱 거슬린다고 봉변을 안기지는 않겠지요.」

「네놈들이 오늘까지 먼지를 일으키며 요량 분수 없이 떠들어서 얻어 낸 소득이 있었던가? 내게 잠시 말미를 줘보거라. 내 서찰을 써서 혜당께 급주를 놓아 볼 것이니 기다려 보는 게 어떻겠나? 양단 간에 하회가 계실 것이 아닌가. 뜻하지 않게 대득(大得)을 할 수도 있을 터이고, 조짐머리가 여의치 않으면 그때 네놈들이 혜당께 찾아가도 늦지는 않을 것이다.」

이경하가 지필묵을 내려 서찰을 쓰기 시작하였는데 모두가 진서 글이라 모여 앉은 군정들 중에 서찰의 내용을 소상하게 새길 수 있는 자는 단 한 사람도 없었다. 서찰을 봉함한 이경하는 비각을 띄워 급히 민겸호의 집에 다녀오라고 분부를 내렸다.

민겸호의 집으로 찾아간 청지기는 상전이 써준 서찰을 올리고 중화 먹을 때까지 기다렸으나 민겸호로부터는 쓰다 달다는 하회가 없었다. 게으름을 피우고 늦게 돌아갔다가는 상전에게 또한 봉욕할까 두려웠던 청지기는 가슴을 죄다 못해 돌아가서 바른대로 아뢸 수밖에 없었다. 이제는 이경하 자신이 나서서 무위(撫慰)한다 하여도 별 무소용이라는 것을 깨달았다. 사랑 대청에다 땀자국만 남기고 내려

* 선나후주 : 죄인을 먼저 잡아 놓고, 나중에 임금에게 아뢰던 일.
* 변험 : 판별하여 밝힘.

온 향도들이 바깥에서 원진을 치고 있는 동배들에게 이 사실을 알렸다. 군정들의 무리 속에서 고함 소리가 터져 나오기 시작했다.

「낙동 염라라고 명자만 드세었지 개호주 한 마리 때려잡지 못할 꾸 발을 가졌구먼. 그 위인을 믿고 정소한 우리들이 백 번 됐져 싸지.」

「명색 좋아 무위대장(武衛大將)이지 이경하의 본색이야 원래 무위대장(無爲大將)이 아닌가.」

「대원위 대감께 달고 있던 끈이 떨어졌으니 그 허우대에 한낱 무골충밖에 더 될 것이 무언가.」

「낯짝에 살피듬만 피둥피둥하였지 뱃심은 없는 모양이여.」

입 가진 자는 구변이 있는 대로 한마디씩 이경하의 무능을 비아냥거리고 능멸함이었다. 그러자 누군가의 입에서,

「그렇다면 우리 모두가 혜당인가 민겸호인가를 찾아가자. 죽이 되든 밥이 되든 거기 가야 담판이 될 것이다.」

「이런 소동이 일어나도록 사주한 장본인이 누구인가?」

앞에서 누가 향도를 잡을 것도 없이 군정들의 무리는 낙동 이경하의 집을 떠나 종가 어름으로 빠져나가기 시작하였다. 행렬은 종가의 육의전을 관통하여 수진방 어름으로 괴어들기 시작하였다. 금방 민겸호의 집이 바라보였다. 군정들이 멀리서 몰려오는 것이 종시 수상쩍었던 청지기들이 소란 커질 것을 진작부터 깨닫고 재빨리 대문을 닫아걸기 시작하였다.

청지기들과 행랑채의 비부들이 잿간에서 쇠스랑이며 몽둥이 될 만한 것을 찾아 들고 빗장 내린 대문간 안에서 결진하였다. 약차하면 선머리에 선 몇 놈의 박이라도 작살낼 조짐 같았다. 군정들은 지체 없이 대문 앞으로 달려들었다. 대여섯이 대문을 발길질하며 문을 따라고 벼락 치는 서슬로 고함을 질렀다. 뒤따르던 군정들은 솟을대문 앞에 박힌 노둣돌들을 뽑기 시작하였다. 안쪽에서는 달려드는 놈

316

들의 박을 박살 낼 조짐이었고 밖에서는 노둣돌을 뽑아 대문을 부숴 버릴 조짐이었다. 대문 하나를 사이하고 청지기와 군정들 간에 아귀다툼이 시작되었다.

「혼쭐을 뽑아 버릴 놈들, 감히 여기가 어디라고 돼지 새끼들처럼 몰려와서 못된 행패냐.」

「청지기 주제에 문전 나그네 흔연대접은 못할망정 되지못하게 양반 흉내가 아닌가. 어서 빗장이나 내려라.」

「네놈들 등쌀에 열릴 문이었다면 아예 닫아걸지 않았다, 이놈들.」

「이놈아, 대감을 뵙자는데 헐숙청에서 상전의 턱찌끼나 축내는 네놈이 왜 나서서 가타부타 입정을 놀리느냐. 혓바닥 뽑히기 전에 어서 빗장 내려.」

「대감마님께선 예궐하셨다.」

「예궐을 하였는지 사랑에 엎디었는지 우리 눈으로 보기 전에는 물러설 수 없다. 늘어지게 대거리만 하려 들면 월장들을 해서라도 네놈을 섭산적으로 만들겠다.」

「이 시러베 같은 것들, 영문을 이탈하여 난도가 된 네놈들 모가지는 성하게 달고 다닐 성싶으냐.」

「네놈들을 그냥 두지 않으리라.」

향도하던 군정 두엇이 잇몸에서 피가 튀도록 어금니를 갈아붙였다. 악언상가가 대중없이 오가는 중에 노둣돌 하나가 대문을 치고 들었다. 쿵 하는 소리가 솟을대문을 뒤흔들었다. 와 하는 고함 소리가 함께 튀어나왔다. 바로 그때였다. 엄장 큰 청지기 두 놈이 헛간 쪽 담을 타고 솟을대문 위로 덜썩 올라섰다. 그리고 기와를 걷어 눈 아래 둔취하고 있는 군정들의 무리를 향해 팔매질을 시작했다. 공교롭게도 첫번째로 날아온 기왓장이 어리무던하게 서 있던 군정 하나의 이마빡에서 박살이 났다. 쓰러진 군정의 이마에서 흘러내린 피가 낭자하게 흙을 적시었다.

날아온 기왓장에 하나가 쓰러지자 군징들의 눈발에 살기가 튀기 시작하였다. 게다가 기왓장을 날린 청지기는 바로 나흘 전에 선혜청 도봉소에 나와서 무불간섭으로 말감고 행세 하던 장본인이었다. 누군가 손을 쳐들어 궐자를 가리키며 소리 질렀다.

「저놈이 도봉소에 나와서 마되질 농간하던 그놈 아니냐.」

그 한마디가 군정들을 흥분시키기에 충분했다.

「우리에게 병장기가 없다 하여 저놈들이 업신여김이 아닌가. 대문을 부숴라.」

동배 하나가 피를 낭자히 뿌리며 눈자위를 허옇게 뜨고 자빠지자 군정들은 앞뒤를 돌볼 경황이 없게 되었다. 지붕 위에서 날아오는 기왓장을 피하자니 자연 담장과 대문 아래로 몰려들 수밖에 없었다. 사태는 이미 걷잡을 수 없게 되었다. 당장 무리를 향해 화승총을 쏘아 댄다 하여도 허술하게 흩어질 조짐은 보이지 않았다. 사태가 그 지경에 이르도록 악화된 것은 기왓장을 날린 청지기의 불찰에 있었는지도 몰랐다. 네댓 개나 되던 노둣돌을 죄다 뽑아 든 군정들이 합세하여 대문을 부수기 시작하였고 군정들은 곧장 헐숙청으로 뛰어들었다. 헐숙청에는 벼슬자리를 빌려 온 문객들이 즐비하게 앉아 있을 법하건만 그동안 모두 피신해 버리고 드넓은 방에는 바둑판 하나만 덩그렇게 놓여 있을 뿐이었다. 군정들은 방에 있는 연상이며 서안을 뒤엎고 발로 차서 삽시간에 쑥밭으로 만들고 비부쟁이들에게 빼앗아 든 괭이로 방구들을 파기 시작하였다. 기왓장을 날리던 두 놈은 어느새 가뭇없이 튀어 버렸지만 대문을 사이하고 말대꾸를 주고받았던 청지기는 마방 뒤쪽 봉당에 주질러 앉아 사시나무 떨듯 하다가 덜미가 잡혀 발길질 한 번에 뼈가 부러지고 각이 흩어져 버르던 대로 섭산적이 되고 말았다. 행랑채에 기거하던 비복들이 혼비백

산 죽는소리를 하고 산지사방으로 흩어지는데 열댓 명을 헤아리는 군정들이 중문을 발길질하고 내달아 금방 사랑채 누마루 위로 올라섰다. 민겸호는 청지기 말대로 일찍 예궐하였는지, 아니면 피신을 하였는지 장지 아래로 바싹 잇대어 깔아 둔 보료 위에는 죽부인만 덩그렇게 가로 누워 방을 지키고 있었다. 민 대감은 어디 갔느냐고 소리치는 군정이 있었으나 행랑채와 중문 어름에서 죽어나는 사람들 고함 소리만 들릴 뿐 감히 대꾸하는 자가 없었다. 군정들은 사랑방의 기물들을 닥치는 대로 부숴 내기 시작하였다. 누마루 아래로 기어든 개가 목이 터져라고 짖어 대는데도 배가 불룩한 암고양이 한 마리는 중문 기왓골에 몸을 숨기고 앉아서 이 난데없는 소동을 한가롭게 지켜보고 있었다. 암고양이는 스치는 바람결에서 습기를 느꼈던지 간혹 앞발을 들어 콧등을 닦고 있었다.

군정들이 민겸호의 집으로 들이닥쳐서 가재들을 닥치는 대로 박살 내고 있는 그 시각에 유필호는 구름재의 대원위 대감 저택 앞에 있었다. 행기를 하려고 대청마루 끝에 나와 서 있던 대원위는 마침 대문 밖이 소연하여 청지기를 불러들였다. 청지기 말이 장자풍의 사내 하나가 찾아와서 저하를 청알코자 한다는 것이었다.

「누구라 하더냐?」

「아직 성명 단자도 알아보지 못하였습니다.」

「돌아가서 들라 하거라.」

대원위는 방으로 들어가 서안을 바싹 당기고 좌정하였다. 금방 선비풍의 젊은 사내 하나가 애써 태연을 가장하고 들어와서는 공손히 부복하고 초인사를 올리는데 곁눈질해 보니 도통 안면이 없었다. 거동을 보자 하고 놓았던 장죽을 들어 입에 물었으나 냉큼 다가와서 불을 댕겨 주지는 않았다. 게번 도저한 위인이라는 생각을 하면서 대원위는 냉랭하게 물었다.

「자넨 어디서 왔는가?」

사랑으로 들어설 때 소매를 떨던 것과는 달리 유필호는 또렷한 목소리로 대답하였다.

「시생은 경기도 광주 고을에서 자란 유가 성 가진 속유(俗儒)입니다. 일찍이 뜻을 두어 문견을 익혔다 하나 재질이 둔탁하여 아직까지 팔불용(八不用)*의 소견으로 덕을 쌓지 못하였고, 지금은 보부상들의 처소에 전접(奠接)하여 겨우 끼니나 때워 가는 처지입니다.」

「하루 이틀의 끼니나 곡식을 빌려 하였다면 민문으로 찾아갈 것이지 달을 보고 한숨짓는 재간밖에 없는 나 같은 사람을 찾아올 일은 아니지 않은가.」

「민문에 투족하기로 하였다면 벼슬을 구걸할 것이었지 구차하게 몇 됫박의 곡식을 빌려 하겠습니까. 일찍이 그들의 투정에 눈이 시려 과장에조차 발길을 들여놓지 않았습니다.」

「무엄하구나. 내 한 시절 항간의 무명색한 시간배들과 어울려 빈축을 산 적도 없지 않거늘 그걸 빌미잡아 말버릇이 고약하구나. 자네가 번연히 알고 있으면서 내 면전에서 민문을 봉변 뵈려 하였으니 자넬 그냥 둘 수는 없게 되었다.」

「나라의 국기를 좀먹는 서적들은 몰라라 하시고 일개 시골 속유의 버릇이나 고치시겠다고 잡아 가두려 하십니까. 저하(邸下)의 분부가 그러하시면 시생은 달갑게 구경장폐를 당하겠습니다만 저하의 품위에 손상 입으실까 걱정됩니다. 지금 늠료를 농간당하다 못해 일어난 무위영의 군정들이 혜당 민겸호의 집으로 떼 지어 몰려갔습니다. 짐작하건대 그들이 대오를 가다듬어 구름재로 달려올 것

---

*팔불용 : 몹시 어리석은 사람을 이르는 말. 팔불출.

인즉, 저하께선 시생의 버릇을 고치시기 전에 헌책을 강구하심이 더 바쁜 일이 아니겠습니까. 그들의 억울함을 풀어 줄 수 있는 분은 팔역을 뒤져서도 저하뿐이라고 여기고 있습니다.」

놀라운 일이 한 가지 있었다. 유필호의 말을 듣던 대원위 이하응이 초풍을 하고 자리를 고쳐 앉을 것 같았는데 미동도 하지 않았기 때문이다. 이하응이 한참 만에,

「나도 요지간 항간에서 군정들이 소동을 피우고 있다는 소식은 듣고 있었지. 그리고 소동이 커지면 그것들이 내게로 몰려올 것이란 것도 짐작은 하고 있었다. 그런데 자네 역시 그들과 한통속이렷다?」

「국기를 바로잡자는 일에 성리학을 공부한 골수 유생이란들 지체에 얽매일 까닭이 없습니다. 저하께선 통촉하십시오.」

「나를 찾아온 것은 미련한 일이다. 그들이 설령 외세와 입을 맞추고 탐학에 눈이 어두워진 민문의 척신들에게 숙혐이 있는 군정들이라 할지라도 어찌 미천한 그들에게 가담하거나 부동할 수 있겠는가?」

대원위 이하응의 어취로 보아 유필호를 세정에 어두운 책상물림으로 우습게 여기고 있음이 분명했다. 아니면 내심 보잘것없는 속류로 낮추어 봄이 아닌가. 유필호는 문갑 위에 올려진 풍란을 적이 바라보았다.

「저하, 지금은 풍담(風談)이나 농하시고 계실 처지가 아닌 줄 압니다.」

「물러가게. 치던 난이나 마저 치게 저리 비켜나게.」

「저하, 저 소리를 들어 보십시오.」

많은 군중들이 내지르는 함성이 구름재로 가까워지고 있었다. 대원위 이하응은 손을 뻗쳐 설렁을 당겼다. 설렁 당기는 소리가 어느

때보다 우렁찬지라, 문밖에서 발소리가 낭자하더니 여러 놈이 한꺼번에 예 소리 길게 빼며 하정배를 드렸다. 필경 천희연, 하정일, 장순규, 안필주 같은 장한들을 불러들이겠거니 하였다. 그러나 하속들을 마루 앞에 대령시키고 난 뒤 이하응은 유필호에게 물었다.

「저 도당들이 병판의 집에서 무엇을 저질렀는가?」

「필경 손명을 저질렀겠지요.」

「도당들이 내게 와서 무엇을 구하고자 하겠는가?」

「저하를 섭정으로 모시겠다는 것이겠지요.」

「가당찮은 일이로다. 내 이미 팔 년 동안이나 양주 곧은골이며 구름재를 오가며 칩거하여 구름이나 바라보며 진외처사(塵外處士)* 나 진배없이 지내거늘, 지금에 이르러 다시 나를 그들이 끌어내려 한단 말인가.」

「저들이 미천하다 한들 이 나라의 백성 됨이 분명할진대 어찌 유생들의 뜻과 달리 보려 하십니까.」

군정들의 고함 소리가 문밖에 이르고 있었다. 이하응은 그들이 대문 밖에까지 이르도록 기다렸던 것 같았다. 그때, 문밖에 늘어선 하속들 중에서 장순규란 자를 보고 물었다.

「네 살붙이 중에 무위영에 구실 사는 놈이 있으렷다?」

「예, 지금 군정들의 무리에 끼여 문밖에 엎디어 있습니다.」

「그와 대두 되는 놈 셋만 들이거라.」

얼마 있지 않아서 기골이 늠름한 네댓 명의 장한이 방 안으로 들어섰는데 그들은 김장손과 유춘만과, 장순규와 동기간인 장순길과 같은 군정들이었다. 벙거지들은 부서져 턱에 걸리었고 무릎치기를 입었다 하나 형용뿐으로 이미 군정으로서 체모를 저버린 지 오래되

---

*진외처사: 벼슬을 하지 않고 속세의 번거로움을 벗어나 초야에 묻혀 살던 선비.

었다. 꿇어앉은 군정들의 형용을 바라보고 있던 이하응은,

「너희 배행들을 잘 회유하여 뉘우쳐 돌아가도록 조처하여라. 국기를 바로잡겠다는 너희들의 충정이 내 가슴에 닿지 않은 것은 아니다. 그러나 대저 나라의 정사란 대중없이 떠들어 댄다 하여 바로잡히는 것은 아니다. 국기가 바로잡히는 길이 있다면 그 호쾌한 일에 구태여 무엇을 아끼고 감추려 하겠느냐? 그러나 너희들의 거동을 보자 하니 그래 가지고서야 국기를 바로잡기커녕 꿩이나 한 마리 온전하게 잡겠느냐? 식솔들을 다스림에도 요량이 있고 계책이 있고 마련이 있어야 하겠거늘, 어찌 고집들만 가지고 돼지 새끼처럼 떠들고만 다닌단 말인가. 이 물거품 같은 것들, 그렇게 요량들이 없는가. 여기 앉은 선비를 아느냐?」

김장손이 유필호를 흘끗 쳐다보고 나서,

「예, 쇤네들이 취회하는 데 뒷배를 봐주시고 있는 분입니다.」

「내 다시 한 사람을 너희들에게 짝을 맞추어 줄 것이니 일을 조리 있게 꾸려 나가도록 하거라. 나가서 성한 군정 복색 한 벌을 구처해 오너라.」

장순길이 나가서 성한 벙거지며 무릎치기 한 벌을 가지고 들어오자 이하응은 마루 끝에 서 있는 장한들에게 건네주었다. 벙거지며 무릎치기로 변복을 하고 대문 밖에 원진을 치고 있는 군정들 앞에 나타난 사람은 대원위 이하응의 심복인 허욱(許煜)이란 위인이었다. 기골이야 보잘것없었지만 눈이 매섭고 턱이 빠져 술수와 계책에 능한 사람이란 것은 한눈으로 알아볼 수 있었다.

기골이 옹졸하고 보잘것없다 할지라도 대원위 대감이 은밀히 조발하여 내보낸 심복이라 하였으니 군정들이 그 휘하에 가담하기를 무서워할 수가 없었다. 허욱이 군정들에게 가담하는 것을 보고 있던 유필호는 구름재를 나섰다.

그는 구름재 어름을 벗어나 진골(泥洞)을 지나서 향교골과 탑골 사이로 뚫린 한길을 한참 동안이나 혼자서 걸어 내려갔다. 향교골을 가로질러 흐르는 마전내는 말라 있었고 주변에는 소나무들이 울창하였다. 그는 소나무 등걸을 붙잡고 뿌옇게 흐려 있는 하늘을 쳐다보았다. 사지에 괴어 있던 긴장감이 빠져 달아나는 듯한 무력감 때문이었다. 가슴에 대의를 품고 있는 사람으로서 대원위 대감의 처사가 과연 옳은 것이었나 하는 의구심을 유필호는 떨쳐 버릴 수 없었다. 물론 그의 소생이 상감인 이상 군정들의 난동에 무턱대고 몸소 뛰어들 처지가 아니란 것을 유필호가 모르는 것은 아니었다. 그러나 대원위 대감의 처분은 이 난리가 실패로 끝났을 적에 쉽게 발을 뺄 수 있는 길을 먼저 계산하고 있었다. 가슴에 품고 있는 대의를 따른다면 대원위 대감 스스로 군정들 앞에 나서야 했을 게 아닌가. 국기를 바로잡자는 군정들의 뜻과 대권을 다시 잡자는 대원위 이하응의 의중이 서로 다르다는 것을 허욱이란 위인을 내세우는 것을 보고 깨달았던 것이다.

그때 대오를 가다듬은 군정들의 무리가 유필호가 내려온 길로 떼지어 몰려오는데 벌써 그 수가 3백이 넘어 보였다. 민겸호의 집을 박살 내고 난 뒤부터는 행렬을 빠져나간 군정이 단 한 사람도 없었는 데다가 근방에 흩어져 있던 군정들이 하나 둘 합세해 시간이 흐를수록 그 수가 늘어나기 시작하였다. 군정들은 내처 종루 길로 나가 정선방의 파자교 옆 좌포청 앞을 서슬을 퍼렇게 세워 지나서 배우개를 겨냥하여 달려가기 시작하였다. 배우개 못미처서 왼편으로 꺾인 행렬은 연화방 어영청 쪽으로 기울기 시작하였다. 행렬의 흐름이 마치 노도와 같았으니 어느 누구도 감히 길을 가로막지 못하고 다만 비켜설 뿐이었다. 3백을 헤아리는 범강장달이 같은 군정들의 눈에는 너 나 할 것 없이 살기가 뚝뚝 묻어 흘렀다. 윗도리 벗어부친

자도 여럿이었고, 무릎치기를 찢어 머리에 동인 자도 있었고, 벙거지를 벗어 꽁무니에 꿰차고 달려가는 자, 짚으로 상투를 틀어 올려 묶은 자, 짚신을 벗어 던지고 민겸호의 집에서 갖신을 훔쳐 신은 자, 촛대를 꼬나든 자, 낯짝에 피칠갑을 한 자에 괭이를 집어 든 자, 목이 쉰 자에 엉엉 울고 있는 자, 고함을 지르는 자에 행전을 풀어 팔을 동인 자도 있었다. 모두가 적지(赤地)에서 몰려온 자들과 같았다. 행렬은 어영청 앞을 지나서 아침에 자리 잡은 동별영(東別營) 쪽으로 몰려가고 있었다. 동별영은 구훈련도감의 본영으로 그곳에 총통잡물고(銃筒雜物庫)가 있었기 때문이다.

「무기고를 부숴라.」

「모두들 병장기를 꺼내 가져라.」

행렬의 앞에 선 허욱과 김장손과 유춘만이 소리치자 군정들의 무리는 터진 봇물이 메밀밭을 덮치듯 삽시간에 총통잡물고를 덮치고 말았다. 무기고를 지키던 조총색(鳥銃色)들이 없지 않았으나 그들은 창검 한 번 휘두르지 못하고 우두커니 비켜섰다가 오히려 명분을 얻어 난군들과 합세하는 거조를 보였다.

총통잡물고를 박살 낸 군정들은 화승총과 천보총(千步銃)이며 창검이며 표창(鏢槍)과 궁전(弓箭) 할 것 없이 손에 잡히는 대로 병장기를 집어 들었다. 그러나 3백이 넘는 많은 군정들 모두가 병장기로 무장하는 데는 태부족이었다. 허욱과 유필호가 나서서 병장기를 집어 든 군정들의 행렬을 가다듬었다. 허욱이 군정들 앞으로 나아가 일장 변설을 늘어놓았다.

「이제 우리가 고소원이던 병장기를 탈취하였으니 오합지졸이 아니오. 병장기를 갖춘 군정으로서의 체통과 면목을 지켜야 할 것이오. 지금에 이르러 우리들과 대의를 같이한 군정들은 간대로 대오를 이탈해서도 안 되거니와 길바닥에 늘어선 백성들이 설혹 불경하게 구는 한이 있더라도 버릇을 고친다고 방포하거나 화풀이를 한답시고 뒤죽박죽 창검을 휘둘러서는 안 됩니다. 우리의 행동거지가 이와전와(以訛傳訛)*가 되면 우리를 도한(盜漢)의 무리로 알아 여항의 동조를 얻지 못하게 됩니다. 우리가 겨냥해서 단죄해야할 사람들이 누구란 것이야 여기 모인 모두가 잘 알고 있을 것이오. 이미 우리의 거동은 분수를 넘어서고 말았소. 분수를 넘어선 이상 우리의 거동과 명분이 포도청에서 고초를 겪고 있는 몇 사람의 동료들을 구명하자는 데 두어서는 안 됩니다. 차제에 조정에 엎디어 있는 부패한 벼슬아치들을 단죄하는 방책을 강구해야 할 것입니다. 그러나 우리가 당장 입신양명이나 가문의 발흥을 꾀하자는 것이 아닌 바에는 우리의 원한부터 푸는 것이 순서일 듯싶습니다. 우리는 여기서 두 패로 갈라집니다. 한 패는 곧장 하도감으로 나아가서 초록 복색* 한 자들을 사그리 조지고 박살 내어서 차후 우리의 행동에 대처하는 세력이 없도록 조처합니다. 다시 한 패는 포도청으로 나아가서 결옥이 된 동패를 백방하고 거기서 두패가 합세하여 의금부의 남간을 파옥하고 다시 경기 감영을 부숴서 김보현을 처단하고 무기고를 부수는 것입니다.」

허욱이 말을 마치자, 김장손이 나서면서 강개한 어조로 물었다.

「초록 복색 한 위인들을 줄초상시키고 하도감에 연못을 파자는 데는 여기 모인 총중에 어느 한 사람인들 왼고개를 칠 사람은 없소이다. 그러나 탐학한 벼슬아치나 뒤꼭지 뻣뻣한 양반놈들이 갇혀 있는 의금부를 깨뜨리는 것보다는 전옥서를 부수는 것이 옳지 않겠소?」

허욱이 한동안 말문이 막혀 주저하는 사이에 유필호가 김장손의

---

*이와전와 : 거짓말에 또 거짓말이 섞여 자꾸 전하여 감.
*초록 복색 : 별기군을 말함.

말을 되받았다.

「그것은 염의가 부족한 탓일세. 의금부 남간에는 시방 목멱산 잠
두에서 봉화를 올려 시폐(時弊)를 상소하였던 충청도 유생 백낙관
을 비롯하여 시폐를 논핵하던 유생들이 갇혀 있네. 이 사람을 구
명해야만 우리의 거사가 오합지졸이 벌이는 행패가 아니라 국기
를 바로잡자는 대의를 품고 봉기한 것임을 조정의 상신들이 알아
챌 것이고, 두 번째로는 백낙관을 구해 냄으로써 팔역의 유생들과
선비들의 동조를 얻어 낼 수 있을 것이네. 유생들을 업어 내지 못
하면 우리의 거사는 도당들의 일시적 화풀이나 행패로밖엔 거둘
것이 없게 될 것인즉 이 점 유념들 하시게. 그리고 반드시 하도감
의 왜별기를 먼저 치고 나서 포도청을 쳐야 포교들이 우리를 넘보
거나 분풀이하려 들지 않을 것이네.」

유필호의 주장은 근리한 말이었다.

객주 7

초 판 1쇄 발행일 • 1983년 4월 25일
개정판 1쇄 발행일 • 2003년 1월 15일
개정판 5쇄 발행일 • 2007년 10월 15일
지은이 • 김주영
펴낸이 • 임성규
펴낸곳 • 문이당

등록 • 1988. 11. 5. 제 1-832호
주소 • 서울시 성북구 동소문동 4가 111번지
전화 • 928-8741~3(영) 927-4991~2(편)
팩스 • 925-5406
ⓒ 김주영, 2003

홈페이지 http://www.munidang.com
전자우편 webmaster@munidang.com

ISBN 89-7456-205-7 03810
ISBN 89-7456-198-0 03810(전9권)